SEPT JOURS À RIVER FALLS

Alexis Aubenque, ancien libraire féru de littérature de genre, est entré dans le domaine du thriller en 2008. Après le succès de la trilogie *River Falls* (prix du Polar 2009 décerné à Cognac), il a continué avec *Les Nuits noires de Seattle*, une trilogie qui comporte *Charité bien ordonnée*, *Pour le bien des enfants* et *Né pour être sauvage*, publiée par Calmann-Lévy.

Paru dans Le Livre de Poche :

Charité bien ordonnée

Pour le bien des enfants

Un automne à River Falls

Un Noël à River Falls

ALEXIS AUBENQUE

Sept jours à River Falls

ROMAN

CALMANN-LÉVY

www.myspace.com/alexis_aubenque

ISBN : 978-2-253-12719-2 – 1re publication LGF

Prologue

– Tommy, tu crois pas qu'on devrait rentrer ? demanda Jeremy.

Le soleil avait dépassé l'horizon. Les immenses séquoias filtraient les derniers rayons de lumière. Un vent frais s'insinuait à travers le feuillage.

– Si tu as la trouille, tu n'as qu'à rentrer. Moi je continue, répondit Tommy.

Âgé de dix ans, Jeremy n'avait rien d'un enfant intrépide, mais lorsqu'il s'agissait de suivre son frère, de trois ans son aîné, il ne pouvait refuser, de peur de passer pour un couard.

Ils continuèrent d'avancer sur le sentier qui menait au lac.

Les ombres se faisaient de plus en plus menaçantes. La forêt se resserrait sur eux. La température avait baissé de quelques degrés malgré la saison printanière.

Jeremy sentit sa chair frissonner. Il mourait de peur. Il voulait rentrer à la maison.

– Tommy, je crois que…

– Chut ! le coupa son frère en s'arrêtant derrière un buisson.

Jeremy se figea.

À travers le feuillage, ils avaient vue sur le lac. Une Subaru était arrêtée près de la rive. Jeremy se fit le plus petit possible. Il était tétanisé, incapable de bouger.

– Regarde, je t'avais bien dit que j'avais entendu une voiture, souffla Tommy à l'oreille de son petit frère.

Ils entendirent le crissement de pas sur la grève. De petits cailloux blancs qui roulaient sous des semelles. Ils aperçurent la silhouette d'un homme.

Ils étaient incapables de distinguer son visage. Un immense chapeau à larges bords y créait une vaste zone d'ombre. L'inconnu portait un long caban noir et des bottes de pêcheur.

– J'ai peur, Tommy, chuchota Jeremy en tirant son frère par la manche de son pull-over.

– Je t'ai dit de te taire, fais pas de bruit.

Le silence était total. Tommy réalisa alors que l'homme, lui non plus, ne faisait plus aucun bruit.

Un picotement lui parcourut l'échine. Il aperçut la silhouette de l'homme immobile sur le rivage. La tête tournée vers le sous-bois.

Un frisson glacé secoua Tommy, qui baissa les yeux vers son petit frère terrorisé.

Sans ouvrir la bouche, Tommy posa son index sur ses lèvres et lui intima du regard de ne rien dire, de ne rien faire qui puisse attirer l'attention de l'inconnu.

Ils étaient suffisamment éloignés, le bois était assez dense et l'obscurité, bien que pas encore totale, était déjà assez épaisse pour espérer les dissimuler au regard de l'inconnu.

Ils restèrent immobiles près d'une minute entière, avant que l'homme ne se décide à retourner vers sa Subaru et à s'y installer.

– Jeremy, il faut qu'on s'en aille.

Tommy prit la main de son petit frère et entreprit, très lentement, de remonter le sentier.

Quand ils eurent fait près d'une dizaine de mètres, Tommy serra un peu plus fort la main de Jeremy.

– On va courir maintenant. Surtout tu me lâches pas la main, d'accord ?

– Oui, répondit Jeremy d'une voix tremblotante.

Tommy lui sourit et passa la main sur son visage d'ange. Il était son grand frère. Jamais il ne se pardonnerait qu'il lui arrive du mal. Mais la peur l'habitait encore. Il n'avait toujours pas entendu le bruit du moteur de la Subaru.

Ils se mirent à courir. Malgré l'obscurité de plus en plus dense, les deux enfants couraient à en perdre le souffle. Ils connaissaient bien la forêt mais n'y étaient jamais allés de nuit.

Jeremy s'effondra brusquement sur le sol, entraînant son frère dans sa chute.

Tommy se releva aussitôt, mais Jeremy resta à terre.

– Dépêche-toi, je t'en prie, allez !

– J'ai mal à la jambe !

À la faible lumière qui passait à travers la voûte sylvestre, Tommy découvrit le visage crispé de Jeremy, qui se tenait la cheville en poussant de petits cris de douleur.

– Il faut que tu te relèves. Donne-moi la main, le supplia Tommy.

Jeremy lui adressa un regard embué de larmes.

– J'ai trop mal, je pourrai pas.

Tommy se baissa vers lui. Il passa son bras sous les aisselles de son frère avant de le forcer à se redresser.

Jeremy poussa un cri mais parvint à tenir debout.

– On va y arriver, petit frère, allez, sois courageux. On est les meilleurs, non ? dit-il en essayant de retrouver un ton joyeux.

– J'ai mal, fut la seule réponse.

Tommy sentit les larmes lui monter aux yeux. Il ne voulait pas abandonner son frère, mais ne voyait pas comment faire autrement.

– Écoute, je crois qu'on s'est fait peur pour rien. Il n'y a personne qui nous poursuit. On s'est fait un flip !

Et, disant cela, il s'aperçut que c'était effectivement le cas. Aucun bruit caractéristique d'une poursuite. L'homme avait dû rentrer.

Seule la peur qui tétanisait leur esprit les avait empêchés d'entendre le moteur de la Subaru.

– Tu crois ? demanda Jeremy qui, à cloche-pied, s'appuyait sur son frère pour tenir debout.

– Bien sûr ! Qui voudrait nous faire du mal ? On est stupides ! fit Tommy en sentant tout son stress s'évacuer.

Il partit alors d'un fou rire qu'il ne put maîtriser. Malgré sa douleur à la cheville, Jeremy éclata de rire à son tour.

– Hé ! Tu raconteras rien à personne, fit Tommy une fois sa crise d'hilarité calmée. Faudrait pas qu'on passe pour des trouillards.

Jeremy riait encore.

– Ben non, on dira juste qu'on faisait la course et que je suis tombé, répondit-il sur le même ton.

Tommy était fier de son jeune frère. C'était lui qui l'avait fourré dans ce pétrin mais, à aucun moment, il ne lui en avait fait le reproche.

– Tu es le meilleur des frères, Jem, dit-il en lui ébouriffant gentiment les cheveux.

– Je suis le seul que tu as ! répliqua Jeremy en secouant la tête.

Mais la douleur se rappela à lui et il poussa un cri.

Tommy l'aida à se rasseoir sur le duvet mousseux du chemin. Il n'avait plus de temps à perdre. Il devait à tout prix aller chercher du secours avant que la nuit ne soit totale.

– Jeremy. Il va falloir que j'aille chercher de l'aide. Est-ce que tu te sens de rester là tout seul ? demanda-t-il.

– Pas de problème, je suis pas une mauviette ! Allez, dépêche-toi, et dis à maman que je l'ai pas fait exprès.

Tommy s'en voulait d'abandonner son frère dans cet état, mais il n'avait vraiment pas le choix. La nuit était presque noire sous le couvert des arbres et il commençait à faire frais.

Il jeta un dernier regard à Jeremy, lui fit un clin d'œil complice et partit au pas de course.

Il retrouva très vite le sentier principal qui serpentait, dans la forêt, de la ville jusqu'au lac. N'y voyant pratiquement plus, il se fiait aux aspérités du chemin pour remonter vers les premières habitations de River Falls.

En ce début de nuit, le silence s'était abattu sur la forêt, l'imprégnant d'une atmosphère morbide.

Tommy luttait contre les pensées cauchemardesques qui le torturaient. Il serrait les dents sans cesser de courir.

Ses muscles commençaient à se contracter. Un début de point de côté le tenaillait. Il maudit son imprudence, se jurant de ne jamais plus entraîner son frère dans une telle galère.

Malgré la douleur et les remords, il continua sa course, attentif à ne pas tomber.

Au bout de quelques minutes qui lui parurent avoir duré des heures, il aperçut enfin les lueurs des premiers lampadaires.

Un sourire hésitant envahit son visage.

Il s'arrêta un instant sur le bord de la route, courbé en deux, son poing enfoncé dans son flanc gauche. La bouche grande ouverte, il haletait comme un damné de la terre.

Mais Tommy savait qu'il avait accompli le plus difficile. Il ne s'était pas perdu. Il ne lui restait plus qu'à courir jusqu'à l'habitation la plus proche. La ferme du vieux Johnson.

Il se mit sur le bas-côté et reprit sa course.

La nuit était tombée, mais il n'était pas encore très tard. Tommy se prit à espérer qu'une voiture ne tarderait pas à apparaître à l'horizon, même s'il savait que cette voie était bien moins fréquentée que celle desservant l'autre entrée de la ville.

Il avait presque fait une croix sur cette idée, quand la lumière de phares illumina la route devant lui.

Il s'arrêta et se retourna. Il n'y avait pas de doute. C'était bien une voiture.

Il tendit son bras, le pouce levé, tandis que le bruit d'un moteur rugissait de plus en plus fort.

La voiture se rapprochait à un rythme régulier. Puis la lumière l'aveugla, obligeant Tommy à faire visière de sa main.

Le conducteur a oublié d'enlever ses pleins phares, se dit Tommy en plissant les yeux.

La voiture commença à ralentir à moins de cinquante mètres de lui et s'arrêta dans un crissement de freins à moins de dix.

Tommy faillit se jeter sur le talus qui longeait le bas-côté de la route.

Une porte s'ouvrit et claqua après que le conducteur fut sorti de son véhicule.

Tommy ne put distinguer la marque de la voiture à cause des phares qui l'éblouissaient.

Une silhouette massive se rapprochait de lui, mais Tommy était incapable de voir son visage tant la lumière faisait contraste avec l'obscurité alentour.

– Petit, tu ne devrais pas être chez toi à cette heure ? demanda l'homme en s'approchant lentement. Ce n'est pas très malin de se balader à pareille heure et sans brassard. J'ai bien failli t'écraser, mon garçon.

Tommy aurait dû être rassuré par la présence de cet homme, mais, il n'aurait su dire pourquoi, un sentiment de peur l'envahit.

– J'ai pas fait attention. Ma mère va pas être contente, répondit-il.

Il aurait dû tout lui raconter. Lui expliquer que son frère était blessé dans la forêt et qu'il lui fallait à tout prix aller chercher de l'aide, mais il n'arrivait pas à se faire une opinion sur le nouveau venu.

Une espèce de sixième sens l'avertissait d'un danger.

– Allez, monte, je te ramène en ville. On ne va pas inquiéter tes parents plus longtemps.

L'homme avait cessé d'avancer.

Tommy était toujours incapable de distinguer ses traits. Les phares aveuglants lui brouillaient la vision.

– Je vais rentrer à pied. Je suis presque arrivé, fit-il en reculant de deux pas.

L'homme ne bougea pas et garda le silence.

Tommy sentit les battements de son cœur s'accélérer. Il pouvait presque entendre les pulsations du sang courant dans ses veines.

Il recula encore de quelques pas, sans quitter l'homme du regard.

– À quoi tu joues, mon garçon ? De quoi as-tu peur ? demanda l'homme en commençant à avancer tandis que Tommy reculait.

– Maman m'a dit de ne pas parler à des inconnus, répliqua-t-il alors qu'il sentait la terreur sur le point de le submerger.

Ses yeux commencèrent à le piquer. Sa mâchoire se mit à trembler. Une envie de faire pipi lui torturait le bas-ventre.

– N'aie pas peur, je ne te veux aucun mal, renchérit l'homme, qui accéléra le pas.

Tommy serra les poings et fit volte-face. Il était sûr qu'il n'était pas très loin de la ferme du vieux Johnson. Avec un peu de chance, l'homme le laisserait tranquille.

Sans prendre le temps de regarder derrière lui, il piqua alors un sprint à en perdre haleine.

Les larmes si longtemps retenues dévalèrent ses joues en cascade.

Il regrettait tant d'avoir désobéi à sa mère. Ils auraient dû rentrer tout de suite après l'école. Il n'aurait jamais dû entraîner Jeremy avec lui.

Il s'en voulait terriblement.

Il pensait à son petit frère qui attendait dans le froid et la nuit. Si seulement il avait pu savoir !

La route faisait un large coude vers la gauche.

Tommy reconnut l'endroit. À moins de dix mètres de là se trouvait une stèle édifiée en l'honneur des *boys* qui étaient morts pour le Vietnam plus de trente ans auparavant.

La ferme du vieux Johnson n'était plus très loin. Il allait y arriver.

Il était sauvé.

Un vrai sourire s'afficha sur son visage et une nouvelle détermination envahit son corps, revigorant tous ses muscles. Il avait oublié la douleur de son début de crampes.

Maman, je te jure que je serai le plus sage des fils, se promit-il en séchant ses larmes d'un revers de la main.

Ses pieds lui semblaient plus légers, comme libérés d'un poids.

Il passa devant la stèle et aperçut enfin les lumières de la ferme.

J'ai réussi, j'ai réussi ! se dit-il, euphorique.

Soudain, le bruit d'un moteur poussé à plein régime le sortit de ses pensées.

Il se retourna et, sans cesser de courir, découvrit les deux phares d'une voiture qui fonçait droit sur lui.

Il sentit son cœur s'arrêter.

Il cria, avant de s'obliger à regarder devant lui et de quitter la route. Mais, déconcentré, il ne remarqua pas un trou dans le bas-côté.

Il s'effondra de tout son long. Ses bras raclèrent le sol et une douleur terrible l'envahit.

Il ne chercha pas à comprendre. Il mit ses mains en avant et tenta de se relever.

La lumière l'encerclait.

Il redressa la tête et eut juste le temps d'ouvrir la bouche pour hurler quand la Subaru le percuta à pleine vitesse.

Lundi 23 avril 2007

1

Mike Logan arriva sur les lieux.

Tous les policiers du comté étaient déjà sur place en train de ratisser le terrain.

Des volontaires des villages environnants, dûment contrôlés par des agents restés en bordure de la forêt, s'étaient joints à eux.

Logan gara sa Cherokee sur le bord de la route et sortit à l'air libre. Une brusque bourrasque de vent lui coupa le souffle.

Le sergent Portnoy vint à sa rencontre. Il était âgé de vingt-cinq ans ; son visage reflétait une gravité peu habituelle pour des traits encore juvénile.

– On en est où ? demanda Logan en sortant son paquet de Chesterfield.

Portnoy le salua en soulevant rapidement son chapeau.

– On ne l'a toujours pas retrouvé, on cherche encore, répondit-il d'un ton désolé.

Logan hocha la tête et aspira une large bouffée de fumée avant de la recracher dans le petit air froid matinal.

La cime des grands séquoias tremblait sous le vent. Des nuages s'étaient amoncelés au-dessus de leurs têtes. Il allait bientôt pleuvoir.

– Très bien, emmenez-moi sur le lieu de l'accident.

– Oui, shérif. C'est par là, répondit Portnoy en désignant la route de la main.

À ce niveau, la circulation avait été bloquée dans les deux sens.

Logan passa par-dessus le ruban jaune qui délimitait l'accès et continua son chemin à la suite du sergent.

Il ne pouvait s'empêcher de ruminer de sombres pensées.

Cela faisait à peine trois mois qu'il avait été élu shérif de cette petite ville, dans le nord de l'État de Washington, et déjà ils se retrouvaient avec une terrible affaire sur les bras.

Si les conclusions étaient d'une simplicité évidente – un chauffard avait écrasé un des jeunes fils Sheppard –, il restait néanmoins un mystère : où était passé le plus jeune des frères ?

Ils dépassèrent le coude de la route et découvrirent une grande bâtisse en bordure du chemin.

– Vous avez interrogé le propriétaire ? demanda-t-il.

– Oui, c'est la ferme de Jonathan Johnson. Il n'a rien vu, rien entendu, répondit Portnoy, qui s'empressa d'ajouter : Vous pouvez le croire, c'est un gars bien mais il se fait vieux.

Logan opina plusieurs fois de la tête. Il se garda d'ajouter que son passage à la criminelle de Seattle lui avait démontré que les personnes âgées pouvaient être, tout autant que les autres, de redoutables tueurs.

Ils arrivèrent devant un attroupement de policiers locaux qui aidaient Nathan Blake, un des chefs de la brigade scientifique de l'État, venu tout exprès de Seattle.

Armés d'un matériel de pointe, ils analysaient chaque centimètre carré du lieu où l'on avait retrouvé le corps sans vie de Tommy Sheppard. Des bris de verre essentiellement.

– Notre homme est un meurtrier, fit Blake en se retournant vers Logan.

Muni de gants en latex, il tenait délicatement un petit sac en plastique qui contenait de minuscules parcelles de verre. Son regard était d'une dureté terrible.

– C'est-à-dire ? fit Logan qui résista à l'envie de sortir une nouvelle cigarette.

– Le conducteur n'a pas freiné, ça c'est la première évidence. La deuxième est qu'il s'est arrêté pour ramasser les morceaux de son phare. L'idiot ! poursuivit Blake en levant les yeux au ciel. Tertio, le gamin n'est pas mort à cause du choc.

Derrière eux, les policiers continuaient leur ratissage minutieux du lieu de l'accident.

– Je m'avance peut-être un peu, mais le cou du gamin fait un angle anormal pour ce genre de choc, lâcha-t-il.

Logan sentit son pouls s'accélérer.

Il savait que cela ne changeait rien au drame. Le garçon était bel et bien mort. Mais savoir qu'après l'avoir renversé, le chauffard avait pris le temps de s'arrêter pour briser la nuque d'un jeune garçon d'à peine treize ans…

– C'est pas vrai ! fit-il en passant la main dans ses cheveux bruns.

Il venait de sentir une goutte de pluie. Il leva les yeux au ciel. Les cumulus s'étaient percés et commençaient à se vider.

– Il va falloir oublier la thèse de l'accident. Tout indique que ce gamin n'a pas été tué par hasard. Il est encore trop tôt pour le dire, mais je crains qu'il n'ait subi des violences sexuelles.

Tout ce que Logan n'avait pas envie d'entendre. Et, pour ajouter à l'angoisse, l'un des deux enfants manquait à l'appel.

Des images terribles lui vinrent en tête. Un petit garçon enfermé dans une cellule, proie d'infâmes tortionnaires.

Il serra les poings et s'efforça de retrouver son calme.

Son portable sonna.

– Shérif, il faut que vous veniez voir ça, fit une voix altérée à l'autre bout du téléphone.

C'était le sergent Martinez. Une Hispano-Américaine guère plus âgée que Portnoy. Elle était bouleversée.

Logan restait attentif. Il se doutait de ce qu'elle allait lui apprendre.

– Où l'avez-vous retrouvé ? demanda-t-il.

– Dans le lac. Les plongeurs viennent juste de sortir le premier corps. Il y en aurait au moins un autre. C'est monstrueux, shérif. Qui peut vouloir faire subir de telles horreurs à des jeunes filles ? !

Martinez était au bord des larmes.

Logan percevait la douleur de sa jeune subalterne, mais la fin de sa phrase le laissa perplexe.

Néanmoins, plutôt que de la harceler de questions, il préféra répondre :

– J'arrive tout de suite.

Il rangea son portable dans la poche de son blouson et se retourna vers Portnoy.

– Il faut qu'on aille au lac. Tu sais y aller rapidement ?

Le sergent détacha les yeux du sol encore taché de sang, que la pluie n'allait pas tarder à diluer irrémédiablement.

– Il y a le chemin de terre qui traverse la forêt, ou la route, mais on doit contourner par le nord, répondit-il.

– Alors on prend le chemin, décida Logan, qui se retourna vers Blake. Dès que vous avez les résultats des analyses médico-légales du garçon, vous me prévenez.

Blake fit un signe d'assentiment et se remit au travail.

Moins de dix minutes plus tard, ils arrivèrent sur les berges du lac.

Logan et Portnoy sortirent du véhicule de patrouille.

Aussitôt une odeur nauséabonde les agressa.

Le lieutenant Blanchett quitta le groupe de policiers pour les accueillir.

– Bonjour, shérif, ce n'est pas beau à voir, fit-elle sans préambule.

Logan fronça les sourcils. Il aperçut le sergent Martinez assise sur une souche d'arbre, entourée de trois collègues. Elle était penchée en avant, le visage marqué par l'horreur.

– C'est par là, ajouta-t-elle.

Elle les conduisit près de la berge et fendit l'attroupement de policiers.

Deux cadavres de femmes avaient été allongés côte à côte.

– Nom de Dieu ! jura Portnoy qui n'eut que le temps de se retourner pour vomir.

Logan s'approcha lentement. Oubliant l'odeur, il observa chacun des corps et comprit qu'il venait de mettre le nez dans une affaire bien plus sordide qu'il ne l'avait pensé de prime abord.

Merde ! rumina-t-il en lui-même, écœuré par le carnage.

Outre l'aspect dérangeant dû à la rigidité cadavérique, Logan pouvait constater que les deux victimes avaient dû souffrir le martyre avant de mourir.

Des mutilations terribles étaient visibles. Entailles, coupures, blessures…

Il arrêta là ses observations et se détourna des cadavres. Il attendrait les résultats d'autopsie.

– Il reste encore des corps ? demanda-t-il en s'adressant à l'un des plongeurs qui s'apprêtait à retourner à l'eau.

– Allez savoir. On n'y voit rien au-delà de deux mètres dans cette eau. Les deux victimes étaient enfermées dans des sacs remplis de pierres. Elles ne risquaient pas de remonter à la surface avant longtemps.

La pluie s'intensifia soudainement. La cime des arbres qui cernaient le lac se courba sous le vent. Le ciel vira au gris foncé.

Il ne manquerait plus qu'un ouragan ! se dit Logan.

Cependant, il garda un visage impassible. Dans l'immédiat, une seule chose lui importait : retrouver le petit Sheppard.

Il n'aurait pas su dire pourquoi, mais il était persuadé qu'il ne se trouvait pas dans le lac. Le tueur était amateur de femmes, pas de petits garçons.

– On continue les recherches dans la forêt ? demanda Blanchett en le sortant de ses pensées.

Il redressa la tête et la fixa droit dans les yeux.

– Jeremy est vivant. Il ne l'a pas tué, fit-il en utilisant volontairement le prénom du garçon.

Il ne voulait pas se résoudre à parler de lui comme d'un corps sans vie.

– J'espère que vous avez raison, fit Blanchett.

À l'abri sous son chapeau qui la protégeait de la pluie, son visage reflétait une réelle souffrance intérieure.

Âgée de trente-trois ans, mère d'une petite fille de sept ans, Blanchett n'avait jamais assisté à pareille horreur. Elle n'en avait eu connaissance qu'à travers des rapports à l'école de police de Seattle.

– Notre tueur a laissé en évidence le corps de Tommy. Il espérait que ça passerait pour un simple accident de la route, commença à expliquer Logan. Il a dû le surprendre en train de l'observer quand il jetait les cadavres à l'eau. Mais il n'a pas vu Jeremy, car il l'aurait tué lui aussi. Et, dans cette hypothèse, il n'aurait pas laissé deux corps sur la route. Cela aurait inévitablement éveillé nos soupçons. La thèse de l'accident aurait été moins crédible.

– Alors où est-il ? demanda-t-elle.

Logan fit un geste d'ignorance en montrant la forêt qui les entourait.

– Là-dedans. Il se cache et il est mort de trouille.

L'après-midi touchait à sa fin. Sous une pluie battante, les équipes de recherche redoublaient d'efforts pour retrouver la trace de l'enfant.

Ni les policiers ni les civils volontaires ne supporteraient de rentrer bredouilles.

Ils savaient, tous autant qu'ils étaient, que s'ils ne trouvaient pas Jeremy avant la nuit, il leur faudrait envisager une hypothèse bien plus terrible.

Morgan Finley était extrêmement fatigué. Malgré sa soixantaine bien tassée, il avait tenu à participer aux recherches. Il était chasseur depuis son plus jeune âge et pouvait se vanter d'avoir un sacré talent pour la traque du gibier.

Ses deux fils étaient morts en Irak, l'année précédente. Il n'était évidemment en rien responsable de leur mort mais, au fond de lui, il ne cessait de s'en vouloir. Il aurait dû réussir à leur faire admettre que cette guerre était une véritable arnaque. Un Américain n'avait pas à se battre pour défendre des musulmans.

Il avait laissé partir ses deux fils à la guerre et ils n'en étaient jamais revenus.

Il pataugeait désormais dans la gadoue, à moins de vingt mètres de son binôme.

– Je te jure que si jamais je trouve celui qui a fait ça, je lui ferai bouffer ses couilles ! lança Malcolm Borg.

L'homme était le meilleur ami de Finley. Ils se retrouvaient souvent le soir sur la véranda de leurs maisons à jouer aux cartes, tandis que les femmes papotaient entre elles.

– La peine de mort est trop douce pour ce genre d'enculé, continua-t-il.

Finley était en tout point d'accord avec lui. Il détestait les démocrates et les abolitionnistes.

Imaginaient-ils seulement la souffrance des victimes ? se disait-il souvent quand il pensait à tous ces crimes odieux.

– Moi, je te les torturerais jusqu'à ce que…

Il se mit à crier.

Ses pieds dérapèrent et son corps glissa le long d'une ravine cachée par un épais buisson.

Tout d'abord surpris, Borg se rua en avant. Il se fit un chemin en évitant les nombreuses branches d'arbres qui gênaient son passage.

Arrivé là où il aurait dû trouver Finley, il découvrit la trouée.

Il se pencha et aperçut son ami qui se démenait en fulminant six mètres plus bas.

– Tu t'es rien cassé ? lui hurla-t-il.

Encore sous le choc de sa chute, Finley remercia le Seigneur que la pente de la ravine n'ait pas été plus rude.

Il entendit la voix de Borg et tenta de se redresser. C'est alors que son bras se rappela à lui.

Il était tordu dans une position improbable.

– Merde, putain de merde ! jura-t-il en sentant d'un coup la douleur affluer à son cerveau.

Il allait crier à Borg d'appeler de toute urgence une ambulance, quand il vit, à moins de cinq mètres sur sa gauche, une forme allongée. Immobile.

Malgré la douleur qui le tenaillait, il réussit à avancer de quelques mètres.

C'était Jeremy Sheppard. L'enfant était inanimé.

Finley pria le Seigneur et posa sa main sur la gorge de l'enfant. Les larmes lui vinrent aux yeux quand il sentit l'artère de Jeremy pulser contre son pouce.

Il était en vie.

Dieu soit loué ! se dit-il en se redressant.

– Malcolm, appelle vite les flics et une ambulance, j'ai retrouvé le gamin, fit-il tandis qu'il réalisait qu'il allait devenir le héros de la ville.

Un sourire radieux illumina ses traits.

2

En ce début de matinée, Sarah Kent sortit de sa chambre en peignoir de bain. Elle avait à la main sa trousse de toilette et une serviette éponge.

Elle longea le couloir de son dortoir et entra dans la salle de bains. Des cabines de douche s'alignaient les unes derrière les autres.

Trois filles étaient en train de faire leur toilette.

– Salut, fit Sarah en posant ses affaires près d'un lavabo.

Les étudiantes la saluèrent sans pour autant détourner la tête du miroir devant lequel elles se maquillaient ou se coiffaient.

Sarah entra dans une des cabines avec son shampoing et son savon, puis s'enferma avant d'enlever son peignoir qu'elle suspendit à la porte.

Elle actionna le mitigeur, tendit la main sous l'eau et, quand la température lui parut convenable, elle entra sous la douche, tira le rideau, et laissa couler sur son corps un puissant jet d'eau purificateur.

Ce rituel matinal était un vrai bonheur. S'il n'en avait tenu qu'à elle, elle aurait pu passer des heures à se laver, massée par les rigoles d'eau qui ruisselaient sur son corps.

Elle arrêta l'eau, le temps de se laver les cheveux, puis, après un rinçage, elle passa sur son corps un savon aux extraits d'amande douce qui lui assurait cette peau satinée qui faisait sa fierté.

Elle ouvrit une dernière fois l'eau. Monta la pression et la température.

Très vite une brume bienfaisante envahit l'intérieur de la cabine.

Au bout d'une dizaine de minutes, elle éteignit le jet et sortit de la douche. Elle tendit la main vers la porte et eut la mauvaise surprise de ne trouver ni son peignoir ni sa serviette.

Elle regarda par terre. Rien. Ils avaient bel et bien disparu.

Elle se mordit les lèvres et rumina un juron.

– Allez, les filles, soyez sympas, je vais être en retard, fit-elle en trépignant sur place.

Personne ne lui répondit.

Les garces ! se dit-elle en serrant les poings.

Elle savait qu'elle abusait de l'eau. Toutes les filles la charriaient sur le temps qu'elle prenait pour se laver. Mais de là à lui jouer un si mauvais tour…

– Arrêtez, ce n'est vraiment pas drôle. Si j'arrive en retard, McCourt va encore me faire convoquer, dit-elle en espérant que son ton plaintif les apitoierait.

Mais, au bout de quelques secondes, elle dut admettre qu'elle n'avait aucune pitié à attendre de leur part.

Les petites garces !

Elle colla son oreille contre la porte.

Pas le moindre bruit, pas même le rire étouffé de Babeth quand elle faisait une bêtise !

Elles l'avaient laissée totalement seule dans la salle de bains.

Elle prit une grande inspiration et se résolut à ouvrir lentement la porte.

Dès que l'ouverture fut suffisante, elle passa la tête et vérifia qu'il n'y avait personne.

Elle sortit de la cabine.

Sur la pointe des pieds, elle s'approcha de la porte. Le cœur battant, elle écouta attentivement.

Aucun bruit.

Il n'y avait guère plus de vingt mètres entre la salle de bains et sa chambre, située au milieu du couloir. Vingt mètres à traverser totalement nue !

Elle ferma les yeux, maudit une fois de plus les filles, et serra les poings.

Tu peux le faire, tu peux le faire, se répétait-elle à la manière d'un mantra.

Elle était tétanisée par la peur.

Les battements de son cœur redoublèrent de violence.

Si jamais quelqu'un passait au moment où elle traverserait le couloir, elle savait qu'elle en mourrait de honte.

Je n'y arriverai jamais, pensa-t-elle.

D'un autre côté, elle ne se voyait pas rester toute la matinée à attendre qu'une autre fille arrive et lui vienne en aide.

Elle reprit plusieurs fois son souffle, s'efforçant de ne plus penser à rien.

Elle posa la main sur la poignée de la porte et commença à l'ouvrir lentement.

Soudain, elle entendit un grincement derrière elle.

Elle sursauta et se retourna en cachant instinctivement ses seins et son sexe avec les mains.

– Jenny ? ! s'étonna-t-elle dans un souffle, en reconnaissant la fille qui sortait d'une autre cabine de douche.

La jeune étudiante lui renvoya un sourire moqueur. Elle tenait le peignoir de Sarah à la main.

– Tu verrais la tête que tu fais ! Ma pauvre, tu es pathétique ! se moqua-t-elle ouvertement avant de le lui envoyer à la figure.

Sarah l'attrapa et s'en enveloppa aussitôt.

– Espèce de petite salope ! Qu'est-ce qui t'a pris ? Tu es complètement givrée ! hurla-t-elle.

Passé le moment de stupéfaction, elle fulminait de rage.

Jennifer se rapprocha d'un pas.

– Tu ne croyais tout de même pas que tu pouvais me piquer si facilement ce qui m'appartient, lâcha-t-elle d'un ton d'une dureté qui paralysa Sarah.

Jennifer était une véritable asociale. Toujours en fond de classe, isolée de toutes les autres étudiantes. Toujours vêtue de noir.

Il y en avait beaucoup qui pensaient qu'elle faisait partie d'un mouvement satanique ou quelque chose du même genre. Une fille qui n'aurait jamais dû être dans leur université.

– De quoi tu parles ? ! Je ne t'ai jamais rien volé ! s'étonna Sarah, sur la défensive.

C'était le monde à l'envers. Elle se trouvait obligée de se justifier pour un acte qu'elle n'avait pas commis.

– Allez, va-t'en, un jour tu comprendras, fit Jennifer.

Son ton avait perdu de sa férocité. Une certaine lassitude l'avait envahie.

Sarah ne chercha pas à comprendre et partit en courant dans le couloir.

Elle bouscula un des employés de ménage qui passait la serpillière, et fonça jusqu'à sa chambre.

Elle s'enferma à clé et se jeta sur son lit.

Elle resta un long moment allongée avant de se redresser et de reprendre le contrôle de ses émotions.

Elle n'en revenait pas. Quelle mouche avait piqué Jennifer ?

Elle l'avait toujours trouvée bizarre.

Jennifer ne se mêlait jamais aux autres filles.

Elle écoutait de la musique métal et s'habillait toujours de longues robes noires qui la faisaient ressembler à une sorcière. Sans oublier ses piercings dans le nez, dans les oreilles et sur la langue, ni ses longs cheveux noirs raides qui faisaient ressortir un maquillage blafard et de grands yeux verts ! Et que dire de ses ongles qu'elle vernissait de noir ?

Sarah eut un mouvement de la tête manifestant son énervement.

Comment lui expliquer qu'elle ne lui avait rien volé !

Elle serra les lèvres, son visage reflétant sa nouvelle détermination. Elle devait se reprendre. Elle n'était pas habituée à être une proie.

Elle était une battante, un modèle pour les autres étudiantes.

Elle devait faire face.

Jennifer l'avait prise par surprise. Elle se jura de lui faire payer cette humiliation.

Un coin de lèvres se releva, puis un franc sourire se dessina sur son visage.

Tu veux jouer à la garce, eh bien on va jouer, ma grande !

3

– Ne bougez pas et, s'il vous plaît, arrêtez de sourire, fit Leslie Callwin.

Morgan Finley s'exécuta, l'air penaud.

Il était sur un lit d'hôpital.

Il avait été admis aux urgences quelques heures plus tôt. Un médecin avait réduit la fracture de son humérus. Désormais, il avait le bras immobilisé dans un plâtre volumineux qui l'emprisonnait de l'épaule jusqu'au coude.

Par la fenêtre de la chambre, il pouvait voir la pluie continuer de tomber sur River Falls.

Leslie Callwin et Peter Minstry, son photographe, étaient arrivés les premiers sur les lieux.

– Voilà, c'est bien, gardez l'air combatif et vengeur, fit Callwin quand elle fut satisfaite de la pose.

Deux flashs crépitèrent coup sur coup.

Minstry hocha la tête, l'air satisfait de lui, et sortit de la chambre.

Callwin s'approcha du blessé et s'assit sur le bord de son lit en lui faisant face.

Elle nota aussitôt que le regard de l'homme s'attardait sur son décolleté, mis en évidence par une veste mal boutonnée.

Elle sortit son dictaphone et le mit en marche.

– Monsieur Finley, parlez-moi de la découverte du petit Jeremy Sheppard.

Il se racla la gorge et consentit enfin à lever les yeux.

– Eh bien, j'étais en compagnie de Malcolm, Malcolm Borg, mon voisin, commença-t-il.

Il entreprit alors de lui raconter comment il avait appris la disparition des fils Sheppard par la CB de son ami, et comment il s'était aussitôt porté volontaire pour participer à la battue.

Puis il poursuivit, en s'attardant sur des détails insignifiants, jusqu'à sa chute dans la ravine et la découverte de l'enfant survivant.

Durant tout son long monologue, il ne put s'empêcher d'entrecouper son récit de considérations personnelles sur les tueurs d'enfants et autres pervers, symboles d'une civilisation décadente issue des années Clinton !

En journaliste professionnelle, Callwin resta impassible, souriant même aux blagues de mauvais goût du blessé.

Elle savait qu'elle tenait enfin l'histoire qui lancerait sa carrière et lui permettrait de quitter définitivement le *Daily River* pour un grand quotidien de Seattle.

– Très bien, monsieur Finley. Je vous remercie de votre témoignage. Bon rétablissement.

Elle arrêta son dictaphone et se leva.

– Eh ! madame, il va vraiment y avoir ma photo dans le journal ? demanda Finley alors qu'elle se préparait à quitter la chambre.

Callwin finit d'enfiler son manteau et se retourna vers lui.

– Ne vous inquiétez pas, vous serez en première page.

Finley ne put réprimer un sourire de satisfaction.

Callwin sortit. Elle éprouvait un sentiment étrange. Elle n'aimait pas ce qu'elle allait faire de cet homme : un héros.

Minstry l'attendait devant la porte.

– Il m'a tout l'air d'un vrai con, celui-là, fit-il.

– Quoi ?

Minstry prit un air désolé.

– On entend à travers la porte, s'expliqua-t-il. Ce type est un vrai petit facho en puissance.

Callwin en convint.

– Je sais, mais c'est lui le héros et, qu'on le veuille ou non, c'est comme ça.

Minstry frotta sa barbe de trois jours et lui posa une main affectueuse sur l'épaule.

– Tu as encore besoin de moi ?

– Non, terminé, les photos. Je vais finir toute seule.

– D'accord, je fonce au journal. On se retrouvera là-bas.

– À tout à l'heure.

Elle regarda son collègue s'éloigner. Quand il eut disparu, elle remonta le couloir pour prendre l'escalier qui menait au second étage de l'hôpital. Elle croisa de nombreuses infirmières avant d'apercevoir un sergent qui filtrait les allées et venues dans ce corridor.

Quand elle fut à sa hauteur, elle ouvrit son sac et sortit sa carte de presse.

– Leslie Callwin, du *Daily River*, se présenta-t-elle.

Le sergent Portnoy prit sa carte, l'étudia un instant et la lui rendit.

– Le shérif a demandé à ce que personne ne passe. Je suis désolé.

Callwin s'y attendait un peu. Elle prit son air le plus compréhensif puis son regard passa par-dessus l'épaule du sergent.

– Dans quel état se trouve le fils Sheppard ?

Il était en salle de réanimation au bout du couloir, derrière la porte à double battant.

– Je ne peux rien vous dire pour le moment. Le shérif Logan fera une déclaration publique en fin d'après-midi. Pour l'instant, je ne peux rien vous dire.

– Je comprends, mais vous pouvez au moins me confirmer qu'il est encore en vie.

Portnoy prit une mine embarrassée. Il n'aimait pas trop les journalistes. Combien de fois le *Daily River* s'en était-il pris aux forces de l'ordre pour dénoncer l'insécurité qui régnait dans certains quartiers, ou leur propension à abuser de leur pouvoir de mettre des PV sans discernement ?

Mais, cette fois, il s'agissait de la vie d'un enfant.

Il savait que les rumeurs les plus folles n'allaient pas tarder à courir.

Il prit sur lui d'en démentir au moins une.

– Il est en vie. Dans le coma. Les médecins pensent qu'il devrait s'en sortir.

– Je vous remercie, sergent.

Elle n'avait pas besoin de cette information aussi tôt. L'édition du jour serait bouclée après l'intervention de Logan. Néanmoins, cela impliquait bien d'autres choses.

Si l'enfant se réveillait, nul doute qu'il pourrait parler. Décrire son agresseur, faire un portrait-robot, voire même mettre un nom sur le coupable.

Callwin savait qu'une affaire non résolue risquait de compromettre l'impact de son papier.

Elle s'arrêta sur le perron de l'hôpital, abritée sous le porche central. Elle s'y voyait déjà. La une du *Daily River* avec la tête du tueur pour illustrer son article.

La consécration après une longue et pénible enquête, se dit-elle en imaginant les phrases qu'elle écrirait.

La pluie s'était calmée. Elle laissa son parapluie replié dans son sac. Avec assurance, elle fit claquer ses talons aiguilles sur l'asphalte, accélérant le pas jusqu'au parking tout proche où était garée sa Ford Escort rouge.

Une fois les deux corps placés sur les tables de dissection, Nathan Blake prit son appareil photo et commença les prises. Sous tous les angles, avec un grand professionnalisme, il immortalisa cette horreur.

– Envoyez ça à Seattle immédiatement, fit-il en tendant sa pellicule à Homer Pink, l'un des surveillants de l'hôpital.

La morgue se trouvait au sous-sol du bâtiment, comme s'il fallait déjà préparer les corps à leur future demeure : sous terre.

Pink était à six mois de la retraite. De toute sa carrière, il ne se souvenait pas d'avoir entendu parler d'une telle sauvagerie. Pourtant, il en avait vu des corps mutilés. Mais c'était toujours dû à des accidents. Et cela changeait tout à ses yeux.

– Ça ne devrait pas être possible ! fit-il en rajustant sa casquette sur son crâne dégarni.

Blake s'arrêta d'enfiler ses gants en latex. Son regard inquisiteur se fixa sur le surveillant.

– Qu'est-ce que vous faites encore là ?

Pink grommela une excuse et s'en alla furieux. Il n'aimait pas être commandé, mais il savait reconnaître une autorité supérieure quand elle s'imposait à lui.

Il quitta la pièce d'un pas lourd avant de refermer la porte derrière lui.

Blake soupira et finit d'enfiler ses gants. Il n'en voulait pas réellement à cet homme. Mais la règle d'or pour tout médecin légiste était d'oublier ses états d'âme dès qu'il franchissait le seuil d'une salle de dissection.

Les indices étaient parfois si infimes qu'une seule pensée vagabonde pouvait vous faire rater l'unique élément recevable.

Il avait à peine quarante-trois ans, et ne comptait plus les abominations sur lesquelles il avait travaillé.

Dépêché du bureau de Seattle, il était arrivé le matin même sur les lieux du drame. Il s'était dès lors interdit toute sensibilité.

Une victime n'était qu'un simple objet de travail.

Il ouvrit sa grosse mallette et étala avec soin tous ses instruments chirurgicaux sur une table. Il prit une petite pince et s'approcha de la première victime.

Le corps n'était pas encore boursouflé par une immersion prolongée dans l'eau. Les yeux étaient grands ouverts.

Il tendit le bras pour incliner de façon optimale la lampe orientable bien au-dessus du bassin. Des plaies béantes le déformaient de façon épouvantable.

Il était temps d'effectuer les premiers prélèvements externes, avant d'aller chercher des traces de sperme à l'intérieur des chairs martyrisées.

Deux heures s'étaient écoulées quand quelqu'un frappa à la porte. Blake se figea puis se redressa.

– Entrez, fit-il sans se retourner.

La porte s'ouvrit et le shérif Logan entra dans la salle.

– Tu as eu l'identification ? demanda Blake.

Logan ne put retenir un regard sur le corps en cours de dissection. Il avait cru, en quittant Seattle, ne plus jamais avoir affaire à ce genre de scène. River Falls était une ville plutôt tranquille où les crimes étaient rares, et jamais d'une telle violence.

Autant pour mes espoirs ! se dit-il en s'évertuant d'ignorer l'insupportable odeur de putréfaction.

– Non. La police scientifique a remodelé leur visage sur ordinateur. Les filles n'apparaissent dans aucun fichier de disparues.

Il savait que ces visages figuraient sur un mail à son bureau. Il n'avait pas eu le courage d'ouvrir le fichier. Cela pouvait attendre.

– Pas étonnant, fit Blake en reposant son scalpel souillé sur la table.

Il regarda sa montre. Une pause serait vraiment la bienvenue. Ses muscles dorsaux étaient ankylosés.

Il se dirigea vers une chaise et s'y affala.

– Pourquoi ? fit Logan qui avait compris où le légiste voulait en venir. Tu as pu dater le moment de leur mort ?

Il sortit machinalement son paquet de cigarettes.

Blake jeta un regard indigné sur le paquet. Logan le remit dans sa poche.

– Au stade où j'en suis, je ne peux te donner une heure précise. Mais, vu l'état des nécroses, je peux t'affirmer que pas plus d'une journée, ou de deux tout au plus, est passé depuis leur mort. Mais les résultats des prélèvements me permettront certainement d'être plus précis, fit Blake.

– Trop tôt pour qu'un mari signale une disparition.

– Pas d'alliance, nota Blake. (Avant que le shérif ne le contredise, il précisa :) Ni aucune marque sur l'annulaire.

Logan émit un faible assentiment. Il aurait tout donné pour être ailleurs.

– Je parierais sur des étudiantes. As-tu demandé au président de l'université si des élèves s'étaient absentées ? ajouta le légiste.

– Quel âge tu leur donnes ?

Blake se frotta le front et essuya un filet de sueur.

– Entre dix-huit et vingt-deux ans.

Dans leur rigidité, le cadavre disséqué et celui de l'autre jeune fille semblaient les écouter pensivement.

Logan tapa du pied sur le sol. Jamais il n'aurait cru que ces visages sauvagement tailladés avaient pu être ceux de si jeunes filles. Il était persuadé qu'elles avaient plus de trente ans !

– Merde ! jura-t-il.

Il savait que c'était stupide, mais il était encore plus écœuré du fait de leur âge. Des gamines !

Il sortit son portable et appela le bureau de police. Il tomba sur le sergent Martinez.

– Sergent, allez dans mon bureau, ouvrez le fichier joint au mail de Seattle et imprimez les photos. Puis vous foncez à l'université et demandez au président de vérifier si ces jeunes filles appartiennent à son établissement.

– Ce n'est pas possible. J'ai vu leur visage, elles avaient l'air…, commença le sergent d'une voix mal assurée.

– Faites ce que je vous dis et ne vous posez pas de questions.

– Très bien, shérif. Je m'en occupe tout de suite.

Logan referma son portable et le remit dans sa poche. Si ça ne donnait rien, il ne resterait plus qu'à faire parvenir les portraits à la presse. Dieu sait qu'il n'en avait pas envie. Il n'aimait pas les charognards.

Il secoua la tête et revint à la réalité présente.

– Elles ont été violées, fit-il.

Ce n'était pas une question. Il attendait juste une confirmation.

– Si tu veux dire par un sexe humain, je n'en suis pas certain. J'ai fait des prélèvements, commença-t-il en désignant une boîte remplie de sachets en plastique. Il va falloir attendre que je retourne à Seattle. Mais l'homme s'est véritablement acharné sur son sexe. J'ai retrouvé des morceaux de verre jusqu'au fond du vagin.

Logan ne put retenir un frisson. Un tesson de bouteille enfoncé jusqu'au plus profond de son intimité.

Saloperie de malade ! ragea-t-il en lui-même.

– Tu penses qu'il agit selon une sorte de rituel ?

Blake se leva et s'approcha de l'autre table de dissection.

– Je n'ai pas encore étudié le second corps mais, à première vue, si les incisions et les mutilations sont de même nature, on ne peut pas parler de méthode stricte.

– Un tueur en série ? lança Logan.

Blake fit un geste d'ignorance.

– C'est possible. Peut-être met-il au point sa technique. Peut-être pas. Seattle va faire des comparaisons avec d'autres meurtres de jeunes filles non élucidés. Mais, tu sais, il n'y a rien qui ressemble plus à une femme torturée qu'une autre femme torturée, fit-il d'un ton clinique.

Sans s'en rendre compte, Logan s'était rapproché de la seconde victime.

Le visage avait été entaillé avec sauvagerie et cruauté. Une partie de la joue avait été complètement arrachée par il ne savait quel instrument de torture. La moitié du cuir chevelu était détaché du crâne. Un des seins manquait.

Il détourna le regard et vit son propre visage dans un miroir suspendu de l'autre côté de la pièce. Il était livide.

– Très bien, fit-il.

Il se racla la gorge et mit ses mains dans les poches.

– Dès que tu auras rédigé ton rapport, envoie-le-moi aussitôt.

– Ce sera fait, dit Blake qui retourna près de la table où il avait posé ses instruments.

Logan eut froid dans le dos en imaginant qu'un autre homme avait eu les mêmes gestes, mais sur des êtres bien vivants et terrifiés.

– Au fait, j'en ai fini avec le corps de Tommy Sheppard. Comme je le présumais, sa nuque n'a pas été brisée dans l'accident. Il y a une trace de griffure sur le côté de la mâchoire.

Logan vit aussitôt la scène. Le tueur attrapant le gamin inconscient et, d'une traction violente, prenant d'une main la mâchoire pour faire tourner la tête jusqu'au craquement des vertèbres cervicales.

Il sortit de la morgue et remonta au second étage de l'hôpital.

– Quelqu'un a essayé de le voir ? demanda-t-il en retrouvant le sergent Portnoy.

– Non, sa mère est toujours à ses côtés.

– OK. Surtout vous ne bougez pas. Wolf viendra prendre la relève dans deux heures.

Portnoy regarda sa montre. Il était à peine midi. Cette journée était interminable.

– Ah ! oui, j'oubliais. Une journaliste du *Daily River* est passée. Je ne lui ai rien dit bien sûr.

Logan enregistra le fait. Qu'est-ce qu'il y avait à dire de toute façon ? Ils ne savaient rien !

Leur seul espoir était que le garçon se réveille et puisse faire un portrait-robot du tueur ou, mieux encore, qu'il le connaisse personnellement.

Mais cela ne pouvait fonctionner que si le tueur était du coin. Et, statistiquement, la plupart des tueurs en série prenaient soin de voyager au gré de leurs offices.

Il ressortit de l'hôpital. La pluie avait cessé de tomber. Il sentit son ventre gargouiller mais il était incapable d'avaler quoi que ce soit. Les images des corps des deux jeunes filles étaient encore trop présentes dans sa tête.

Il monta dans sa Cherokee et fonça vers le commissariat.

4

Sarah se réveilla en sursaut. Elle bondit du lit et regarda sa montre. Midi vingt.

Mince ! Elle allait encore se faire convoquer, c'était sûr !

Après son agression matinale, elle s'était allongée sur son lit. Et, sans s'en rendre compte, elle s'était rendormie.

Elle s'habilla en vitesse, prit le temps d'un maquillage minimum et descendit les larges escaliers du dortoir. Elle quitta le bâtiment et traversa au pas de course les allées bordées de grands cyprès qui menaient au réfectoire.

Elles auraient pu venir après les cours pour me réveiller ! pesta-t-elle contre ses amies.

Elle arriva tout juste avant la fin du premier service.

Elle prit son plateau, des couverts et un verre, et sentit aussitôt que quelque chose n'allait pas.

La cantine n'avait jamais été aussi silencieuse. Même si l'environnement était comme toujours très chaleureux, l'atmosphère, en revanche, était pesante.

Habituellement, dans la file d'attente du self, on entendait les étudiants de la salle de repas s'exprimer à pleine voix, s'interpellant d'une table à l'autre, rattrapant ainsi le manque de paroles imposé par les cours.

Il n'y avait personne avant elle. Elle fit glisser son plateau jusque devant un grand choix d'entrées. Elle choisit une salade de tomates. Devant les plats chauds elle hésita.

Le cuisinier d'origine mexicaine était face à ses fourneaux. Il se retourna et lui demanda ce qu'elle souhaitait. Son visage, d'habitude si souriant, était comme figé dans la glace.

– Bonjour, je vais prendre un poisson accompagné de pommes sautées, dit-elle après avoir fait son choix.

L'homme acquiesça dans un silence gêné.

Une fois servie, elle se dépêcha de prendre un dessert et une eau minérale avant de rejoindre les autres étudiants dans la grande salle.

Cette fois, elle n'eut plus de doute. Il s'était passé quelque chose. L'atmosphère était lourde. Bien plus lourde que les volumineux nuages qui survolaient la ville.

Les étudiants étaient d'une dignité étonnante. Ils mangeaient en silence, évitant les grands gestes démonstratifs. Ils murmuraient presque.

Elle repéra ses trois meilleures amies à leur table habituelle. Elle traversa la salle pour aller les rejoindre, l'estomac noué.

Elle tira une chaise vers elle et s'assit à leurs côtés.

Ses amies la regardaient d'un air perdu.

– Je peux savoir ce qu'il se passe ? essaya-t-elle de dire d'un ton anodin.

Mais sa voix la trahit. Un léger tremblement avait ponctué chacun de ses mots.

– Tu n'es pas au courant ? s'étonna Shanice London.

Elle était grande, longiligne. L'ovale de son beau visage de madone mettait en valeur ses grands yeux verts.

– Au courant de quoi ?

– Du tueur en série, lâcha Lisa Stein.

Soudain, un frisson glacé parcourut le corps de Sarah.

– Mais de quoi tu parles ? ! bredouilla-t-elle.

– Deux filles ont été retrouvées mortes, ce matin, dans le lac. On ne sait rien sur leur identité. Mais une voiture de police vient d'arriver. À tous les coups ce sont des étudiantes, intervint Courtney Fox.

Le temps s'arrêta. Sarah était pétrifiée. Elle n'avait aucun élément concret pour mettre un nom sur les victimes, mais un doute immense s'insinuait en elle. Il fallait qu'elle s'assure d'une chose.

– Qu'est-ce qu'il leur est arrivé ? demanda-t-elle horrifiée.

– On ne sait pas trop. Il paraît qu'elles ont été violées, torturées et enfermées dans des sacs. Avant d'être jetées dans le lac, répondit Lisa.

C'était une petite brune. Tout comme ses copines, elle avait un corps sculptural qui faisait vibrer tous les garçons.

– Aussi bien, il les a jetées encore vivantes dans l'eau ! ajouta Courtney.

Blonde avec un visage rond toujours illuminé par un éblouissant sourire qui était capable de faire fondre le plus endurci des hommes.

– C'est horrible ! Tu imagines ? ! Qui sera la prochaine victime ? dit Shanice.

Un court silence pesant succéda à sa remarque.

– Mais qui vous dit que c'est un tueur en série ? Peut-être voulait-il seulement s'en prendre à elles ? De toute façon, je suppose que tous les flics de la ville vont être sur l'enquête. Il doit bien y avoir des indices, des éléments, fit Sarah, essayant de dédramatiser.

Mais sa phrase tomba complètement à plat. Personne n'y croyait, pas même elle.

– Comme tu es naïve ! Les flics de River Falls sont des ploucs. De toute façon, tout le monde sait qu'on ne peut arrêter un tueur en série que s'il fait tout pour se faire arrêter, la contra Lisa.

– Les pauvres, vous imaginez ce qu'elles ont dû subir ? Se faire déshabiller par ce maniaque pervers, sentir ses sales pattes sur son corps, se faire torturer… commença Courtney.

– Tais-toi ! la coupa Sarah.

Courtney avait toujours eu un faible pour les films d'horreur, les histoires sordides. Jusqu'à présent les filles avaient toujours bien aimé sa façon de les raconter. Aujourd'hui ce n'était pas le cas.

– J'espère qu'ils vont renforcer la sécurité aux entrées, fit Lisa qui, sans s'en rendre compte, avait rentré la tête dans les épaules.

Sarah jeta un regard sur les tables alentour.

Tout le monde ne parlait que de ça. Elle vit Brian assis à la plus grande tablée avec une partie de l'équipe de football.

Il surprit son regard et fit une moue peinée qui lui fendit le cœur.

– En tout cas, moi, je ne sors plus seule tant qu'ils ne l'auront pas retrouvé, dit Shanice.

Courtney eut un petit rire taquin.

– De toute façon, tu ne sors jamais seule ! Tu es tout le temps avec Edward.

Tout comme Brian Hoggarth, Edward Spatling faisait partie de l'équipe de football. Une tête bien pleine sur une montagne de muscles.

– Ouais, mais, aussi costaud qu'il soit, il ne pourra rien faire contre un pistolet sur la tempe, rétorqua Shanice.

Lisa secoua la tête.

– Arrête, tu crois vraiment qu'un tueur en série irait s'en prendre à une fille accompagnée d'un type comme Edward ? ! ironisa-t-elle. Les tueurs en série sont des lâches. Ils ne s'attaquent qu'à des filles isolées. Ils ont trop peur de se faire prendre.

– De petites lopettes, des minables, qui passent leur temps à se branler devant des vidéos ! ajouta Courtney.

L'évocation de la relation entre Shanice et Edward avait quelque peu rassuré Sarah.

Elle-même sortait depuis presque trois mois avec Brian. Bien qu'il tienne à ce que leur relation reste discrète, elle savait qu'elle pouvait compter sur lui.

– Il faut qu'on se trouve un mec ! lança Courtney en regardant tour à tour Sarah et Lisa.

– Pauvre fille ! marmonna Lisa en levant les yeux au ciel.

Cette dernière sortait avec Sam Hughes. Un garçon qui passait plus de temps à la bibliothèque que dans les salles de sport.

– Sam est le type le plus génial qui soit. Même s'il n'est pas baraqué comme Ed, au moins il a un cerveau, lui. En plus, il assure un max, si tu vois ce que je veux dire.

Les filles rirent de bon cœur. Elles adoraient taquiner Lisa sur le physique de son homme, tout en reconnaissant qu'il était vraiment sympathique.

– Le cerveau, pour ce que ça leur sert ! fit Shanice.

Les quatre filles explosèrent de rire. Soudain elles réalisèrent que tous les regards étaient braqués sur elles.

Le rouge leur monta au visage. Elles baissèrent vivement la tête sur leur assiette et finirent de manger en essayant de contenir leur fou rire.

Le choc de la nouvelle à présent digéré, c'était leur façon à elles d'oublier cette horreur.

– Vous vous êtes encore fait remarquer, fit Sam en se rapprochant des quatre filles.

Tous les élèves avaient été convoqués dans le stade, situé derrière les bâtiments administratifs. Sous un ciel menaçant, les deux mille huit cents étudiants de l'université attendaient patiemment l'intervention du président, Gordon Augeri.

– Excuse-nous, il n'y a pas mort d'homme, on ne l'a pas fait exprès, fit Lisa en lui prenant la main.

Sam fronça les sourcils sur ce trait d'humour malvenu.

Une certaine agitation parcourut les gradins. Augeri venait de faire son apparition derrière le micro.

– Mes chers élèves, aujourd'hui restera à tout jamais une journée noire pour River Falls et pour notre université en particulier.

Les derniers murmures s'arrêtèrent aussitôt. Seul celui du vent rompit le silence qui avait gagné l'assemblée.

Augeri porta son regard sur la foule de ses étudiants et reprit sur un ton solennel.

– Les corps de nos chères Lucy Barton et Amy Paich viennent d'être découverts. C'est une terrible nouvelle qui nous plonge tous dans une grande peine.

Un brouhaha de stupéfaction s'éleva. Sarah serra les poings. Son intuition était juste. Elle sentit aussitôt ses yeux se gonfler de larmes qui roulèrent sur ses joues.

– En ce moment tragique, notre devoir envers elles nous oblige à une grande dignité et à un profond recueillement, continuait Augeri.

Puis il enchaîna, vantant les mérites des deux étudiantes, rappelant leur gentillesse, leurs bons résultats, leur participation aux diverses activités sportives…

Mais Sarah ne l'écoutait plus. Elle ne cessait de repenser à la lettre que Lucy avait glissée sous sa porte dans la nuit de samedi.

Elle avait trouvé étrange que son ancienne amie se rappelle à elle après plus de deux années passées à s'éviter. Mais, à présent, elle trouvait cela d'autant plus suspect que celle-ci était morte !

Cela pouvait-il avoir un lien quelconque ?

– Aussi je vous demande, en leur mémoire, une minute de silence.

Un vol d'hirondelles passa dans le ciel. Augeri et ses subordonnés les contemplèrent, le regard absent, tandis que les deux mille huit cents étudiants se recueillaient, tête baissée.

– Je vous remercie, dit-il. (Après une pause, il ajouta :) Les cours de cet après-midi sont tous annulés. Sachez qu'un couvre-feu sera mis en place dès dix heures du soir, jusqu'à nouvel ordre. (Une nouvelle pause et il conclut :) Ayez une pensée pour leur famille. Lucy et Amy nous manqueront à tous.

Le visage grave, Augeri fit un petit salut de la tête, et s'en retourna.

– Merde, c'est pas croyable ! fit Courtney. Lucy et Amy ! Je n'arrive pas à le croire.

– Tu n'étais pas amie avec elles, en arrivant ? dit Shanice à voix basse.

Elle, toujours maîtresse d'elle-même en toute situation, paraissait réellement émue. Son mascara avait coulé sur ses joues.

– Oui, nous étions les meilleures amies du monde, tenta de dire Sarah, mais la fin de sa phrase se termina dans sa gorge.

Elle se remit à sangloter, et s'assit sur la pelouse. Shanice s'accroupit à son côté et la prit dans ses bras.

Tout autour d'elles, des filles et des garçons émus par la solennité du moment se mirent à pleurer, se réconfortant les uns les autres.

– Pleure, Lisa, pleure, fit Sam qui tenait sa petite amie dans le creux de son épaule.

Courtney n'avait jamais été aussi triste qu'aujourd'hui de n'avoir personne contre qui se blottir.

Alors que Shanice venait tout juste de la raccompagner dans sa chambre, quelqu'un frappa à la porte de Sarah. Elle se leva et alla ouvrir.

– Salut, Sarah, dit Brian.

Elle le fit entrer et, dès que la porte fut refermée, elle se jeta dans ses bras, sanglotant de plus belle.

Brian l'entraîna sur le lit. Ils s'assirent un long moment avant de s'allonger l'un sur l'autre.

Lentement, avec délicatesse, Brian remonta sa main sur l'un des seins de Sarah.

– Non, s'il te plaît, fit-elle. Je t'en prie.

Brian se figea et lui sourit d'un air désolé.

– OK, je comprends, dit-il. (Après un silence, il ajouta :) Je sais que c'est horrible ce qui est arrivé, mais tu n'as aucune raison d'avoir peur. Tu sais comment elles étaient…

Ce fut au tour de Sarah de se glacer.

– Qu'est-ce que tu veux dire ? demanda-t-elle d'un ton soudain agressif.

Sarah se décolla du corps de Brian et s'assit sur le lit.

– Eh bien, tout le monde sait qu'elles avaient de mauvaises fréquentations.

Il s'assit à son tour et tenta de passer son bras autour des épaules de Sarah, mais elle le repoussa aussitôt.

– De mauvaises fréquentations ! Et tu crois que cela permet tout ? Tu penses qu'elles ont mérité leur sort, peut-être ? ! s'indigna-t-elle.

Sa colère ne demandait qu'à sortir. Elle savait que Brian n'était pour rien dans ce subit accès de violence, mais il fallait qu'elle évacue sa douleur d'une manière ou d'une autre.

– Je n'ai jamais voulu dire ça, se défendit Brian. Mais seulement qu'il n'est pas impossible qu'elles soient tombées sur un malade à cause de leurs fréquentations. Toi, tu n'as aucune raison de rencontrer un tel genre de type.

Sarah baissa la tête. Brian ne voulait que la rassurer mais, d'une certaine manière, il rejetait la faute du meurtre sur Lucy et Amy. C'était abject.

– Écoute, j'ai besoin d'être seule. On se voit ce soir, dit-elle.

Il lui caressa les cheveux. Cette fois elle le laissa faire.

– Je suis là, Sarah. Rien ne pourra t'arriver tant que je serai près de toi. Tu le sais ?

Sarah redressa la tête. Il y avait vraiment de l'amour dans ses yeux, du moins une réelle compassion.

– Je sais, Brian. Je t'aime.

Il lui sourit et, rapprochant son visage du sien, il y déposa un doux baiser avant de se lever.

– On se retrouve au *Harry's Bar* ce soir. Il faut oublier tout ça. La vie doit reprendre son cours.

Sarah n'avait absolument aucune envie de sortir. Mais elle avait encore moins envie de passer la nuit toute seule.

– J'y serai, Brian. À ce soir.

Il était sur le point de s'en aller et, avant d'ouvrir la porte, il se retourna et lui envoya un baiser qu'il souffla sur sa main.

Quand il fut enfin parti, Sarah poussa un profond soupir. Elle avait été à deux doigts de lui parler de la lettre. Cependant, sa réaction à propos des fréquentations de ses anciennes amies lui avait fait craindre qu'il ne l'assimile à elles.

Elle se leva et alla à son bureau. Elle ouvrit le deuxième tiroir et en sortit l'étrange lettre de ses amies.

Elle avait été très émue à sa lecture, et l'avait rangée avec les lettres de sa famille.

Cette fois elle la rouvrit délicatement et la relut avec une attention toute particulière.

Très chère Sarah, si depuis notre arrivée à l'université nos chemins se sont séparés, nous regrettons sincèrement toutes les vilaines choses que nous avons dites sur toi quand tu as décidé de ne plus nous voir. Mais nous avons vécu tant de bons moments à Silver Town que, maturité oblige, nous aimerions vraiment reconstruire quelque chose ensemble. Nous t'envoyons cette lettre plutôt que de te parler, car nous savons que nous ne sommes plus du même monde. Nous ne voulons en aucun cas que tu te sentes obligée de t'afficher avec nous, si tu nous détestes toujours autant. En revanche, si tu es d'accord pour qu'on discute du bon vieux temps et qu'on essaye d'oublier le passé, rejoins-nous au Kingdom's Tavern *demain soir à huit heures.*

Personne ne te verra et nous pourrons discuter tranquillement autour d'un gin-fizz.

Une larme tomba sur la lettre. Sarah posa ses coudes sur le bureau, son visage entre ses mains.

Pourquoi avait-il fallu qu'elles meurent ? Peut-être que si elle était allée au rendez-vous les choses se seraient déroulées différemment. Elles auraient passé la soirée ensemble et, ainsi, évité l'homme qui allait les tuer.

Si seulement elle n'avait pas été aussi égoïste !

Mais une autre pensée lui vint. Une pensée bien plus terrible : peut-être aurait-elle été tuée comme ses amies ?

Un sentiment de frayeur la saisit. Elle devait absolument aller voir la police.

Mais elle ne se sentait pas capable de le faire pour le moment. Le commissariat devait pulluler de journalistes et s'il y avait bien une chose qu'elle ne voulait pas, c'était qu'on parle d'elle. Elle essaierait de s'y rendre dans la matinée du lendemain. Peut-être seraient-ils tous partis ?

5

Logan ne savait plus où donner de la tête. Toutes les huiles de la ville, des villages alentour et même de Seattle ne cessaient de le harceler. Il avait demandé au sergent Julie Monroe de filtrer les appels. Mais rien n'y faisait. Il venait de passer plus de deux heures au téléphone à répondre à des questions stupides.

Par ailleurs, il savait que deux autres de ses agents étaient surchargés d'appels de simples citoyens s'inquiétant pour leur progéniture. Sans parler de tous les autres qui étaient certains d'avoir vu le tueur.

Monroe et Little notaient méthodiquement toutes les déclarations. Il doutait de tirer grand-chose de tout ça.

Il venait tout juste d'avoir un entretien avec le maire de la ville, Clive Nolden, qui lui avait mis la pression. Logan avait pris sur lui pour ne pas s'emporter.

– Ils ne vont pas me lâcher ! soupira-t-il une fois le combiné reposé.

Si seulement on lui laissait le temps d'aller sur le terrain et de mener les premières vérifications en toute tranquillité…

Il regarda la pendule murale. 17 h 30. Il poussa un soupir, quitta son fauteuil, rajusta la ceinture de son pantalon et sortit de son bureau.

Le lieutenant Blanchett fonça à sa rencontre.

– Shérif, les journalistes attendent votre intervention. Je vous ai préparé ça.

Logan prit la feuille de papier, la lut d'une traite. Un sourire amer s'afficha sur son visage. Heureusement qu'il pouvait compter sur son équipe, et en particulier sur la plus jeune de ses lieutenants.

– C'est très bien. Ça devrait leur suffire pour aujourd'hui. Merci.

Blanchett le regardait gravement en restant plantée devant lui.

– Vous savez, on n'est pas habitué à ce genre d'événement par ici. Je suis contente que vous soyez là.

Cela faisait seulement trois mois qu'il avait été élu shérif à River Falls. Dès le premier jour, tout le personnel du commissariat avait été derrière lui. De braves gens, honnêtes et attentifs, comme il en manquait dans la mégalopole qu'était devenu Seattle.

– Ce n'est certainement pas le meilleur moment pour se complimenter, mais je suis ravi d'avoir une équipe telle que la vôtre à mes côtés.

Faisant mine de vaquer à leurs affaires, les autres policiers présents ne purent s'empêcher d'afficher un sourire de satisfaction.

L'unique commissariat de River Falls était comme une grande famille. Tout le monde se connaissait et se respectait.

Logan s'avança vers la sortie, relut une nouvelle fois la note de Blanchett, mémorisa les principaux axes du discours, puis sortit à l'air libre. Une estrade et un micro avaient été préparés.

Un brouhaha insupportable l'agressa aussitôt. Il devait bien y avoir plus de trente journalistes, sans compter les perchistes et les cameramen.

Toute la confrérie s'est-elle donné le mot ? ! se demanda-t-il en les détestant encore un peu plus.

Il réussit à cacher son mépris et se dirigea vers le micro.

– Mes chers concitoyens, c'est le cœur blessé que je dois vous annoncer la mort de trois de nos résidents. Tommy Sheppard, Lucy Barton et Amy Paich. En premier lieu, je voudrais adresser aux familles de nos disparus, au nom de toute la police de River Falls, nos plus sincères condoléances, et leur faire part de notre peine qui se joint à la leur. Quant à Jeremy Sheppard, toutes nos prières vont à Dieu et je souhaite de toute mon âme qu'il sorte rapidement et sans séquelles de son coma.

Il laissa passer le temps d'un recueillement. Les journalistes eurent au moins la dignité de ne pas le briser. Puis il reprit, sous les flashs des photographes :

– À l'heure où je vous parle, rien ne donne à penser qu'il s'agisse d'un tueur en série. Néanmoins, nous prions tous les habitants de la ville, et cela en parfait accord avec notre bon maire Nolden, de bien surveiller les enfants, les leurs comme les autres. Assurez-vous de savoir où ils vont et avec qui ils se trouvent…

Il continua ainsi, débitant des propos d'une stupidité sans borne mais qu'il savait obligatoires dans une telle situation.

Les habitants autant que le maire de la ville avaient besoin d'être rassurés. Ils voulaient qu'on leur donne des consignes à respecter.

Comme si l'on pouvait faire grand-chose contre un tueur en série ! Mais il continua à parler d'une voix vibrante d'émotion.

– En dernier lieu, sachez que nous ne lésinerons sur aucun effort pour arrêter cet individu. Si quelqu'un, parmi vous, se souvient du moindre détail, aussi futile puisse-t-il lui paraître, qu'il veille à nous en faire part le plus rapidement possible.

C'était la phrase la plus difficile à prononcer. Il était certain qu'au commissariat, dès le soir même, le téléphone n'allait pas cesser de sonner, que ça allait être un interminable défilé de remarques sur le moindre comportement suspect.

Qui, ayant vu une voiture roulant au ralenti. Qui, ayant aperçu un vagabond ou un original vêtu de façon étrange. Qui, soupçonnant depuis toujours un voisin de pratiques sexuelles répréhensibles !

– Je vous remercie de votre attention. Et que Dieu nous aide, finit-il en espérant paraître sincère.

Ce fut le signal qu'attendaient les journalistes. Un flot ininterrompu de questions jaillit de toutes parts.

– Quels éléments tangibles avez-vous trouvés ?

– Dans quel état se trouvaient les corps d'Amy et Lucy ?

– On parle de sévices sexuels. Pouvez-vous nous en dire plus ?

– Pourquoi croyez-vous qu'il ait voulu tuer les fils Sheppard ?

– Jeremy Sheppard a-t-il pu parler ?

Logan les regarda froidement.

Les porcs, ils ne pensaient tous qu'à leur papier et à leur direct aux informations télévisées. Aucune pensée pour ces filles et le gamin qui avaient trouvé la mort.

Vous voulez que je vous donne l'enregistrement de l'autopsie pour pouvoir le diffuser ! pensa-t-il avec une ironie pleine de fiel.

Il sentit une main qui le tirait en arrière. C'était Blanchett. Il croisa son regard et la remercia en quittant l'estrade au plus vite.

– Vous avez été parfait, le félicita-t-on.

Il lut un réel et profond respect dans les regards de ces hommes et femmes qui n'avaient pas l'habitude de traiter de tels événements, si courants à Seattle.

Il retourna dans son bureau et ouvrit ses derniers mails.

Il en découvrit un tout récent de Nathan Blake :

Les bris de verre sont bien ceux d'un phare, mais nous n'avons toujours pas identifié la marque. Aucune fibre exploitable. Je n'ai rien trouvé sur le corps des trois victimes qui permette de lancer la moindre recherche. Il faudra qu'un jour je téléphone à Grayson pour lui demander comment il fait pour réussir à tous les coups.

Logan sourit. Tout comme Blake, il trouvait insupportables les séries comme *Les Experts* et autres feuilletons du même acabit. Pas un meurtrier sur mille n'était retrouvé grâce à la police scientifique !

Il continua la lecture du mail. Blake exposait ensuite tous les détails immondes des sévices qu'avaient subis les jeunes filles. C'était abominable.

Il ouvrit ensuite ses autres messages, dont celui de John Peart, shérif de Silver Town, la ville où les deux suppliciées avaient passé toute leur adolescence.

Logan avait été soulagé de ne pas avoir à annoncer la mort des deux jeunes filles à leurs proches.

Comme ses autres correspondants, Peart lui souhaitait de réussir dans son enquête et se proposait de l'aider si besoin était.

Il répondit à une dizaine de messages puis s'affala dans son fauteuil. Il n'avait toujours rien mangé. Son estomac gargouillait, malgré son peu d'appétit. Cependant il savait qu'il devait se forcer, sinon il allait s'effondrer.

Il y avait une pizzeria sur l'avenue Billings. Une des meilleures de toute la ville. Située dans le quartier populaire de River Falls, c'était l'endroit idéal pour passer la prochaine heure en toute tranquillité.

Il fit un effort pour s'extraire de son fauteuil, prit son blouson accroché au portemanteau et alla retrouver Blanchett.

– Je vais dîner. Vous n'êtes pas obligée de faire des heures sup.

– C'est gentil, mais nous avons déjà quinze personnes qui attendent pour déposer leur témoignage. On va en avoir jusqu'à tard dans la soirée.

Logan jeta un coup d'œil dans les pièces voisines. Ses officiers étaient à l'écoute des premiers citoyens prompts à déverser leurs soupçons.

Il eut une moue désolée.

– Si vous avez besoin de moi, n'hésitez pas à m'appeler.

– Allez prendre l'air. Vous n'avez pas arrêté depuis ce matin.

Logan la remercia du regard et s'éclipsa par une entrée annexe. Il craignait que quelque journaliste ne profite de sa sortie pour le harceler. Il n'était plus certain de pouvoir garder son calme. Blanchett avait raison, il devait prendre du recul.

Il renonça à sa Cherokee et prit une des voitures banalisées du commissariat. Direction l'avenue Billings.

Callwin avait roulé durant près d'une heure, non stop. Elle avait laissé la radio allumée sur les chaînes d'informations en continu et priait pour que la conférence de presse du shérif Logan ait lieu le plus tard possible.

Pour l'instant, personne ne connaissait encore l'identité des victimes. Elle aurait fait partie du lot si Gene Brolin, un des professeurs de sport de l'université de River Falls, ne l'avait appelée aussitôt après que le sergent Martinez eut montré les portraits-robots au directeur Augeri.

Elle se gara devant la maison de la famille Barton, puis attendit patiemment le moment opportun.

L'allocution de Logan n'avait toujours pas commencé. Elle attendit une dizaine de minutes avant de voir la voiture du shérif local arriver dans la rue et se garer devant la maison.

Callwin s'alluma une cigarette, tandis que le shérif Peart et son adjoint allaient sonner à la porte. Une femme dans la quarantaine, plutôt mignonne, les accueillit avec un sourire anxieux.

Callwin tenta de ne penser à rien, sans y parvenir.

Les deux policiers entrèrent.

Moins de trente secondes plus tard, Callwin entendit un hurlement inhumain jaillir de la maison. Elle se mordit les lèvres, serra le poing et tira sur sa cigarette.

Elle patienta encore une dizaine de minutes avant que le shérif et son acolyte ne ressortent. Elle attendit que les deux hommes aient repris leur voiture pour sortir de la sienne.

– C'est maintenant ou jamais, ma grande, s'encouragea-t-elle.

Elle alla à la porte, inspira un grand coup et frappa. Au bout de quelques secondes, un homme d'une cinquantaine d'années, au visage sévère, lui ouvrit. Ronnie Williams. C'était le beau-père de Lucy Barton.

– C'est un crève-cœur pour moi d'oser vous déranger en un moment pareil, mais nous sommes tous sous le choc de la disparition de votre fille. Et…

– Vous n'êtes pas de la police.

Ce n'était pas une question. Elisabeth Barton arriva du couloir, presque chancelante.

– Je travaille pour le journal de River Falls. Je n'ai pas envie que les citoyens de notre ville ne pensent à Lucy qu'en fonction d'une simple photo. Je voulais seulement que vous me parliez d'elle, pour expliquer à nos concitoyens qui était Lucy, la fille adorable de Silver Town.

Callwin savait que le moment fatidique allait arriver. La gifle ou la victoire.

– Vous croyez que c'est le moment ! tonna Ronnie.

– C'est seulement que je n'ai pas envie qu'un ramassis d'immondices soit raconté sur votre fille. Des rumeurs circulent déjà sur ses mauvaises fréquentations. Je tenais seulement à faire passer un autre message à nos lecteurs. Je crains que d'autres journalistes n'aient pas le même sens moral que ceux de notre quotidien.

Une veine battait de plus en plus fort à la tempe de l'homme.

– Foutez le camp ! lança-t-il.

– Allez-vous-en ! hurla Elisabeth en se rapprochant.

– Votre fille n'était pas une délinquante. C'est cela que je veux que vous disiez à la face de l'Amérique.

Callwin se tenait prête à recevoir la gifle qu'elle savait mériter. Mais non, ses paroles semblèrent faire lentement leur effet.

L'homme parvint à se calmer, et l'invita à entrer dans la maison.

Callwin jubila intérieurement. L'interview à chaud des parents d'une des victimes. Ça c'était un scoop !

Et dire que c'est elle, également, qui sous un pseudonyme répandrait les sales rumeurs sur leur fille !

C'était ça aussi l'impartialité du journaliste. Montrer tous les angles d'une vérité.

Elle pénétra dans le modeste salon, et pensa qu'ils avaient dû se saigner aux quatre veines pour pouvoir offrir des études à leur fille.

Tout cet argent dépensé pour rien, se dit-elle avec cynisme.

– Qu'est-ce que vous voulez ? demanda Ronnie.

– Seulement que vous me parliez d'elle. Si je peux me permettre, je vous demanderai une photo.

Il jeta un regard à son épouse.

– Écoute, chérie, va t'allonger, j'en ai pas pour longtemps.

Une demi-heure plus tard, Callwin ressortait de la maison avec dans son sac son dictaphone et une photo de Lucy à l'âge de dix-huit ans.

Ronnie n'avait débité qu'une suite de banalités, mais Callwin savait que, retranscrites à sa façon, elles feraient pleurer dans les chaumières.

Il ne lui restait plus qu'à reprendre la route et à rédiger tous ses articles.

Elle s'était dit qu'un témoignage suffirait mais, maintenant qu'elle était en ville, elle ne put s'empêcher de tenter le tout pour le tout. La famille Paich habitait dans un hameau, à la sortie du bourg. Qu'est-ce que ça lui coûtait d'aller y faire un tour ?

Même si elle se sentait épuisée, elle savait que c'était son jour de chance.

Logan se gara dans l'allée qui menait à sa maison.

Il habitait Cherry Lane. Un quartier typique de ce genre de ville. Une longue avenue bordée de pavillons tous semblables. Aucune barrière ne venait délimiter les pelouses bien entretenues des voisins. Des lampadaires éclairaient régulièrement la route. Des bouleaux s'intercalaient tous les dix mètres. Les trottoirs étaient propres. Pas un bruit à cette heure de la nuit. Les familles étaient toutes paisiblement à l'abri chez elles. Un quartier d'une ville bien tranquille.

Il sortit de sa voiture et se dirigea aussitôt vers la Chevrolet garée en bordure du trottoir. La portière s'ouvrit. Une femme en sortit, enveloppée dans un long manteau.

– Bonsoir, Mike, je peux te parler ?

Logan esquissa un sourire. Il était épuisé et n'avait qu'une envie, prendre une douche et aller se coucher.

– Tu me laisses le choix ? dit-il comme s'il pensait vraiment refuser.

Jessica Hurley secoua la tête, faisant onduler sa longue chevelure brune.

Trente-neuf ans. Un mètre soixante-dix et un corps de jeune fille. Elle avait travaillé avec lui sur de nombreuses affaires au bureau de Seattle.

– Tu ne répondais pas à mes appels ni à mes mails, alors je suis venue.

Une profileuse. Une des meilleures de l'État. Il ne pouvait pas refuser son offre.

– Très bien, entre. Les gens vont se demander ce qu'on complote, fit-il en regardant les rares fenêtres du voisinage encore éclairées.

C'était l'inconvénient d'habiter dans un petit coin paisible.

Les gens passent leur temps à s'espionner ! se dit-il tandis qu'ils remontaient l'allée.

À la lumière du lampadaire, Logan fut obligé d'admettre qu'elle était toujours aussi attirante.

Il ouvrit la porte et la pria d'entrer. Elle posa son manteau et révéla un tailleur sombre, très chic.

– Je te sers quelque chose ?

– Un cognac.

Il alla à la cuisine et revint avec deux verres à la main.

– C'est sympa chez toi, fit-elle en posant son cognac sur une table basse. Tu as toujours eu du goût.

À l'inverse de nombreux policiers célibataires, Logan avait toujours pris soin de son intérieur. Il savait qu'il était capital pour lui de retrouver un refuge reposant et chaleureux après le service.

Il s'installa dans un fauteuil, alors que Hurley choisissait le canapé en cuir.

– Tout se passe bien avec Max ? demanda-t-il d'un ton qui n'était pas aussi détaché qu'il l'aurait souhaité.

Hurley évita son regard et se focalisa sur la cheminée éteinte.

– Plutôt. Il veut qu'on emménage ensemble. (Elle fit une pause.) Mais bon, rien ne presse.

Logan lampa une gorgée de cognac. Il conservait un flegme apparent, même si les battements de son cœur s'étaient accélérés.

– C'est un type sympa, fit-il.

Il n'avait jamais compris pourquoi elle s'était entichée de ce trader sans relief et sans saveur. Le type même du mari gentil, attentionné, fidèle et politiquement correct.

– Oui, et il m'aime beaucoup, répondit-elle.

Logan vit qu'elle le fixait, attentive à la moindre réaction.

Il mourait d'envie de lui dire tout ce qu'il avait sur le cœur. Mais à quoi bon. Trop de choses s'étaient passées. Il savait qu'il ne pouvait pas lui offrir ce qu'elle attendait.

– Tu as de la chance. Je suis heureux pour vous, fit-il en grimaçant un sourire.

Leur histoire était bel et bien terminée. Il ne devrait jamais revenir là-dessus.

– Je suppose que tu n'es pas ici pour parler du bon vieux temps. Qu'est-ce que tu sais de mon affaire ? enchaîna-t-il.

Logan avait senti qu'elle souhaitait lui parler de choses personnelles. Il n'avait pas envie de les entendre.

Hurley comprit que ce n'était pas le moment d'engager la conversation au sujet de leur relation et s'obligea à revenir au présent.

– Blake m'a fait passer tous ses rapports. Le tueur ou la tueuse…

– Une femme ? l'interrompit Logan qui arrêta son geste, son verre au bord des lèvres.

Il n'avait jamais pensé que cela puisse ne pas être un homme.

– Bien que peu probable, cela n'est pas impossible. Il peut tout aussi bien s'agir d'un couple, à ce que l'on en sait, fit-elle en reprenant le fil de ses pensées. Les analyses de l'ADN retrouvé sur le corps de Sheppard n'ont rien donné. Notre tueur n'est pas fiché. Pas aux fichiers des délinquants sexuels. Quant aux deux étudiantes, comme tu le sais, notre tueur a pris soin de les passer au Kärcher avant de les enfermer dans le sac. Pas une seule fibre exploitable.

C'était bien ce qu'il pensait. S'il s'agissait d'un tueur en série, ils étaient coincés.

– Pas de sperme dans le vagin. Vu leur état, et dans l'hypothèse que ce soit un homme, on ne peut pas dire s'il les a pénétrées avec son sexe avant de les charcuter comme tu le sais.

Était-elle obligée de lui rappeler ces images terribles ?

Il fit une moue et finit son verre d'un trait. L'alcool commençait à faire son effet.

– Alors quel profil ?

– Très certainement un homme, et ce n'est pas la première fois qu'il tue. Il n'y a aucune retenue dans sa violence.

– C'est-à-dire ?

– Les tueurs en série accentuent la barbarie de leurs actes au fur et à mesure qu'ils accumulent le nombre de leurs crimes. Plus ils tuent, plus le moment de jouissance est bref. Leur insatisfaction va crescendo et, par conséquent, à chaque passage à l'acte, il faut qu'ils provoquent toujours plus de souffrance.

Logan posa son verre sur la table basse et s'affala dans son fauteuil.

– Quant aux enfants Sheppard, je suis du même avis que toi. Comme tu l'as indiqué dans ton rapport, ils étaient au mauvais endroit au mauvais moment. Notre tueur venait juste de jeter les corps à l'eau quand il a été surpris par leur apparition. Je crois aussi qu'il pensait qu'il n'y en avait qu'un. Mais la mort de Tommy Sheppard nous révèle quelque chose d'intéressant.

Logan se pencha instinctivement en avant.

– Une fois qu'il l'a renversé, il aurait très bien pu le prendre dans son véhicule, s'expliqua-t-elle en réponse au froncement de sourcils de Logan. Mais, plutôt que de l'emmener avec lui et lui faire subir le même sort qu'aux filles, il l'a seulement tué sans se soucier de le faire souffrir.

« Sans se soucier de le faire souffrir » ! La phrase résonna en écho dans la tête de Logan. On lui donnera une médaille quand on le retrouvera !

– Et tu en conclus ?

– Il n'est pas impossible que ce ne soit pas un tueur en série. Peut-être qu'il en voulait simplement à ces deux filles.

– Ou bien il n'est pas attiré par les garçons et ne tue que des femmes, comme la grande majorité des tueurs en série ! fit Logan en se redressant.

Cela appelait un deuxième verre de cognac.

– Tu me sauves la vie avec ces nouvelles informations. L'affaire avance à grands pas ! Tu as bien fait de faire tout ce chemin pour me dire ça !

– Ne sois pas sarcastique. Le Bureau m'a demandé de venir. Je serais bien restée à Seattle s'il n'en avait tenu qu'à moi.

Le Bureau ! Le FBI ne pouvait s'empêcher de mettre son nez partout. Pourtant, cette enquête était de sa juridiction et, autant qu'il sache, à aucun moment il n'avait sollicité leur aide. Même s'il avait prévu de le faire le lendemain, il aurait souhaité qu'ils aient la délicatesse d'attendre qu'il ait formulé sa demande.

– Pardon, mais tout ça me tape sur le système. J'ai fui Seattle pour ne plus avoir à me réveiller avec des cauchemars plein la tête. (Il poussa un gros soupir.) J'en avais assez de tous ces cadavres. Je te jure que j'en avais assez.

Des dizaines d'images de corps refroidis resurgirent à sa conscience. Tant de victimes, tant de vies gâchées. Il avait été à deux doigts de craquer.

– Je te crois, Mike, je te crois.

Hurley se leva et se rapprocha de lui. Logan la laissa faire. Il ne put supporter son regard chargé d'émotion et ferma les yeux.

Il sentit sa main lui caresser les cheveux. Il savoura ce moment un instant avant de l'attraper et de la bloquer.

– Je vais te préparer la chambre d'ami. Il est temps de dormir. J'ai promis à mon équipe d'être sur le pont dès sept heures.

La pendule murale indiquait 00 h 48. Six heures pour récupérer. C'était plus que correct… si seulement il avait la chance de trouver le sommeil.

– Je peux dormir à l'hôtel si tu préfères.

Il eut un petit sourire de dérision.

– Ne fais pas l'idiote.

Elle prit ses mains dans les siennes.

– Je suis contente de te revoir, Mike. (Ils se regardèrent droit dans les yeux avant qu'elle ne détourne la tête.) Je vais chercher mon sac dans la voiture.

Il était près de deux heures du matin quand Logan décida de se lever. Il n'arrivait pas à fermer l'œil. Même s'il répugnait à faire ce qu'il allait faire, il n'avait pas le choix.

Il enfila un caleçon, sortit de sa chambre, longea le couloir et s'arrêta un instant devant la porte de Hurley. Un doux ronronnement lui parvint aux oreilles. Il serra les poings et pinça les lèvres avant de continuer son chemin vers la salle de bains.

Il ouvrit la petite armoire à pharmacie cachée derrière la porte, à gauche du lavabo. Il prit une boîte de Lexomil. Il avait toujours su qu'un jour il en aurait de nouveau besoin.

Mardi 24 avril 2007

1

Sarah sentit qu'on la poussait dans le dos. Elle ronchonna, et se mit à plat ventre sur le lit.

– Sarah ! Réveille-toi ! la secoua Brian.

Ce coup-ci, elle sursauta et sortit de sa rêverie matinale.

Quelle nuit délicieuse… Oubliées les terribles nouvelles de la veille. Elle avait passé la soirée sur un petit nuage. Brian avait été parfait, délicat, attentionné, essayant de l'amuser.

Durant tout le dîner au *Harry's Bar* (un snack à l'entrée est de la ville), il n'avait eu de cesse de la réconforter. Alcool et mots gentils aidant, elle s'était enfin laissée aller.

Quand ils étaient arrivés au motel tout proche, c'était avec une humeur guillerette qu'elle s'était jetée dans ses bras et avait commencé à se déshabiller.

Ils avaient fait l'amour durant plus de deux heures, avec une suite d'orgasmes comme rarement elle en avait connu. Elle s'était endormie sur son torse. Heureuse.

– Quoi ? Parle moins fort. Quelle heure est-il ? fit-elle en se redressant sur le lit.

Brian était déjà habillé et avait ouvert les rideaux. L'aube éclairait faiblement la chambre du motel. Les nuages s'étaient évaporés.

Un bleu profond mêlé à un camaïeu de tons orangés se partageaient le ciel. Le soleil n'allait pas tarder à faire son apparition.

– Tu peux m'expliquer ce que c'est ? fit-il en lui agitant sous le nez la lettre de Lucy et Amy.

Elle était mortifiée. Ils avaient passé une nuit si douce. Pourquoi fallait-il que le réveil soit aussi brutal ?

– Tu as fouillé dans mes affaires ? ! l'attaqua-t-elle.

Elle sortit du lit, le cœur battant à tout rompre, les joues en feu.

– C'est tombé de ton manteau. Explique-moi ! Ça veut dire quoi ?

Il était complètement stressé. Elle ne l'avait jamais vu comme ça. Derrière sa colère, elle le sentit affolé.

Elle attrapa sa petite culotte et l'enfila sans se presser.

– Tout d'abord tu te calmes ! fit-elle d'un ton qu'elle espérait autoritaire.

Elle ne supportait pas les machos. Elle ne s'était jamais laissé dominer par les hommes. Ce n'était certainement pas aujourd'hui que ça allait commencer.

– J'ai découvert cette lettre dimanche matin sous ma porte. Je ne suis pas allée à leur rendez-vous, si tu veux savoir, fit-elle en enfilant son jean. Comme tu as pu le lire, nous ne nous parlions plus depuis des années. Ce n'est que pure coïncidence si elles m'ont écrit juste avant de mourir. (Elle boutonna son jean et prit une pose volontaire.) À moins que tu ne me suspectes de les avoir tuées ? !

L'absurdité de la situation donnait du courage à Sarah.

Elle savait que Brian pouvait céder facilement à la colère, mais elle ne pouvait croire qu'il aille jusqu'à utiliser la force.

Son explication sembla convaincre Brian, qui se calma lentement. Son souffle redevint plus régulier et son visage se détendit.

– Avoue que c'est quand même très étrange qu'elles te contactent juste avant leur mort ?

Sarah attrapa son soutien-gorge et l'agrafa.

– Qu'est-ce que tu veux que je te dise de plus ? J'ai passé une journée épouvantable hier. Mais la nuit a été fabuleuse. Je t'en prie, Brian, ne gâche pas tout.

Elle se rapprocha de lui et lui prit la lettre des mains avant de passer ses bras autour de son cou.

– Excuse-moi, mais c'est tellement étrange que… (Il ne finit pas sa phrase et fit une moue de dépit.) Je ne savais plus quoi penser.

– Alors tu es pardonné. Mais, à l'avenir, évite de hurler.

Brian sourit et l'embrassa d'un long baiser réconciliateur. Leurs bouches se séparèrent enfin et Sarah regarda sa montre.

– Bon, il faut que j'y aille avant que les cours reprennent. Surtout que j'ai déjà manqué toute la matinée d'hier.

– Rien ne presse. Il est sept heures. Tu m'as dit que tu as cours à neuf heures ?

C'était exact, mais elle avait quelque chose à faire auparavant.

– Je dois apporter cette lettre à la police. Peut-être que ça peut leur servir. Je suppose…

– Quoi ? ! s'écria Brian en reculant. Tu ne vas pas aller voir les flics avec ça ! Tu n'es pas sérieuse !

Sarah fronça les sourcils. Il redevenait hystérique !

– Qu'est-ce que tu veux que je fasse d'autre ? ! Lucy et Amy sont mortes dimanche. Au matin j'ai trouvé cette lettre qu'on avait glissée sous ma porte. Ce qui veut dire qu'elles étaient encore en liberté dans la nuit de samedi à dimanche. De plus, ce rendez-vous, ça devrait aider les flics dans leur enquête.

Brian secoua la tête et se mit à tourner en rond dans la chambre.

– Mais tu ne comprends pas ? Si tu vas chez les flics, c'est toi qui vas devenir le suspect nº 1 ! Tu es la dernière personne à avoir eu de leurs nouvelles. Tu as lu ce qu'elles disent ? ! continua-t-il en faisant de grands gestes nerveux avec ses bras. « On aimerait se réconcilier », qu'est-ce que tu t'imagines que les flics vont croire ?

– Moi, le suspect nº 1 ? ! Mais tu ne sais plus ce que tu dis, Brian, fit-elle en rebondissant sur son accusation.

Elle n'aimait pas du tout le ton de cette conversation. Elle n'aurait jamais pensé que Brian fût une poule mouillée.

– Très bien. Alors explique-moi pourquoi vous étiez fâchées depuis des années ?

– Nous n'étions pas vraiment fâchées, répliqua Sarah en se souvenant parfaitement de la raison pour laquelle elles ne se voyaient plus.

– C'était quoi, alors ?

Sarah poussa un soupir et se rapprocha de la fenêtre. Une parcelle flamboyante de soleil commençait à passer au-dessus de l'horizon.

– La vie, tout simplement. J'ai changé en arrivant ici. Lucy et Amy ont toujours été plus excentriques que moi. L'arrivée à l'université a élargi le fossé qui nous séparait. Tu sais bien avec qui elles s'étaient acoquinées. Franchement, moi, les mauvais garçons ce n'est pas trop mon truc.

Brian ne savait pas s'il devait prendre cela pour un compliment ou pas.

– Ça reste à prouver. Je ne te crois pas un seul instant. Et les flics y croiront encore moins. Tu dois bien te rendre compte que, dans les enquêtes sur les tueurs en série, les flics ne possèdent quasiment aucun indice. Le shérif va se ruer sur toi pour calmer l'opinion publique qui cherche un coupable. Ma pauvre, tu es pain bénit pour eux. Ils fouilleront ta vie et l'étaleront au grand jour, comme pour la pire des criminelles. N'as-tu vraiment rien à te reprocher ? Es-tu prête à voir à la une des journaux le moindre des écarts que tu aurais pu commettre ?

À ce moment, la paranoïa de Brian commença à devenir contagieuse. Elle n'avait jamais vu les choses sous cet angle-là.

Elle était innocente. Elle voulait seulement aider les services de police à arrêter le criminel qui avait tué ses anciennes amies. De là à se mettre en danger et à remuer le passé…

– Je ne sais pas. Ils vont vite voir que je n'y suis pour rien. En plus, nous étions ensemble tout le week-end.

Elle s'arrêta net. Elle avait enfin compris pourquoi Brian semblait si affolé. Le salaud ! pensa-t-elle aussitôt. Il ne s'inquiétait pas pour elle, mais pour lui !

Elle émit un petit rire méprisant.

– Tu as peur que notre liaison soit dévoilée ? Tu as peut-être même peur qu'on te suspecte de complicité avec l'ennemi public nº 1 que je suis ! l'agressa-t-elle, sentant la colère monter en elle.

– Mais qu'est-ce que tu racontes, tu délires !

Il était bien moins fier à présent.

– Le fils Hoggarth. L'étoile montante de notre petite ville. Le quarterback préféré de ces dames, suspecté de complicité dans des crimes odieux ! (Elle laissa échapper un énorme rire moqueur.) Elle va en faire une tête, la très coincée miss Parker. Son fiancé la trompe avec une tueuse.

Brian s'approcha de Sarah et, sans prévenir, lui asséna une gifle qui lui ouvrit la lèvre.

Sarah porta la main à sa bouche. Dès qu'elle vit le sang, sa colère se mua en rage.

– Espèce de connard ! T'es vraiment qu'une pauvre merde !

Brian n'en revenait pas de s'être ainsi laissé aller. Il n'avait pu s'en empêcher.

– Non seulement je vais aller voir les flics, mais si tu t'avises de porter à nouveau la main sur moi, je te jure que tu le paieras très cher.

Sarah alla chercher son manteau, l'enfila et se dirigea vers la porte. Brian l'attrapa par le bras et la força à le regarder.

– Excuse-moi, pardonne-moi, mon bébé. J'ai pété les plombs. Je ne sais pas ce qui m'a pris.

Il paraissait sincère, mais cela ne l'excusait pas pour autant.

– Réfléchis à ce que tu vas faire, ajouta-t-il sur le même ton plaintif. Imagine tout le mal que tu peux faire en allant voir les flics. J'accepte de souffrir si notre liaison est révélée au grand jour, mais pense à Elisabeth. Tu crois vraiment qu'elle a mérité ça ?

Le minable ! Brian avait tout d'un apollon. Un corps magnifique, un visage aux traits réguliers et au regard charmeur. Malheureusement, il ne comprenait vraiment rien aux filles.

Faire allusion, en cet instant crucial, à la personne que Sarah détestait le plus au monde ! Elisabeth Parker. La fille du patron du grand hôtel de luxe le *River's Dream*.

Sa rivale !

Elle se dégagea de son emprise et se rua vers la porte.

– Va te faire foutre !

Elle attrapa la poignée de la porte mais, avant qu'elle ait pu l'ouvrir, Brian s'interposa et la bloqua.

– Ne déconne pas, Sarah. Je suis très sérieux. Si tu vas voir les flics, tu vas te foutre dans une merde pas possible. Tu le regretteras, fit-il d'un ton qui n'était plus du tout amical.

Sarah vit un éclair de folie voiler son regard. Un frisson la parcourut.

– Laisse-moi sortir, Brian. Laisse-moi sortir. Je te promets de ne pas parler de toi.

Ils s'affrontèrent du regard, puis Brian obtempéra sans dire un mot.

Sarah quitta le motel et alla attendre le bus. Il était hors de question que Brian la reconduise où que ce soit.

2

Il était sept heures quand le réveil grésilla. Logan sortit une main de sous les couvertures et l'éteignit. Il resta deux longues minutes avant d'émerger de sa léthargie. Finalement il se leva.

Il enfila un caleçon et s'avança dans le couloir. La porte de la chambre de Hurley était ouverte. Il entendit du bruit dans la salle de bains. Il hésita un instant avant d'y entrer à son tour.

Hurley se tenait devant la glace du lavabo, enveloppée dans son propre peignoir gris, une serviette blanche enroulée sur ses cheveux mouillés.

– Bonjour, Mike, je ne t'ai pas réveillé ?

Il nota le haut de la cicatrice qu'il connaissait si bien. Elle partait du bas de son cou jusqu'à son sein droit. Il détourna aussitôt le regard.

– Non, j'ai dormi comme un loir.

C'était bizarre de retrouver une telle intimité avec Hurley. Durant trois ans, ils avaient vécu ensemble dans son appartement de Campton Street à Seattle. Mais une année avait passé depuis leur rupture. Tant de souvenirs remontaient à la surface.

– Tous les nuages sont partis. Au moins, nous aurons droit à une belle journée, fit Hurley en attrapant sa brosse à dent.

– Espérons que cela soit de bon augure.

Il entra dans la douche, tira le rideau et se débarrassa de son caleçon. Ça aussi, c'était étrange. Ce souci de pudeur face à une femme qui connaissait chaque parcelle de son corps.

Il prit le pommeau de douche, ouvrit l'eau et la régla à la bonne température. Quand il se sentit complètement revigoré, il vit que Hurley avait déserté la place. C'était mieux ainsi.

Il alla s'habiller et descendit au rez-de-chaussée. Hurley était dans la cuisine. À travers la fenêtre, le ciel était d'un bleu transparent.

– Je te fais un café ? proposa Hurley.

Elle avait revêtu un pantalon noir et un pull-over beige. Ses cheveux encore humides lui donnaient cet air de gitane qu'il avait toujours apprécié.

– Oui, s'il te plaît.

Hurley avait déjà fait griller quelques tranches de pain de mie et sorti du placard de la confiture de quetsches et de la gelée de groseilles. Elle posa une tablette de beurre qu'elle venait de prendre dans le réfrigérateur.

Elle était comme chez elle. Il s'efforça de ne pas y penser.

– C'est vraiment bien chez toi. Je comprends que tu ne viennes plus à Seattle, fit-elle après avoir inséré une capsule de café dans la machine.

Même si le ton était amical, Logan ne put s'empêcher d'y percevoir un reproche.

– C'est vrai qu'on est bien ici. Il y a plein de balades à faire. La forêt est toute proche. Le coin rêvé pour tous les randonneurs de l'État.

Il prit une tartine et commença à la beurrer.

– Mais je ne crois pas que ce soit vraiment ton truc. Les grands espaces. Le calme et la simplicité, ajouta-t-il.

Hurley apporta les deux tasses de café et s'assit à la table de la cuisine.

– Tu ne t'ennuies pas ?

Logan prit sa tasse et sirota une gorgée de café. Il était bouillant.

– Non, je prends enfin le temps de lire, de me reposer. Les habitants sont vraiment sympathiques. Je me plais ici.

Hurley fit semblant de le croire.

– Tu as une petite amie ?

Logan posa sa tasse et détourna le regard.

– Disons qu'il m'arrive de ne pas passer mes nuits tout seul.

Il ne tenait pas à en dire plus.

Après leur séparation, il était sorti avec une femme qui travaillait pour un grand laboratoire médical de Seattle. Plus pour l'hygiène que par amour. Puis, quand il avait décidé de se faire élire à River Falls, il avait mis fin à cette liaison.

Depuis son arrivée, il fréquentait à l'occasion une femme divorcée qu'il avait rencontrée dans un des bars branchés des quartiers chics.

Une petite bourgeoise qui partait une semaine sur deux en voyage d'affaires. Juste un plan sexe, sans engagement. Il n'en demandait pas plus pour l'instant.

– Tu ne tiens pas à ce qu'on en parle ? demanda Hurley.

Elle avait avancé sa main et l'avait posée sur son poignet. Logan n'avait qu'une envie, la prendre dans ses bras et lui arracher ses vêtements.

– Non, il n'y a plus rien à dire. Notre histoire appartient au passé. Il n'est jamais bon de réveiller les fantômes.

Pourtant il avait beaucoup de choses à lui dire. Il aurait tant voulu lui expliquer les vraies raisons de leur rupture. Lui dire combien il tenait à elle, tout ce qu'il avait sacrifié pour s'assurer qu'elle soit heureuse.

– Pardon, je ne voulais pas t'embêter. Au fait, tu as vu, les Lakers de Seattle sont deuxièmes du championnat. J'aurais jamais cru qu'ils arriveraient à une telle place.

S'il y avait une chose de Seattle qui lui manquait, c'était bien les matches de hockey sur glace.

Adolescent, il avait été l'un des meilleurs joueurs de l'équipe de son école tout au long de ses études. Il rêvait de devenir joueur professionnel. Un accident de ski avait mis fin à ses projets. Il avait dès lors opté pour la police.

Même s'il ne regrettait pas son choix, il lui arrivait souvent de penser à ces moments de pur bonheur, quand il posait le pied sur la glace.

– De bons petits gars. Callagan est un très bon entraîneur. Il fait du bon boulot.

Ils continuèrent de parler de tout et de rien. Renvoyant aux oubliettes les questions primordiales. Il y aurait d'autres occasions pour parler de l'essentiel.

Logan pénétra dans le commissariat. Il était fou de rage. Hurley se tenait derrière lui.

– Bonjour, shérif, le salua le lieutenant Blanchett en venant à sa rencontre.

– Vous avez lu ça ! fit-il en lui mettant sous le nez l'édition du jour du *Daily River*.

Blanchett prit un air navré. Autour d'eux, une bonne partie des effectifs étaient déjà à leur poste.

– J'ai lu, c'est lamentable. Mais fallait s'y attendre. Pour une fois qu'il se passe un événement dans notre ville.

Logan maugréa malgré tout. Elle avait évidemment raison, mais il n'en était pas moins en colère.

Sur la première page, on voyait les photos des deux victimes. Elles souriaient à la vie.

En gros titre : UN SERIAL KILLER EN VILLE !

Puis, en dessous, l'article d'une journaliste qui ne lésinait pas sur les détails odieux de la mutilation.

En deuxième page, la photo de Morgan Finley sur son lit d'hôpital. Il posait, refrénant difficilement sa fierté.

Un minable ! avait pensé Logan après s'être entretenu avec lui. Son récit était d'une bêtise sans fond. Il martelait à qui voulait l'entendre que c'était à cause de la perte des valeurs religieuses en ce bas monde…

Logan aurait bien aimé lui parler de toutes les affaires criminelles impliquant certains hommes d'Église ! L'imbécile !

Enfin, les interviews des parents des deux jeunes filles. Infect ! Ne pouvait-on pas les laisser en paix en un moment pareil !

Les fils Sheppard avaient eu droit eux aussi à leur photo. Il n'y avait aucune interview de leur mère, mais la journaliste avait réussi à joindre leur père, qui vivait à Miami depuis leur séparation.

Charognards !

– Si je croise cette Callwin…, fit-il avec rage en levant le poing serré.

– Permettez-moi de me présenter, intervint Hurley en s'avançant vers Blanchett. Agent Jessica Hurley, du bureau fédéral de Seattle.

– Enchantée, dit Blanchett en lui serrant la main.

Logan prit une attitude plus détendue et tâcha de se calmer.

Il posa le journal sur un bureau de l'entrée. Il devait à tout prix retrouver son sang-froid.

– L'agent Hurley est profileuse. Elle va nous aider dans cette enquête, fit-il en enlevant son blouson. Convoquez tout le monde dans la salle de réunion pour (il regarda sa montre) huit heures et quart, OK ?

– Pas de problème.

En compagnie de Hurley, il longea ensuite les couloirs, saluant divers policiers, avant de s'enfermer dans son bureau. Il accrocha son blouson au portemanteau, puis s'affala dans son fauteuil. Il alluma son ordinateur et, pendant que le système se mettait en route, il sortit une cigarette de son paquet.

Assis en face de lui, Hurley lui tendit un briquet.

– Je ne comprendrai jamais pourquoi tu gardes un briquet sur toi, fit-il en le lui prenant des mains.

– Ça me rappelle tous les jours que j'ai arrêté de fumer.

Logan fit une drôle de moue. Chacun avait droit à ses TOC !

Quand le programme fut ouvert, il alla directement à son courrier et y trouva des dizaines de mails en attente. La plupart provenaient de journalistes, mais aussi de notables et de quelqu'un du bureau de Seattle et, enfin, un du shérif Peart.

Il l'ouvrit et le lut lentement avec un petit ricanement sardonique.

– Je peux savoir, ou c'est privé ? demanda Hurley, dans l'expectative.

– C'est le shérif de Silver Town. Il me demande de passer un savon au directeur du *Daily River*. De diligenter une enquête sur ses finances, ses mœurs, tout ce genre de trucs !

– N'oublie pas que la liberté de la presse est l'un des fondements de notre société. Faut faire avec.

Logan ricana.

– Liberté de se faire du fric sur le meurtre de pauvres gamines ! Ouais, dans quel monde vivons-nous ? ! s'indigna-t-il en levant les yeux au ciel.

– Dans le seul que nous connaissions !

Logan parvint à sourire.

– Bon, ça ne sert à rien de s'énerver plus longtemps, n'est-ce pas ?

Hurley croisa les jambes et écarta une mèche de cheveux.

– Je crois que c'est plus raisonnable. On pourrait passer des jours et des jours à se lamenter sur la nature humaine. Mais je crois qu'il y a plus urgent. Nous devons nous concentrer sur le peu d'éléments que nous possédons.

– Tiens, fit Logan qui s'était remis à ouvrir ses mails. Écoute un peu ça. Blake a pu faire identifier les débris de phare trouvés sur le lieu du meurtre de Tommy Sheppard. Une Subaru, série 3.

– Ça, c'est une bonne nouvelle, apprécia Hurley.

– Tu l'as dit. Blake s'est mis en liaison avec les services d'immatriculation de tout l'État. Il n'y a plus qu'à attendre de voir qui seront les heureux élus.

Une Subaru, série 3. C'était un modèle particulièrement répandu, mais peut-être pas tant que ça à River Falls. Si tant est que le tueur soit de la ville, se prit à espérer Logan.

Il ouvrit divers mails pendant encore dix minutes, quand le sergent Clark Spike vint frapper à la porte.

– Entrez, fit-il en devinant sa carrure derrière la porte vitrée.

– Shérif, nous avons une personne qui veut vous voir personnellement.

– Prenez sa déposition. Je n'ai pas le temps pour le moment, fit-il sans quitter du regard l'écran de son ordinateur.

Spike sembla gêné et insista.

– Elle dit que c'est capital. C'est au sujet de Lucy et Amy.

Logan soupira bruyamment. Ses subordonnés avaient passé tout l'après-midi de la veille à écouter toutes sortes de témoignages. En fin de soirée, ils avaient vite compris qu'il n'y aurait pas grand-chose d'exploitable. Évidemment, ils devraient tout de même vérifier certains faits.

– Je crois que c'est une amie à elles. Vous devriez l'écouter. Elle a vraiment l'air bouleversée.

Logan soupira. Il comprenait que toutes les étudiantes de la ville s'inquiètent pour leur propre sort.

Il savait qu'il devait faire preuve d'un peu de commisération envers elles, mais il avait une réunion dans moins de cinq minutes. Il n'avait pas de temps à perdre.

– Jessica, tu peux y aller ? Tu lui montres ton insigne du FBI. Ça devrait la rassurer, fit-il en conclusion.

– Je vais essayer.

– Merci.

Hurley se leva. Spike avait entendu Blanchett parler d'une profileuse qui avait débarqué dans les locaux. Il ne s'attendait pas à la trouver aussi mignonne.

– Si vous voulez bien me suivre.

Ils remontèrent le couloir central et pénétrèrent dans un petit bureau.

Une jeune fille au regard perdu les attendait, sagement assise. La fenêtre donnait sur l'avenue Wilson. Un grand chêne aux branches bourgeonnantes dominait plusieurs voitures de policiers.

– Bonjour, mademoiselle, je suis l'agent Jessica Hurley du bureau de Seattle, fit-elle en présentant sa plaque. Le shérif Logan est en réunion pour l'instant, mais vous pouvez me parler. Je suis officiellement en charge de cette enquête, en collaboration avec les services de la ville.

Sarah ne savait plus quoi penser. Sa détermination de la matinée avait fondu comme neige au soleil au fil des minutes passées à attendre dans ce bureau.

Aussi trouillard que puisse être Brian, il n'en avait peut-être pas moins raison. Qu'est-ce qu'il lui prenait de vouloir se mêler de cette affaire ? Elle n'avait rien à gagner, sauf des ennuis. Pourtant elle resta assise. C'était la seule chose à faire.

– Bonjour, je suis Sarah Kent, se présenta-t-elle. Et…

Elle s'arrêta net. Sa voix tremblait. Elle savait qu'une fois la lettre dévoilée, elle ne pourrait plus reculer.

– Je vous écoute, mademoiselle. Nous avons tout notre temps. Je comprends que vous soyez sous le choc, fit Hurley. Vous voulez que j'aille vous chercher un verre d'eau, un café ?

– Un café, s'il vous plaît.

Sarah sentit son stress diminuer. Cette femme avait vraiment l'air à l'écoute. Rien à voir avec les images de ces êtres froids et imbus de leur savoir d'agents du FBI qu'elle pouvait voir dans les séries télévisées.

– Sergent Spike, vous pouvez nous l'apporter, s'il vous plaît ? fit Hurley en se tournant vers le policier. Et refermez la porte derrière vous, vous serez gentil.

Spike acquiesça et lui adressa son plus beau sourire. Avec un peu de chance, il réussirait à la mettre dans son lit.

– Quel âge avez-vous, Sarah ? demanda Hurley en prenant une pose décontractée.

– J'ai vingt ans. Vingt et un cet été.

– Étudiante, n'est-ce pas ?

– Oui, cela fait deux ans et demi que je suis inscrite à l'université de River Falls. Ça se passe plutôt bien. Avant j'habitais à Silver Town, une petite ville plus à l'est.

Un signal retentit dans le cerveau de Hurley. La ville d'où venaient les victimes. Cette Sarah avait peut-être réellement quelque chose d'intéressant à leur apprendre.

– Vous êtes résidente ? demanda-t-elle en cachant sa subite montée d'excitation.

Elle voyait bien que Sarah se détendait. Il ne fallait surtout pas la brusquer.

– Oui. Je suis sur le campus des filles. Ma chambre est petite mais c'est correct. Quant aux repas, ce n'est pas toujours ça, mais dans l'ensemble je n'ai pas à me plaindre.

Hurley s'enfonça dans son fauteuil et lui sourit.

– Moi aussi, j'ai été interne. Pas toujours évident d'être loin de ceux qu'on aime. Mais on se fait de nouveaux amis.

Sarah approuva et tenta de sourire.

– Je connaissais Lucy et Amy. On était copines à Silver Town, on était dans la même école. On a eu nos examens la même année et intégré l'université ensemble. C'était il y a deux ans et demi, maintenant.

Spike apparut derrière la porte vitrée et entra.

– Je vous ai apporté un café chacune, comme ça pas de jalouse.

Il tendit le premier à Sarah, puis le second à Hurley.

– Merci, fit-elle.

Spike haussa les épaules.

– De rien, je suis là pour ça, dit-il en s'adossant à une cloison.

Hurley comprit qu'il avait l'intention d'assister à l'entretien.

– Vous pouvez nous laisser. Je crois que le shérif vous attend pour sa réunion.

Spike eut l'air contrarié, mais n'osa pas aller à l'encontre de ce qui, de toute évidence, était un ordre.

Il fit un geste amical de la main et ressortit d'un pas débonnaire.

Hurley approcha la tasse de ses lèvres et souffla doucement dessus. Elle espérait que cette interruption n'avait pas brisé la connivence qui commençait à s'installer entre elles.

Elle aspira une gorgée et reposa vivement la tasse.

– C'est bouillant. Faites attention de ne pas vous brûler, lui conseilla-t-elle avec un grand sourire.

Sarah la remercia du regard et souffla à son tour sur sa tasse.

– Vous étiez toujours intimes, dernièrement ? demanda Hurley.

Sarah détourna le regard vers la fenêtre. Elle avait touché juste.

– Non, fit-elle d'un ton sans appel.

Elle prit le temps d'une respiration et ajouta :

– Très vite, nous avons pris des voies séparées. Il faut savoir qu'à Silver Town nous passions beaucoup de temps à faire la fête. Les études, ce n'était pas trop notre truc, juste ce qu'il fallait pour réussir aux examens.

– C'est le luxe de la jeunesse. Profiter tant qu'il est encore temps.

– Oui, c'est vrai. Mais, à l'arrivée à l'université, j'ai vite compris que nos aptitudes personnelles ne suffiraient pas sans un vrai travail de notre part et un minimum de sérieux.

Elle s'arrêta le temps de boire une petite gorgée de café et reprit.

– Amy et Lucy ne l'entendaient pas de cette oreille. Elles ont continué à faire comme si le niveau n'avait pas monté. Elles sortaient souvent le soir et traînaient avec des gens que certains qualifient de peu fréquentables.

– Tout n'est qu'une question de point de vue.

– N'allez pas croire que je les blâme. J'étais comme elles avant d'arriver ici. Mais dès le premier trimestre j'ai compris que je devrais m'accrocher pour passer la première année. Je n'avais plus le temps pour les sorties. Sauf le week-end.

– Vous le regrettez ?

Sarah prit une posture défensive.

– Pas du tout. Au contraire. Je suis en troisième année et je n'ai pas redoublé. Je suis certaine d'avoir fait le bon choix.

Son ton était assuré. Elle ne mentait pas.

– Et Lucy et Amy, elles ont réussi malgré tout ?

Sarah émit un petit rire.

– Oui, elles n'ont pas redoublé. Je n'aurais jamais cru qu'elles aient autant de capacités, fit-elle avant d'ajouter aussitôt : Mais n'allez surtout pas croire que je les accuse d'avoir triché aux examens de fin d'année.

– Loin de moi cette pensée, Sarah, répliqua Hurley, qui néanmoins rangea cette réflexion dans un coin de son cerveau.

– Bon, je crois que je vais y aller. Je suis désolée de vous avoir fait perdre votre temps. Je voulais juste savoir où vous en êtes. Nous étions très proches, vous comprenez ?

Face à cette femme, elle avait retrouvé son calme. Une certaine lucidité d'esprit. Elle avait surtout compris qu'il valait mieux qu'elle se taise.

Hurley la scruta en conservant un sourire avenant. Cette fille ne disait pas tout.

Elle pouvait lui demander de rester mais, sans aucune charge concrète, elle n'obtiendrait rien, tant qu'elle ne se déciderait pas à parler d'elle-même.

– Vous n'avez pas à vous excuser. Et, pour répondre à votre question, nous disposons de certains éléments, mais je ne peux vous en dire plus pour le moment, si ce n'est pour vous conseiller de rester sur vos gardes. L'être qui a commis ces horreurs est encore en liberté. Restez une fille bien sage, Sarah.

Sarah posa sa tasse et se leva. Elle ouvrit la porte et se retourna pour dire au revoir.

– Au revoir, répondit Hurley qui se leva à son tour. Au fait, si jamais un détail, n'importe quoi, même quelque chose qui peut vous paraître insignifiant, vous revenait en mémoire, n'hésitez surtout pas à m'appeler. (Elle sortit de la poche de sa veste une carte de visite.) C'est mon numéro de portable. De jour comme de nuit !

Sarah hésita un court instant, prit la carte et quitta la pièce.

Tout le monde était enfin dans la salle de réunion, excepté deux agents qui gardaient l'accueil. Et Hurley qui était avec son étudiante.

Spike arriva le dernier. Il ferma la porte derrière lui.

Logan se tenait debout face à son public. Il commença par la bonne nouvelle :

– Tout d'abord, je tiens à vous remercier pour les heures supplémentaires. Évidemment, elles vous seront payées. Je tiens aussi à vous signaler que le bureau de Seattle nous a envoyé une profileuse de renom, Jessica Hurley. Traitez-la avec autant de respect que s'il s'agissait de quelqu'un d'ici. Nous ne sommes pas en concurrence. Que cela soit très clair dans vos esprits.

Plus un seul murmure. Chacun était attentif.

– Deuxièmement, il y a quelqu'un parmi nous qui trouve malin de divulguer des informations confidentielles à des journalistes. Je lui conseille vivement d'arrêter car, si je suis prêt à passer l'éponge pour cette fois, à la prochaine fuite je mènerai une enquête et le coupable sera sévèrement puni. Me suis-je bien fait comprendre ?

Personne ne répondit. Aucun des policiers ne voulait avoir l'air d'être le coupable en faisant un signe d'assentiment.

Il y eut un certain malaise.

– Bien. Pour en venir aux éléments que nous possédons, nous avons plusieurs témoignages indiquant la présence de marginaux dans Baker Park. Monroe, Heldfield, Ascott et Traviss, vous allez me les embarquer pour des interrogatoires. Je veux connaître leur planning de tout le week-end. Tant que vous ne serez pas certains de leur innocence, vous me les laissez en garde à vue.

Les quatre agents prirent note.

– Nous avons aussi le témoignage de M. Haldford. Il aurait entendu des cris suspects chez son voisin, M. Cooper. Tard dans la nuit de samedi soir. (Quelques rires fusèrent.) Beckett, je vous charge d'aller l'interroger, même si je ne crois guère à cette piste, ajouta-t-il avec un sourire de connivence.

Tout le monde connaissait la haine qui animait ces deux vieillards depuis des années. Ils n'avaient de cesse de s'accuser l'un l'autre des pires turpitudes.

Il affecta ensuite la plupart de ses subordonnés à la vérification des témoignages de la veille, avant de s'adresser à ceux qui restaient. Certains maugréèrent mais, dans l'ensemble, tout se passa sans anicroche.

– Blanchett, Portnoy et Olivarez, vous viendrez avec moi à l'université. Nous allons interroger leurs amis et essayer d'apprendre si elles avaient un petit copain, et tâcher de trouver la personne qui les aurait vues pour la dernière fois.

Il fit une pause.

– Sachez que je compte beaucoup sur votre dévouement. Tous nos concitoyens attendent de nous des résultats. Si nous voulons retrouver un peu de calme dans les jours à venir, nous devons rassurer notre population. Est-ce bien clair ?

Un murmure d'assentiment lui répondit. Une main se leva.

– Oui, Wolf ? fit Logan.

– Je sais qu'on a très peu d'éléments mais, au fond de vous, vous croyez qu'il s'agit d'un tueur en série ?

Logan en était persuadé.

– C'est possible, tout comme il est possible que ce ne soit qu'une vengeance. Nous ne devons écarter aucune piste, pas même les plus improbables. (Il baissa la tête, puis la redressa d'un coup.) Bon, la réunion est terminée. Je vous remercie une fois de plus de ne pas compter vos heures.

Voilà, c'était fait. L'enquête pouvait démarrer.

Il quitta la salle le premier et retourna dans son bureau. Hurley l'y attendait.

– Comment ça s'est passé ? demanda-t-elle.

Logan sortit une cigarette et Hurley son briquet.

– Un petit excès d'autoritarisme mêlé d'un brin de paternalisme, et tout roule, fit-il en allant chercher son blouson. Et toi ?

– Je ne sais pas, répondit-elle tandis que Logan allumait sa cigarette. La fille était une amie des victimes. Elle prétend être venue pour prendre des nouvelles. Je n'y crois pas.

Logan enfila son blouson et tira la fermeture Éclair jusque sous son menton.

– C'est-à-dire ?

– Je crois qu'elle sait quelque chose, mais qu'elle a peur de parler.

Logan la regarda, étonné.

– Et tu n'as pas essayé de lui tirer les vers du nez ? !

– Je n'ai absolument rien contre elle. De toute évidence, elle n'est pour rien dans la disparition de ses amies. Elle ne serait jamais venue nous voir, autrement.

– Sauf si elle a des remords.

Hurley se leva et prit son manteau.

– N'oublie pas que je suis la reine des profileuses. Je peux parier ma carrière qu'elle n'a rien à voir avec les meurtres. J'ai plutôt l'impression qu'elle connaît un secret sur elles.

Logan siffla avec une admiration moqueuse.

– Eh bien, ma grande, bravo. Encore plus forte qu'Hercule Poirot. Mais moi, j'ai besoin de concret et, si tu le permets, on va justement à l'université pour interroger les étudiants qui les connaissaient. Elle s'appelle comment, ta fille ?

Hurley pinça les lèvres. Elle sentait qu'il ne fallait pas la brusquer. Mais peut-être se trompait-elle ?

– Sarah Kent. Elle est de Silver Town.

– C'est parfait. Voilà notre suspecte n° 1, fit Logan en se déplaçant vers la porte.

– Ne plaisante pas avec ça. Je n'aimerais pas voir son visage à la une, marqué du sceau de l'infamie.

Logan posa une main affectueuse sur son épaule.

– C'était juste une petite plaisanterie. Nous allons seulement l'interroger, et essayer de lui faire cracher le morceau… en douceur.

Hurley secoua la tête et le suivit dans le couloir.

Tout le monde se préparait à partir. Chacun pour mener ses propres investigations. Seuls restaient cinq agents qui prenaient encore les dépositions spontanées.

Blanchett, Portnoy et Olivarez se tenaient déjà prêts. Ils avaient tous revêtu leur blouson. Même si le soleil était revenu sur River Falls, l'air était encore très vif en ce début de printemps.

3

Quand ils arrivèrent en vue de l'université, ils durent faire face à une meute de journalistes de télévision qui avaient dû se résoudre à faire leur direct à l'extérieur de l'enceinte du campus.

Usant de leur sirène, les deux voitures de police franchirent les grilles de l'université sous une pluie de questions qui restèrent sans réponse.

– Qu'ils retournent d'où ils viennent ! pesta Logan au volant de sa Cherokee.

– Ne t'inquiète pas. D'ici quelques jours ils se lasseront, le rassura Hurley.

Du moins l'espérait-elle.

Ils se garèrent sur le parking situé non loin des bâtiments administratifs. La camionnette de Blake était déjà sur place. Logan sourit. Deux allers-retours River Falls-Seattle en deux jours. Et Blake qui détestait conduire !

Ils sortirent de leur véhicule.

Portnoy, Olivarez et Blanchett également.

Logan jeta un regard circulaire sur le parc et le campus. Des souvenirs de jeunesse se rappelèrent à lui. C'était si loin tout ça.

Le président Augeri arriva d'un pas pressé dans leur direction. Le visage fermé, le front plissé, il paraissait extrêmement soucieux.

– Shérif, vous auriez pu me prévenir de leur arrivée, fit-il sans préambule en désignant la camionnette de la police scientifique.

– Excusez-moi, je croyais l'avoir fait, répondit Logan, mais le ton n'y était pas.

Il avait d'autres chats à fouetter que de s'excuser de faire son travail.

– Vous pensez vraiment que notre tueur pourrait faire partie de nos étudiants ? demanda Augeri en adoptant une attitude moins agressive.

Logan eut un geste d'ignorance.

– Tout est possible, monsieur le président. Tout est possible.

Hurley s'avança.

– Jessica Hurley, du FBI. Nous aurions besoin d'auditionner tous les amis de ces deux jeunes filles. Vous les connaissiez bien ? demanda-t-elle.

Augeri eut l'air surpris par la question. Il se racla la gorge et répondit enfin.

– Pas vraiment. Il y a près de trois mille étudiants sur le campus. Si la plupart des visages ne me sont pas inconnus, je crains cependant de ne pas pouvoir vous être d'une grande utilité.

– Est-ce que vous pourriez nous fournir la liste des étudiants qui suivaient les mêmes cours qu'Amy et Lucy ? Particulièrement ceux des travaux dirigés, enchaîna Hurley.

Dans les TD, les élèves étaient en nombre beaucoup plus limité que pour les cours généraux dispensés dans les amphithéâtres. Il y avait davantage de chances qu'elles aient créé des liens avec d'autres étudiants pendant ces moments-là.

– Bien sûr, je peux vous avoir ça très vite, répondit Augeri, dont le regard se porta sur l'enceinte de l'université. Au fait, il n'y a pas moyen de les faire évacuer. Les étudiants sont déjà sous le choc, n'est-il pas possible de nous recueillir en paix ?

– Malheureusement, non. À mon plus grand regret, répondit Logan.

– On pourrait leur tirer dessus, intervint le sergent Olivarez.

La cinquantaine, il était l'un des plus vieux sergents de la ville. Logan n'avait jamais pris le temps de discuter vraiment avec lui. Il était en train de le regretter !

Personne ne sourit. Un silence gêné s'abattit sur le petit groupe.

– Excusez-moi, fit-il piteusement en baissant la tête comme un enfant pris en faute.

– Parfait, si vous voulez bien me suivre, je vais vous conduire dans nos locaux. Je vais mettre plusieurs salles à votre disposition. Ensuite je ferai appeler les étudiants que vous souhaiterez entendre, dès que vous me le demanderez.

Logan n'aimait pas la façon de parler de cet homme, mais il devait reconnaître qu'il avait l'esprit vif et, surtout, qu'il n'essaierait pas d'entraver leur enquête.

– C'est très aimable à vous, dit Hurley avec un chaleureux sourire comme elle savait les concocter.

Augeri parut troublé et détourna le regard.

Ils remontèrent une longue allée et arrivèrent devant la grande entrée des bâtiments administratifs. Elle était vraiment superbe.

Logan constata une fois de plus que l'argent ne manquait pas partout dans cette bonne ville de River Falls.

Ils passèrent par un grand hall, puis près du bureau d'accueil devant lequel Augeri ne s'arrêta pas.

– Attendez. M'est-il possible de rejoindre l'équipe de recherche scientifique ? l'arrêta Hurley.

Augeri la regarda d'un air surpris puis se retourna vers l'une des deux secrétaires de l'accueil.

– Miss Dickinson, auriez-vous l'obligeance d'escorter notre agent du FBI jusqu'à la chambre de Lucy ?

Miss Dickinson était une femme au visage rond et aux pommettes bien rouges. Une vieille fille au sourire juvénile.

– Bien entendu, monsieur le président.

Elle se leva, enfila un cardigan, de toute évidence tricoté à la main, et passa de l'autre côté du comptoir.

– Tu me rejoins dès que tu as parlé à Blake, fit Logan à Hurley.

Les bras croisés, Augeri gardait un flegme conventionnel.

– C'est par là, indiqua-t-il avec un geste de la main quand les deux femmes furent parties en direction des dortoirs.

Ils longèrent un grand corridor et prirent un ascenseur qui les mena au quatrième et dernier étage du bâtiment. Celui de la présidence.

Au sol, un parquet ancien en marqueterie entretenu avec soin. Au mur, des toiles d'un célèbre peintre contemporain ayant séjourné vingt ans dans le comté, Arthur Dancour.

Ils croisèrent un personnel assez nombreux qui s'employa à aussitôt les éviter du regard.

Le citoyen ordinaire se sent toujours mal à l'aise face à la police. Logan avait sa propre théorie là-dessus. D'après lui, tout le monde est porteur de secrets peu avouables.

Augeri ouvrit une porte. Le secrétariat. Trois femmes et deux hommes installés devant des écrans d'ordinateur, entourés de formulaires et autres paperasses, dans des bureaux séparés par des demi-cloisons de verre.

– Excusez-moi de vous interrompre dans votre travail, mais la police aurait besoin de mener ici quelques interrogatoires. Si vous voulez bien vous arrêter pendant un moment et leur céder la place.

Les visages des employés s'assombrirent. Ils rangèrent rapidement leurs affaires et firent place nette avant de passer, sans un regard, devant les quatre policiers.

– Voilà, prenez vos aises. Je vous fais parvenir très vite les noms des jeunes gens partageant les mêmes cours que nos chères disparues.

Logan le remercia d'un regard. Augeri sortit de la pièce.

– Bon, vous avez tous vos dictaphones ?

Ses trois subalternes les brandirent comme des trophées.

– La matinée va être longue. Il est extrêmement important d'écouter tout ce qu'ils vont avoir à nous dire. Mettez-les en confiance, et tentez de savoir ce qu'ont pu faire Lucy et Amy ce week-end.

– Vous pouvez compter sur nous, répondit Blanchett.

Les deux autres validèrent sa réponse d'un hochement de tête synchronisé.

Dès qu'elle eut dépassé le coude que formait le couloir, Hurley sut où se trouvait la chambre de Lucy. Ce n'était pas très difficile. L'agent Freeman était en train de relever des empreintes sur la porte.

– Merci, miss Dickinson, fit-elle en se retournant vers son guide.

Celle-ci lui adressa un sourire et ne s'attarda pas. Tout le bâtiment avait été interdit d'accès. Hurley s'avança lentement, mais le clic-clac de ses talons sur le carrelage laissa Freeman totalement imperturbable.

– Et une de plus, fit-il après avoir récupéré une empreinte à l'aide de l'adhésif adéquat.

Il la mit dans un sac en plastique et se retourna enfin.

– Agent Hurley, heureux de vous revoir.

C'était le plus jeune agent de la police scientifique de Seattle. La peau sombre, une coupe afro, il était connu pour ses innombrables conquêtes.

– Le plaisir est partagé, répondit-elle.

Elle pénétra dans la chambre et découvrit Blake et Moore qui fermaient les volets roulants.

– Tout va comme vous voulez ? demanda-t-elle.

– Bonjour, fit Moore.

La trentaine bien tassée, il avait un véritable don pour faire parler le moindre élément : fibre, mégot, empreinte à moitié effacée. Une aubaine pour l'Agence.

– Enchanté, Jessica, fit Blake à son tour. Si tu as deux secondes, on finit avec ça.

Comme de légers rayons de soleil filtraient encore à travers les volets clos, ils fixèrent sur les fenêtres un long cache d'un noir opaque.

– Parfait, tu arrives juste à temps. On va passer la pièce au Luminol. S'il y a du sang ici, on va le savoir sans tarder. Ça t'embête d'attendre dehors ? fit Blake.

Ils étaient quatre dans la chambre de quinze mètres carrés.

– Pas de problème. Je vous laisse entre hommes.

– Je viens avec toi, dit Freeman, qui donna sa lampe à lumière blanche à Moore.

Blake prit le vaporisateur et commença à en asperger le sol, tandis que Moore dirigeait le rayon de la lampe sur les endroits touchés par les gouttes de liquide.

Freeman et Hurley sortirent et refermèrent la porte derrière eux.

– Alors, ça te fait quoi de revoir Logan ?

Il était également le plus irrespectueux du bureau.

– Affaire privée. Tu la boucles ou je te boucle, répondit-elle avec malice.

Freeman éclata de rire.

– Tu en pinces toujours pour lui, mais bon ! fit-il en levant les mains devant lui en signe de défense. C'est ton problème.

– Exact. Alors, les empreintes ?

S'il y avait une chose dont elle n'avait pas envie qu'on lui parle, c'était bien sa relation avec Logan.

– Eh bien, on a trouvé un nombre incalculable d'empreintes toutes fraîches. Quelqu'un est venu dans cette chambre et l'a fouillée de fond en comble, même s'il a pris soin de tout ranger avant de partir.

– Il doit s'agir de celles de Lucy.

Freeman fit une moue.

– J'ai ses empreintes et, même si je ne les ai pas encore passées à la reconnaissance par ordinateur, il est clair que ce ne sont pas les siennes, ni celles d'Amy. De plus, cette personne transpirait beaucoup. Il y a d'infimes marques de sueur. Un détail, mais qui peut avoir son importance.

– Notre fouineur avait peur de se faire prendre. Peut-être ne s'agit-il pas du tueur, mais d'une de ses copines venue chercher je ne sais quoi ?

– J'y ai pensé. À moins que ce ne soit son mec.

– On en saura plus tout à l'heure. Mike est en train d'auditionner les camarades de classe des deux filles. Si elles avaient un copain, on ne devrait pas tarder à le savoir.

– Il reste aussi leurs ordinateurs. Liam ne devrait pas avoir de mal à les cracker. Qui sait si elles n'étaient pas en relation avec leur tueur ?

Une hypothèse comme une autre. Hurley savait que de nombreux pédophiles trouvent leurs proies de cette façon. Un nouveau moyen simple et efficace de faire des rencontres. Des bonnes comme de très mauvaises.

La porte de la chambre se rouvrit.

– Pas de trace de sang ni de sperme, fit Blake en sortant.

Moore commençait à enlever le cache de la fenêtre.

– Ce qui veut dire qu'elle n'a pas été tuée ici et que, si elle couchait, elle prenait ses précautions, fit Freeman. Nous voilà bien avancés !

Hurley lui jeta un regard plein de reproches. Freeman haussa les épaules et ajouta :

– Bon, il reste la seconde chambre. On y va, ou on plante notre tente ici ?

– Entrez, fit Logan.

Un jeune homme à l'allure désinvolte pénétra dans la pièce. Il regarda, par-dessus les cloisons de verre, les deux autres étudiants en cours d'interrogatoire et s'assit finalement en face du shérif.

– Bonjour, Clyde, tu peux t'asseoir, dit Logan d'un ton sec.

Clyde émit un petit rire. Il n'avait jamais eu une grande estime pour ceux qui portent l'uniforme. Ce n'était pas aujourd'hui que ça allait commencer.

– Je peux savoir de quoi on m'accuse, shérif ? fit-il en insistant trop lourdement sur le grade.

Logan le détesta aussitôt. Encore un de ces fils à papa qui jouent les rebelles.

– Pour l'instant, de rien, mais si tu continues : outrage à un agent de police dans le cadre de ses fonctions. Quarante-huit heures de garde à vue dans nos locaux, et tout le temps qu'il me faudra pour prouver que tu fumes des joints. Et, à partir de là, te faire virer de cette université pour un lieu bien moins agréable rempli de véritables mauvais garçons.

Le visage de Clyde perdit de sa superbe. Il maugréa quelques mots inintelligibles et redressa la tête.

– Qu'est-ce que vous voulez savoir ?

Logan s'enfonça dans son fauteuil.

Il avait déjà auditionné six étudiants. Quatre filles et deux garçons. Il en avait beaucoup appris sur les deux étudiantes retrouvées mortes. Pas que des belles choses.

– Tu es sorti avec Lucy l'an dernier. Qu'est-ce que tu peux me dire sur elle ?

– Une fille bizarre. On est sortis ensemble trois mois.

Logan prit un crayon entre ses doigts et se mit à tapoter le bureau de l'une de ses extrémités.

– Pourquoi vous êtes-vous séparés ?

Clyde eut un rictus mauvais.

– C'était une vraie garce. Elle n'en voulait qu'à mon fric. Quand j'ai décidé de serrer la ceinture, elle s'est cassée sans un remords.

– Tu l'aimais ?

Clyde se retint d'exploser de rire.

– Personne ne tombe amoureux d'une fille comme ça. Une pute dans un corps de rêve.

Logan serra les lèvres dans un sourire mauvais. Il lui aurait bien envoyé son poing en pleine figure. Même pas un soupçon de chagrin, malgré la disparition tragique de son ex-petite amie ! S'il le poussait dans ses retranchements, il était quasi certain d'entendre qu'elle l'avait bien cherché !

– Tu sais qui elle fréquentait dernièrement ?

Clyde se frotta le bas du visage, puis releva les yeux.

– Larry Brooks, je crois. Un type qui traîne toujours au *Kingdom's Tavern*. Vous connaissez, j'imagine.

Un des bars situés en plein quartier populaire. Un repaire de *rednecks* et autres marginaux. Musique rock à plein volume, et toujours une ou plusieurs filles à moitié nues sur des spots. Logan y avait déjà fait une descente.

– As-tu idée de qui pouvait leur en vouloir ? demanda-t-il sans répondre à la question de Clyde.

Ce coup-ci, le jeune homme eut un vrai rire méprisant.

– Tous les types dont elles se sont foutues. C'étaient de vraies allumeuses.

– Tu as des noms ?

– La moitié des mecs de cette université ! (Après un silence, il ajouta :) Elles viennent de Silver Town, ce ne sont pas des filles de notre calibre. Je crois qu'elles payaient leurs études en trouvant des pigeons pour leur soutirer tout leur fric.

– Au fait, quel était l'animal tatoué sur le haut de sa fesse gauche ?

Logan vit aussitôt le visage de Clyde pâlir. Il était persuadé qu'il était innocent, mais il avait envie de le faire mariner un peu.

– Je me rappelle plus.

– Pourtant, quand on l'a vu une fois on ne peut pas l'oublier. J'ai tout mon temps, Clyde. Quel était cet animal ?

Clyde se mit à taper du pied sur le sol, et commença à tourner la tête de gauche à droite.

– OK, j'ai jamais couché avec elle. Ça vous va ? lâcha-t-il enfin. C'était une vraie salope. On traînait ensemble. Elle me faisait un petit baiser de temps à autre pour la galerie. Mais j'ai jamais couché avec elle !

Il n'y avait aucun tatouage sur la fesse de Lucy.

– Tu deviens ainsi un de nos suspects potentiels. Ça sera tout pour le moment. Tu peux retourner en classe. Mais je te préviens : si tu t'avises de quitter la ville, tu deviendras le suspect n° 1. Bonne journée.

La mine déconfite, Clyde se leva. Il tremblait. Il était loin d'être le petit dur qu'il voulait paraître.

Logan en arrivait à comprendre Lucy de ne s'être jamais rabaissée à coucher avec un type comme lui.

– Je vous jure que je n'y suis pour rien. Mes parents pourront témoigner que j'ai passé tout le week-end avec eux, fit Clyde d'une voix presque geignarde.

– Nous vérifierons. Jusque-là, tu t'en tiens à mes recommandations. Tu peux partir, fit Logan d'un ton sans appel.

Clyde sortit.

Dans le même temps, Jane Houston, qui venait de dire le peu qu'elle savait, quittait le bureau du sergent Olivarez.

Deux autres étudiants entrèrent. Un garçon et une fille.

– Approchez-vous, mademoiselle, fit Logan, préférant s'adresser à la jeune fille.

Le garçon avait l'air d'un benêt total. Même si les tueurs en série n'ont pas de profil type, il lui était difficile de croire qu'il pouvait s'agir de ce garçon-là.

– Bonjour, asseyez-vous. Vous êtes ?

– Sarah Kent. Je suis passée ce matin et j'ai déjà raconté tout ce que je savais à votre collègue.

– Oui, je vois. Je suis désolé, mais j'avais une réunion importante.

C'était donc elle, la fille qui cachait des choses. Il se fit fort de percer ses secrets.

– Je comprends, mais je n'ai rien de plus à ajouter.

Logan se pencha en avant en croisant ses bras sur le bureau.

– Écoutez, Sarah. Je sais que vous cachez quelque chose. D'une façon ou d'une autre, nous réussirons à l'apprendre. Alors, à moins que ce ne soit vous la tueuse, vous ne risquez rien à nous aider.

Sarah blêmit. Elle repensa à ce que lui avait dit Brian. Si elle parlait, elle deviendrait la suspecte n° 1 et, surtout, ils commenceraient à fouiller dans sa vie d'adolescente. Elle n'en avait absolument aucune envie.

– Écoutez, c'est stupide. Ça n'a sûrement rien à voir avec votre affaire, mais je me suis fait agresser hier matin.

Une alarme résonna dans la tête de Logan.

– Je vous écoute, fit-il en espérant ne pas trop montrer son excitation.

– Eh bien, je prenais ma douche avant d'aller en cours et, quand j'ai voulu en sortir, je me suis rendu compte que toutes mes affaires avaient disparu…

Logan se renfonça dans son fauteuil et reprit son stylo en main. Elle lui raconta la farce de Jennifer, ainsi que sa menace. Les espoirs de Logan s'effilochaient au fur et à mesure qu'elle dévidait son monologue.

– À votre connaissance, elle était amie avec Lucy et Amy ? lui demanda-t-il quand elle s'arrêta.

Sarah haussa les épaules.

– Je ne sais pas. Mais c'est possible qu'elle ait été jalouse d'elles. C'est une fille très étrange. Toujours habillée en noir. Avec des piercings et un maquillage blafard. Pas très sociable, si vous voyez ce que je veux dire.

Logan voyait très bien. Mais il voyait surtout qu'il n'y aurait rien à tirer de cette histoire.

Il était persuadé que c'était un homme qui avait commis les faits. Un homme et pas une jeune fille, ni un étudiant tout juste sorti du giron de sa mère.

– Écoutez, Sarah, je comprends votre peur. Je vais auditionner Jennifer personnellement, fit-il d'un ton paternaliste. Mais, à vrai dire, je crois qu'il s'agit plutôt d'une mauvaise plaisanterie que d'autre chose. Ne vous en faites pas trop. De toute façon je vous tiens au courant.

– Merci, shérif, si seulement je savais pourquoi elle m'a fait ça !

Sarah se leva. Logan lut une détresse réelle dans son regard.

– Dès qu'elle me l'aura avoué, je vous en informerai.

Il lui fit son plus grand sourire, en espérant que cela lui donnerait suffisamment confiance en elle.

4

Logan entra dans le *O'Toole's Beef*, un snack branché dans Downtown Corner. Il était treize heures.

Il avait pris la voiture de fonction à l'université tandis que ses trois collègues empruntaient sa Cherokee, emmenant dans leur sillage la meute de journalistes. Mlle Dickinson avait eu l'obligeance de l'amener jusque-là. Il avait passé une partie du trajet allongé sur la banquette arrière, tel un voleur !

Hurley et l'équipe de Seattle avaient déjà entamé leur repas dans la salle haute qu'ils avaient réservée.

– Salut, le déserteur ! fit Freeman en levant la main vers Logan.

Le shérif s'approcha d'eux et posa son manteau sur la seule chaise vide. Il s'assit face à Moore et toucha, sans le faire exprès, la jambe de Hurley assise à sa gauche.

Les larges fenêtres laissaient entrer un flot de lumière. En bas, dans la rue bordée d'un alignement de bouleaux que des véhicules tout-terrain descendaient sans hâte, la vie continuait, nonchalamment.

– Salut les gars, vous avez trouvé des choses intéressantes ?

Par les deux SMS que lui avait envoyés Hurley, il savait qu'il n'y avait rien de probant, mais leur enquête ne faisait que commencer.

– On attend les résultats d'analyse digitale. À part ça, rien de bien intéressant. Si les filles cachaient des secrets, elles ont pris grand soin de ne pas les garder dans leur chambre. Rien d'incongru. Juste des paquets de cigarettes planqués sous le matelas, fit Blake.

Il passa la main sur son crâne rasé et laissa la parole à Moore.

– J'ai pu ouvrir leur ordinateur et accéder à leur boîte e-mail. Rien de spécial. Seulement des messages envoyés à leur famille, et à d'autres étudiants du campus. Des broutilles. Pas de quoi fouetter un chat.

Avec son costume serré et ses lunettes carrées, il avait l'air d'un véritable agent du fisc, se dit Logan.

– Pourtant, on sait qu'elles n'étaient pas aussi sages que ça. A priori, elles ont flirté avec pas mal d'étudiants pour leur soutirer de l'argent, leur annonça-t-il.

Hurley posa sa fourchette, prit son verre et avala une gorgée.

– Et quoi d'autre ? demanda-t-elle en le reposant.

– Elles sortaient quasiment tous les soirs. De temps en temps, elles emmenaient des copines de l'université. Mais une chose est certaine : Lucy et Amy ne se quittaient jamais.

– Peut-être étaient-elles lesbiennes ? intervint Freeman.

– Et donc… ? dit Blake en lui jetant un regard plein de reproches.

Il n'avait jamais remis en cause les talents de son jeune partenaire, mais parfois il lui arrivait de ne plus supporter ses attitudes d'adolescent.

– Et donc rien. J'essaye seulement d'établir leur profil psychologique.

Hurley partit d'un grand éclat de rire, suivi bientôt par ceux de toute la tablée.

– OK, j'ai rien dit, concéda Freeman, un peu vexé. Tu disais, Mike ?

Logan interpella le serveur et commanda directement un steak-frites bien saignant. Puis il reprit son résumé de la matinée :

– Elles traînaient dans tous les bars de la ville. Des petits clubs de seconde zone. Une fois, cependant, si j'en crois l'une des étudiantes, elles l'auraient fait entrer dans un club très huppé. Le genre d'endroit où se rencontrent tous les notables.

– Tu crois qu'il est possible qu'elles aient servi d'escort-girls, de temps en temps ? l'interrogea Moore.

Logan prit le verre de Hurley et but une gorgée.

– C'est possible. J'ai demandé à avoir la liste de leurs comptes. Peut-être y trouvera-t-on des dépôts d'argent intéressants, fit-il avec un clin d'œil à Hurley.

Hurley reprit son verre, comme si de rien n'était.

– J'ai aussi le nom du petit ami de Lucy : Larry Brooks. Quant à celui d'Amy, personne n'est capable de se mettre d'accord sur un seul nom. En tout cas, il ne serait pas à l'université et serait comme Brooks un habitué des lieux peu fréquentables.

– Au fait, tu as interrogé Sarah Kent ? demanda Hurley.

– J'allais y venir, répondit Logan. Elle se sent persécutée par une autre étudiante, Jennifer Shawn, une gothique qui l'a menacée de mort hier matin. Une mauvaise blague, a priori. Elle n'avait pas cours ce matin, mais j'ai demandé à Augeri de me l'amener au commissariat dès qu'elle pointera le bout de son nez.

Hurley se mordilla la lèvre. Il y avait quelque chose qui ne cadrait pas. Elle était persuadée que Sarah n'aurait pas hésité à lui raconter cette histoire le matin même. Non, il s'agissait d'autre chose. Sarah n'était pas venue au commissariat pour se plaindre, mais pour révéler un détail sur Lucy et Amy. Elle s'était servie de cette affaire uniquement pour qu'on l'oublie.

Mais Hurley ne comptait pas la laisser tranquille. Il fallait qu'elle découvre son secret.

– Il me faudrait quelqu'un pour une filature. Je ne crois pas à cette histoire. Sarah nous ment.

Logan vit arriver son assiette et saliva d'avance. Il n'avait presque rien mangé depuis la veille et son estomac réclamait son dû.

– Écoute, je vais interroger cette Jennifer. Si j'ai des doutes, je te promets de la faire suivre, OK ?

– OK, fit-elle.

De toute façon, je la filerai moi-même s'il le faut, se promit-elle sans rien dire.

– Alors, comment ça se passe à River Falls ? On ne te manque pas trop ? demanda Freeman.

Logan était en train de savourer son steak, trop heureux d'oublier pour un moment la pénible réalité de son enquête.

– Oh non ! Je n'ai jamais aimé les Blacks dans ton genre. Trop beau gosse !

Les rires reprirent autour de la table.

La fine équipe réunie presque au complet, comme au bon vieux temps, pensa Hurley en soupirant intérieurement.

Callwin sonna une deuxième fois à l'interphone. Toujours pas de réponse. Elle redescendit l'escalier extérieur situé sur la façade de l'immeuble et recula jusqu'au bord du trottoir. Elle leva la tête et essaya de voir s'il y avait quelqu'un au deuxième étage.

Elle se trouvait sur Hampton Street. Dans les bas quartiers. Les services municipaux étaient bien moins efficaces que dans les autres parties de la ville. Les poubelles débordaient. Un tas d'immondices dégageait une sale odeur. Les façades des bâtiments n'avaient pas été rénovées depuis leur construction. Tout partait à l'abandon.

– Merde, merde ! jura-t-elle.

Elle décida de rebrousser chemin quand la porte de l'immeuble s'ouvrit.

Une vieille femme en sortit, tenant un petit chien en laisse. Des vêtements démodés, une coiffure d'une autre époque.

Callwin haussa les épaules. Ce serait mieux que rien.

– Excusez-moi, madame. Vous habitez dans cet immeuble ?

– Qui êtes-vous ? Fichez-moi la paix ! la rabroua la vieille femme tout en commençant à descendre lentement quelques marches.

Callwin lui tendit le bras pour l'aider.

– Laissez-moi, je n'ai besoin de personne !

Callwin garda son sourire. Une voiture passa à toute vitesse. Une musique hip-hop en sortait à plein volume.

– Je suis journaliste. Je mène une enquête. Vous savez, Lucy et Amy.

La vieille femme s'arrêta enfin et exhala un râle compassionnel.

– Les pauvres gamines. Si c'est pas malheureux ! Vous vous rendez compte, elles avaient à peine vingt ans. Moi, je vous jure que si on met la main sur le type qui a fait ça, il faudrait le tuer sans attendre de procès.

– Justement, madame. J'essaye pour ma part de résoudre cette affaire.

La vieille dame retrouva un ton cassant.

– Ce n'est pas le rôle de la police ? J'ai cru comprendre qu'il y a même une experte du FBI.

Callwin ne se démonta pas.

– La police ! dit-elle en poussant un soupir qui en disait long. Vous avez vraiment confiance en la police ? Vous pouvez être certaine que, s'il s'agit du fils d'un notable, toute l'histoire sera bel et bien enterrée.

Ces propos démagogiques produisirent leur effet.

– Ils ne viennent jamais quand on les appelle, et Dieu sait s'il s'en passe des choses dans le quartier ! concéda la vieille dame. Que voulez-vous savoir, au juste ?

– J'aimerais parler à Larry Brooks. Je crois qu'il habite dans votre immeuble.

À l'expression de son visage, Callwin comprit aussitôt qu'elle voyait très bien de qui il s'agissait.

Encore un peu de patience, Leslie, se dit-elle en elle-même.

– Un petit voyou. Il y a sans cesse des gens bizarres qui passent chez lui. Et la musique ! Elle n'arrête jamais. Nous avons même lancé une pétition pour le faire partir de l'immeuble mais rien n'y fait. Il est toujours là et embête tout le monde.

– Vous aviez déjà vu Lucy ou Amy venir chez lui ?

La vieille dame prit aussitôt un air outré.

– Vous plaisantez. Ces pauvres petites étudiantes ne se seraient jamais acoquinées avec un filou pareil ! Par contre, il y a tout le temps toutes sortes de filles de très mauvais genre qui viennent chez lui. Je vous l'ai dit, c'est un sale type…

Elle s'interrompit brusquement et jeta un regard soupçonneux vers Callwin.

– Vous pensez qu'il pourrait être le tueur ?

Callwin eut un petit haussement d'épaules.

– C'est ce que j'essaye de savoir.

La dame poussa un petit cri étouffé et mit la main devant sa bouche. Elle venait de prendre pleinement conscience de l'information.

– Mon Dieu ! Surtout ne dites pas dans votre journal que j'ai dit ça de lui. Vous croyez qu'il est vraiment dangereux ?

Elle avait vraiment peur. Callwin décida de la taquiner un peu. Ça lui apprendrait à être un peu plus aimable de prime abord !

– Je crois qu'il a déjà fait de la prison pour meurtre. Fermez bien votre porte en rentrant chez vous.

Elle lui posa une main affectueuse sur l'épaule et ajouta :

– Cela vous ennuierait-il de m'ouvrir ? Je voudrais m'assurer qu'il n'est pas chez lui. Il ne répond pas à l'interphone.

– Oui, bien sûr, mais surtout vous ne lui dites pas que je vous ai parlé. Vous me le promettez ?

– Je vous le promets.

La vieille dame remonta les quelques marches et ouvrit la porte.

Callwin la remercia et lui recommanda une nouvelle fois la prudence.

Elle entra dans l'immeuble et alluma la lumière. Tout était délabré. Les peintures s'écaillaient, rongées par la moisissure, et une odeur de vétusté vous prenait à la gorge.

Elle monta l'escalier et s'arrêta au deuxième étage. Après avoir trouvé la porte de l'appartement de Larry, elle frappa avec assurance. Personne ne répondit.

Elle ne savait plus quoi faire. Elle possédait bien un passe dans son sac mais, si elle se faisait prendre, ses rêves de gloire seraient pour le moins compromis.

Elle frappa un coup encore plus fort contre la porte. Peut-être était-il mort lui aussi. Quel scoop de trouver son cadavre ! Même si Minstry n'était pas là pour les photos, elle avait son portable, il ferait l'affaire.

Plus loin dans le couloir, une porte s'ouvrit en grand.

– C'est pas bientôt fini, ce bordel ? !

Un homme sortit de l'appartement. Le visage congestionné, le crâne rasé, une barbe mal entretenue. Un maillot de corps taché qui laissait deviner son ventre de buveur de bière.

Callwin réprima un frisson de dégoût.

– Excusez-moi, je cherche Larry Brooks ?

– Il est pas chez lui. Je l'ai pas vu du week-end ! Pourquoi vous voulez le voir ? Vous êtes de la police ? Vous allez enfin l'arrêter ?

Callwin oublia son dégoût et jubila intérieurement. Elle allait enfin pouvoir remplir son article.

– Je suis journaliste. J'enquête sur les meurtres de Lucy et d'Amy.

L'homme leva la tête et prit un air concerné. Il se rapprocha d'elle, ses deux pouces dans la ceinture de son pantalon.

– Une sale histoire que celle-là, fit-il. Vous pensez que le gamin y est mêlé ?

Et, comme chaque fois, Callwin fit en sorte que le regard de l'homme se portât sur sa poitrine. Au moins son agressivité avait-elle disparu !

– Je ne sais pas. Il paraîtrait qu'il sortait avec une des deux victimes.

L'homme se rapprocha encore et prit appui sur son bras posé en équerre contre la cloison.

– Au début, j'étais pas certain. Mais plus son visage passait aux infos, plus j'étais sûr de l'avoir déjà vue, quand enfin je me suis rappelé qu'elle traînait souvent avec cette loque, fit-il en indiquant de la tête la porte de Larry.

– Qu'est-ce que vous pouvez me dire sur lui ? demanda-t-elle.

Elle sortit son dictaphone.

– Ça ne vous embête pas si je vous enregistre ?

D'un large sourire, il dévoila une dentition incomplète et quelque peu jaunie.

– J'assume tout ce que je dis, mademoiselle.

Et voilà qu'il se voulait charmant ! Callwin mit le dictaphone en marche et pria pour qu'il ne lui fasse pas des avances.

– Vous pouvez y aller.

Le type se racla la gorge et commença :

– C'est une petite racaille de la pire espèce. Il doit pas avoir plus de vingt-cinq ans, mais il se prend pour un caïd ! Il fait du bruit toute la soirée et fume des joints sans arrêt. Je vous dis pas le bestiaire qu'on voit passer. Je vous jure ! Une fois je l'ai attrapé par le col de sa veste, et je lui ai promis de lui faire la peau s'il n'arrêtait pas tout son bordel. (Il prit une pause en soupirant avec force.) Une journée de tranquillité. Mais dès le lendemain c'était le même boucan. Il a les neurones grillés. Ça sert à rien de lui causer. Il faudrait le faire interner. Je suis sûr…

– Parlez-moi de Lucy, l'interrompit Callwin.

Elle n'avait vraiment pas envie de faire durer la conversation. Ce type la répugnait.

– Ben, je sais pas trop. Avec tout le respect que je dois à son âme, elle était habillée comme une pute, quoi !

Et tu crois que je vais retranscrire ça tel quel ! Tu me diras, les putes, ça doit te connaître ! se dit Callwin, qui néanmoins conserva son sourire.

– L'avez-vous vue ce week-end traîner chez Larry ?

– Ben non, c'est ce que j'essayais de vous dire. Il est pas chez lui. Depuis vendredi soir jusqu'à aujourd'hui, pas un bruit. Juste trois ou quatre connards qui se sont évertués à appuyer sur son interphone pour qu'il ouvre.

Puis, reliant enfin les deux événements, il se tapa le front de sa main gauche.

– Merde, je suis trop con ! Il les a tuées, cet enculé ! Écoutez, faut que j'appelle les flics, dit-il, réellement sous le choc.

Callwin le vit rentrer chez lui. Elle arrêta son dictaphone. Son sourire disparut en même temps que la silhouette de l'homme.

Au moins, j'ai un peu d'avance, pensa-t-elle.

Logan roulait vers le commissariat, le long des grandes avenues commerçantes de la ville. Le temps était radieux.

En ce début de printemps, des arbres étaient en fleurs, d'autres couverts de petites feuilles d'un vert intense qui s'épanouissaient sur les branches bourgeonnantes. Les gens marchaient tranquillement sur les trottoirs, vaquant à leurs occupations habituelles. Une fois le choc passé, la vie reprenait son cours à River Falls.

– C'était sympa ce déjeuner, fit Logan. Je ne devrais peut-être pas l'avouer, mais ils me manquent, ces doux dingues.

Assise à sa droite, Hurley esquissa un sourire. Et moi, je ne te manque pas ? eut-elle envie de lui demander. Au lieu de quoi elle lui répondit :

– Tu n'as qu'à démissionner de ton poste au titre ronflant et revenir à Seattle.

Logan haussa les épaules tandis qu'il s'arrêtait à un feu rouge.

– Non, je suis très bien ici.

Ferme et sans appel. Hurley pinça les lèvres et revint à leur affaire.

– Peut-être qu'on pourrait aller directement à l'adresse du petit copain de Lucy.

– Hum, rien ne presse. On passe au bureau et on y va. De toute façon, je sais déjà ce qu'il va nous dire : je ne l'ai pas vue du week-end, et pour cause !

Hurley était moins catégorique. D'après le profil qu'en avaient brossé les étudiantes, il était évident qu'il n'avait aucun mobile pour commettre de telles abominations. Il couchait avec l'une d'elles depuis des mois, et peut-être même avec les deux. Pourquoi aurait-il soudain décidé de les trucider avec une sauvagerie bestiale ?

Néanmoins, elles lui avaient peut-être parlé avant de partir. Au point où ils en étaient, chaque détail avait son importance.

– Au fait, quand Jennifer Shawn arrivera, si tu le permets, j'aimerais bien l'interroger.

Redémarrant à vitesse modérée, Logan acquiesça.

– Pas de problème. Si tu tiens à perdre ton temps. Je crois que cette Sarah est juste morte de peur et qu'elle a surtout besoin d'être rassurée.

– Merci, mais c'est à moi d'en juger.

Logan tourna la tête vers elle, tout en gardant un œil sur la route.

– Oh, madame est vexée ! dit-il en riant. Notre profileuse en chef se croit plus maligne que tout le monde. Écoute, si jamais cette Sarah nous mène quelque part, je t'offre tout ce que tu veux.

Logan tendit sa main. Hurley le considéra avec dérision, mais lui tapa dans la paume et scella ainsi leur accord.

Ils eurent à peine le temps de sortir de leur véhicule, déjà le sergent Traviss, sortant en courant du commissariat, se ruait à leur rencontre.

– Shérif, on vient d'avoir un coup de fil d'un voisin de Larry Brooks. Il est persuadé que c'est le tueur ! s'affola Traviss en avalant ses mots.

Logan claqua la portière et prit Traviss par l'épaule.

– Calme-toi et répète-moi exactement ce qu'il t'a dit.

Mais lui aussi sentait monter l'adrénaline. Hurley s'approcha d'eux tandis que d'autres agents les observaient par les fenêtres.

– Il s'appelle Robert Quire. Il dit qu'il est son voisin et je sais plus. Je crois qu'il a des preuves, un truc comme ça !

– OK, Daniel, tu contactes Blanchett et tu lui demandes de foncer chez le juge pour un mandat de perquisition à l'adresse de Brooks. Tu lui dis aussi de me rejoindre juste après, répondit Logan, qui commençait à sentir la terre se faire plus solide sous ses pieds.

– D'accord, shérif.

Logan n'aurait pas parié un sou sur ce jeune gamin.

– Qu'est-ce qu'il y a ? Tu as oublié de me dire quelque chose ? fit-il devant le regard insistant de son agent.

– Vous croyez que c'est lui ? Il faudrait peut-être envoyer plus de monde ?

Logan posa ses deux mains sur les épaules de Traviss.

– Écoute, tu ne me donnes pas de conseil. Et, surtout, rien ne prouve la culpabilité de ce type. Ne va surtout pas lancer des rumeurs, si tu vois ce que je veux dire.

Traviss rougit. Il avait saisi l'allusion. Pourtant, Dieu sait qu'il n'avait pas parlé aux journalistes. Il redressa la tête.

– Shérif, je n'ai jamais trahi le code de l'honneur de la police.

Oui, c'est ça, se dit Logan.

– Allez, trouve-moi Blanchett, et dis-lui de rappliquer juste après le juge.

Il se retourna vers Hurley qui se tenait déjà prête à repartir, la main sur la poignée de la Cherokee.

– J'ai merdé une fois de plus, fit-il.

Hurley lui adressa un regard plein de compassion. Un instant magique.

Logan se mit au volant et démarra.

– Appelle Nathan et sa troupe. Tu leur dis de faire demi-tour. Je crois qu'on va avoir besoin d'eux, fit-il en fonçant sur l'avenue Wilson.

Hurley sortit son portable et composa le numéro.

– Allô, Nathan, c'est Jessica. Où êtes-vous ?

– À moins de cinquante miles de Seattle. Pourquoi ?

– Demi-tour, j'ai besoin de vous au 145 Hampton Street. Mets ton GPS en action. On vous attend là-bas.

Un temps de silence, puis Blake répondit :

– OK, mais, la prochaine fois, essayez de nous avertir avant qu'on reprenne la route.

Hurley sourit en entendant Freeman en fond qui maugréait. Elle rangea son portable et se mit à regarder la route.

– Je suis vraiment trop con, on aurait dû aller chez lui dès le début, putain de merde ! jura Logan en frappant son volant du plat de la main. J'ai complètement merdé ! Merde !

Hurley comprenait que si Brooks se révélait être le tueur, Logan passerait les prochaines semaines à ruminer son manque de réactivité. Mais, au fond, elle ne croyait pas à cette thèse. Trop jeune, trop sociabilisé. Pourquoi aurait-il commis une telle horreur contre sa petite copine ?

– Appelle le commissariat et demande si on a une fiche sur ce Larry Brooks. Manquerait plus qu'il ait un casier chargé à bloc, fit-il en tentant de calmer sa tension.

Il n'arrivait pas à y croire. Tellement persuadé d'avoir affaire à un tueur en série, il n'avait pas vraiment pris au sérieux l'hypothèse du crime passionnel. Quel minable ! Mais quel minable !

Il déboucha sur Market Square. Le gyrophare en action, il grilla le croisement, évitant de justesse deux voitures qui freinèrent en catastrophe.

– Mike, je n'ai pas l'intention de mourir en voiture, dit simplement Hurley.

Logan lui jeta un bref coup d'œil et remarqua son visage préoccupé. Cette vision suffit à faire descendre d'un cran son énervement. Il lâcha quelque peu l'accélérateur et reprit une vitesse normale.

Ils finirent le parcours dans un silence tendu. Logan se gara en face de l'immeuble délabré. Il bondit de sa voiture et sonna sur tous les interphones à la fois.

Trois voix lui répondirent.

– Ici le shérif Logan. Ouvrez-moi.

Il s'attendait à une certaine réticence de la part des locataires, mais à son soulagement un déclic caractéristique se fit entendre. Il ouvrit la porte. Il courut dans le couloir qui menait à l'escalier. Il frappa à la première porte du rez-de-chaussée.

– Va au premier et demande au voisin où se trouve son appartement, fit-il à Hurley.

Il trépignait sur place. Il frappait un second coup quand une voix les interpella du haut de l'escalier.

– Shérif ? C'est vous ?

Logan se rua dans l'escalier et se heurta à Robert Quire en train de descendre.

– Oui, vous savez où est l'appartement de Larry Brooks ?

Hurley se tenait derrière lui. Il fallait à tout prix qu'elle passe devant Logan. Si jamais Larry se trouvait chez lui, elle craignait qu'il ne fasse une bêtise sous l'impulsion de la colère.

– Oui, c'est moi qui vous ai appelés. Suivez-moi, il habite juste à côté de mon appart.

Ils gravirent l'escalier en courant, puis s'arrêtèrent une seconde sur le palier du deuxième étage. Logan sortit son arme, Hurley déboutonna la sécurité de son étui.

– C'est quelle porte ? chuchota Logan.

Quire pointa du doigt une des portes du couloir.

– La troisième à gauche, fit-il tout aussi bas.

Logan s'apprêtait à avancer quand Hurley le retint par le bras.

– Mike, rien ne prouve que c'est lui. Par contre, c'est peut-être un témoin important. Pas de fusillade.

Ce n'était pas un avis mais un ordre. Logan souffla, baissa la tête et la redressa.

– Pardon, fit-il. Fais-moi confiance, j'ai pas l'intention de tuer qui que ce soit.

Hurley pria pour qu'il dise vrai.

Logan s'avança lentement vers la porte. Parvenu devant, il colla son oreille. Le silence.

Deux portes s'ouvrirent plus loin.

– Qu'est-ce qui se passe ? demandèrent des voix.

Hurley réagit immédiatement. Elle sortit sa plaque et alla calmer le voisinage.

Pas un bruit, pas un mouvement.

Logan prit une profonde inspiration et frappa fortement la porte de son poing.

– C'est le shérif Logan, ouvre tout de suite cette porte ! hurla-t-il.

Voilà, en cas de bavure il pourrait dire au juge qu'il avait suivi les règles d'interpellation. Et, sans attendre de réponse, il donna un violent coup de pied dans la porte. Cette dernière tint bon, en revanche il ressentit une vive douleur à la cheville.

Il arma son pistolet et visa la poignée. Deux tirs, puis un nouveau coup de pied. La porte s'ouvrit en grand et alla heurter le mur.

Logan s'engouffra dans la pièce et d'un geste circulaire chercha sa cible. Personne.

Il passa le salon et entra dans la chambre. Un lit défait. Des vêtements par terre. Il n'y avait personne.

Hurley arrivait derrière lui.

– Les fenêtres sont fermées. Il ne vient pas de se faire la malle, si ça peut te rassurer.

Arme toujours tendue devant lui, Logan sentit que toute la tension accumulée le quittait progressivement. Il rangea lentement son pistolet dans son étui et poussa un soupir retentissant.

– Je l'ai dit à votre collègue, au téléphone, qu'il n'y avait personne depuis vendredi ! intervint Quire.

– Vous, vous dégagez. Vous n'avez rien à faire ici, tonna Logan.

Quire sentit la menace et ressortit illico. Hurley sur ses talons referma la porte comme elle put. Elle revint près de Logan et croisa les bras sur la poitrine.

– À quoi tu joues ? Tu te prends pour un flic de série télé ? le railla-t-elle d'un ton glacial.

Logan détourna le regard et commença son inspection des lieux. Il souleva le matelas, passa devant elle en l'ignorant, avant d'ouvrir une armoire remplie de vêtements entassés.

– Tu crois que tu pourras changer le passé ! Ce qui est fait est fait. Je croyais que tu avais compris ! fit-elle alors que les souvenirs affluaient.

– Laisse-moi tranquille. Tais-toi, marmonna-t-il en jetant les tee-shirts en boule au sol.

– Détruis tous les indices, c'est très malin, Mike !

Hurley en avait assez. Elle n'avait jamais réellement cru à sa guérison. La haine coulait toujours dans ses veines. Il n'arrivait pas à se pardonner.

– Si on coince ce tueur, je lui ferai la peau. C'est pour ça qu'on m'a élu shérif. Pas d'avocat, pas de putain de bla-bla, une balle entre les deux yeux et tout rentrera dans l'ordre, fit-il en croisant son regard.

Hurley vit la folie dans ses yeux. Que tout rentre dans l'ordre. Mais cela ne sera jamais possible ! avait-elle envie de lui hurler.

Elle posa une main apaisante sur sa joue.

– Mike, s'il te plaît, calme-toi. Assieds-toi et reprends-toi. Ce Larry n'est pas Ray Snider. Reviens au présent.

À l'évocation de ce tueur en série qu'il avait attrapé voilà près de quatre ans, Logan eut un rictus terrible. Hurley faillit reculer. Puis, lentement, les flammes de l'enfer quittèrent les pupilles de Logan. Il s'assit sur le lit défait.

– Tu veux bien interroger le voisin ? Je vais attendre Nathan ici, fit-il d'une voix plus posée.

Hurley acquiesça. Il ne perdait rien pour attendre.

Logan la regarda quitter la chambre et s'allongea sur le lit. Le regard perdu sur le plafond jauni, une seule question le taraudait.

Où es-tu, petite ordure ? !

5

Larry entendit un bruit de porte qui s'ouvrait. Son cœur bondit dans sa poitrine. Il était au bord de l'épuisement, attaché sur cette chaise dans le noir.

Il se mit à trembler. Il n'aurait su dire depuis combien de temps il était ainsi, enfermé dans l'isolement.

Son dernier souvenir, c'était de s'être fait kidnapper en allant fournir un nouveau client. Il avait vaguement conscience d'avoir téléphoné à Lucy et à Amy, mais peut-être pas…

Un rai de lumière apparut sous la porte, juste en face de lui.

Assoiffé et affamé, il avait vidé sa vessie sous lui et ne retenait qu'à grand-peine l'envie de lâcher le reste.

Il avait tenté jusqu'à s'en arracher la peau de briser les liens qui le fixaient à la chaise, elle-même solidement scellée au sol.

Des bruits de pas se rapprochèrent.

Il avait toujours su que le jeu qu'il jouait était dangereux mais il n'aurait jamais cru qu'une de ses victimes oserait aller jusque-là.

Durant toutes ces heures de solitude, il n'avait pu s'empêcher d'envisager le pire. Des sévices terribles.

Il avait vu tellement de films d'horreur, se repaissant de la souffrance des victimes, qu'il imaginait sans peine la terreur que pouvait ressentir un prisonnier face à son bourreau.

Une clé s'inséra dans la porte, qui s'ouvrit sans aucun grincement et révéla la stature d'un homme massif.

Larry s'obligea à fermer les yeux.

Je ne veux pas savoir qui il est, se dit-il alors que la sueur ruisselait sur son front et dans son dos.

L'homme alluma la lumière et fit quelques pas en avant.

– Je vous en prie, laissez-moi partir, dit-il d'une voix cassée.

– Ouvre les yeux, ordonna l'homme.

Larry se mordit les lèvres. Cela lui rappelait un film. Il ne manquerait plus qu'il veuille lui faire le « baiser du dragon » ! Cette pensée incongrue ne parvint pas à lui faire oublier sa peur.

– Ouvre les yeux ou je vais devoir te découper les paupières.

La voix était dure, mais calme.

– Promettez-moi de ne pas me tuer, supplia-t-il.

Un silence angoissant fut la seule réponse. Larry entendit l'homme se rapprocher encore et tourner autour de lui.

– Pitié, mon Dieu, pardon, je vous en prie, je ne ferai plus jamais de mal à personne. Sauvez-moi, je vous en supplie, bredouilla-t-il alors qu'il ne pouvait se retenir de vider à nouveau sa vessie.

– Je n'ai aucunement l'intention de te tuer. Ouvre les yeux, maintenant.

La voix était juste derrière son oreille droite. Il pouvait sentir le souffle de l'homme. Un frisson glacé le paralysa.

Il ouvrit les yeux.

L'homme se redressa et d'un pas lent et calculé vint se poster devant lui. Un masque de gardien de hockey dissimulait son visage.

Toutefois, Larry parvenait à voir les deux yeux qui le fixaient avec cruauté.

– Je vous en supplie, ne me faites pas de mal, je suis désolé, je vous en supplie…

Il se mit à pleurer comme un enfant terrorisé. Son corps hoquetait telle une marionnette manipulée par un vieil homme parkinsonien.

– Tu n'as pas été un garçon très sage, Larry, fit l'homme.

Larry releva la tête sans cesser de renifler.

– Mais dis-toi qu'aujourd'hui c'est ton jour de chance.

Un nouveau long silence.

L'homme restait planté devant lui, le fixant de son regard impitoyable. Vêtu d'un jean et d'un blouson en daim, on devinait une musculature particulièrement développée sous sa chemise à carreaux.

– Je vais te libérer. Mais à une condition. Si tu l'acceptes, alors tu pourras continuer à vivre.

Larry s'accrocha à cet espoir. Il était prêt à accepter n'importe quoi pour vivre.

– Oui, je ferai tout ce que vous voulez, je vous le jure.

L'homme sembla satisfait.

– Tu es un brave garçon, Larry. Je ne te demande qu'une seule chose. (Il prit le temps d'une pause avant de continuer :) Tu n'iras en aucun cas voir la police pour leur raconter notre petite entrevue. Tu m'entends ? En aucun cas.

– Oui, je vous le promets.

Il avait craint bien pire. Même si l'humiliation était totale, il savait qu'il tiendrait sa promesse. Il quitterait River Falls le plus tôt possible. Il devait laisser derrière lui l'ancien Larry et recommencer une vie ailleurs. Loin de ce malade.

– C'est bien, alors fais très attention à ne pas te faire prendre par la police.

– Oui, je ferai gaffe. Je vais tout arrêter, je vous le promets.

L'homme sortit de sa poche un flacon d'éther et un mouchoir.

– C'est très bien, Larry, mais il faut que tu comprennes que cela ne sera pas aussi facile que tu le penses.

Larry sentit la peur revenir au galop. Il allait le mutiler. Il en était certain.

Il va me torturer ! se dit-il, au bord de l'hystérie.

– Je ferai très attention, je vous le jure. Laissez-moi partir, parvint-il à articuler.

Des filets de sueur froide provoquèrent une nouvelle salve de frissons dans tout son corps.

– Si tu tiens à remplir la condition de ta survie, sache juste une chose : tu ne vas pas tarder à être recherché pour meurtre. Un conseil, évite de rentrer chez toi.

– Quoi ? s'écria Larry. Mais je n'ai jamais tué personne !

– Moi et toi, nous le savons, mais pas la police. Et n'oublie pas notre contrat, si jamais tu leur parles, je te retrouverai. Où que tu sois et quelle que soit ta protection.

La voix était terrible. Impassible, détachée, et cependant menaçante. Larry n'en douta pas un instant.

– Qui avez-vous tué ?

L'homme s'approcha de lui et prit le mouchoir qu'il imbiba d'éther.

– Tu le sauras à ton réveil. Bonne nuit, Larry.

D'une poigne puissante, il le saisit au menton et lui appliqua le mouchoir sur le visage.

Larry essaya de se dégager, mais très vite ses muscles l'abandonnèrent et il sombra dans l'inconscience.

6

En cette belle journée de printemps, Sarah et ses amis avaient décidé de passer leur pause déjeuner dans le parc du campus. Ils étaient assis en cercle sous un séquoia de plus de quinze mètres.

– Au moins, le beau temps est revenu, fit Sam en essayant de mettre fin à l'interminable conversation.

Cela faisait trois quarts d'heure qu'ils ne parlaient que de la mort de Lucy et d'Amy. Tout ce temps à ressasser de sombres pensées et à échafauder des hypothèses plus terrifiantes les unes que les autres.

– Ouais, tu as raison. Passons à autre chose ou on va devenir dingues, fit Lisa, qui s'allongea près de son petit ami.

Sam changea de position et accueillit sa tête sur son ventre.

– De toute façon, le type doit déjà être loin. Les tueurs en série changent très souvent de lieu. Même s'il est de la région, il va se faire discret à l'avenir, intervint Edward.

Avec sa carrure d'athlète, il était tout l'opposé de Sam.

– C'est clair ! fit Shanice en finissant d'avaler une bouchée de son sandwich.

Près de son homme, elle se sentait sereine. La peur de la veille s'était estompée au fil des heures.

– Ouais. En tout cas, j'espère que les flics font leur maximum et, quand ils l'auront trouvé, qu'ils n'hésiteront pas à lui foutre une balle en pleine tête, dit Courtney en attrapant la bouteille de Coca.

– Espérons-le, dit Sarah.

Elle n'avait parlé à personne de son entrevue de la matinée. Elle devait dorénavant oublier toute cette histoire. Elle commençait même à regretter d'avoir donné le nom de Jennifer au shérif Logan. Mais ce qui était fait était fait.

– Hé, vous arrêtez, maintenant ! intervint Sam en revenant à l'assaut. On parle d'autre chose. On ne va pas se lamenter indéfiniment. Il fait une journée radieuse. Et, quoi qu'on puisse dire, rien ne fera revenir Lucy et Amy. OK ?

– Oui, chef ! fit Courtney d'un ton moqueur.

Après un silence durant lequel ils prirent en compte la remarque de Sam, Shanice les ramena à leurs projets pour le week-end.

– Bon, alors, cette virée en forêt, on la maintient ou pas ?

Tout le monde la regarda avec de grands yeux, comme si elle venait d'énoncer une énormité.

– Ben, je ne sais pas. Faut voir, fit Lisa.

– Avec ce tueur en ville. Ça fout plutôt les jetons ! ajouta Courtney.

Elle fit basculer sa longue chevelure blonde par-dessus ses épaules.

Edward éclata d'un rire moqueur.

– Ma vieille, tu crois vraiment qu'il va s'en prendre à six personnes, dont un quarterback ?

– Non, mais peut-être qu'il faudrait annuler, fit Sam en venant à la rescousse de Courtney.

– Hé la crevette, tu as les pétoches ? ! se moqua Edward.

– M'appelle pas comme ça ! s'énerva Sam.

Lisa quitta le confort de son ventre.

– Hey ! Vous n'allez pas commencer à vous chamailler. Moi, je suis d'avis que l'on maintienne notre randonnée. Ça nous fera le plus grand bien de changer d'air. Deux jours dans les montagnes, rien de tel pour oublier notre civilisation ! Et, tu sais, Ed, la crevette, elle te casse en deux quand elle veut ! ajouta-t-elle.

Un silence. Puis les rires fusèrent. Faisant contre mauvaise fortune bon cœur, Sam s'obligea à sourire.

– Et toi, Sarah, tu en penses quoi ? demanda Shanice quand la crise de rire fut passée.

– Oui, non, je ne sais pas. Il faut que je réfléchisse. Je vous donne la réponse en fin d'après-midi. Ça vous va ?

– Très bien. Mais assure. Si tu ne viens pas, je vais être la seule fille sans mec. Pas terrible, si tu vois ce que je veux dire, fit Courtney en posant sa main sur la sienne.

– Tu n'as qu'à sortir avec Liam, il n'attend que ça, lança Edward.

Liam était lui aussi un joueur de l'équipe universitaire de football.

– S'il te plaît, tout sauf lui, répondit-elle.

S'il était effectivement beau garçon, il était d'un machisme sans borne ; de nombreuses filles en avaient fait les frais.

– C'est toi qui vois, conclut Edward.

La pause déjeuner était presque terminée. Avant de retourner en classe, Sarah passa dans sa chambre chercher ses affaires de cours.

Elle venait à peine de mettre ses cahiers dans son sac, que l'on frappa à la porte. Elle hésita. Elle savait qui se trouvait de l'autre côté.

Elle attendit sans faire le moindre bruit. Elle n'ouvrirait pas.

– Sarah, ouvre-moi, je t'en prie. Il faut que je te parle !

Évidemment, c'était Brian. Elle garda le silence.

– Je sais que tu es là. Je t'ai vue entrer ! Allez, ouvre-moi.

Elle soupira, posa son sac et se résolut à le laisser entrer.

Quand elle ouvrit la porte, il se pencha vers elle pour un baiser. Mais Sarah détourna la tête et recula vers la fenêtre.

Le soleil était toujours aussi éclatant sur le campus.

– Pardonne-moi, bébé. Je ne sais pas ce qui m'a pris. J'ai vraiment pété les plombs. Cette histoire est si terrible que j'ai réagi comme le dernier des cons. Si tu veux bien, j'aimerais que tu acceptes ça, fit-il en lui tendant un petit sac en papier très élégant qui de toute évidence provenait d'une des plus grandes bijouteries de la ville.

Si elle n'avait pas oublié la gifle et les menaces de la matinée, elle n'en admettait pas moins qu'il n'était pas dans son état normal. Qui aurait pu l'être après une telle annonce ! Néanmoins, elle ne lui pardonnerait pas aussi facilement. Et, surtout, il faudrait qu'il clarifie ses sentiments.

– Tu crois qu'un cadeau peut faire oublier une gifle ? dit-elle d'un ton dur et sec.

Brian esquissa un sourire et baissa les yeux.

– Je ne sais pas quoi te dire pour me faire pardonner, fit-il en redressant la tête. Gifle-moi ! Gifle-moi aussi fort que tu peux.

Sarah émit un petit rire ironique. C'était stupide, mais ô combien tentant.

– Aussi fort que je le veux ? fit-elle d'un ton plein de sous-entendus.

Brian avait dit ça pour montrer la sincérité de son regret, mais n'aurait jamais pensé qu'elle le prenne vraiment au mot.

– Oui, maintint-il, n'osant faire machine arrière.

– D'accord.

Et, sans attendre, elle lui envoya une gifle d'une violence telle qu'elle lui laissa la trace de sa main sur la joue.

Brian émit un petit cri vite refoulé. Il leva sa main, mais ce fut pour masser sa joue devenue brûlante. Il souffla un long moment, mais ne montra aucune rancœur.

– Dis donc, ça fait combien de temps que tu t'entraînes ! essaya-t-il de plaisanter.

Sarah haussa les épaules.

– J'ai fait de la boxe quand j'étais jeune.

C'était absolument faux, mais il était bien capable de le croire !

Brian rit cette fois de bon cœur et lui tendit à nouveau son cadeau.

– Prends-le, s'il te plaît.

Sarah accepta. Elle prit le sachet. D'une main impatiente elle en extirpa un petit paquet délicatement enrubanné. Son visage reflétait une curiosité jubilatoire. Elle arracha sans précaution le précieux emballage, pour découvrir un écrin.

Alors, presque avec douceur, elle l'ouvrit. Un diamant merveilleusement mis en valeur par un sertissage de grand joaillier étincelait dans son coffret.

– Tu es fou ? Ça doit coûter une fortune !

– Elle te plaît ? lui demanda-t-il avec une certaine appréhension.

Sarah le regarda et trouva touchant son air de chien battu.

– Elle est superbe, dit-elle en sortant la bague de son écrin.

Elle la passa à son annulaire droit. Elle semblait faite pour elle.

– Je ne peux pas l'accepter, dit-elle alors en la retirant.

L'étonnement envahit le visage de Brian.

– Pourquoi ? C'est un cadeau. Un cadeau, ça ne se refuse pas, tenta-t-il en espérant la faire changer d'avis.

Mais Sarah resta inflexible. Elle remit la bague dans son écrin et le rendit à Brian. S'il avait vraiment des sentiments pour elle, il devrait le lui prouver d'une façon beaucoup plus évidente.

– Écoute, j'en ai assez qu'on se voie en cachette. Il faut que tu choisisses. Soit tu continues à sortir avec miss Parker, soit avec moi. Je n'ai pas l'intention de poursuivre une relation avec quelqu'un qui a honte de moi.

Elle exagérait, évidemment, mais il l'avait bien mérité.

Brian prit un ton persuasif.

– Bébé, c'est toi que j'aime. Mais ce n'est pas si facile. Elisabeth est une fille fragile. Tu peux comprendre que, par respect pour elle, je prenne le temps de tout lui expliquer.

– Ça, c'est ton problème, Brian. J'aurais été prête à attendre encore un peu, mais ta réaction de ce matin a semé le trouble dans mon esprit. Alors, tu vois, ça va être très simple, au contraire. Ce week-end, on organise une sortie en forêt avec Shanice, Ed, Sam, Lisa et Courtney. Si tu veux, tu viens avec nous, à la vue de tous, sinon c'est définitivement fini entre nous.

Brian serra les lèvres. Il alla près de la fenêtre. Des oiseaux chantaient à tue-tête sur les branches des arbres centenaires.

– Je n'aime pas Elisabeth. C'est avec toi que je veux être, mais laisse-moi encore du temps. Pas longtemps, mais encore un petit peu.

Sarah jubilait. Elle voyait bien qu'il était entièrement à sa merci. L'adorable imbécile !

– C'est à prendre ou à laisser. Si samedi matin tu ne nous as pas rejoints, tu pourras considérer que c'est terminé entre nous.

Ils se regardèrent droit dans les yeux avant que Sarah ne lui indique la porte.

– Allez, laisse-moi, je vais être en retard.

Brian la prit dans ses bras, avec douceur, sans la brusquer.

– Tu es la pire petite peste que j'aie jamais rencontrée, dit-il.

Mais il n'y avait aucun reproche dans sa voix.

– C'est pour ça que tu m'aimes. Allez, je t'ai dit de t'en aller. Va-t'en.

Il lui déposa un long baiser sur les lèvres et consentit enfin à quitter la chambre.

Une fois seule, Sarah laissa exploser un rire triomphal.

Les hommes sont tellement prévisibles !

Elle acheva de remplir son sac et se dépêcha de rejoindre les bâtiments de cours. Elle traversa le parc en courant pour arriver juste avant que Mme Page n'entre dans l'amphithéâtre.

Elle s'assit à côté de Shanice et sortit son cahier et sa trousse.

– Au fait, il paraît qu'Augeri a convoqué Jennifer. Ils seraient partis en voiture ensemble. C'est bizarre, tu ne trouves pas ? souffla Shanice à son amie.

Sarah sentit le sang refluer de son visage. Elle regrettait vraiment son inspiration matinale.

– Ça alors, tu crois qu'elle est coupable ? ! murmura-t-elle.

– Je ne sais pas, mais c'est super louche.

Mme Page s'installait lentement au bureau, après avoir pris le temps d'effacer le tableau où étaient encore inscrites des phrases ayant trait au cours de la matinée.

Les étudiants discutaient entre eux dans un brouhaha bien différent de la solennité de la veille.

– Elle me fait peur, cette fille. Toujours à l'écart, sans aucune amie. Mais de là à penser qu'elle ait pu tuer Lucy et Amy… Non, je ne peux pas le croire, fit Sarah en tâchant de calmer les battements de son cœur.

– Je n'ai pas dit ça, mais peut-être qu'elle est simplement complice. Peut-être qu'elle a un copain secret. Un tordu dans son genre. Ça m'étonnerait pas qu'elle traîne dans une secte satanique. Tu as vu la musique qu'elle écoute ? continua Shanice.

Sarah savait que personne ne peut être jugé sur son apparence, mais il était vrai qu'elle avait des attitudes étranges. Ce n'était pas l'agression de lundi qui lui prouverait le contraire.

– En tout cas, si c'est elle, j'espère qu'elle finira ses jours en prison. Je n'aime pas cette fille.

Mme Page posa le chiffon plein de craie et se retourna vers l'amphithéâtre.

– Silence, s'il vous plaît ! glapit-elle de sa voix aiguë. Je ne veux plus entendre un seul bruit !

Lentement le brouhaha déclina. Le cours pouvait démarrer.

Sarah prit son stylo et commença à prendre des notes, mais le cœur n'y était pas. Jennifer était-elle réellement coupable ?

7

Logan fumait cigarette sur cigarette. Assis au volant de sa Cherokee, il attendait depuis plus d'une demi-heure que Hurley le rejoigne. Mais, comme si elle prenait un malin plaisir à le savoir englué dans des pensées ténébreuses, elle était toujours dans l'immeuble, en train de terminer les entretiens de voisinage.

Des passants, curieux, s'arrêtaient devant le 145 Hampton Street pour demander au sergent Portnoy et à Monroe, qui gardaient la porte d'entrée, ce qui se tramait.

Chaque fois la même réponse : « Circulez, il n'y a rien à voir. »

Logan avait déplacé sa voiture et s'était garé de l'autre côté de la rue. Par la vitre baissée, il jeta un nouveau mégot sur le bitume.

D'un geste machinal il prit son paquet de Chesterfield. Il comptait en extraire une énième cigarette, quand il découvrit avec irritation qu'il était vide.

– C'est pas vrai ! pesta-t-il.

Énervé, il sortit de la voiture. Il avait remarqué un débitant de tabac en haut de la rue.

Tandis qu'il remontait Hampton Street, il constata que marcher l'apaisait un peu.

Dans la lumière déclinante du soleil, caressé par une légère brise printanière qui faisait trembler les feuilles des arbres, il tenta vainement de se détendre.

Comment avait-il pu être aussi stupide ! Crime passionnel ! Un simple crime passionnel ! Le b.a.-ba de toute enquête ! Pourquoi n'y avait-il pas cru ?

Il cracha sur le trottoir et jeta un regard hargneux à un petit vieux qui l'avait vu faire.

Il poussa un profond soupir. L'important était d'avoir repris les choses en main. Il avait envoyé à toutes les polices locales, ainsi qu'au FBI, l'identification de Larry Brooks.

Dans le même temps, Blake et son équipe passaient l'appartement au peigne fin. Hurley interrogeait les voisins. Portnoy et Monroe avaient fait aussi vite que possible, sur ordre de leur chef, pour venir disperser les curieux.

Logan était certain que les journalistes n'allaient pas tarder à rappliquer. D'autant plus qu'il avait dû, la mort dans l'âme, donner des photos de Larry à tous les médias.

Alors qu'il avait espéré que cette affaire serait vite oubliée !

Il avait tellement cru que River Falls ne pouvait être que le point de passage d'un tueur en série en vadrouille…

Maintenant ils avaient un coupable, mais il s'était fait la belle au vu et au su de la police de la ville.

D'après les dernières informations qu'il possédait, Logan savait que personne n'avait vu Larry depuis vendredi soir. C'est-à-dire bien avant que l'on découvre les cadavres. Il n'empêche qu'il allait être traîné dans la boue pour une faute dont il se sentait, malgré tout, responsable.

Où pouvait-il bien être ? Il avait certainement passé la frontière et se trouvait désormais au Canada.

Logan arriva devant le marchand de tabac. Il entra sous le regard pesant du commerçant.

– C'est quoi, tout ce raffut ? Vous avez chopé quelqu'un ? demanda-t-il.

– Non, mais nous suivons des pistes.

Les autres clients lui jetèrent un regard plein d'appréhension.

– Vous ne pouvez pas dire qui c'est ? C'est ça, shérif ?

Oui. Il n'avait pas à le leur dire. Mais il savait que la télévision n'allait pas tarder à relayer l'information.

– Larry Brooks, dit-il simplement, en ajoutant : Une cartouche de Chesterfield.

Tout d'un coup, un tumulte de blasphèmes, de jurons s'éleva dans la petite boutique.

– Vous dire que je suis étonné serait un mensonge, shérif, fit le commerçant en déposant la cartouche sur le comptoir. Je l'ai jamais senti, ce petit con avec sa belle gueule d'enfoiré. Mais, nom de Dieu, j'aurais jamais pensé qu'il puisse commettre un tel crime. Et les deux gamins Sheppard ? ! Vous vous rendez compte.

Et comment ! Il paya et sortit sans répondre plus avant aux questions des clients qui commençaient à le harceler.

– Il y aura un communiqué en fin d'après-midi. Laissez-moi passer, fit-il quand il comprit que ces gens ne le lâcheraient pas aussi facilement.

Il se dégagea et repartit d'un pas vif vers l'immeuble. Au bout de vingt mètres, il vit Hurley qui l'attendait appuyée contre la Cherokee.

– On vient d'avoir un appel de Seattle, dit-elle.

– Et alors ?

À ce moment-là, la camionnette de River's TV déboucha d'une rue perpendiculaire. Logan tapa du poing sur la carrosserie de sa voiture.

– C'est ça. Le véhicule a parlé, fit-elle en ajoutant : Larry Brooks possède une Subaru série 3, le même modèle que celui qui a renversé Tommy Sheppard.

– Même si Blake ne trouve pas d'indice concluant dans l'appartement, on a déjà une preuve pour l'inculper. Enfin une bonne nouvelle, fit Logan en retrouvant son sourire carnassier.

En effet, rien, ni sur le corps des victimes ni dans l'appartement, ne prouvait de façon définitive qu'il fût le meurtrier. Du moins en l'état des recherches préliminaires de Blake.

– Bon, on se tire d'ici. Je n'ai vraiment pas envie de parler à ces connards, continua-t-il en désignant de la tête la camionnette qui arrivait dans leur direction.

– On va le retrouver. Je suis certaine qu'on va le retrouver, affirma Hurley.

Mais, au fond, elle n'était pas si sûre. Elle n'arrivait pas à se sortir de la tête que le garçon était trop jeune pour commettre de telles horreurs et, surtout, rien ne cadrait avec le début de profil psychologique qu'elle avait établi pour le meurtrier.

Malgré les avis convergents des voisins pour définir Larry comme un jeune délinquant, aucun n'avait pu noter chez lui des accès de violence. Du mépris, du manque de respect certes, mais pas de violence.

Jamais aucun cri ne s'échappait de son appartement. Si ce n'était des gémissements et autres râles très explicites. « Enfin, vous voyez ce que je veux dire… », avait déclaré Mme Danley en levant les yeux au ciel.

Plongé dans ses réflexions, Logan roula à une vitesse modérée sur le chemin du retour. Peu à peu, il commençait à accepter ses erreurs dans la façon dont il avait appréhendé l'affaire.

Il ne pensait désormais qu'au futur immédiat. Il n'y avait plus de doute quant à l'identité du tueur. Comme Hurley, il pensait que ce n'était qu'une question de temps pour le retrouver.

Quand le FBI tenait un nom, personne ne pouvait lui échapper sur tout le territoire des États-Unis d'Amérique et, même si cette petite ordure avait passé les frontières, il savait que la CIA était capable de prendre le relais.

Hurley posa une main réconfortante sur son bras droit.

– Tu as fait du bon travail, Logan. Tu n'as rien à te reprocher.

Ils passèrent devant Garden State.

Logan regarda du coin de l'œil les enfants qui jouaient sur la pelouse du jardin faisant face à la mairie. Riant et gambadant en tous sens, ils étaient totalement inconscients des dangers qui planaient sur la ville.

Son humeur cyclothymique le fit passer d'un état limite dépressif à une légère euphorie. Hurley avait raison, il était un bon flic. Les citoyens de River Falls pouvaient compter sur lui.

– Au fait, tu sais qui refile des informations à la journaliste du *Daily River* ? demanda Hurley.

Logan fronça les sourcils.

– Non, mais je te promets que je le saurai très vite. Tu peux m'ouvrir un paquet de cigarettes et m'en allumer une, s'il te plaît ?

Il avait la bouche qui sentait le goudron, mais le besoin de nicotine était trop puissant.

– Personne n'est au courant pour la Subaru. Avec un peu de chance, Brooks ignore qu'on recherche sa voiture. S'il tente de s'enfuir à son volant, nous l'aurons dans la soirée, dit Hurley en sortant une cigarette.

Elle la coinça entre les lèvres de Logan et lui tendit le briquet.

– Tu crois qu'il peut être assez stupide pour rester dans sa caisse ? demanda Logan en tirant avec application sur sa cigarette.

La flamme en embrasa aussitôt l'extrémité.

– Je ne sais pas, mais je ne crois pas que nous ayons affaire à un professionnel. C'est certainement la première fois qu'il passe à l'acte. Il doit paniquer. Voler une nouvelle voiture n'est pas si évident.

Logan fit une grimace, peu convaincu. Ce qui était sûr, c'est qu'en l'état actuel des choses ils n'étaient pas près de revoir Larry Brooks à River Falls. Tant qu'il ne serait pas sous les verrous, son visage serait affiché dans tous les lieux publics.

Wanted dead or alive ! se dit-il en repensant aux westerns d'antan.

Ils arrivèrent au commissariat. Dès qu'il en eut franchi le seuil, Logan sentit que la pression des dernières vingt-quatre heures s'était relâchée. Les visages étaient moins marqués par le doute et la tension.

– Shérif, le président Augeri vous attend en compagnie d'une certaine Jennifer Shawn. Je crois que vous l'avez convoquée, dit Blanchett en s'avançant vers lui.

Cela lui était complètement sorti de la tête. En vérité, il n'en avait plus rien à faire.

– Jessica, tu veux bien t'en occuper, fit-il.

Hurley acquiesça d'un clignement des yeux.

– D'accord.

– Il attend dans la salle de réunion. Vous voyez, la troisième porte sur la gauche, indiqua Blanchett de la main.

Hurley la remercia et remonta le couloir.

– Je suis heureuse qu'on ait pu si vite mettre un nom sur notre tueur. On va pouvoir lever la garde devant la chambre de Jeremy Sheppard, fit Blanchett.

Celui-là aussi, il l'avait oublié.

– Comment va-t-il ?

– J'ai eu Haldford. Le petit est encore dans le coma mais, apparemment, son cerveau n'est pas touché. Les scanners n'ont montré aucune hémorragie interne. Les médecins sont assez optimistes et pensent qu'il devrait se réveiller dans les tout prochains jours.

Une très bonne nouvelle. Il ne pouvait s'empêcher de penser à la douleur de Maggie Sheppard. Perdre un enfant est déjà une chose insupportable, mais perdre tous ses enfants d'un coup devait être pire que la mort.

– C'est bien, fit-il. Mais laissez la garde encore quelques jours. Même si je ne vois pas l'intérêt que Brooks aurait à tenter de le tuer maintenant, on ne sait jamais ce qui peut se passer dans la tête d'un tueur. Je n'ai pas envie de prendre des risques inutiles, et pour la mère, je pense que ça la réconfortera.

– Vous avez raison.

– Bon, si vous avez besoin de moi, je suis dans mon bureau. En tout cas, je suis satisfait de la façon dont nous avons géré cette affaire.

– Oui, il ne nous reste plus qu'à le coincer.

Y avait-il un zeste de reproche ? Logan pouvait comprendre que, pour certains, l'affaire ne faisait que commencer, mais, pour lui, c'était bel et bien fini. Brooks ne reviendrait plus jamais commettre de crimes à River Falls. C'était déjà ça de gagné.

– Ah, j'oubliais, faites savoir à tous les agents que Brooks possède une Subaru classe 3, gris métallisé. Je doute fort qu'il ait pu la garder et encore plus qu'il traîne dans le coin, mais sait-on jamais. En tout cas, avertissez tout le monde que si, par hasard, cette information transparaît dans les journaux, je ferai mener une enquête par le FBI pour découvrir qui est notre taupe. Faites-le-leur bien sentir.

– Oui, vous pouvez compter sur moi.

Il lui fit un sourire et remonta deux couloirs avant d'atteindre son bureau. Il accrocha son blouson à la patère et s'assit devant son ordinateur. Une fois de plus, des dizaines de mails attendaient d'être ouverts.

Il fit le tri. Les premiers à retenir son attention furent ceux de la police scientifique de Seattle.

– Tiens, tiens, fit-il en découvrant un mail dont l'objet était des plus intéressants.

Il l'ouvrit et, après l'avoir lu, resta perplexe un long moment. C'était bizarre. Mais peut-être pas, après tout. Il n'y avait aucun doute quant à la culpabilité de Brooks.

De toute façon, Hurley était avec le président Augeri. Il aurait le fin mot de l'histoire d'ici quelques minutes. Il allait ouvrir d'autres mails quand son téléphone sonna.

– Shérif, j'ai Nolden au téléphone.

– Passez-le-moi.

Il n'avait pas vraiment envie de lui parler, mais il savait qu'il ne pouvait pas se défiler.

– Bonjour, monsieur le maire, dit-il d'une voix amicale.

– Shérif Logan. Je voulais vous féliciter personnellement pour la conduite de cette enquête. Nous préférons tous pouvoir mettre un nom sur le coupable que de passer notre temps à douter de notre propre voisinage. Je suis heureux de ne pas m'être trompé sur vous en vous donnant ma confiance.

Un vrai discours politique ! Logan avait battu aux élections l'ancien shérif en place.

Ses états de service à Seattle, et en particulier son arrestation du tueur en série Ray Snider, ajoutés à son âge, son charisme viril et le soutien du maire, lui avaient permis de battre à plate couture l'ancien shérif Van Zant.

Un homme sur qui l'opprobre était tombé à cause de rumeurs avérées, relatives à ses trop nombreuses liaisons avec des femmes mariées.

– Merci, mais je serai pleinement satisfait une fois que cette ordure sera sous les verrous, répondit-il.

La discussion continua quelques minutes encore avant que Logan puisse raccrocher sans paraître discourtois.

Hurley entra dans la salle. Le président Augeri et l'étudiante étaient assis près du bureau.

– Vos collègues nous ont appris que vous avez identifié le meurtrier. C'est un grand soulagement pour nous. Quand pensez-vous l'arrêter ? demanda Augeri en se levant.

– Ce n'est qu'une question de temps, le rassura-t-elle.

Puis, se tournant vers Jennifer :

– Vous êtes Jennifer Shawn. C'est bien ça ?

– Oui, qu'est-ce que vous me voulez ? attaqua aussitôt la jeune fille d'un ton agressif.

Hurley garda son sourire et vint s'asseoir en face d'elle. Augeri alla se rasseoir auprès des deux jeunes femmes.

– Oh, rien de spécial, je voudrais juste que vous m'expliquiez pourquoi vous vous en êtes prise à Sarah Kent, lundi matin.

Jennifer la gratifia d'un rire méprisant.

– C'est tout ce que vous avez à faire ? ! ironisa-t-elle. C'était une farce, rien de plus. Vous allez m'arrêter pour ça ?

– Qu'est-ce que tu as fait exactement ? demanda Augeri.

Durant tout le trajet jusqu'au commissariat, elle lui avait juré ne pas comprendre la raison de sa convocation. Elle n'était proche ni de Lucy ni d'Amy. Elle avait prétendu être aussi perplexe que lui.

– Pendant qu'elle prenait sa douche, je lui ai piqué ses affaires et, quand elle est sortie, elle était toute nue. Elle a cru qu'elle allait devoir retourner dans sa chambre comme ça. Vraiment pas de quoi fouetter un chat !

Augeri jeta un regard interrogatif à Hurley.

– Sarah était une amie de Lucy et d'Amy. Nous ne pouvions rien laisser au hasard, expliqua-t-elle.

Elle se rendait désormais compte que tout cela était bien puéril et ne méritait effectivement en aucune façon l'intervention de la police.

Exaspérée, Jennifer leva les yeux au plafond.

– Ça ne va pas bien chez vous ! Vous pensiez vraiment que j'aurais pu tuer Lucy et Amy ? !

– Oui, c'était une éventualité, répondit Hurley d'un ton ferme.

Jennifer soupira.

– Bon, maintenant que vous avez votre coupable, vous pouvez me relâcher ?

Augeri se pencha vers Jennifer.

– Pourquoi tu as fait ça ? Elle t'a causé des problèmes ?

– Avec tout le respect que je vous dois, cela ne vous regarde pas. C'est une histoire entre elle et moi.

– Pour l'instant, Jennifer, pour l'instant, corrigea Hurley. Je suppose que tu élabores déjà un plan pour te venger de cette convocation.

Jennifer fit semblant de ne pas comprendre.

– Je ne vois pas de quoi vous voulez parler.

– Jennifer. Malgré tes airs un peu rebelles, tu es une bonne élève. Je serais vraiment désolée de devoir te faire revenir ici, si tu t'en prenais encore à Sarah.

– Elle m'a piqué mon mec, ça vous va ?

Hurley lut la sincérité dans les yeux de la jeune fille. Elle ne put retenir un sourire. C'était bien de son âge. Une simple jalousie de fille déçue !

– Tu as raison sur un point, Jennifer. Cela ne nous regarde absolument pas. Mais, juste entre nous, et c'est un conseil de fille, le coupable, si tant est qu'il y en ait un, est ton ancien petit ami. N'oublie pas que c'est lui qui t'a quittée, fit-elle en se souvenant de ses années à l'université. S'il t'aimait vraiment, aussi aguicheuse qu'ait pu être Sarah, jamais il ne t'aurait quittée.

– C'est bon, je ne suis pas une gamine ! se rebiffa Jennifer.

Au contraire, c'est exactement ce que tu es ! pensa Hurley.

– Jennifer, est-ce que tu peux me promettre de ne plus rien entreprendre contre Sarah ? intervint Augeri.

Jennifer baissa la tête. Jamais elle ne s'était sentie aussi mal à l'aise. S'il y avait bien une chose dont elle n'avait pas envie, c'était parler de ses émois personnels avec le président de l'université et une enquêtrice du FBI !

– Je ne peux pas vous le promettre. Je sais très bien ce qu'on dit dans mon dos. Tout le monde me prend pour une marginale et se moque de moi. Pour une fois que j'avais trouvé un mec cool !

– Jennifer. Je sais bien que tu n'en as rien à faire de mes conseils, mais, vraiment, ne perds pas ton temps avec les ragots et les rumeurs qui courent sur ton compte. Tu sais ce que tu vaux et, si j'en crois ton président, tu es une bonne élève. Ne gâche pas tout pour une simple histoire de cœur. (Jennifer la regarda d'un air méprisant.) Je connais bien les hommes et je peux t'assurer que ton petit côté extravagant ferait des ravages dans une ville comme Seattle.

Cette dernière phrase sembla atteindre son but.

– Je déteste River Falls. Que des péquenots à l'esprit coincé ! Ouais, vous avez peut-être raison. Vivement que je parte pour la civilisation !

Augeri cacha un sourire.

– C'est bien, Jennifer. Allez, tu peux retourner sur le campus. Et essaye de tenir ta promesse, fit-il.

– Je n'ai rien promis, rectifia Jennifer.

Mais le ton n'y était plus. Hurley savait qu'elle l'avait touchée.

– De toute manière, ne t'inquiète pas. Ceci reste entre toi et moi. Personne ne sera au courant, ajouta Augeri.

– Je dois vous remercier ? demanda Jennifer d'un ton effronté.

– Ce n'est pas indispensable.

Jennifer fit une drôle de moue et se leva.

Ils quittèrent tous trois la salle et s'engagèrent dans le couloir.

– Monsieur Augeri, si vous avez une seconde, j'aimerais vous parler, l'interpella Logan qui arrivait d'un couloir parallèle.

– Bien sûr, répondit-il. (Et, se tournant vers Jennifer :) Va m'attendre dans la voiture, je n'en ai pas pour longtemps.

– Je t'accompagne, fit Hurley qui la prit par le bras.

Logan attendit que les deux femmes aient disparu, puis il invita Augeri à le suivre jusqu'à son bureau. Tandis qu'ils s'asseyaient, Logan s'alluma une cigarette.

– Vous ne devriez pas fumer dans un lieu public, remarqua Augeri en fronçant le nez.

– Oh ! Si on devait respecter toutes les lois, on ne ferait plus grand-chose, monsieur le président.

– Je comprends, mais vous représentez la loi dans cette ville. C'est dommage.

Il ne manque pas d'air, celui-là ! se dit Logan. On va bien s'amuser, maintenant.

– Je voulais juste savoir. Quand vous avez appris la nouvelle des meurtres de Lucy et d'Amy, qu'est-ce que vous avez fait ?

Augeri se crispa aussitôt.

– Je ne vous suis pas. À quoi rime cette question ?

Logan tira sur sa cigarette et recracha un long nuage de fumée avant de reprendre.

– C'est seulement une question. Cela vous pose un problème d'y répondre ?

Le ton était désinvolte mais la menace bien réelle.

– Non, évidemment que non, rétorqua Augeri, qui partit dans une interprétation de l'homme perdu dans ses souvenirs. J'ai réuni mes collaborateurs et certains professeurs. Je les ai informés de ce que je savais, puis nous avons discuté de la meilleure façon d'apprendre l'affreuse nouvelle aux étudiants. Oui, voilà. C'est ça que j'ai fait.

C'était certainement vrai. Mais il ne disait pas tout.

– Êtes-vous certain de n'avoir rien fait d'autre, monsieur Augeri ?

Le président semblait de plus en plus mal à l'aise.

Logan connaissait bien cette attitude. Dire la vérité ou bien espérer que tout n'était que du bluff.

Augeri baissa les yeux, puis détourna son regard vers la fenêtre, évitant celui, inquisiteur, de Logan.

– Très bien, je suis allé dans la chambre d'Amy. Je pensais que je pourrais trouver quelque chose pour aider la police. Mais, en vérité, il n'y avait rien qui puisse vous mettre sur la piste du tueur.

Enfin. Il préférait ça.

Logan prit un air concentré et reformula.

– La chambre d'Amy et celle de Lucy, nous sommes d'accord ?

– Oui, bien sûr, confirma Augeri.

Des traces de sueur commençaient à suinter sur ses tempes.

– Vous dites avoir fait ça pour aider la police, n'est-ce pas ?

– C'est ce que je viens de vous dire.

Logan secoua la tête de droite à gauche.

– Ne me prenez pas pour un imbécile. N'importe quel idiot sait qu'il ne faut jamais toucher quoi que ce soit dans des lieux qui vont être l'objet d'une inspection policière. Que cherchiez-vous, monsieur le président ?

La menace était de plus en plus appuyée. Augeri suait désormais à grosses gouttes.

– Je ne cherchais rien. Je vous l'ai dit. J'essayais de vous aider. J'étais sous le choc. Excusez-moi d'avoir peut-être oublié tout sens des responsabilités. Je pensais vraiment qu'il ne fallait pas perdre de temps.

– Mmm, marmonna Logan, peu convaincu. Nous avons trouvé vos empreintes aux quatre coins des deux chambres. Un cambrioleur n'aurait pas cherché mieux que vous.

– Justement, l'interrompit Augeri. Si j'avais eu de mauvaises intentions, vous ne pensez pas que j'aurais pris des gants pour masquer mes empreintes ?

Sa voix était essoufflée, mais Logan vit une lueur d'espoir dans son regard. Augeri avait raison. C'était là que le bât blessait.

Pourquoi tout fouiller sans protection, sachant que les équipes scientifiques découvriraient évidemment ses empreintes ?

À moins que, dans la panique, il ait vraiment oublié cette précaution élémentaire.

– Écoutez, je vais tout vous dire, mais promettez-moi de garder ça pour vous.

Logan détestait ce genre d'introduction. Cela sentait le mensonge à plein nez.

– Je ne peux rien vous promettre. Mais sachez que je n'ai pas pour habitude de révéler le contenu de mes discussions si elles n'ont aucun lien avec mes enquêtes.

Augeri semblait reprendre du poil de la bête.

– J'ai vraiment voulu aider la police. J'ai eu tort. Je le reconnais volontiers. Si je ne vous en ai pas parlé, c'est que, quand j'ai réalisé ce que j'avais fait et que j'ai compris que j'avais pu détruire des indices sans le vouloir, j'étais tellement gêné que je n'ai pas osé vous le dire.

Il reprit son souffle et, baissant les yeux, ajouta :

– De plus, il faut que vous sachiez que, dans ma jeunesse, je n'ai pas été un adolescent modèle. Je me suis fait arrêter plusieurs fois pour des vols à l'étalage et des dégradations de lieux publics. Je n'avais pas envie que vous vous intéressiez à moi.

Le ton était vraiment pathétique. Il paraissait sincère.

– À New York, monsieur Augeri. Nous savons cela. Vos relevés d'empreintes dorment toujours dans un fichier du commissariat de la Grosse Pomme, fit Logan en remerciant mentalement Seattle de lui avoir fait parvenir le mail. Très bien, continua-t-il. Tout cela va effectivement rester entre nous. Mais à la seule condition que vous me trouviez un alibi en ce qui concerne le week-end dernier.

Le visage d'Augeri s'empourpra davantage.

– Vous ne me suspectez pas, tout de même ? Vous avez votre coupable ! Vous n'imaginez pas que j'aie pu participer à cette ignominie !

Le ton était agressif. Celui d'un homme déshonoré. Il avait l'air vraiment crédible.

– Je n'ai rien dit de tel. Mais notre homme avait peut-être un complice. Alors ôtez-moi ce doute et nous oublierons aussitôt cette pénible conversation, monsieur le président.

Augeri ne put réprimer un frisson.

– Je n'ai pas tué ces filles ! Si jamais la presse fait part de vos soupçons, je suis un homme mort ! Ne me faites pas ça. Je ne le mérite pas.

À son grand étonnement, Logan se sentit soudain mal à l'aise. Il n'avait jamais cru à la culpabilité de cet homme. Il voulait seulement lui donner une leçon. Il n'aimait pas ces airs arrogants et encore moins le mépris mal dissimulé qu'il avait pour la police.

Mais de là à le donner en pâture à la vindicte populaire pour un crime qu'il n'avait pas commis…

– Vous avez ma parole, monsieur Augeri. Personne n'entachera votre réputation. Détaillez-moi seulement votre emploi du temps.

– C'est très facile. Je suis resté avec ma famille tout le week-end. Vous n'avez qu'à appeler ma femme tout de suite. Comme ça vous ne pourrez pas dire que nous nous sommes concertés.

C'était une très bonne idée. Logan décrocha son téléphone et se pencha vers Augeri :

– Son numéro, s'il vous plaît.

8

Larry se réveilla lentement. Il souffrait de courbatures dans tout le corps. Il poussa un grognement alors qu'il émergeait des limbes. Il ouvrit les yeux, et fut totalement désorienté.

Il cligna plusieurs fois des paupières et s'efforça de recouvrer ses esprits. Il était dans sa Subaru. Le véhicule était arrêté dans un chemin de traverse quelque part dans la forêt.

– Qu'est-ce que c'est que ce délire ? marmonna-t-il en découvrant qu'on lui avait changé ses vêtements.

Ceux qu'il portait étaient propres et ne correspondaient absolument pas à ses habitudes vestimentaires. Un pantalon à pinces et un pull-over rayé des plus ringards ! C'est alors qu'il vit sa tête dans le rétroviseur intérieur.

Il ne put s'empêcher de pousser un cri de stupéfaction. L'homme l'avait complètement rasé. C'était monstrueux.

– Putain de malade ! jura-t-il en se passant la main sur le crâne.

Il n'en revenait pas. Ce type était vraiment un grand tordu !

Les souvenirs de sa captivité remontèrent d'un bloc à sa mémoire. Une sourde colère s'empara de lui. Il se revit sur la chaise, terrifié et impuissant. Jamais il n'avait subi une telle humiliation.

– Saloperie de malade !

Il serra les poings et, la colère aidant, il retrouva une énergie vindicative qui lui fit oublier toute la peur qui l'avait submergé ces dernières heures.

Il sentit une pression dans le bas-ventre. Il ouvrit sa boîte à gants et prit un paquet de Kleenex. Avec difficulté, il réussit à s'extraire de son véhicule et put enfin se soulager derrière un arbre.

Puis il retourna dans sa Subaru. Les clés étaient sur le contact. Il pria pour que cela ne soit pas encore une mauvaise blague. Il tourna la clé. Le moteur vrombit sans secousse.

Un sourire de soulagement éclaira son visage. Il se regarda à nouveau dans le rétroviseur et secoua la tête de rage.

L'homme s'était bien foutu de sa gueule. Même s'il comprenait le pourquoi d'une telle vengeance, il n'en revenait pas qu'un de ses pigeons soit passé à l'acte. Il n'aurait jamais cru que l'un d'eux en ait le cran.

En tout cas une chose était certaine, c'en était fini de ce genre d'embrouilles. Il allait quitter la ville et trouver un autre patelin pour continuer sa route.

Il repensa aux dernières paroles de l'homme. Accusé de meurtre ! N'importe quoi ! Une façon de plus de le torturer psychologiquement.

Il fit demi-tour et entreprit de remonter le chemin de traverse.

Il n'avait aucune idée de l'endroit où il se trouvait. Il pensa cependant qu'il ne devait pas être très loin de River Falls. Les montagnes se dressaient à l'horizon.

Il mit la radio en marche et tomba sur WKFM. *Armageddon it*, un vieux standard de Def Leppard.

Tandis qu'il rythmait la musique en remuant la tête, il ne cessait de penser à ce qu'il venait de vivre. La trouille de sa vie ! Il avait vraiment cru que l'homme allait le torturer jusqu'à ce que mort s'ensuive !

L'enfoiré ! se dit-il en frappant le volant de sa main.

Il ne lui restait plus qu'à trouver une explication plausible à présenter aux filles pour les convaincre que son changement de look était un choix personnel.

Il imaginait déjà la tête de Lucy quand elle découvrirait sa nouvelle coiffure. C'est sûr qu'elle allait se foutre de lui. Quant à Amy, elle en rajouterait une couche.

Il jeta un œil au rétro et essaya de se faire à son nouveau portrait. Après tout, ça ne lui allait pas si mal. Il avait toujours aimé ses cheveux mi-longs et ses mèches rebelles, mais ce crâne rasé lui donnait un air de méchant garçon qui, objectivement, ne lui déplaisait pas vraiment.

La chanson de Def Leppard arriva à sa fin, Journey enchaîna avec *Girl can't help it*. Il adorait ce morceau.

Au bout du chemin, il arriva sur une route. Il n'avait aucune idée de la direction qu'il devait prendre. À tout hasard il opta pour la gauche, vers la descente.

Il n'avait pas vraiment envie de quitter Lucy. Elle était vraiment à son goût, une beauté du diable, une sauvageonne qui savait le faire hurler de plaisir.

Et merde ! Je vais pas me laisser intimider par un connard ! se dit-il.

Mais il ignorait l'identité de l'homme qui l'avait kidnappé. Il n'avait pas vu son visage et n'avait pu reconnaître la voix.

Un homme de main, à n'en pas douter. L'ensemble de sa stature donnait à penser qu'il ne devait pas avoir dépassé les trente ans. Peut-être même vingt-cinq ! Une petite racaille prête à tout pour un paquet de dollars. Jusqu'au meurtre ?

Larry oublia cette idée. S'il avait voulu le tuer, ce serait déjà chose faite. Non, c'était simplement une mise en garde. Une sérieuse mise en garde.

Il devait quitter la région. Les choses étaient allées trop loin. Qui sait si Lucy n'accepterait pas de le suivre ? Ses études, elle en avait rien à foutre. Cette fille ne travaillerait jamais, de toute façon. Un jour elle trouverait un surfer plein aux as, et adieu Larry !

En tout cas, si elle pouvait rester avec lui encore un peu, ce serait pas si mal.

La route défilait devant lui. Un panneau indiquant Pearcy à dix miles apparut sur la gauche. Il était dans la bonne direction. River Falls se trouvait à moins de trente miles de cette bourgade.

Le morceau de Journey terminé, la voix du présentateur de la radio reprit.

– Vous êtes toujours sur WKFM. Il est dix-huit heures. Les informations de Patricia Kulick.

Il y eut la petite musique d'un jingle, puis la voix professionnelle de la journaliste prit la suite.

Larry tendit la main pour changer de station avant de se figer brusquement.

– Information de dernière minute. L'identité du boucher de River Falls a pu être établie par la police. Il s'agit de Larry Brooks. Il était le petit ami de l'une des deux victimes, Lucy Barton. Il aurait disparu de son domicile…

Larry freina brusquement, se rangea sur le bord de la route. Il bondit du véhicule et régurgita tout ce qui lui restait dans l'estomac.

Il ne parvenait pas à maîtriser les tremblements de son corps. Le sang avait quitté son visage. Les larmes jaillirent malgré lui.

Il n'arrivait pas à en croire ses oreilles. Putain, Amy et Lucy étaient mortes. Le type les avait vraiment tuées !

– Non, non, non ! gémit-il en se prenant la tête entre ses mains crispées. Mon Dieu, dites-moi que je rêve, ce n'est pas possible, ce n'est pas possible !

Une voiture qui descendait la côte commença à ralentir.

Larry reprit subitement ses esprits. Il se frotta le bas du visage. Par-dessus sa main, il croisa le regard de la femme qui conduisait, mais elle ne sembla pas le reconnaître.

Il venait enfin de comprendre pourquoi on lui avait rasé le crâne. Secoué de tremblements nerveux, il remonta dans son véhicule et le remit en marche. À allure modérée, il reprit la route.

Le flash était terminé. *Summer 69* de Brian Adams avait pris la relève. Il changea de station et trouva une radio d'information continue. Un journaliste était en train de brosser son profil ! Sa jeunesse à River Falls, ses petits méfaits d'adolescent…

Je vais devenir dingue, se dit-il. Arrêtez, arrêtez !

Il se mit à pleurnicher, sa vision se brouilla et il s'arrêta une nouvelle fois.

Il ne pouvait pas retourner en ville. Il devait prendre le temps de réfléchir. Il était devenu l'homme à abattre !

Il parvint à reprendre son souffle, à modérer les battements désordonnés de son cœur. Puis il fit demi-tour. Il allait retourner dans le petit chemin de traverse. Là, il essayerait de se calmer, de faire le point sur sa situation.

Il savait qu'il devait aller voir la police, mais la menace de l'homme prenait désormais toute sa terrible réalité. « Si tu veux vivre, à aucune condition tu ne dois parler à la police ! »

Que faire ? Il se voyait mal en fugitif jusqu'à la fin de ses jours !

– Je n'ai tué personne ! Je n'ai tué personne ! hurla-t-il alors que le journaliste continuait de broder sur l'affaire.

9

La nouvelle s'était répandue comme une traînée de poudre. L'assassin d'Amy et de Lucy n'était en fait que le petit ami de cette dernière.

Les cours de la journée étaient achevés.

Sarah et ses amies se retrouvèrent à l'entrée principale de l'université pour une virée entre copines. Car, même si Larry était toujours dans la nature, le président Augeri avait levé le couvre-feu.

De l'avis général, il ne pouvait être encore à River Falls ou même dans l'État de Washington.

– Alors, on se fait un ciné ou un bowling ? demanda Shanice.

– On est quatre, deux équipes de deux : un bowling ! répondit Lisa.

Le soleil déclinait rapidement. Un vent léger s'était levé.

– OK, mais je ne joue pas avec Courtney. Tu es trop nulle, ma grande ! fit Sarah.

Courtney la regarda avec de grands yeux étonnés.

– Ah, tu crois ça ! Très bien, qu'est-ce qu'on parie ?

Sarah adorait chambrer sa camarade. Courtney était si premier degré !

– Je ne sais pas, à toi de me le dire.

Le bus arrivait devant l'arrêt de l'université. Les filles grimpèrent à l'intérieur.

– Alors ? redemanda Sarah une fois assise.

Lisa et Shanice avaient pris les deux places derrière Sarah et Courtney.

– Ben, tu me dis avec qui tu sors en cachette ! lâcha cette dernière.

Sarah sentit le rouge lui monter au visage.

– N'importe quoi ! Qu'est-ce que tu racontes ? se défendit-elle, stupéfaite.

– Allez, arrête de faire ta mijaurée. On sait toutes que tu as un mec ! intervint Shanice en passant la tête entre les deux sièges de ses amies.

– Mais qu'est-ce que c'est, ce traquenard ! Je n'ai pas de petit copain. Si j'en avais un, vous croyez que je perdrais mon temps avec vous !

Le bus prit de l'allure et s'engouffra dans River Falls. Les pavillons des faubourgs laissèrent place aux premiers immeubles d'habitation.

– C'est sympa pour nous ! fit Lisa en collant sa tête contre la vitre du bus.

– Je plaisantais ! Mais, vraiment, pourquoi je le cacherais si j'avais un mec ?

Sarah n'avait aucune envie de leur parler de sa relation avec Brian. Elle aurait tout donné pour être ailleurs. Malheureusement, elle connaissait ses amies et savait qu'elles n'étaient pas près de la lâcher. Pourtant, Dieu sait qu'elle avait pris beaucoup de précautions pour ne pas être découverte.

– Parce que tu as peur que je te le pique, fit Courtney en se redressant, pointant ses seins en avant. Pour être tout à fait objective, je suis quand même bien plus belle que toi.

Les rires de Lisa et de Shanice fusèrent par-derrière. Sarah était écarlate.

– Ça, ça reste à prouver. De toute façon, tu es tellement insupportable qu'aucun mec ne peut rester avec toi plus d'une semaine, attaqua-t-elle.

Courtney leva les yeux au ciel.

– Je cherche le prince charmant, j'ai le droit, non. Un type beau, musclé, intelligent, plein d'humour et… (elle prit un petit air machiavélique) et plein de thunes, évidemment !

Toutes les filles s'esclaffèrent. Courtney était vraiment la plus drôle d'entre elles !

– Alors, ma pauvre, tu es partie pour rester seule longtemps ! se moqua Shanice une fois son rire maîtrisé.

– Je comprends pourquoi tes relations sont aussi éphémères ! Si j'avais connu tes exigences plus tôt, j'aurais porté des cierges à l'aumônerie pour toi ! plaisanta Lisa.

– Vous moquez pas, je suis certaine qu'il existe et c'est peut-être bien ton petit copain, Sarah ! fit Courtney en revenant à la charge.

Sarah resta silencieuse, et porta son regard au-delà de la vitre.

Le bus pénétrait dans le centre-ville. Le bowling était encore à dix minutes de route.

– Tu es vraiment stupide. Parfois je me demande ce que je fais avec une fille comme toi ! répliqua finalement Sarah.

Son ton était plus sec qu'elle ne l'aurait voulu. Le visage de Courtney se ferma.

Sarah la regarda méchamment, avant d'exploser de rire.

– Idiote, j'ai presque failli te croire, fit Courtney.

Lisa et Shanice étaient mortes de rire à l'arrière.

– Ça y est, j'ai trouvé ! fit Shanice.

– Tu as trouvé quoi ? demanda Courtney en tournant la tête entre les deux fauteuils.

– Je sais qui est son mec.

Sarah plissa les lèvres. Elle savait que Brian était l'un des meilleurs amis d'Edward. Néanmoins, il lui avait juré ne vouloir en parler à personne. Edward ne pouvait pas savoir.

Du moins le pensait-elle jusqu'à présent.

– Je ne veux pas savoir, garde tes bêtises pour toi, fit Sarah.

Elle avait peur de sa propre réaction si jamais elle touchait juste. Ces garces sauraient lire la vérité dans son silence ou son mépris !

– C'est Larry Brooks ! fit Shanice d'une voix moins forte.

Un long « oh ! » sortit de la bouche de Lisa et de celle de Courtney.

– Tu nous en as caché de belles, dis donc.

– Je comprends que tu ne t'en vantes pas !

Si elle était soulagée que le nom de Brian n'ait pas été évoqué, elle n'était pas sûre d'aimer la tournure que prenait la conversation.

– Ce n'est pas drôle. Vous avez l'air d'oublier qu'il a tué Lucy et Amy.

– Justement, et nous on traîne avec toi ! Soit tu es la prochaine victime, soit tu es sa complice. Bonnie and Clyde ! fit Courtney.

– Excuse-moi, mais ce n'étaient pas des tueurs en série, mais des braqueurs de banque ! rectifia Shanice.

Le bus s'arrêta pour la cinquième fois. Sarah n'avait plus du tout envie de rire. Elle était prête à quitter le bus.

– C'est bon, on arrête, fit Lisa quand elle comprit que leur petite joute verbale n'amusait plus du tout leur copine.

Sarah secoua les épaules, mais le cœur n'y était plus. Elle ne voulait pas penser à Lucy et à Amy. Trop de souvenirs douloureux, mais aussi des moments merveilleux. Malgré elle, elle se mit à pleurer en silence.

Les trois filles se sentirent soudain terriblement gênées.

– Sarah, excuse-nous, on n'est que des pauvres connes, fit Courtney en prenant ses mains dans les siennes.

Sarah renifla un grand coup et réussit à se calmer.

– Tu sais, Courtney, dit-elle d'une voix chargée d'émotion, avec Lisa on va te mettre la raclée de ta vie !

Les filles sourirent de soulagement.

– Hey ! Qui a dit que je voulais jouer avec cette grosse nulle ! intervint Shanice avec un ton faussement outragé.

Les sourires se transformèrent en éclats de rire. Sarah, elle aussi, se laissa aller. Elle avait vraiment besoin de se défouler.

Le bus continua sa route. Les derniers rayons du soleil disparurent derrière les immeubles du centre-ville.

10

Logan était épuisé. La nuit était tombée depuis près de deux heures quand il gara la Cherokee devant sa maison. Le moteur éteint, il resta au volant à fixer la longue avenue flanquée de pavillons qui s'étalait devant lui.

Il avait reçu un texto d'Ashley Bounter, sa chérie du moment, mais n'avait pas eu le courage de lui répondre.

Même s'il s'était forcé à croire le contraire, l'absence de Hurley lui avait pesé ces dernières semaines. La retrouver toujours aussi charmante et attentionnée lui mettait du vague à l'âme. D'autant plus que le stress des dernières heures s'en était allé.

Il ouvrit un paquet de sa cartouche de cigarettes et en alluma une.

Il aurait tant aimé lui dire qu'à ses yeux elle comptait plus que tout au monde. Qu'elle lui était aussi indispensable pour survivre que l'eau et l'air. Mais il savait qu'il ne pouvait pas.

S'il voulait qu'elle reste en vie, il devait à tout prix la garder éloignée de lui. Aussi douloureuse que puisse être cette décision.

Il rejeta la tête contre l'appuie-tête et revit le regard démoniaque de Snider.

Non, il ne pouvait pas céder. Pas tant que cet homme serait en vie.

Il écrasa dans le cendrier sa cigarette à moitié consumée et sortit enfin de son véhicule.

Hurley se tenait à la fenêtre de la cuisine et l'observait, les bras croisés sur la poitrine.

Ils se regardèrent puis il détourna le regard. Il devait oublier toutes les pensées qui assaillaient son esprit. Un couple parfait, habitant une maison dans les beaux quartiers d'une ville moyenne d'une Amérique bénie.

Un rêve qui n'était pas pour eux. Irréalisable, sous peine de se transformer un jour en cauchemar.

– J'espère que tu nous as préparé à manger. Je meurs de faim, dit-il en entrant.

Hurley l'accueillit d'un sourire qui masquait mal son inquiétude. Quand elle l'avait vu rêvasser dans la voiture, elle avait craint qu'il ne décide de repartir.

– Si je te dis, une grosse salade avec des tomates et des concombres, et des pâtes à la bolognaise accompagnées d'un petit vin californien, ça te va ?

L'énoncé du repas suffisait à lui mettre l'eau à la bouche. Logan posa son blouson et s'approcha de Hurley.

– Tu es un ange, dit-il en lui passant une main affectueuse sur la joue. Je vais prendre une douche. Tu veux bien ?

– Je mets la table dans le salon. Ne le prends pas mal, mais je n'aime pas dîner dans la cuisine.

Logan sourit. Putain ! si seulement c'était possible entre eux !

– *No problemo*. À tout de suite.

Ils mangèrent en silence devant une rediffusion d'un épisode des *Simpsons*. Sous une lumière tamisée, ils étaient absorbés par les péripéties délirantes de la famille la plus folle de tous les États-Unis.

Une satire acide et grotesque qui eut le grand mérite d'apaiser leurs esprits épuisés par une longue journée de travail.

Quand ils furent rassasiés, ils enchaînèrent avec un film qui avait reçu de nombreux Oscars, *Collision*. Hurley l'avait vu en salle, Logan, lui, ne le connaissait que de réputation ; par accord tacite ils décidèrent de le regarder, remettant à plus tard leur briefing personnel.

Logan fut très vite enchanté par la vision multipolaire du réalisateur. Un portrait pertinent, douloureux et pénible de son propre pays.

La misère des communautés hispaniques, la folie des armes en vente libre, la haine des musulmans, le mépris pour les Noirs, la condescendance des Blancs…

Logan serra les dents à de nombreuses reprises et, quand le générique de fin s'afficha, il était encore sous le coup de l'émotion. Ce film était un condensé de tout ce qu'il détestait aux États-Unis, mais aussi un rappel de l'humanité profonde qu'il y a en tout homme.

– Tu sais, quand je vois ça, je n'ai vraiment pas envie de retourner à Seattle, fit-il en éteignant le poste de télévision.

À moitié allongée sur le canapé, Hurley se remit en position assise.

– C'est toi qui vois. Mais je ne suis pas certaine que la démission soit la meilleure des choses à faire.

Attaque frontale. Directe. Logan s'y était attendu.

– Je ne crois pas au sauveur providentiel. Ce n'est pas moi qui pourrai changer la société. Tant que des connards d'armuriers feront leurs choux gras avec la vente d'armes, tant que le gouvernement fermera les yeux sur les deals de coke et de crack dans les ghettos, tant que nos journaux feront des stars de tous les maniaques et autres pervers sexuels, et que la télévision banalisera toujours un peu plus le sanguinolent et la violence, alors les États-Unis resteront toujours ce pays où chacun ne pense qu'à sa petite gueule et à son profit !

Logan l'avait préparée, celle-là ! Il se leva et se dirigea vers le bar.

Hurley resta muette. Jamais il n'avait porté un regard aussi défaitiste sur leur nation, qu'il aimait par ailleurs. Logan avait juré être parti pour préserver sa santé mentale. Un mensonge de plus !

– Et tu crois que partir pour River Falls n'est pas un acte égoïste, peut-être ?

Elle n'avait pas eu l'intention de lui dire ça. Mais c'était sorti tout seul. Elle voulait comprendre.

Logan ouvrit le bar et sortit une bouteille de scotch.

– Ouais, tu as tout compris. À un moment donné, j'ai su que si je ne m'occupais pas de moi, j'allais finir aussi dingue que les types que j'arrêtais, fit-il en posant la bouteille sur la table.

Il la déboucha et leur servit à boire. Hurley se moqua d'un petit rire.

– Tu m'as l'air parfaitement épanoui, c'est un plaisir de voir un homme aussi heureux !

Logan la regarda d'un air navré pour elle. Elle ne pouvait s'empêcher de le pousser dans ses retranchements. Ça lui rappelait leur rupture ! Ne pouvait-elle pas se taire ?

– Je ne crois pas au bonheur. Ici, au moins, j'arrive à dormir en sachant que je ne vais pas découvrir de cadavre découpé en morceaux le lendemain.

Il prit son verre et le but cul sec avant de s'en servir un autre.

– Je crois que c'est raté, fit-elle.

Logan soupira pour tenter de se calmer.

– Écoute, Jessica, je n'ai vraiment pas envie de me chamailler avec toi. Tout s'est bien passé jusqu'à présent. Essaye de faire en sorte que ça continue. Ces conversations ne mènent à rien et tu le sais.

Hurley prit son verre à son tour et en sirota une gorgée. Elle n'avait jamais encaissé leur rupture. Elle se revoyait deux ans auparavant.

Un coup de téléphone sur son portable. « Jessica, c'est fini entre nous. » Aucun signe annonciateur, puis interdiction d'en parler !

Elle l'avait détesté durant de nombreux mois, et n'avait plus cherché à le voir. Mais, les jours avaient beau passer, elle ne supportait pas cette incompréhension. Elle voulait savoir. Il lui devait une explication. Ils s'entendaient à la perfection. Le yin et le yang ; pourquoi avait-il voulu y mettre un terme ?

Le voir ainsi dans sa petite maison, comme un vieil homme rangé, lui donnait envie de vomir. Ce n'était pas l'homme qu'elle connaissait. Il ne pouvait se satisfaire de cette vie insipide !

– Ces conversations ne mènent nulle part parce que tu le veux bien ! Tu me caches quelque chose. Je n'en peux plus de ne pas savoir. Tu me dois la vérité. C'est tout ce que je te demande.

Logan était au supplice. Il voyait la souffrance dans les yeux de Hurley. C'était insupportable.

Il but son deuxième scotch et se leva d'un coup.

– Je vais me coucher. Je suis épuisé, prétexta-t-il en évitant son regard.

Il fit quelque pas ; avant d'arriver dans le hall d'entrée, il se retourna :

– Au fait, tu pars à quelle heure demain ?

Hurley ferma les yeux et jura à mi-voix. La colère ne demandait qu'à éclater. Mais elle ne pouvait se le permettre. Rien de bon ne résulterait d'une véritable confrontation.

– Si ma présence ne t'est pas insupportable, j'aimerais rester encore quelques jours.

Logan plissa le front.

– Pourquoi ? On connaît notre homme. La suite ne te concerne plus.

Heureusement, le ton s'était quelque peu radouci.

– Je sais, mais il y a des détails que je veux éclaircir.

– Quel genre de détails ?

– Le mobile.

Logan revint dans le salon.

– C'est-à-dire ?

La colère de Hurley refluait lentement, elle reprit son souffle et, d'une voix professionnelle, s'expliqua :

– Larry Brooks n'est fiché que pour des broutilles, des vols sans importance, des bagarres sans gravité, un peu de deal. Jamais d'acte sexuel. Pas d'exhibitionnisme ni de tentative de viol…

– Le garçon est plutôt beau gosse, je ne le vois pas violer une fille, il n'avait qu'à se servir, l'interrompit Logan qui était soulagé de passer à autre chose.

– Justement, pourquoi les aurait-il violentées de cette façon ? Je n'arrive pas à comprendre, fit Hurley en levant les mains en signe d'impuissance.

Logan vint se rasseoir face à elle et leur resservit un scotch.

– Qui peut savoir ce qui se passe dans la tête de tordus pareils. Il a pris une mauvaise drogue qui l'a fait délirer…

– Non, non, fit Hurley en rejetant cette hypothèse d'un geste de la main. Ce n'est pas un junkie, et tous les témoignages sont assez clairs. Hormis des joints, il ne prenait aucune drogue.

– Écoute, Jessica, que valent ces témoignages ? Ne te prends pas trop la tête avec ça. C'est notre homme, fit-il en détachant chaque syllabe. Son mobile, il nous le livrera une fois derrière les barreaux. Ce genre de petite ordure aime bien se vanter.

Hurley resta dubitative.

– Il doit y avoir quelque chose. Demain je retourne dans son appartement et dans celui des filles. Nous avons dû rater un indice. Je le sens.

Logan prit son verre de scotch, le soupesa, puis le reposa.

– Intuition féminine, c'est ça ? fit Logan d'un air complice.

– On peut dire ça comme ça.

Logan se frappa les cuisses d'un coup sec et se leva d'un bond.

– OK, tu peux rester ici le temps que tu veux, mais à une seule condition.

Hurley tendit vers lui un visage attentif.

– Tu ne me parles plus du passé. OK ?

Hurley le toisa un long moment avant de répondre.

– OK, shérif ! dit-elle avec un brin de dérision dans la voix.

Logan grommela quelque chose et quitta le salon pour de bon.

Mercredi 25 avril 2007

1

Larry ouvrit la porte. Il était terrifié. Un long tunnel obscur se profilait devant lui. Une petite lumière scintillante en marquait la fin. Larry se retourna et vit apparaître la silhouette du molosse.

Pas le temps de réfléchir. Il s'enfonça en courant dans le tunnel.

À sa surprise, le sol était meuble sous ses pieds. Il devait faire attention à ne pas tomber. Il entendit un hurlement derrière lui et se retourna.

Ce qu'il vit le fit frissonner d'horreur et le paralysa un instant. Puis, s'évertuant à garder son sang-froid, il se remit à courir. Mais, à cause de l'obscurité, il trébucha sur une masse compacte. Il s'affala de tout son long.

Dans la faible luminosité qui l'entourait, il devina un cadavre. Son propre visage figé dans la mort. Il se mit à hurler…

Larry ouvrit les yeux et resta quelques secondes immobile, allongé sur la banquette arrière de son véhicule. Son cœur battait à tout rompre. Il avait encore des frissons dans le dos.

– Nom de Dieu ! jura-t-il quand son cerveau fut complètement réactivé.

Il se redressa et sortit du véhicule. Les lueurs de l'aube naissante illuminaient la forêt alentour d'une façon féerique.

Il fit quelques pas et alla pisser. Un petit vent frais contribua à lui faire oublier son cauchemar. Un simple cauchemar.

Aussi saisissant qu'il ait pu être, ce n'était qu'un mauvais rêve, se dit-il alors que ses visions commençaient à s'estomper.

Il ne fallait pas paniquer. La veille, il avait passé de nombreuses heures à réfléchir à la meilleure attitude à adopter. Finalement il avait opté pour la plus sensée : il allait se livrer à la police.

Quelles que soient les menaces de l'homme, il ne s'imaginait pas passer toute sa vie en cavale. Il n'avait pas d'argent, ne parlait aucune autre langue que l'anglais, et, même s'il passait au Canada, il serait sans aucun doute extradé.

Il remonta dans son véhicule. Malgré une terreur insidieuse qui guettait au fond de sa conscience, il gardait un relatif sang-froid.

Sa vie venait de basculer du tout au tout.

Il était devenu l'ennemi public nº 1.

Suspecté des meurtres barbares de deux jeunes filles et accessoirement de celui d'un jeune garçon. Pourtant, en ce début de belle matinée, il s'étonnait de son calme.

Dans l'adversité, l'homme redevient animal. Il se raccroche à son instinct de survie et parvient à accepter l'inacceptable pour affronter toutes les épreuves.

Non, il ne flancherait pas. Aussi terrible que soit le fait de se livrer pour un crime qu'il n'avait pas commis, il savait que c'était la seule solution. Il n'avait aucune alternative. Il était innocent.

D'une façon ou d'une autre, il arriverait à le prouver. OJ Simpson était bien en liberté, alors que lui était réellement un meurtrier !

Mais Larry se garda de trop espérer. Il n'avait pas des millions sur son compte en banque !

Il sortit du chemin de traverse et reprit la grande route qui serpentait jusqu'à River Falls. Bon, la première chose à faire était de passer chez lui pour changer de fringues, et surtout récupérer les seuls éléments pouvant semer le doute dans un jury de citoyens prêts à le faire griller sur une chaise !

Il mit la radio sur WKFM. Un morceau de Foreigner lui réchauffa agréablement les oreilles. Il réussit à esquisser un sourire.

– *I've been waiting for a girl like you…*, réussit-il à fredonner en harmonie avec Lou Gramm.

Hurley avait passé une très mauvaise nuit. Elle s'était réveillée vers quatre heures du matin, sans parvenir à retrouver le sommeil. Elle ne cessait de penser à Logan et à tout ce gâchis. Il était parfois si têtu, si dur, qu'elle en arrivait presque à le détester.

Elle se tourna et se retourna mille fois dans son lit avant de se résoudre à se lever. Même si une douche eût été la bienvenue, elle préféra s'habiller et, après un léger maquillage, descendre directement à la cuisine. Elle ne tenait pas à réveiller le maître de maison par le bruit de la conduite d'eau.

Elle se prépara un petit déjeuner dans le silence le plus complet. Par la fenêtre, elle observa la rue encore endormie sous un ciel qui commençait à s'éclaircir vers l'est.

Elle but un grand verre de jus d'orange, accompagné de petits pains fourrés au chocolat. Une fois rassasiée, elle alla dans le salon. Elle prit la télécommande de la télévision, mais la reposa aussitôt. Elle avait besoin de sortir.

Elle regarda sa montre. Cinq heures et quart. Elle fit une moue dubitative puis, d'un pas déterminé, elle alla chercher son manteau. Ensuite, elle retourna dans la cuisine et laissa un mot sur un Post-it qu'elle colla sur le frigo.

Elle sortit en prenant soin de ne pas claquer la porte.

La fraîcheur matinale la surprit. Elle se hâta vers sa Ford Escort. Une fois à l'intérieur, elle démarra et monta le chauffage à fond.

Elle prit le temps de rentrer Hampton Street dans son GPS, et enclencha la première.

Larry sentit son zen matinal s'effilocher au fur et à mesure qu'il progressait dans la ville. La circulation était réduite à son strict minimum. La plupart des habitants se levaient à peine. Malgré cela, il avait le trouillomètre qui grimpait au zénith dès qu'il croisait une voiture. Pourtant, sur les ondes, il n'avait rien entendu concernant son véhicule.

Une chance pour moi ! avait-il pensé.

Il pénétra dans les quartiers populaires et arriva enfin en haut de Hampton Street. Il arrêta la radio et ralentit l'allure en retenant son souffle.

Il passa devant le numéro 145. Aucune voiture de police ne semblait être garée dans la rue.

Il avait compté sur le fait que son appartement avait déjà dû être visité la veille. Il ne voyait pas pourquoi ils auraient été encore là aujourd'hui. Une chose était certaine, ils n'avaient pas trouvé son petit trésor, sinon la radio se serait fait un plaisir de l'annoncer.

Quant à l'éventualité d'un vigile qui aurait gardé son appartement pendant la nuit, ça lui paraissait peu vraisemblable. Les policiers ne devaient assurément pas envisager qu'il repasse chez lui. Pour eux, il avait quitté la ville depuis vendredi soir, il avait dû préparer son départ bien à l'avance. Du moins, c'est le scénario qui lui semblait être le plus probable. Enfin, c'est ce qu'il espérait !

Drôle de pensée, se dit-il en se garant à quinze mètres de chez lui. Il allait se présenter dans l'heure qui suivrait au commissariat, mais il appréhendait de se faire prendre par un vigile juste avant.

Mes dernières minutes de liberté ! pensa-t-il alors que la peur revenait se glisser insidieusement dans sa tête.

Il éteignit le moteur de sa Subaru, mais laissa la clé sur le contact. Il sortit de la voiture sans claquer la porte et remonta la rue d'une démarche qu'il espérait naturelle.

Dehors, il n'y avait personne. Il grimpa les marches de son immeuble sans se faire repérer. Il tapa le digicode et la porte émit un déclic. Il la poussa lentement.

Malgré l'obscurité du hall, il n'appuya pas sur l'interrupteur et préféra de mémoire se faufiler jusqu'à l'escalier.

Tandis qu'il gravissait les deux étages, il maudit le syndic de propriété de ne pas l'avoir refait depuis des années. À chaque pas, les marches de bois craquaient sous son poids. Ce bruit résonnait dans sa tête comme des déflagrations nucléaires !

Il arriva sur son palier. À travers les portes alignées le long du couloir, il pouvait percevoir la rumeur d'un immeuble qui se réveille lentement.

Prudemment, il avança jusqu'à sa porte. Il aperçut les fameux bandeaux jaunes *Do not cross* collés en diagonales sur sa porte. Elle était entrouverte. Il distingua un filet de lumière qui s'en dégageait.

À pas de chat, il avança encore un peu. Pas de doute, quelqu'un fouillait son appartement.

Et merde ! jura-t-il. À tous les coups, un voisin mal intentionné qui essayait de lui voler ses affaires !

À sa surprise, la colère prit le pas sur la peur. Il s'arrêta devant sa porte.

Son cœur battait à tout rompre. Il ne s'était pas préparé à ça.

Soit il foutait le camp et allait directement chez les flics, soit il dégageait l'intrus à coups de poing, récupérait son petit trésor et fonçait chez les flics.

Il ferma les yeux, prit son souffle et posa la main sur la poignée.

Une sonnerie de portable retentit à l'intérieur de son appartement. Il se figea aussitôt.

– Logan ? fit Hurley en répondant à l'appel.

– Salut, Jessica. Où es-tu ?

Hurley alla s'asseoir sur une chaise, dans le petit salon.

– Je suis chez Brooks.

Logan émit un soupir.

– Alors, tu as trouvé du nouveau ?

Hurley laissa errer son regard sur la bibliothèque qui lui faisait face.

– Je viens d'arriver. Mais, s'il y a quelque chose à trouver ici, je le trouverai. Tu peux me faire confiance.

– Tu fais comme tu le sens, Jessica, mais entre nous tu perds ton temps.

Hurley jeta un regard par la fenêtre et vit que les nuages s'épaississaient dans le ciel.

– C'est ce qui me plaît dans ce boulot, perdre mon temps, répondit-elle.

Un silence s'installa, ce fut Logan qui le rompit.

– Au fait, je suis désolé pour hier soir. J'étais épuisé, de mauvaise humeur, et je me suis laissé emporter.

Cette fois-ci, ce fut Hurley qui garda le silence avant de répondre.

– Ne t'inquiète pas. C'est déjà oublié, mentit-elle. Même si tu resteras toujours une énigme pour moi, je suis bien incapable de t'en vouloir. Pourtant, Dieu sait si tu ne mérites pas mon pardon !

Logan se racla la gorge.

– Je suis sincèrement navré, Jessica. J'ai besoin de temps. J'ai besoin de faire le point sur tout un tas de trucs. Je ne veux rien te promettre mais, le jour où j'aurai chassé mes démons intérieurs, tu seras la première personne à qui j'en parlerai.

Hurley eut un petit sourire sceptique.

– Bon, on se retrouve à midi et on mange ensemble ? demanda-t-elle.

Elle ne voulait pas s'appesantir sur le sujet. Logan faisait preuve de repentance. Elle n'avait pas envie de le fâcher à nouveau, même si les sempiternelles questions tambourinaient sous son crâne.

– OK, à tout à l'heure.

Hurley referma son portable, et mit un certain temps avant de se lever de son siège. Elle avait cru pouvoir oublier Logan en sortant avec Max Bronson, mais c'était peine perdue. Elle n'était pas amoureuse de cet homme. Bien qu'il fût gentil, drôle, attentionné, cela ne suffisait pas. Il lui manquait tant de choses, comparé à Logan. En fait, ce n'était pas ça. Simplement il n'était pas Logan.

Elle soupira et revint au présent.

Elle s'approcha de la bibliothèque et commença à feuilleter les livres un par un. Méthodiquement. En espérant trouver… elle ne savait quoi.

Une flic ? se demanda Larry.

La conversation avait été des plus étranges. Elle avait démarré sur le ton d'une enquête. Mais, très vite, la femme était partie dans un dialogue plein de pathos ! Ridicule !

En tout cas, sa colère s'était vite évaporée et la peur avait repris le dessus. Il ne se voyait pas débarquer à l'improviste chez lui. Un mauvais réflexe et elle lui enverrait trois balles en plein cœur.

Tant pis, avec un peu de chance cette femme trouverait son trésor et peut-être plaiderait-elle en sa faveur.

Il recula d'un pas, quand soudain la porte de son voisin, Robert Quire, s'ouvrit en grand.

– Hé, qu'est-ce que vous faites là ? demanda l'homme, qui ne le reconnut pas tout de suite.

Des choses informes aux pieds, un caleçon et un tee-shirt tout froissé. Il venait sans doute de se lever.

Le visage livide, Larry croisa son regard. Durant un instant qui lui parut ne jamais finir, ils se firent face.

Soudain, Quire se mit à hurler.

– Petit enculé, je vais te faire la peau !

Larry ne chercha pas à comprendre, il prit ses jambes à son cou et se rua dans l'escalier.

Hurley jaillit de l'appartement et vit Quire qui courait dans le couloir.

– Où allez-vous ? dit-elle en s'élançant à sa poursuite.

Larry avait entendu la voix de la femme flic.

Merde, je veux pas crever ! gémit-il.

Il aurait dû s'arrêter et se mettre à terre les mains sur la tête, comme il l'avait vu faire tant de fois à la télévision. Mais la peur d'une bavure et toujours ce besoin de rester encore un peu en liberté lui imposèrent de continuer à dévaler l'escalier.

– Reviens ici, fils de pute ! Tu vas pas t'en sortir comme ça. C'est moi qui te le dis.

Quire n'était pas d'ordinaire un homme très courageux. Bien au contraire. Durant ces derniers mois, il avait à peine osé se plaindre auprès de son voisin quand celui-ci faisait trop de bruit.

Mais il tenait enfin sa revanche. S'il lui mettait la main dessus, il savait que Larry finirait ses jours entre quatre murs blancs, une intraveineuse létale dans le bras. Pas de possibilité de vengeance !

Aussi, ignorant sa tenue et le froid qui commençait à se faire sentir, il dévala les escaliers en sautant la moitié des marches.

Larry arriva le premier en bas, fonça dans le couloir obscur et ouvrit la porte. Il se rua dehors et s'en remit pour la deuxième fois de sa vie à la providence.

– Mon Dieu, je vous en supplie, aidez-moi. Je ne veux pas mourir, marmonna-t-il entre ses lèvres.

Sans la brusque montée d'adrénaline, il savait qu'il se serait effondré sur place. Il entendit Quire hurler à nouveau derrière lui. Mais il réussit à ne pas se retourner. Il vit sa voiture et remercia les cieux de ne pas l'avoir verrouillée.

Hurley sortit de l'immeuble, le souffle court. Elle vit Quire qui poursuivait quelqu'un.

– Oh non ! se dit-elle en sortant son arme de service.

Ce n'était pas croyable. Même si elle ne pouvait reconnaître le fuyard, elle avait reconnu sa Subaru.

Larry était revenu chez lui. Il devait être juste derrière la porte quand Quire l'avait interpellé.

Quel con ! se dit-elle. Il l'a fait paniquer !

Larry s'assit dans sa voiture et mit aussitôt le contact. Les larmes lui montèrent aux yeux quand le moteur rugit. Il avait tellement vu de films où, comme par hasard, la voiture refusait de démarrer juste à ce moment.

Quire ouvrit la portière de droite.

Larry passa la première et accéléra à fond.

À moitié engagé dans le véhicule, Quire fut projeté en arrière et se ramassa douloureusement sur le trottoir.

Hurley baissa son arme. Ça ne servait plus à rien. Elle jeta un coup d'œil vers sa propre voiture et sortit son portable. Dans la précipitation, elle n'avait pas eu le temps de prendre son sac, où se trouvaient ses maudites clés !

La Subaru était déjà loin. Elle la vit tourner au premier croisement.

Stupéfaits, des passants matinaux s'étaient empressés de porter secours à Quire, qui se remettait difficilement debout.

Hurley fit le numéro de Logan.

– Réponds, réponds, fit-elle alors que les secondes semblaient durer des heures.

– Hurley, tu as trouvé quelque chose ? demanda-t-il quand il finit par décrocher.

– J'ai trouvé notre homme ! lâcha-t-elle. Brooks vient de passer chez lui et il file dans sa Subaru. Mets toutes tes équipes à ses trousses. J'appelle le FBI. Avec les polices des villes alentour, ils vont organiser le quadrillage de toutes les routes et poster des barrages sur les principaux axes routiers.

Logan n'en revenait pas. Il était assis dans sa cuisine, un bol de café à la main. Les yeux grands ouverts, un large sourire aux lèvres.

– Hurley, tu sais quoi ?

– J'en sais rien mais, pour le coup, on n'a pas de temps à perdre ! fit-elle en souriant à l'intonation de cette dernière remarque.

– Je t'adore !

Malgré la frénésie du moment, elle en fut ravie.

– Je sais ! Bon, appelle vite toutes tes équipes. Je me charge du FBI.

Elle allait couper quand Logan lui posa une dernière question.

– Dis-moi, tu n'as rien ?

Le ton était vraiment inquiet. L'adorable tête de mule !

– Non, juste le voisin qui s'est fracassé sur le trottoir. Allez, je coupe.

Larry pleurnichait comme un enfant au volant de sa Subaru. Rien ne s'était passé comme il l'avait voulu. Il ne savait plus quoi faire.

Sa détermination s'était évanouie sous l'effet de la panique. La seule chose raisonnable qu'il lui restait à faire était d'aller directement se rendre à la police.

Mais une trouille de tous les diables l'en empêchait.

Il dévala l'avenue Washington à toute allure et brûla le feu rouge.

Il était incapable de la moindre idée cohérente. Seul le besoin de quitter la ville emplissait ses pensées.

Attentif à ne pas quitter la route, il conduisait comme jamais il ne l'avait fait. Il tourna dans Garden Corner et s'engouffra dans Gork Street.

À cette heure de la matinée, peu de véhicules circulaient.

Je vais m'en sortir, je dois m'en sortir, se dit-il en boucle dans une litanie désespérée.

Un camion-benne se profilait à l'horizon. Deux employés municipaux prenaient leur temps pour placer les poubelles à l'arrière de leur véhicule avant que le mécanisme hydraulique ne fasse basculer les déchets à l'intérieur.

Larry fronça les sourcils, se concentra et, sans ralentir, dépassa le camion. Une voiture arrivait en sens inverse. Pendant un quart de seconde, Larry croisa le regard d'une jeune femme au visage décomposé.

Il s'agrippa de toutes ses forces à son volant et se prépara instinctivement à la collision frontale.

Mais, dans un réflexe inespéré, la jeune femme dévia sa Chrysler sur le trottoir opposé à celui des éboueurs. Les rétroviseurs de la Chrysler et de la Subaru s'entrechoquèrent et explosèrent.

Larry poussa un grand cri, qui se transforma en un rire quasi hystérique quand il comprit qu'il était encore en vie. Les deux carrosseries s'étaient frôlées à moins d'un centimètre !

C'est ton jour de chance, Larry ! Il en aurait pleuré de bonheur.

Il se remit sur la voie de droite, prit le temps de boucler sa ceinture de sécurité et continua sa course effrénée.

– Tu plaisantes, ce connard est revenu chez lui ? ! fit Spike en répondant à l'appel du commissariat.

Portnoy s'était garé devant un *Starbuck*. Il était parti leur acheter deux cafés et des brownies.

– Oui, toutes nos voitures sont en alerte. Patrouillez dans votre secteur. Si jamais vous le voyez, vous nous contactez aussitôt, répondit Blanchett par la CB de la police.

– On va pas le rater. Ça c'est clair ! fit Spike.

– Le FBI met en place la coordination de toutes les polices de la région. Des barrages sont en train de se monter sur tous les axes principaux. On le tient, Clark ! Alors pas d'excès de zèle.

– Tu peux compter sur nous.

– Bon, je te laisse. J'appelle Monroe et Jefferson.

– OK, répondit Spike en raccrochant.

C'était la meilleure nouvelle de l'année. Il n'aurait jamais pensé le retrouver un jour. Disparu depuis vendredi soir, Larry avait eu tout le temps de se faire la malle.

Mais, putain, quel abruti ! se dit Spike, dont le sourire s'élargissait au fil des secondes.

Par la vitre de la voiture, il vit Portnoy revenir avec les deux cafés et les brownies.

– Henry ! Magne-toi le cul ! Dépêche-toi ! hurla-t-il à son coéquipier après avoir baissé la vitre.

Portnoy ouvrit de grands yeux et accéléra le pas, en évitant de renverser les cafés coincés dans leur carton.

– J'arrive ! Qu'est-ce qui se passe ?

Il fit le tour du véhicule et se mit au volant, Spike l'ayant débarrassé de ses achats, qu'il posa sur ses genoux.

– Larry Brooks est en ville. Il essaye de s'enfuir. Fonce vers la sortie est, je suis certain que cet enfoiré va vouloir rejoindre Seattle.

– Merde, c'est pas croyable. Qu'est-ce qu'il lui a pris de revenir en ville ? fit Portnoy en mettant le contact.

– J'en sais rien, mais…

Spike s'interrompit net quand il entendit derrière eux le bruit d'un moteur lancé à fond.

Portnoy jeta un coup d'œil dans le rétroviseur intérieur et secoua la tête.

– C'est pas vrai ! Je le crois pas !

– Et merde ! jura Larry.

Une voiture de flics ! Il passa devant en se baissant au maximum. Il ne manquerait plus qu'ils lui explosent la tête au passage.

Mais non, il les doubla sans problème. Il se redressa, et soudain la sirène de leur voiture se mit en branle. Il était repéré. Il était foutu !

Qu'est-ce que tu croyais, abruti ! se dit-il en frappant à plusieurs reprises le volant. Allez, arrête-toi, c'est le mieux que tu as à faire.

Mais il était incapable de lâcher l'accélérateur. La panique était plus forte que la raison.

Il repensa à *Thelma et Louise* et poussa un cri de rage.

Si je dois crever, que je crève en beauté ! se dit-il.

Le problème est qu'il n'avait aucune envie de mourir. Ses yeux le brûlèrent à nouveau. Il s'obligea à endiguer la crise de larmes qui s'annonçait.

Il jeta un coup d'œil dans le rétro. La voiture de police le rattrapait à tout berzingue. Et merde ! merde !

Heureusement, il avait atteint les faubourgs de la ville. Les avenues étaient plus larges. Il doubla de nombreux véhicules, provoquant des freinages intempestifs. Malheureusement, la voiture de police ne le lâchait pas d'une semelle.

Cette putain de sirène allait le rendre fou !

Il remit WKFM. *Dude looks like a Lady* d'Aerosmith. Il monta le volume à son maximum. Un sourire démoniaque déforma ses traits.

L'hélicoptère s'envola dans les airs. Logan se tenait derrière le pilote.

Dès qu'il avait raccroché d'avec Hurley, il avait joint la caserne des pompiers et avait demandé qu'on prépare un hélicoptère pour un décollage imminent.

Une main sur le volant, le portable dans l'autre, il avait donné des instructions à ses agents restés au commissariat.

– Vous pouvez me dire ce qu'il se passe, maintenant ? demanda le commandant Conrad quand ils eurent pris de l'altitude.

Logan lui adressa un grand sourire.

– Brooks est en fuite ! J'ai déjà une voiture à ses trousses. Je compte sur vous pour ne pas le perdre de vue. Dirigez-vous vers Gold Avenue. Je pense qu'il va essayer de s'enfuir dans la montagne.

Une détermination nouvelle s'afficha sur le visage du pilote.

– Brooks, notre putain de tueur ? fit-il en poussant le manche à balai vers la droite.

– Exact. Si on le rate, on ne le retrouvera jamais, dit Logan.

Mais il ne craignait pas cette hypothèse. À meurtres exceptionnels, moyens exceptionnels. Il savait qu'il pouvait compter sur les polices des autres villes du secteur pour faire de cette chasse à l'homme l'objectif n° 1 de leur journée.

Brooks n'avait aucune chance de s'en sortir.

– Alors vous pouvez me faire confiance. Dès que je l'aurai en point de mire, vous pouvez le considérer comme déjà arrêté ! fit Conrad avec une assurance implacable.

Les premières gouttes de pluie s'écrasèrent sur l'habitacle. Malgré le vent, Conrad pilotait son hélicoptère avec une adresse remarquable. Aucune secousse. Tout en douceur.

Ils survolèrent le centre-ville puis les quartiers nord-est avant de redescendre de cinquante mètres et de se rapprocher des habitations.

Logan allait rappeler Spike, quand il découvrit plus loin sur sa droite deux voitures folles qui roulaient à plein régime.

– Je les vois. On le tient ! s'exclama Conrad, qui fonça de manière à se mettre à la verticale de la Subaru.

Ignorant tout des intentions du fuyard, Hurley avait finalement choisi les montagnes. Entre toutes les options qui s'offraient à Brooks, elle avait supposé, après réflexion, qu'il se déciderait pour la seule où il avait une chance de gagner quelques instants supplémentaires de liberté.

Se perdre dans les immenses forêts montagneuses qui bordaient la ville.

Après avoir écouté sur la CB quel était le trajet effectué par Spike et Portnoy, elle douta un moment du bien-fondé de sa décision.

Cependant, à la différence de Brooks, elle n'était pas en état de panique. Elle avait pris le temps de mettre son GPS en action pour trouver le moyen le plus court de se rendre à destination.

Alors que toutes les voitures filaient vers l'est, elle était la seule à continuer à monter vers le nord-est.

Quelques minutes plus tard, elle sut qu'elle avait fait le bon choix. Brooks remontait vers le nord par la ceinture extérieure. Il avait enfin décidé d'un objectif. Le même que celui de Hurley !

Si tout se passait bien, elle allait arriver en sens inverse sur la quatre-voies. Il était trop tard pour monter un barrage, cependant elle pourrait participer à la poursuite, aux premières loges.

Plus il y aurait de voitures dans le sillage de la Subaru, plus vite Brooks comprendrait qu'il n'avait aucune chance de s'en tirer.

Elle roulait à près de quatre-vingts miles à l'heure. N'ayant pas de sirène, elle usait de son Klaxon comme d'un punching-ball afin de s'ouvrir la voie dans le maigre trafic.

Soudain, elle entendit la sirène de Portnoy. Ils allaient passer à côté d'elle, en sens inverse.

Elle s'arma de courage et monta sur le terre-plein central, puis tourna le volant vers la gauche tout en tirant sur son frein à main, espérant faire un demi-tour complet.

Panama de Van Halen résonnait dans la voiture. Larry était en transe. Incapable de réfléchir, il était plongé dans un état second. Ses yeux, ses mains et son pied droit semblaient ne faire qu'un même bloc.

Pas un instant il ne quitta la route des yeux.

Ne regarde pas derrière toi ! s'était-il adjuré avant de retourner son rétroviseur intérieur afin de ne plus voir la voiture qui le poursuivait.

Il était sur la deuxième voie qui menait vers Calber Town.

Il connaissait la région par cœur. C'était le coin rêvé des randonneurs de toute la région. S'il réussissait à tracer sa route jusqu'au chemin qui grimpait dans la montagne, il savait que personne ne serait en mesure de le doubler.

Et, s'il avait suffisamment d'avance, il aurait le temps de sortir de la voiture et de se cacher dans l'étendue sans fin de la forêt.

Oui, c'était possible, il avait une chance, une toute petite chance.

Il secouait la tête au rythme de la musique quand, soudain, il aperçut en amont une scène spectaculaire.

Une voiture roulant en sens inverse venait de dévier, montant sur le terre-plein central, puis, d'un coup sec, elle partit sur le côté et entama une série de tonneaux.

Cela se passa si vite que Brooks n'eut pas le temps de freiner. Il vit la Ford Escort foncer sur lui et emboutir un véhicule situé vingt mètres devant.

Il s'arrêta de respirer durant un temps interminable, avant que la Ford Escort ne le frôle à moins d'un mètre.

Il venait de survivre à un putain d'accident et, dans le même instant, il dut éviter trois voitures qui s'étaient encastrées les unes dans les autres.

Il passa à travers le carambolage et accéléra aussitôt.

Il explosa d'un rire hystérique. Il était encore en vie ! Décidément, c'était son jour de chance.

Il remit le rétroviseur en place, et eut la mauvaise surprise de constater que la voiture de police le suivait toujours.

Néanmoins il avait gagné près de deux cents mètres. C'était déjà ça. Au moins, ils ne l'abattraient pas comme du bétail !

Il reprenait lentement le contrôle de lui-même quand il entendit pour la première fois les pales du rotor d'un hélicoptère.

Pas besoin de sortir la tête du véhicule pour comprendre que c'était pour lui.

– Oh putain ! jura-t-il en serrant les dents. Il ne manquait plus que ça !

Il parvint malgré tout à se contrôler et à rester maître de ses mouvements. La sortie était à moins de quatre miles, avant d'arriver sur la route qui allait vers Calber Town.

À partir de là, la partie deviendrait plus aisée. Du moins l'espérait-il.

Avec la pluie qui commençait à tomber de plus en plus dru et le vent qui se levait, peut-être que l'hélicoptère serait obligé de rentrer.

Oui, avec un peu de chance, martela Brooks dans sa tête.

– Putain de bordel de merde ! C'était quoi, ça ! jura Spike.

Il savait qu'ils venaient de frôler la mort. La voiture de Hurley les avait ratés d'un cheveu, pour finir sa course sur la terre battue en bordure de route.

– Elle venait de l'autre voie ! fit Portnoy, dont les mains tremblaient sur le volant.

Il aurait tout donné pour s'arrêter et reprendre son souffle.

Quand il avait vu cette voiture effectuer un énième tonneau dans leur direction, il s'était cru mort !

– Allez, accélère, qu'est-ce que tu fous ? ! On va pas le lâcher maintenant ! s'impatienta Spike.

Lui aussi avait eu la peur de sa vie, mais l'idée d'arrêter lui-même le tueur de River Falls lui fit aussitôt oublier cet intermède.

– Ouais, ouais, mais, écoute, je me sens pas bien, se plaignit Portnoy.

– Arrête tes conneries, tu ne vas pas te mettre à pleurer. Tu veux que je raconte quoi à Logan : qu'on a laissé filer Brooks pour que tu pleures un bon coup ? se moqua Spike. Allez, fonce !

Portnoy jeta un regard vers son coéquipier. Tous deux étaient de jeunes agents de police, mais tout les séparait. Lui avait toujours été un garçon posé, respectueux de la loi, tandis que Spike était un de ces « jolis cœurs » qui n'avaient eu de cesse de flirter avec la légalité, jusqu'au jour où il avait fallu trouver un emploi.

– Ta gueule, Spike, OK ? fit-il.

C'était la première fois que Spike voyait Portnoy s'énerver. C'en était presque touchant ! Il prit une attitude humble.

– Excuse-moi. Oublie ce que je viens de dire. Allez, on va le rattraper.

Cette petite confrontation verbale suffit à rendre toute sa combativité à Portnoy, qui remit le pied au plancher et tenta de récupérer la distance qu'il avait perdue.

Pendant ce temps, Spike prit son portable et envoya un texto.

– Écoutez, c'est mon scoop ! Vous ne pouvez pas le vendre ! s'insurgea Callwin.

Elle venait d'apprendre à Richard Bolton qu'une course-poursuite impliquant Brooks avait lieu dans le nord-est de la ville. Elle avait espéré qu'il accepterait de négocier avec la télévision locale pour l'envoyer sur place. Mais Bolton ne le voyait pas ainsi.

– Leslie, assieds-toi, s'il te plaît, et arrête de remuer comme ça, fit-il, lui-même confortablement installé dans son fauteuil de directeur du *Daily River*. Tu es la meilleure journaliste de ce journal. Tout le monde le sait. Moi le premier. Tu es aussi l'une des mieux payées. N'oublie pas ça.

Callwin trépignait sur place. Qu'est-ce qu'elle faisait dans ce bureau alors qu'elle aurait déjà dû être dans les airs ? !

– Mais je ne peux pas demander à River's TV de te prendre dans un de leurs hélicos pour que tu fasses les commentaires en direct. Leurs propres journalistes ne l'accepteraient jamais. Vois les choses en face. Tu es une journaliste de presse, pas un grand reporter.

C'était bien là le problème. Callwin en avait plus qu'assez de ce statut. La presse ! le média le plus lamentable qui puisse exister.

– Tu crois que nos ventes vont augmenter si on voit ton visage à la télé ? continua Bolton.

Callwin était rouge de colère. Elle savait bien qu'il avait raison. Janet Stand ne laisserait jamais sa place de journaliste en chef à River's TV à une petite journaliste de presse. Surtout pour un scoop de cette importance.

– Allez, j'ai un coup de téléphone à donner. Reste près de moi, j'aurai besoin des informations de notre petite taupe.

Callwin se posta près de la baie vitrée qui donnait sur Garden Square. Les enfants jouaient sous le regard de leurs mères insouciantes, loin de se douter du drame qui se déroulait à quelques miles.

– OK, mais mes informations vont leur coûter très cher, extrêmement cher.

– Je n'en attendais pas moins de toi, fit Bolton alors que Callwin revenait s'assoir en face de lui.

Larry parvint à l'embranchement qui menait à Calber Town, quelque dix miles plus loin, au bout d'une longue route à double sens qui serpentait en grande partie à travers la forêt.

Aussitôt, un problème qu'il avait sous-estimé s'imposa à lui. Comment doubler les poids lourds et autres vieillards endormis ? !

Il y avait bien des zones où la route s'élargissait sur une bande d'un peu plus de cinq cents mètres, mais ce n'était pas suffisant pour continuer à foncer sans problème.

Il se trouvait derrière un énorme engin ne dépassant pas les quarante miles à l'heure. Avec la pluie qui redoublait de force, il devenait suicidaire de doubler.

Il tenta tout de même le coup. Mais, au moment où il se décalait, une voiture arriva en sens inverse, klaxonnant désespérément. Il se rabattit aussitôt.

– Merde, et merde ! jura-t-il en reprenant son souffle.

Moins de dix secondes plus tard, il entendit la sirène de la voiture de police.

– Mettez-vous en bordure de route, tout de suite ! lança le porte-voix fixé sur le toit.

Il leva son majeur et le leur montra ostensiblement.

Ce n'était peut-être pas la chose la plus intelligente à faire, mais au point où il en était….

Il se mit à rire et se calma tout de suite quand il vit les feux stop du camion s'allumer.

Le con, il ralentit ! se dit-il. Il n'avait désormais plus le choix.

Il accéléra à fond et, poussant un grand cri de guerre, doubla le camion alors qu'un véhicule arrivait en sens inverse. Heureusement pour lui, il eut largement le temps de passer.

Il aperçut la voiture des flics faire une tentative qui échoua aussitôt.

Il venait encore de gagner de l'avance. Ce n'était pas beaucoup, mais c'était toujours ça.

– Clark ! Qu'est-ce que vous foutez ? hurla Logan dans son portable.

Il avait vu la tentative périlleuse de Portnoy et son sang s'était glacé dans ses veines quand il avait cru à l'accident.

– On ne va pas le perdre, alors vous arrêtez les conneries. Il y a une zone de dépassement à moins de deux miles. Soyez patients. Vous allez le rattraper, il est bloqué derrière deux véhicules.

– OK, shérif, on patiente, fit Spike, mais le ton de sa voix indiquait le contraire.

Si Logan pouvait comprendre ce qui poussait ses hommes à se surpasser, en tant que chef de la police locale il n'avait aucune envie d'avoir à répondre de tous les accidents que leur poursuite allait créer.

L'image de la voiture folle qui s'était renversée l'avait profondément marqué.

Il devait y avoir de nombreux blessés. Peut-être des morts. Ça suffisait pour aujourd'hui.

– On est en train de mettre un barrage en place aux abords de Calber Town. Il ne lui reste pas beaucoup d'options. Hormis de petits chemins, sur lesquels il sera vite obligé de continuer à pied. Une fois à terre, on ne pourra plus le perdre, le rassura-t-il.

D'autres hélicoptères devaient être en route pour lui prêter main-forte au cas où Brooks abandonnerait son véhicule et la poursuite devrait continuer au milieu de la forêt.

Tout à coup il aperçut dans son champ de vision un autre appareil. L'hélicoptère de River's TV.

Il ne manquait plus que ça !

La retransmission en direct des courses-poursuites lui avait toujours paru être une pratique particulièrement nauséabonde. Comme s'il s'agissait d'une émission de divertissement ou d'un jeu vidéo !

Larry éteignit la radio. La musique commençait à lui faire mal aux oreilles. L'excitation était en train de retomber et le désespoir revenait au galop.

– Je suis foutu, je suis foutu ! se lamenta-t-il.

Il n'avait aucune chance de s'en sortir. Il avait déjà vu des courses-poursuites à la télévision. Jamais, même pas une fois, il n'avait vu un type s'en sortir. Et pourtant…

Tout comme les fuyards de la télévision, il lui était impossible de s'arrêter. Tant que la Subaru pourrait rouler, il ne lâcherait pas l'accélérateur.

Il profita du doublement de la voie pour dépasser deux voitures qui entravaient sa route malgré ses coups de klaxon. Mais très vite il découvrit que la voiture de police en profitait pour doubler à son tour le gros camion. Puis, comme par magie, les voitures qui l'avaient gêné se postèrent sur le bas-côté pour laisser passer celle des policiers.

La jonction se refit en peu de temps.

Larry sentait ses forces le quitter.

Il avait besoin de s'arrêter.

Mais un nouvel élément l'obligea à appuyer à fond sur l'accélérateur.

– Merde, essaye de rouler droit, bordel ! jura Spike.

Penché hors de la voiture, il avait visé les pneus mais sa première balle avait fait exploser la vitre arrière de la Subaru.

Avec la pluie et le vent qui lui coupaient le souffle, à près de soixante miles à l'heure il lui était difficile d'ajuster son tir.

– Fais pas ça ! C'est trop risqué ! répondit Portnoy.

– Écoute, on ne va pas le laisser s'échapper. Pense à ta femme et à ton gamin. On va devenir les héros de la ville.

Portnoy fulminait derrière son volant. Justement, il n'arrêtait pas de penser à sa femme et à son petit garçon de quatre ans !

Combien d'enfants étaient devenus orphelins d'un père ayant voulu jouer les héros ? Il n'avait aucune idée de la dangerosité réelle de Brooks, mais il n'avait pas envie de la découvrir par lui-même.

L'homme n'avait aucune chance de s'en sortir. Des barrages étaient en train de se monter. Par la CB, il savait que quatre voitures de police de River Falls les avaient presque rejoints.

Ils n'avaient pas besoin de jouer les Superman !

– Arrêtez ça tout de suite ! Henry, passe-moi Clark !

C'était la voix de Logan qui résonnait dans la CB.

Alors que Spike était en train d'ajuster son tir, Portnoy tendit le bras et tira son équipier par la manche du blouson.

– Qu'est-ce que tu fous ? ! tonna Spike.

– Logan veut te parler, répondit Portnoy en lui tendant le micro de la CB.

Spike lui adressa son plus mauvais regard et prit le micro.

– Shérif ?

– Qu'est-ce qui te prend ? Tu veux créer un autre accident ? ! Tu le files sans faire d'histoires. On va l'arrêter en douceur. Tu piges ?

Le ton était sans appel. Spike méprisait Logan, ce parvenu débarqué de Seattle ! Ce n'était pas un gars du coin. Il le méprisait d'autant plus que tous ses collègues le respectaient bien plus que leur précédent shérif.

– D'accord ! fit-il à contrecœur après un long silence.

– Clark, je peux comprendre que tu craignes qu'il s'échappe mais, fais-moi confiance, on le tient. C'est juste une question de temps avant qu'il s'arrête de lui-même, OK ?

Le ton s'était radouci. Logan essayait de l'amadouer. Pauvre con !

– OK, shérif. Compris.

Spike reposa le micro et marmonna quelques mots. Portnoy fixa son regard sur l'arrière de la Subaru en se promettant de ne plus jamais faire équipe avec cette tête de lard !

La vitre arrière explosée, Larry conduisait en se recroquevillant sur son siège. Ils allaient l'abattre comme un lapin !

La sueur dégoulinait de son front. Ses mains étaient si moites qu'il avait du mal à tenir le volant.

Il faut que je m'arrête, je dois m'arrêter avant qu'ils me tuent !

Mais la peur était si intense qu'il ne pouvait se résoudre à freiner. Il savait néanmoins qu'il devait quitter la route. Les policiers avaient certainement placé des tas de barrages en amont.

C'est alors qu'il vit un panneau indiquant un chemin de campagne à moins d'un mile.

Il reprit courage.

Au dernier moment, il donna un coup de volant sur la droite et fonça sur la petite route de terre qui s'enfonçait dans la forêt.

La voiture de police, surprise par sa manœuvre, passa devant le chemin, incapable de tourner à temps.

Larry lança le poing droit en l'air en signe de victoire. Il venait de gagner une bonne minute d'avance. Largement le temps de s'enfoncer dans la forêt et de quitter la voiture.

La route n'était plus goudronnée. C'était un chemin caillouteux, troué de nombreux nids-de-poule.

Larry dut faire preuve de tout son talent pour les éviter les uns après les autres. La pluie qui tombait à verse rendait la conduite difficile.

Il s'était presque résolu à s'arrêter pour tenter sa chance à pied, quand la roue droite s'enfonça dans un trou bien plus profond qu'il ne l'avait cru.

La voiture perdit sa stabilité et, à cause de la vitesse excessive, dérapa.

– Et merde !

La Subaru perdit son centre d'équilibre et effectua un tonneau avant de s'encastrer dans un arbre. Larry partit violemment en avant. Sa ceinture le maintint avec force. Il perdit connaissance.

– Là, regarde ! On le tient ! fit Spike en montrant la route devant lui.

Il avait cru devenir fou quand il avait vu la Subaru déboîter subitement sur la droite et s'enfoncer sur un petit chemin de terre. Heureusement, Portnoy avait vite réagi. Après une marche arrière périlleuse, il avait pu emprunter le même chemin que Brooks.

– Shérif, sa voiture est sortie de la route, on va s'approcher, fit Portnoy en devinant le véhicule à travers le feuillage de la végétation.

Dans son hélico, Logan trépignait. Il n'y avait aucun endroit où se poser.

– D'accord, mais faites très attention, il est peut-être armé. Monroe, Price et Wolf sont tout proches, ils arrivent vers vous.

– OK, répondit Portnoy qui avait ralenti.

– Arrête-toi, c'est bon ! fit Spike, impatient d'en découdre.

Portnoy arrêta la voiture. La Subaru avait traversé la forêt alentour sur une vingtaine de mètres avant de s'encastrer contre un arbre.

Spike sortit d'un bond. Ses pieds s'enfoncèrent de quelques centimètres dans la boue. La pluie redoubla de violence. Logan n'était pas près de se poser.

D'un pas vif, il s'approcha, son arme braquée vers la voiture renversée.

Il n'éprouvait aucune crainte. Il sentait l'adrénaline couler dans ses veines comme un véritable nectar. Quand il fut suffisamment près, il découvrit Larry inanimé et bloqué sur son siège. Un sourire s'afficha sur son visage.

Le garçon ne bougeait plus.

Il est mort, ce con ! se dit Spike.

Il s'y voyait déjà. À la une de tous les journaux. Callwin saurait faire de lui un portrait héroïque.

Néanmoins, il manquait quelque chose pour embellir le tableau. Un acte qui l'inscrirait à jamais dans les annales de River Falls. Il lui suffirait de se justifier en prétextant une attitude agressive de Brooks.

D'un coup d'œil, il vérifia que Portnoy était bien resté dans la voiture.

Il prit son souffle ; même s'il savait qu'il allait tirer sur un cadavre, il hésita un instant.

Puis, fermant les yeux, il appuya sur la détente.

Larry sentit une brusque douleur à l'épaule et reprit connaissance. Il ouvrit les yeux. Il était affaissé sur le côté dans sa voiture renversée, le corps penché vers le siège de droite. Un flic le regardait d'un air ahuri.

Larry porta la main à son épaule et vit du sang qui coulait, imbibant ses vêtements.

Il m'a tiré dessus ! se dit-il tandis que son visage devenait livide.

– Je veux voir tes mains ! Tes mains ! bredouilla Spike.

À cause de sa position inconfortable, Larry, malgré ses efforts, glissait sur le siège de gauche.

– Je peux pas. Je me rends, je me rends ! répondit-il.

Spike le garda en joue. Le petit con n'était pas mort ! Comment allait-il expliquer sa bavure ?

Il entendit le bruit d'une portière. Portnoy avait dû entendre la détonation. Il n'allait pas tarder à arriver sur les lieux.

À cet instant, Spike sentit le sol se dérober sous lui. Il devait sauver sa carrière.

– Ne fais pas ça ! hurla Spike.

Les mains tendues sur le pare-brise explosé, Larry plissa les yeux.

Ne fais pas quoi ? se demanda-t-il.

Soudain le bruit d'une déflagration résonna alors qu'une balle s'encastrait dans la tête de Larry.

Portnoy arriva en courant auprès de Spike.

– Qu'est-ce qui s'est passé ?! fit-il, abasourdi, en découvrant la scène.

– Il a mis la main à sa poche. Il allait sortir son arme. J'ai essayé de le dissuader, mais il a continué à fouiller sa veste, fit Spike, incapable de maîtriser les tremblements de sa voix.

Ses jambes flanchèrent et il s'effondra dans la terre boueuse. Il lâcha son arme et regarda ses mains.

Il n'en revenait pas. Il avait tué un homme ! Pour la première fois de sa vie, il avait tué un homme !

– Oh, putain, putain, fit-il, sous le choc.

Portnoy se rua sur la Subaru et monta sur le côté gauche de la voiture. La vue de tout ce sang lui donnait envie de vomir. Il refoula sa peur et parvint à ouvrir la portière.

Larry gisait sans vie dans une position grotesque.

Portnoy regarda le ciel à travers le rideau de pluie. L'hélicoptère tentait de se rapprocher. Il reporta son regard vers Brooks. Avec délicatesse, il ouvrit la veste ensanglantée de Larry.

Après une inspection approfondie, il dut admettre que le garçon n'avait pas d'arme sur lui.

De rage, il serra les poings. Comment allaient-ils expliquer ça à Logan ?

Il descendit du véhicule et revint auprès de Spike, toujours assis dans la boue.

– Merde, c'était lui ou moi, tu comprends ?

Portnoy le regarda comme un tas d'immondices. Voilà le grand héros !

– Brooks n'avait pas d'arme sur lui. Tu as paniqué ! Tu nous fous tous les deux dans la merde !

Spike lui jeta un regard suppliant.

– Écoute, j'ai vraiment cru qu'il allait me tirer dessus. Qu'est-ce que je devais faire ? Attendre de voir son arme pointée sur moi pour me défendre ? !

– Pourquoi aurait-il mis sa main à sa poche, puisqu'il n'avait pas d'arme ?

– Tu ne me crois pas ? Tu penses que je l'ai tué de sang-froid ? se défendit Spike, qui reprenait le contrôle de lui-même.

Portnoy le jaugea du regard. Oui, tu en es bien capable !

– Je ne sais pas, j'en sais rien.

– Écoute, de toute façon on va devenir les héros du jour. Même si j'ai déconné, Logan ne pourra rien contre nous. Nous avons mis fin aux jours de l'ennemi public n° 1. Nous sommes intouchables. La population ne comprendrait pas qu'on nous en fasse le reproche. Tu vois, on ne craint rien.

Portnoy détesta ce raisonnement, et encore plus la façon qu'avait Spike de l'impliquer dans sa bavure ; néanmoins il garda le silence et retourna vers la voiture pour annoncer à Logan la fin de la poursuite.

2

Sarah, Lisa, Shanice et Courtney étaient collées au poste de télévision de la chambre de Lisa.

C'est elle qui, réveillée à sept heures comme chaque matin, avait entendu l'information relatant la poursuite de Larry Brooks.

Encore en pyjama, elle avait aussitôt bondi du lit et téléphoné à ses amies, les invitant à la rejoindre pour suivre la poursuite en direct sur River's TV.

– Il n'a aucune chance de s'en sortir, fit Courtney, fascinée par les images prises de l'hélicoptère.

La voiture de Larry venait de doubler en catastrophe un camion, distançant ainsi celle de la police.

– Il est dingue ! s'exclama Shanice.

Une voiture venant en sens inverse manqua le prendre de pleine face.

Sarah aussi était hypnotisée par les images. L'assassin de ses deux anciennes amies se trouvait dans cette voiture.

Elle avait déjà vu des chasses à l'homme, mais jamais elle ne les avait suivies avec autant d'intensité.

Il faut qu'ils l'arrêtent et qu'ils l'abattent comme un chien ! se dit-elle en éprouvant une brusque montée de haine.

Elle savait que Lucy et Amy avaient été atrocement mutilées. Ce type ne méritait pas de vivre !

Quelques minutes plus tard, sur les commentaires énergiques de la journaliste embarquée dans l'hélicoptère, la Subaru quitta la route principale pour s'enfuir par un petit chemin à moitié enfoui sous la voûte d'arbres.

– Merde, on voit plus rien ! se plaignit Courtney.

– Ils vont le perdre ! fit Shanice en serrant les poings sous l'effet de la frustration.

Lisa se retourna vers son amie.

– Impossible, où tu veux qu'il aille ! Il n'y a rien à plusieurs kilomètres à la ronde. Les flics mettront le temps qu'il faudra, mais ils ne peuvent plus le manquer.

La présentatrice indiqua que la voiture de police, qui avait été surprise par le brusque changement de route de Larry, avait fait marche arrière et empruntait à son tour le petit chemin de terre.

Le cameraman essayait de faire des gros plans, mais les branches des arbres cachaient la majeure partie de la route.

– Regarde, je crois qu'il s'est planté ! s'écria Shanice.

Ce que corrobora la journaliste. Un zoom, et les filles purent distinguer à travers le feuillage la Subaru reposant sur le côté droit.

La voix de la journaliste était de plus en plus chargée d'émotion.

– Nous allons essayer de nous poser, même si les conditions atmosphériques ne sont pas favorables, fit-elle.

La voiture de police arrivait non loin de la Subaru.

Les filles eurent du mal à distinguer ce qu'il se passait. Apparemment, un des flics était sorti du véhicule et se rapprochait de la Subaru.

– Putain de feuillage ! On voit que dalle ! geignit Courtney.

L'hélicoptère chercha un endroit pour se poser. Les commentaires de la journaliste devenaient frénétiques.

Durant les dix minutes qui suivirent, le silence régna dans la chambre. Elles étaient hypnotisées par la voix de la journaliste.

L'hélicoptère trouva enfin un endroit où se poser. La journaliste bondit de l'engin, emmenant son cameraman avec elle.

Les filles étaient haletantes devant leur télévision. Comme par empathie, elles avaient l'impression de courir elles aussi dans la forêt.

Au terme d'une longue course agrémentée de propos essoufflés, le cameraman et la journaliste atteignirent le lieu de l'accident. Trois voitures de police étaient sur place. Le shérif Logan venait lui aussi d'arriver.

La journaliste fonça dans sa direction.

– Shérif, avez-vous arrêté Larry Brooks ? demanda-t-elle à brûle-pourpoint.

Les filles retinrent leur respiration. La pluie tombait sur le visage du shérif.

– Je n'ai qu'une chose à dire : Larry Brooks est mort. Maintenant, je vais vous demander de quitter les lieux.

Nous vous donnerons plus de détails dans le courant de la journée.

– Vous confirmez donc que notre ville est désormais hors de danger ? Il n'y a plus de tueur ?

Le shérif pinça les lèvres et mit un certain temps avant de répondre.

– Exactement. Si vous le permettez, nous avons beaucoup de travail. Veuillez quitter le site. Une déclaration publique aura lieu, dans la journée, au commissariat.

Des policiers escortèrent la journaliste qui continuait de parler dans son micro. Mais Lisa avait déjà éteint le son.

Les filles se regardèrent et, soudain, explosèrent de rire. Un rire qui ne contenait aucune joie, seulement un puissant soulagement.

– Bien fait pour sa gueule ! J'espère qu'il a souffert ! fit Courtney.

– Oh ça, je m'en fous. Mais, au moins, je suis contente qu'il soit mort, renchérit Shanice.

Lisa, comme ses camarades, était soulagée de la mort de Larry, mais ne s'en réjouissait pas pour autant.

– On ne peut pas applaudir la mort de quelqu'un, même si cette personne était la pire des pourritures, dit-elle.

Shanice la regarda d'un œil torve.

– Tu plaisantes, ma grande ! Ce type méritait de crever. Tu as vu ce qu'il a fait à Lucy et à Amy ? Tu penses à la douleur de leur famille ?

Tout son visage exprimait le dégoût. Elle chercha un appui auprès de Courtney.

– Ce type était un malade. Avec un bon avocat, je suis sûre qu'il aurait échappé à la peine de mort, et va savoir s'il n'aurait pas été libéré au bout de dix ans. Ça ne te dérange pas de savoir qu'une ordure pareille puisse retrouver la liberté après les crimes qu'il a commis ?

– Et surtout qu'il puisse recommencer, ajouta Sarah.

Lisa comprenait les arguments de ses camarades, mais elle savait par ailleurs que la peine de mort ne servait absolument pas d'exemple, bien au contraire : elle institutionnalisait la mort.

C'est aux États-Unis que le nombre de meurtres par habitant était le plus important, alors qu'en Europe, où elle était abolie, ce nombre était éminemment plus faible.

Mais Lisa n'avait pas envie d'entamer un débat qu'elle savait perdu d'avance. L'objectif principal de la justice américaine était d'assouvir le besoin de vengeance personnelle des victimes, plutôt que de réellement chercher la meilleure solution pour protéger la société dans son ensemble. Rien ne pouvait raisonner quelqu'un qui voulait se venger.

– Je ne dis pas que je suis triste qu'il soit mort, mais j'aurais préféré qu'il ait un procès. Imagine une seule seconde que ce ne soit pas lui ? dit-elle sans y croire elle-même.

Les trois filles partirent d'un rire sarcastique.

– Arrête un peu, Lisa. Sois bien contente d'être notre amie, alors que, franchement, être démocrate, c'est vraiment la honte ! fit Courtney.

Shanice rit sous cape.

– Moi aussi je suis démocrate, mais je suis pour la peine de mort, dit Sarah en voulant défendre son amie.

– Personne n'est parfait, ma petite ! commenta Courtney.

– Bon, on ne va pas s'engueuler pour ce connard. Moi, je propose qu'on aille se prendre un petit déjeuner bien chaud et bien réconfortant pour fêter ça, fit Shanice.

Lisa trouva sa dernière remarque extrêmement déplacée, mais elle savait que Courtney était une chic fille. Elle n'avait pas de haine en elle. Elle était seulement le fruit d'une éducation conservatrice.

– OK, mais tu m'excuseras si je ne sors pas les cotillons.

Les trois autres filles sourirent et Shanice vint lui pincer affectueusement la joue.

– On te faisait marcher, ma petite Lisa. On t'adore, même si parfois on ne te comprend pas très bien. Mais c'est ça qui fait ton charme.

Lisa secoua la tête et leva les yeux au plafond.

3

Donald était excité comme jamais. Il venait tout juste de rentrer de l'école. Il salivait d'avance à l'idée de ce qu'il allait faire.

Il entra dans la maison. La télévision était allumée.

Profil bas, il franchit le vestibule et alla au salon. Les protagonistes d'un soap-opera s'entre-déchiraient à l'antenne. La tête de sa mère dépassait du canapé.

Il s'approcha sans faire de bruit. Son visage s'illumina d'un sourire malicieux quand il se rendit compte que sa mère dormait d'un sommeil de plomb.

Une bouteille de whisky et un verre encore à moitié plein gisaient sur la table.

Il avait beau n'avoir que neuf ans, il en connaissait déjà un rayon sur les ravages de l'alcoolisme.

Il quitta précautionneusement le salon et grimpa dans sa chambre poser son cartable. Puis, le cœur battant d'excitation, il redescendit au rez-de-chaussée. Dans la cuisine, il enfila des gants en plastique, avant de ressortir.

En ce début d'automne, le ciel était d'un bleu éclatant. Le soleil commençait lentement à se coucher. Il traversa le potager mal entretenu pour se rendre jusqu'à la remise située à l'extrémité du jardin.

Leur maison se trouvait isolée à l'extérieur du village. Le plus proche voisin était à plus de trois cents mètres.

Donald ouvrit la porte de la remise.

La lumière filtrait à travers une petite fenêtre encombrée par toutes sortes d'objets. Vieux ustensiles, outils de jardin, insecticides, engrais, boîtes de peinture. Au sol, des bottes en caoutchouc ; au-dessus, accrochée à une patère, une vieille parka. Mais Donald n'avait qu'un seul but. La boîte qu'il avait cachée, le matin même, avant de partir à l'école.

Il pria pour qu'elle soit toujours là.

Arrivé au fond de la remise, il fut soulagé de retrouver la couverture élimée exactement là où il l'avait posée. Il la souleva lentement. La boîte était bien là. Il l'ouvrit comme s'il se fût agi du plus beau des trésors et contempla son trophée.

Il prit le corps sans vie de l'animal et lentement, tel un prêtre se préparant à un sacrifice, il le porta sur l'établi. Puis il alla chercher la boîte à outils de son père et revint près du chat mort.

De ses mains gantées, il attrapa le chat et entreprit de lui ouvrir le ventre. Un sang épais s'en échappa. Il découvrit les viscères bien enroulés sur eux-mêmes. Il était complètement fasciné.

S'il avait l'habitude de jouer avec toutes sortes d'insectes ou même des crapauds, c'était la première fois qu'il le faisait avec un si gros animal. Et pas n'importe lequel.

C'était le chat d'Emily Robertson.

Emily était une petite peste qui l'avait pris en grippe dès la rentrée scolaire. Tout le temps en train de se moquer de lui. De sa silhouette chétive, de sa coiffure en bataille…

Mais la chance avait tourné le matin même, quand, sur le chemin de l'école, il avait aperçu son fameux chat angora qui traînait devant la résidence des Robertson. Son sang n'avait fait qu'un tour. Il n'y avait personne dans la rue. Il avait fait mine de sourire à l'animal et lui avait susurré des « minou, minou » attendrissants.

Peu rétif, l'animal s'était approché de lui, la queue en panache. Il s'était laissé prendre dans les bras sans difficulté. Donald avait jeté un coup d'œil à la maison des Robertson.

Personne ne l'observait.

Alors, d'un geste vif, il avait brisé la nuque de l'animal, qui n'avait pas eu le temps de pousser un cri. Donald avait aussitôt ouvert son sac et l'y avait caché, avant de retourner en courant jusqu'à la remise.

Il savait qu'il arriverait en retard à l'école, mais ça en valait la peine. Rarement, dans sa vie, il s'était senti aussi fort. Lui, le solitaire dont tout le monde se moquait, tenait enfin sa revanche.

Donald sortit les boyaux de l'animal et chercha le cœur, qu'il trouva facilement. Il fut étonné de constater qu'il était si petit. Prenant un tournevis, il le fit passer sous un des globes oculaires et tenta de l'énucléer.

Mais, à sa surprise, l'œil semblait inamovible.

Frustré, il prit un marteau et commença à fracasser la tête de l'animal. Les os du crâne craquèrent. Donald était en transe. Une vive émotion le saisit. Il se sentait si puissant.

– Donald, c'est toi ? s'éleva une voix éraillée et légèrement inquiète.

Donald lâcha aussitôt le marteau et courut se réfugier au fond de la remise. Il se cacha sous la couverture et pria le Seigneur pour que son père arrive.

Mais, au fond de lui, il n'y croyait guère. Son père tenait un drugstore en plein centre de Silver Town. Il ne serait pas là avant dix heures du soir.

Il entendit les pas de sa mère qui pénétrait dans la remise.

Soudain, un cri de terreur.

– Qu'est-ce que tu as fait ? ! s'écria-t-elle d'une voix emplie de colère et d'indignation. Qu'est-ce que tu as fait ? !

Les pas se rapprochaient.

Donald se recroquevilla sous la couverture. Il tremblait de tous ses membres. Des larmes silencieuses coulaient sur ses joues.

Mon Dieu, faites qu'elle ne me trouve pas ! pria-t-il en lui-même.

Mais les pas se rapprochaient inéluctablement.

– Donald, sors de là tout de suite ! ordonna-t-elle d'un ton qui n'annonçait rien de bon.

Tétanisé de peur, Donald resta sous la couverture. Son zizi lui faisait mal. Il était à deux doigts de se faire pipi dessus.

Mon Dieu, s'il vous plaît ! pria-t-il une énième fois.

Sa mère était là, tout près de lui. Elle arracha la couverture et poussa un gémissement en voyant son fils maculé de sang.

– Tu es malade ! Mon fils est complètement malade ! fit-elle en réalisant dans toute son horreur le sadisme enfantin de son fils.

Donald pleurait à chaudes larmes.

– Qu'est-ce que j'ai fait au Bon Dieu pour avoir un enfant aussi débile ? hurla-t-elle, à la limite de la crise d'hystérie.

Elle se détourna de lui et partit dans un autre coin de la remise. Elle y prit un manche à balai.

– Donald, pourquoi tu m'obliges à faire ça, pourquoi, hein ? fit-elle avant de lui en asséner un grand coup dans le dos.

Donald ne put retenir un cri de douleur.

– Pourquoi, mon trésor, pourquoi ?

Deux nouveaux coups.

La bouche béante de douleur, deux rigoles s'échappant de son nez, les yeux ruisselants de larmes, Donald regardait sa mère. Il l'implora d'arrêter.

Mais rien n'y fit. Elle continua de le battre.

Dieu sait qu'il avait l'habitude de recevoir des coups de sa mère. Pourtant, la douleur était chaque fois aussi intense. Jamais il ne s'y ferait. Jamais.

D'un bond, Donald jaillit hors de son lit. La douleur était insupportable. Il faut que ça s'arrête, se dit-il, prenant conscience qu'il venait de faire un cauchemar. Ou, plutôt, qu'un vieux souvenir récurrent avait profité de son sommeil pour se rappeler à lui.

Le visage couvert de sueur, il sortit de sa chambre, alluma le couloir et se rendit dans la salle de bains. Il passa devant le miroir.

Même si son corps ne portait plus trace des centaines de coups qu'il avait reçus, il avait l'impression de les ressentir encore dans sa chair.

Il ouvrit le robinet de la baignoire et se débarrassa de son tee-shirt et de son caleçon. Le bain était un des rares moments où il se sentait pleinement en vie. Un sentiment de bien-être, de légèreté. Presque d'insouciance.

Il alluma la radio. Les informations matinales avaient commencé. Soudain un sourire cruel étira ses lèvres. Larry Brooks s'était fait descendre après un accident de voiture et une course-poursuite avec la police.

Le tueur en série de River Falls était mort. La journée commençait sous les meilleurs auspices !

Donald entra dans la baignoire qui se remplissait lentement. Il pensa à sa mère.

Si seulement elle avait pu voir l'homme qu'il était devenu…

4

Logan ouvrit la porte de la chambre d'hôpital.

Allongée sur son lit, Hurley tourna lentement la tête dans sa direction et lui adressa un vague sourire.

– Comment tu te sens ? fit-il en refermant la porte derrière lui.

À la lumière du ciel nuageux, le visage de Hurley paraissait cadavérique.

– Ça peut aller, je n'ai rien de cassé, articula-t-elle avec difficulté.

Sa voix était faible. Le choc avait été d'une violence terrible.

– Je me demande si je dois t'engueuler, ou remercier les cieux qu'il ne te soit rien arrivé, fit Logan en venant s'asseoir auprès d'elle.

Hurley voulut esquisser un geste de la tête, mais ressentit une vive douleur à la base de son cou enchâssé dans une minerve.

– Je ne sais pas ce qui m'a pris, fit-elle quand la douleur se fut dissipée. Je voulais tant participer à l'arrestation. J'avais peur que tes hommes ne commettent une bavure.

Logan émit un soupir désolé.

– Pour le coup, je crois que tu avais raison, fit-il et, sur un ton plus bas : Je ne crois pas aux explications de Spike. Brooks n'avait pas d'arme sur lui. Il n'avait aucune raison de mettre la main dans sa poche. De plus, j'ai remarqué que Portnoy était très gêné quand je lui ai demandé de me raconter ce qu'il s'était passé.

– Hum, fit Hurley. Il protège son coéquipier, on ne peut pas lui en vouloir.

– Oui, en tout cas, dès cet après-midi, j'aurai une explication plus poussée avec eux. Même s'il n'y a aucune enquête, j'ai besoin de connaître le fin mot de l'histoire.

– C'est tout à ton honneur.

Au-delà de la douleur physique, elle se sentait complètement déprimée. Elle était toujours persuadée que Brooks était innocent. Elle avait failli à sa tâche.

Quoi qu'elle trouve maintenant pour l'innocenter, cela arriverait trop tard. Le jeune homme était bel et bien mort, sous le coup de la colère d'un policier en mal de gloire.

– Dis-moi, j'ai besoin de savoir si mon accident a fait des victimes, dit-elle d'un ton rempli de nervosité.

Logan se pencha en avant et prit tendrement sa main dans les siennes.

– On a eu beaucoup de chance. Près d'une dizaine de voitures bonnes pour la casse, de nombreux blessés, mais pas un seul mort, répondit-il. J'en arrive à me demander si Dieu n'habite pas dans le coin !

Hurley essaya de sourire. Les médecins n'avaient pas voulu lui répondre. Peut-être avaient-ils voulu lui faire payer sa conduite irresponsable.

– Merci. Quels genres de blessures ?

– Des bras et des jambes cassés, et évidement de nombreuses contusions au visage. Tout le monde va s'en sortir. Et, pour te rassurer complètement, aucun enfant dans les voitures. Heureusement qu'il était encore tôt.

Un éclair fracassa le ciel et le tonnerre gronda aussitôt après. Des gouttes de pluie se remirent à frapper les vitres.

Logan se leva et alla allumer la lumière.

Il n'était même pas midi. Il maudit le mauvais temps.

Quand on lui avait annoncé que la voiture qui avait causé le carambolage sur l'avenue extérieure était celle de Hurley, il avait senti son corps se vider de tout son sang. Voyant sa mine défaite, Blanchett l'avait aussitôt informé que Jessica n'était pas morte et devait sa survie aux airbags.

– Tu m'as fait une de ces peurs. C'était complètement insensé. Depuis quand es-tu une as du pilotage ?

Logan avait besoin de lui faire prendre conscience de cet acte, même s'il se doutait que le remords la rongeait. Elle avait joué avec sa vie et avec celle d'autrui sans penser aux conséquences.

Très égoïstement, Logan s'était demandé ce qu'il serait devenu si Hurley était morte dans l'accident. Une loque ! avait répondu son moi intérieur.

– Je ne sais pas quoi te dire. Je te demande pardon.

Logan se rassit à ses côtés. Malgré son teint livide, elle était toujours aussi belle. Il avait quitté Seattle pour ne plus jamais connaître ce genre de peur. Il en avait pour son grade.

– Je vais devoir partir. Le maire veut me voir, il tient à remettre la médaille de la ville à Spike et à Portnoy, ainsi qu'à moi-même.

– Il t'a parlé de moi ? le coupa-t-elle.

Logan dévia son regard sur la fenêtre. Les éclairs se succédaient sans interruption. Un vrai temps de chien.

– En termes diplomatiques, je dirai qu'il n'était pas très content. Il était prêt à demander une enquête auprès de tes patrons. Je lui ai cependant rappelé que c'était toi qui avais mis la main sur Brooks et que, sans ton obstination, nous ne l'aurions jamais retrouvé.

– Alors j'ai droit à ma médaille, moi aussi. Tu pourras lui en demander une pour moi ?

Le ton était ironique.

– Ne pousse pas le bouchon. S'il l'avait voulu, il aurait pu te créer de sérieux ennuis. Mais bon, il a reconnu que nous te devions une fière chandelle et, après tout, il n'y a pas eu de morts.

Hurley poussa un soupir de soulagement. Elle avait évité de trop y penser, mais elle s'attendait à un blâme, ou du moins à une sérieuse mise en garde, et surtout à être dessaisie de l'enquête et renvoyée à Seattle.

– Je peux donc rester en ville ?

– La journée entière si tu le souhaites, répondit Logan en lui souriant. J'ai appelé Max, il viendra ce soir.

– Quoi ? s'étonna Hurley en redressant la tête.

Ce qui lui arracha un cri de douleur, qu'elle réussit à étouffer en serrant les dents.

– Que voulais-tu que je fasse ? Il était dans tous ses états. Mais, ne t'inquiète pas, je lui ai dit que tu n'as rien, juste quelques bleus. Tu as eu beaucoup de chance, aujourd'hui, Jessica.

– Oui, mais ce n'est pas possible ! J'arrive pas à croire que tu l'aies appelé ?

Elle aimait beaucoup Max, mais elle n'avait aucune envie de le voir rappliquer. Elle avait encore besoin de régler plusieurs problèmes. Elle n'avait pas l'intention de retourner à Seattle.

– C'est toi qui aurais dû l'appeler. Vous êtes toujours fiancés, si je ne m'abuse ?

Hurley pinça les lèvres et lui lança son plus mauvais regard.

– Passe-moi mon portable, il doit être dans mon sac.

– Qu'est-ce que tu comptes faire ?

– Lui dire que ce n'est pas la peine qu'il se tape Seattle-River Falls en plein milieu de semaine, alors qu'en ce moment il est surchargé de travail.

– Il m'a dit qu'il comptait prendre sa journée.

Hurley poussa un long soupir.

– Écoute, c'est ma vie privée. Tout comme tu ne tiens pas à ce que je me mêle de la tienne, je te demande la même attitude envers moi. D'accord ?

Logan était d'accord. En vérité, il n'avait pas vraiment envie de la voir partir si vite de la ville. Il s'imaginait bien venir lui tenir la main tous les soirs de la semaine.

Il alla lui chercher son portable et le lui tendit.

– Bon, je te laisse, je repasserai te voir ce soir.

– J'avoue que je me sens un peu faible, mais je peux tenir debout. Je n'ai aucunement l'intention de dormir dans cet hôpital.

– Écoute, tu ne vas pas faire d'esclandre. Tu feras exactement ce que les docteurs te diront de faire. Tu es en observation jusqu'à demain matin. Si tout va bien au lever, tu pourras peut-être sortir dans la journée.

Hurley ne chercha pas à parlementer, elle prit son portable et l'ouvrit.

– Allez, je te laisse et surtout tu te reposes. Je repasse ce soir.

Il se leva, se pencha vers elle et lui déposa un baiser sur le front.

– À ce soir, Mike, fit-elle quand il se redressa.

Leurs regards se croisèrent un long moment avant que Logan ne se détourne vers la porte.

Spike quitta le bureau du shérif et s'effaça pour laisser entrer Portnoy.

– Assieds-toi, fit Logan en indiquant le fauteuil qui lui faisait face.

Portnoy jeta un coup d'œil par-dessus son épaule et vit Spike refermer la porte derrière lui.

Logan sortit une cigarette et tendit son paquet à Portnoy.

– Merci, fit ce dernier en se servant.

Ils allumèrent leur cigarette puis, après une large bouffée, Logan posa les deux coudes sur son bureau.

– Bon, maintenant, dis-moi ce qui s'est exactement passé.

Portnoy avait le regard fuyant. Il était clair qu'il était embarrassé.

– C'est comme Clark vous l'a raconté. Brooks a mis la main à l'intérieur de son blouson et Clark lui a fait une injonction, puis, quand il a compris qu'il n'obtempérerait pas, il a fait feu, deux fois.

Deux balles, une à l'épaule et une autre en pleine tête. La version officielle !

– OK, Henry. Maintenant tu me donnes la vraie version, fit Logan.

Il ne le lâcha pas du regard et vit la sueur qui coulait sur son front.

– Je n'ai rien d'autre à ajouter.

Logan fronça les sourcils et s'enfonça dans son fauteuil. Il aimait bien Portnoy. Un garçon sympathique, un mari aimant, père d'un petit garçon tout à fait charmant. Il n'aimait pas le voir dans cet état.

– Ne me prends pas pour un imbécile, dit-il avant de tirer une bouffée de sa cigarette. Je ne crois pas un traître mot de ce que vient de dire Clark. Mais, si cela peut te rassurer, je n'intenterai aucune procédure à son encontre. Non parce que je trouve anormal qu'on abatte des saloperies dans le genre de Brooks, mais parce que ni la ville ni notre maire ne le supporteraient. Tu me suis ?

Portnoy hocha lentement la tête. Il se décida :

– Je ne suis pas un justicier. Si je me suis engagé dans la police, c'est justement pour faire régner l'ordre et appliquer nos lois.

Un bon début, pensa Logan tandis que Portnoy prenait le temps d'une respiration pour tirer sur sa cigarette.

– Brooks était une pourriture, ça c'est clair, shérif. Mais ce n'était pas à nous de le tuer. La justice aurait dû pouvoir faire son boulot. Spike a paniqué !

Voilà, c'était dit.

Logan sentit le soulagement de son agent. Portnoy était vraiment un type droit. Il ne supportait ni le mensonge ni la moindre compromission avec ses idéaux. Un bon petit gars.

– Raconte-moi tout.

Portnoy retrouva de la vigueur et narra les faits.

À la fin de son témoignage, Logan resta un instant pensif. Il n'avait jamais trop senti Spike. Même s'il ne lui tenait pas rigueur d'avoir tué Brooks, il n'avait pas du tout apprécié son air glorieux quand le maire l'avait félicité sur le perron du commissariat et lui avait remis la médaille de la ville.

Tuer un homme, aussi abject cela soit-il, était toujours un acte qui vous restait en travers de la gorge, du moins l'espérait-il.

– J'apprécie ta franchise, Henry. Mais tout cela doit rester entre nous. La seule chose que je te demande, c'est que, si jamais tu vois Clark faire encore des conneries, tu me préviens aussitôt, fit-il en écrasant sa cigarette dans le cendrier. Je n'ai pas besoin de chien fou dans ce commissariat. Nous sommes payés pour faire respecter la loi dans cette ville, non pour nous permettre de petits écarts de temps à autre.

– Oui, shérif.

Logan jaugea son homme et pensa que dans quelques années, quand il se serait un peu plus endurci, Portnoy aurait toutes les qualités pour faire un bon shérif.

– Allez, tu peux rentrer chez toi. Ta femme et ton gamin attendent le retour du héros.

À ces mots, un vrai sourire éclaira le visage de Portnoy. Oui, il avait vraiment envie de rentrer chez lui. Oublier cette terrible journée. Oublier cette mise à mort qui lui vrillait l'âme.

Logan attendit que son agent fût sorti pour se lever à son tour. Il regarda sa montre. Dix-neuf heures. Il avait tout un tas de paperasses à remplir et des mails auxquels il lui fallait répondre, mais cette journée l'avait complètement mis à plat.

Il prit son blouson, tira la fermeture Éclair bien haut sous le menton. Dehors, la tempête s'était un peu calmée mais il faisait assez froid.

Quand il vit de la lumière à l'intérieur de sa maison, durant un bref instant Logan pensa à un cambriolage. Mais, quand la porte s'ouvrit sur Hurley qui venait à sa rencontre, il leva les yeux au ciel et poussa un profond soupir.

– Qu'est-ce que tu fais là ? Tu ne devrais pas être à l'hôpital ?

La nuit était tombée. Le froid lui tirait la peau du visage.

– Faut croire que non. Dépêche-toi de rentrer. Je t'ai préparé une de mes meilleures spécialités.

Logan remonta l'allée et rentra se mettre au chaud.

– Tu es totalement inconsciente. Je suppose que tu n'as demandé l'avis de personne.

– Des ecchymoses et des égratignures. Je n'allais pas monopoliser un lit alors que de vrais malades en ont besoin. À moins que ça ne t'embête de m'offrir encore le gîte ?

– Bien sûr que non. Qu'en pense Max ?

Hurley répondit négligemment :

– Je l'ai rassuré. Entre nous, je crois qu'il était surtout soulagé de ne pas avoir à faire un aller-retour Seattle-River Falls.

– Charmant, un vrai gentleman !

Hurley ne releva pas le sarcasme et s'engouffra dans la cuisine. Une odeur de poisson imprégnait la pièce.

Logan saliva instinctivement. Elle n'était pas seulement l'une des meilleurs profileurs de tous les États-Unis, elle était également un véritable cordon-bleu.

– Tu as une tête à faire peur. Essaye de te coucher tôt ce soir.

Tu as vu la tienne ! garda-t-il pour lui.

Il s'assit à table et se laissa servir un assortiment de légumes accompagnés d'une sauce vinaigrette.

– J'en ai bien l'intention. Je suis sur les rotules. Le contrecoup du stress, j'imagine.

Hurley lui sourit et s'assit à ses côtés.

– Je suppose que l'enquête est définitivement close. Brooks est mort. Sa voiture est bien celle qui a fauché le jeune Sheppard. Fin du dernier acte.

– On peut dire ça comme ça, répondit-il. Tu me sers un peu de vin ?

Hurley prit la bouteille et remplit leurs verres.

– Tout le monde est content, alors. River Falls peut retrouver son calme légendaire.

– Tu sais, ce n'est pas si tranquille que ça. Pas mal de rixes dans les bas quartiers, et des vols en tout genre. Mais dans l'ensemble ça peut aller. Les meurtres ne sont pas vraiment notre quotidien.

– Ouais, fit Hurley, pensive.

Une rasade de vin inonda agréablement le palais de Logan avant de lui réchauffer les entrailles.

– Allez, je n'aime pas te voir comme ça. C'est quoi le problème ?

Hurley haussa les épaules.

– Oh, rien du tout, juste une broutille, mais je n'arrive pas à me l'enlever de la tête.

Logan enfourna une grosse bouchée qu'il mastiqua goulûment. Quand il l'eut avalée, il se tourna vers Hurley.

– Alors, ta broutille ?

– Eh bien, je me posais simplement une question : pourquoi Brooks est-il revenu chez lui après avoir disparu pendant deux jours ?

– Qu'est-ce que j'en sais ? Il avait oublié quelque chose. De l'argent, peut-être ? Cela a-t-il vraiment une importance maintenant ?

– Pour lui, définitivement non ! Mais on va dire que c'est pour la beauté de notre sport ! fit-elle sans vraiment plaisanter. Il avait tout le loisir de fuir où il voulait. Il savait que la police était à ses trousses. J'ai du mal à croire qu'il ait pu partir sans argent. Non, il est repassé chez lui dans un but bien précis. Tant que je ne saurai pas lequel, je ne quitterai pas cette ville.

Le ton était déterminé. Logan fronça les sourcils et reposa sa fourchette.

– Tu crois toujours qu'il est innocent, c'est ça ?

– Je crois qu'une enquête est définitivement close quand on a tous les éléments en main. Et, ma foi, il me semble évident que de nombreux points restent à éclaircir. Si ton abruti de Spike n'avait pas perdu le contrôle de lui-même, nous aurions à cette heure-ci toutes les réponses à mes interrogations.

Logan ne pouvait que lui donner raison sur ce dernier point.

– Je n'arrive toujours pas à comprendre pourquoi il aurait tué Lucy et Amy avec autant de sauvagerie. Rien dans son profil ne le laissait présager. C'était un joli garçon qui n'a jamais eu aucun mal avec les filles, continua Hurley.

– Ça ne veut rien dire. Il y a des sadiques avec des gueules d'ange, la contra Logan.

– Oui, mais dans ces cas on retrouve très souvent une plainte. Avant de tuer, les sadiques passent des années à violenter sans aller jusqu'au bout de leurs fantasmes morbides.

Effectivement. Brooks n'avait jamais fait l'objet d'une quelconque plainte d'une de ses ex-petites amies, ni d'aucune femme d'ailleurs. Mais bon, cela ne prouvait rien.

– D'accord, tu peux continuer tes investigations. Mais, franchement, si dimanche soir tu n'as rien trouvé, laisse tomber, OK ?

– OK, c'est tout ce que je voulais entendre, fit-elle en retrouvant un ton amical.

Logan leva son verre au niveau de son visage.

– On trinque à une soirée où on arrête de parler boulot ? demanda-t-il.

Hurley leva son verre et lui fit un grand sourire.

– Tu as raison, ce soir, un bon repas et on se couche.

Elle fit un petit mouvement du bassin qui lui déclencha une douleur dans le dos. Elle fit une grimace éloquente.

– Hurley ? s'inquiéta Logan.

– Ça va, ça va. C'est rien. À ta médaille de la ville ! lança-t-elle, et ils entrechoquèrent leurs verres.

5

De nombreux étudiants de l'université avaient décidé d'arroser la mort de Larry Brooks en passant leur soirée dans les divers bars et pubs de la ville. Le président Augeri avait laissé entendre qu'il ne prendrait aucune sanction en cas de retard aux cours du lendemain.

Lucy et Amy avaient été vengées et leur tueur ne risquait pas de recommencer. Un vent d'allégresse soufflait sur l'université de River Falls.

– Allez, Sarah, tu ne vas pas nous lâcher maintenant ? se plaignit Courtney. Ce soir c'est la fête. On va tous au *Red Dwarf*. Consommation gratuite pour les filles. Si tu veux trouver un mec, c'est le moment !

Les trois amies de Sarah étaient à son chevet pour la forcer à se joindre à elles. Il était près de sept heures du soir et Sarah était déjà en pyjama, au chaud sous sa couette.

– J'ai une migraine abominable. Je ne suis pas en état de sortir.

Shanice la tira par le bras.

– N'importe quoi ! Allez, tu enfiles vite fait tes plus belles fringues et tu viens avec nous. On va se marrer, je te le promets.

En d'autres circonstances, elle n'aurait pas hésité une seconde à les suivre, mais elle avait déjà prévu quelque chose de bien plus important.

– C'est bon, laissez-la, vous voyez pas qu'elle a vraiment mal ? dit Lisa, moins exubérante que ses amies.

Courtney et Shanice s'indignèrent.

– C'est quand même pas une migraine qui va t'empêcher de faire la fête. Prends un Nurofen et viens avec nous. Je te promets de te dénicher le plus beau mec de la ville, insista Courtney.

Sarah lui adressa un regard qu'elle espérait abattu.

– J'en ai déjà pris deux et ça ne passe pas. Écoutez, je me repose un peu et, si je me sens mieux d'ici une heure ou deux, je vous rejoins. D'accord ?

Les filles ne furent guère convaincues.

– Je te connais, tu ne viendras pas, assura Shanice.

À ce moment, quelqu'un frappa à la porte. Courtney alla ouvrir. L'imposante stature d'Edward et celle plus élancée de Sam apparurent dans l'encadrement.

– Bon, vous êtes prêtes ? Gary et Linda nous attendent dans leur voiture.

– Sarah ne veut pas venir ! Dites-lui quelque chose, insista Courtney.

Elle n'avait aucune envie d'être la seule fille célibataire de la soirée. Il n'y avait rien de tel que de draguer en binôme !

– Laissez-la tranquille. Si elle vous dit qu'elle est fatiguée, c'est qu'elle est fatiguée, fit Sam en voyant la mine défaite de Sarah.

– Enfin une parole sensée, fit-elle en remerciant Sam du regard.

– Bon, assez parlementé. Shanice, tu viens, ou je pars tout seul, intervint Edward.

Shanice jeta un dernier regard vers son amie.

– Tant pis pour toi, mais demain je ne veux pas t'entendre te plaindre !

– Oui, maman ! minauda Sarah.

Lisa tapa deux fois dans ses mains.

– Bon, ça suffit : tout le monde dehors. J'ai envie de danser jusqu'au bout de la nuit !

La chambre se vida en moins de deux. Sarah put enfin souffler de soulagement. Elle n'aimait pas mentir à ses amis mais, en l'occurrence, elle ne voyait pas comment faire autrement.

Elle resta encore dix minutes dans son lit, craignant que, dans un dernier accès de remords, ses amies ne reviennent à la charge. Enfin, quand elle fut certaine que tout le monde était bien parti pour la ville, elle se leva et s'habilla pour sortir.

Le bus la déposa à l'arrêt de Garden Park. Il était huit heures et demie du soir. Le soleil était couché depuis un moment. L'éclairage urbain était allumé.

Elle alla s'asseoir sur le banc de l'arrêt de bus et repensa à Lucy et à Amy. Tout était fini. Leur assassin était mort. Sarah ne pouvait s'empêcher d'éprouver un certain soulagement.

Un jeune homme de vingt-cinq ans environ s'approcha lentement d'elle et vint s'asseoir à ses côtés. Elle lui jeta un vague regard et nota son allure athlétique. Un beau garçon aux yeux verts. Son visage lui parlait, mais elle n'arrivait pas à mettre un nom dessus.

Parfait pour Courtney ! se dit-elle.

Il sortit un paquet de chewing-gums de sa poche et le tendit à Sarah.

– Vous en voulez un ? demanda-t-il.

Sa voix était douce, amicale.

– Non, merci.

Le jeune homme lui sourit et en prit un pour lui. Sarah laissa errer son regard sur la route.

– Je n'ai jamais trop aimé Al Gore, mais à la réflexion je me demande s'il n'a pas raison.

– Pardon ? sursauta Sarah quand elle comprit qu'il lui parlait.

– Excusez-moi, je disais juste que je me demande si le dérèglement climatique prophétisé par Gore n'est pas déjà une réalité. Regardez, aujourd'hui, il n'a pas arrêté de pleuvoir et ce soir tous les nuages s'en sont allés, une certaine douceur est même au rendez-vous.

Sarah sourit. Elle avait l'habitude de se faire draguer. Les discussions climatiques d'une banalité sans fond faisaient partie des techniques d'approche de ce genre de beau gosse.

– On est au printemps, c'est normal, répliqua-t-elle en jouant le jeu.

– Vous avez raison. Mais bon, c'est tout de même inquiétant, continua-t-il d'un ton plein d'incertitude.

Sarah regarda sa montre. Brian était une fois de plus en retard.

– Le bus ne va pas tarder, remarqua le jeune homme. Vous êtes étudiante, n'est-ce pas ?

Après une banalité consensuelle, le voilà qui attaquait le domaine privé !

Sarah était toujours amusée par ce genre de phénomène. Des don Juans sûrs de leur charme qui essayaient de se donner de grands airs éminemment sympathiques alors que leur seule envie était de finir au lit avec elle !

– Oui, en troisième année, et vous ?

Le jeune homme lui fit un large sourire avec un petit mouvement de la tête.

– Je suis photographe. Je travaille pour le *Seattle Tribune*. Vous vous doutez, je pense, de la raison de ma venue ici.

L'atmosphère fraîchit d'un coup. Sarah garda le silence.

– J'imagine que tous les étudiants ont dû être en état de choc après le meurtre de vos deux camarades.

Sarah n'avait pas envie de parler de ça. Ne pouvait-il pas évoquer des choses plus légères, essayer de la faire rire, comme tous les dragueurs ?

– On essaye d'oublier, répondit-elle.

Le jeune homme eut un petit rire d'autodérision.

– Excusez-moi, je suis désolé. Je comprends. (Après un silence tendu, il reprit.) Vous avez vraiment un très beau visage, vous savez. J'ai mon appareil à l'hôtel, si cela vous dit, on pourrait prendre rendez-vous pour une séance. J'aimerais bien quitter cette ville avec d'autres images que celles d'une voiture renversée et d'un maire fier de sa police.

Le coup du photographe ! Un grand classique.

Sarah douta de sa profession. Comme tous les beaux parleurs, il devait être légèrement mythomane. Soudain, elle l'imagina derrière le comptoir d'un McDonald's avec sur la tête une casquette à l'effigie de l'enseigne, ou, mieux encore, déguisé en Ronald McDonald pour faire rire les enfants !

Elle ne put réprimer un petit rire. Le jeune homme ne manifesta aucun signe de vexation. Au contraire, il garda un vrai sourire.

– Je ne suis pas ce que vous croyez. Je suis fiancé. Ma fiancée et moi-même allons nous marier cet été. De plus, je suis certain que vous avez un petit ami. Non, vous n'avez rien à craindre de moi.

Des pas approchaient.

– Sarah !

Sarah leva la tête et aperçut Brian qui arrivait vers eux. Elle se tourna vers le jeune homme.

– Bon retour à Seattle, au revoir, fit-elle avant de se lever et de courir retrouver son homme.

– C'est qui, ce type ? fit Brian en passant son bras autour de la taille de Sarah.

– Un photographe de Seattle venu couvrir la mort de Brooks.

Brian jeta un regard soupçonneux vers le jeune homme, puis entraîna Sarah sur le sentier qui s'enfonçait dans le parc.

– Mmm, il ne t'aurait pas proposé d'aller boire un verre ?

– Non, il voulait juste me prendre en photo dans la chambre de son hôtel !

Le visage de Brian se décomposa.

– Quel connard ! J'espère que tu n'y as pas cru une seule seconde ?

Sarah fit une petite moue coquine.

– Je ne sais pas. Il est plutôt mignon.

Brian resta de marbre.

– Mais fais pas cette tête, je plaisante.

Brian s'arrêta et l'enlaça. Sous un grand conifère, ils prirent le temps d'un long baiser avant de reprendre leur promenade nocturne.

– Alors, tu as réfléchi à ma proposition ? demanda Sarah.

C'était étrange. Elle n'arrivait plus à lui en vouloir pour la gifle qu'il lui avait assénée.

Tout semblait être rentré dans l'ordre. Tout allait rentrer dans l'ordre.

– Je n'ai pas eu à réfléchir, dit-il. C'est avec toi que je veux être. C'est juste que ce n'est pas évident de l'annoncer à Elisabeth.

– Évident ou pas, si tu veux qu'on reste ensemble il va falloir choisir.

Quelques noctambules circulaient dans les allées du parc. Brian prit Sarah par la main. Ils reprirent leur promenade.

– Ça tient toujours, votre petite excursion pour le week-end ?

Sarah regardait le chemin devant eux. Le lieu idéal pour une annonce romantique. Brian avait tout de même de nombreuses qualités.

– Oui, il y aura Shanice et Edward, Lisa et Sam, et notre célibataire désespérée : Courtney ! fit-elle en lui serrant un peu plus fort la main.

– Eh bien, si ma compagnie t'est toujours agréable, je serai ravi de venir avec vous.

Sarah jubila intérieurement. Elle avait longtemps cru que Brian ne lâcherait pas la fille du grand directeur du *River's Dream* pour une fille de famille plus modeste.

Fallait croire qu'il aimait vraiment leurs parties de jambes en l'air !

Ils s'arrêtèrent à nouveau. Sarah fit face à son homme.

Dans la faible lueur des plots lumineux disséminés dans les bosquets pour mettre en valeur des compositions paysagères, ils se regardèrent longuement dans les yeux. Dans ceux de Brian, Sarah ne vit que de l'amour. Il était vraiment craquant.

– Un petit cadeau serait parfait pour sceller notre réconciliation, suggéra-t-elle.

Brian lui sourit tendrement et lui tendit l'écrin qu'il avait gardé dans la poche de son blouson. Sarah l'ouvrit et s'émerveilla de la beauté de la bague sertie d'un diamant.

Elle la passa à son annulaire droit, puis elle prit le visage de son amant entre ses mains avant de l'embrasser tendrement.

Ce week-end allait être parfait. Une nouvelle étape de sa vie allait être franchie.

6

Donald regarda partir les deux amoureux, sans se départir de son sourire.

Il avait tenté sa chance, mais il n'avait guère cru à sa réussite. Autant il lui avait été facile de charmer Lucy après de nombreux verres bus dans un des bars des bas quartiers, autant il savait que Sarah était une fille rangée qui ne suivrait pas le premier étranger venu.

Mais il avait tout son temps. Les policiers avaient clôturé l'enquête sur les meurtres. Plus personne ne se méfiait de l'éventualité d'un tueur rôdant encore en ville.

Donald s'étira sur le banc, puis se leva. Les mains dans les poches, il marcha le long du trottoir et décida de finir la soirée au *Red Dwarf*, là où se trouvaient les amis de Sarah qu'il avait suivis en voiture à leur sortie de l'université, une heure plus tôt.

Il se doutait que la soirée serait très arrosée. Avec un peu de chance, il parviendrait à soutirer quelques informations sur les prochaines sorties de Sarah.

Il se sentait serein. Il était d'un calme olympien. Tout s'était déroulé comme prévu. Bientôt, il pourrait oublier le passé et débuter une nouvelle étape de sa vie.

Il allait enfin retrouver le goût du bonheur. Un sentiment qu'il n'avait éprouvé que si rarement…

Donald avançait à petits pas. Son père se trouvait juste derrière lui, armé de son fusil de chasse. Cela faisait deux heures qu'ils avançaient dans la forêt.

Un léger froissement venait enfin de les alerter de la présence d'un animal.

Ils s'étaient alors figés sur place et avaient repris leur marche en redoublant d'attention pour ne pas faire le moindre bruit.

Donald sentit son cœur cogner plus fort dans sa poitrine. Son fusil bien droit, il avançait à travers les broussailles quand il aperçut la silhouette d'un cerf.

Il jeta un regard par-dessus son épaule et vit le sourire de soutien de son père. Il fit encore quelques pas et maudit les brindilles qui craquaient sous ses pieds. Néanmoins l'animal ne sembla pas l'avoir entendu.

Une tape sur l'épaule l'arrêta.

– Pas plus près, ou bien il va nous repérer, lui souffla son père à l'oreille.

Donald acquiesça silencieusement et releva son fusil.

Cela faisait des semaines que son père l'entraînait dans le jardin, en le faisant tirer sur des bouteilles et autres bidons. Il lui avait promis que, pour ses quatorze ans, il aurait le droit de venir chasser avec lui. Même si cela n'était pas très légal, Donald savait que presque tous les chasseurs agissaient de même avec leurs enfants.

Quand les lois sont injustes, il est du devoir de tout citoyen de ne pas les respecter, avait répondu son père à sa remarque.

Une simple phrase qui avait gonflé encore davantage ce sentiment d'amour admiratif qu'il éprouvait pour son père.

Il retint son souffle, mit l'animal en joue et, quand il sentit son bras aussi ferme qu'un roc, appuya sur la détente.

Dans le silence de la forêt, la détonation le surprit, mais il réussit à ne pas bouger. Le cerf partit en bondissant dans les fourrés.

– Merde, je l'ai manqué !

Il jeta un regard désolé vers son père, mais celui-ci passa devant lui sans lui faire de reproche.

Ils coururent jusqu'à l'endroit où se trouvait le cerf quelques instants plus tôt. Son père se baissa. Il ramassa un peu d'humus au bout des doigts. La terre était imbibée du sang de l'animal.

– Tu l'as touché ! fit-il en montrant ses doigts souillés de sang. Avec un peu de chance, il ne va pas aller bien loin.

Donald sentit le rouge lui monter aux joues. Jamais il n'avait lu une telle fierté dans les yeux de son père.

Ils remontèrent la piste laissée par le cerf blessé. Moins de dix minutes plus tard, au terme d'une course effrénée, ils retrouvèrent l'animal gisant sur le côté, le souffle court.

Donald fut fasciné par cet animal en train de mourir. Il lui semblait lire de la peur dans les yeux du cerf. Quoi qu'en disent les scientifiques, Donald était certain que cet animal avait conscience de sa mort prochaine.

– Une belle bête ! Je suis fier de toi, mon garçon, se vanta son père. Allez, passe-moi le fusil, que je l'achève.

Mais Donald serra ses mains sur la crosse, il n'avait pas envie que ce moment s'arrête. Une émotion toute nouvelle l'avait envahi.

Il était fasciné par la vie qui s'effaçait lentement de l'animal blessé. Il allait rejoindre le néant. Plus jamais ses pattes ne fouleraient le sol de la forêt.

Donald se sentait dans un état quasi mystique, tel un dieu venu reprendre la vie qu'il avait donnée.

– Allez, passe-le-moi, fit son père en prenant le bout du fusil.

– Non, laisse-moi le tuer, tu m'as promis que je pourrais le tuer.

Son père s'inquiéta un instant de l'attitude de son fils, mais il avait promis. Et, après tout, ce n'était que du gibier.

– Vas-y, tire-lui au-dessus du flanc, en plein dans le cœur.

Donald pointa l'arme et, tel un soldat de l'armée, il abattit son ennemi d'une balle en pleine tête.

– Merde ! J'ai raté le cœur, mentit-il.

– Ce n'est pas grave, au moins il ne souffre plus, répondit son père. Bon, on va fêter ça autour d'un bon repas au Gibber's Forest. *Tu vas voir, ils ont les meilleures viandes de tout le pays.*

Donald gardait son regard bloqué sur la tête sanglante de l'animal. Il aurait aimé rester encore un moment auprès de sa proie. Mais peut-être les gardes forestiers avaient-ils entendu leurs tirs. Le braconnage étant sévèrement réprimé dans la région, il valait mieux rentrer au plus vite. D'autres animaux se chargeraient de festoyer avec cette dépouille.

Ils s'installèrent dans le restaurant situé en bordure de la forêt. Pour fêter son premier trophée, son père lui fit l'honneur de lui commander une bière. Donald le remercia avec émotion, un large sourire aux lèvres. Ce n'était pas pour la bière, car il en buvait en cachette depuis deux ans. Mais, par ce geste, son père l'introduisait dans son monde.

Son père commanda ensuite deux Maxi-Steacks accompagnés de frites.

– Je suis fier de toi, Donald. Tu seras un grand chasseur, prédit son père quand les bières arrivèrent.

Il leva son verre et trinqua avec Donald. Celui-ci était au comble du bonheur. Il avait toujours eu des liens privilégiés avec son père. Jamais il n'oubliait de lui fêter son anniversaire, et il lui apportait des cadeaux régulièrement.

Souvent, ils partaient, rien que tous les deux, pour de longs week-ends dans les autres États de la côte Ouest. Le Grand Canyon, Disneyland, Los Angeles, San Francisco, mais aussi Las Vegas ; une fois, ils étaient même partis à Aspen faire de la luge.

Donald se souvenait de chacun de ces instants comme de bouées de sauvetage pour quand sa mère devenait folle.

Mais, ce jour-là, il s'était senti plus proche de son père que jamais.

En ce début d'après-midi ensoleillé, à la terrasse du Gibber's Forest, *il avait eu l'impression qu'ils venaient de franchir une étape déterminante dans leur relation père-fils. Comme s'il venait de passer l'ultime épreuve qui faisait de lui le digne héritier de son père.*

La chasse avait toujours pris une part importante dans la vie de ce dernier. Évidemment, Donald était malheureux de le voir partir plusieurs jours, avec ses amis, durant les périodes officielles d'ouverture de la chasse. Mais il le respectait beaucoup pour ça. Même si ça impliquait qu'il reste seul en compagnie de sa mère, qui en profitait pour le corriger.

– Tu es un brave garçon, Donald, ajouta son père.

On leur apporta leur repas. Tout en mangeant, ils discutèrent de tout et de rien. De souvenirs anciens, mais aussi de leurs sensations lors de la chasse de la matinée.

Donald avait l'impression qu'il devenait plutôt un ami, un confident qu'un simple fils. Il adorait ça !

Son père commanda une bouteille de vin et fit servir à Donald un grand verre de Coca-Cola.

Quand le dessert fut apporté, le père passa la main par-dessus la table et prit celle de son fils.

– Je sais que maman n'est pas toujours correcte avec toi. Je sais combien tu as pris sur toi pour ne pas envenimer la situation.

Ils avaient déjà discuté de ce sujet, mais à chaque fois Donald s'en sortait avec des « c'est rien », « elle ne me fait pas vraiment mal ».

Aujourd'hui son père avait décidé de ne plus s'illusionner. Son fils devenait un homme. Il ne pouvait plus fermer les yeux sur des actes qui risquaient de dégénérer dangereusement.

– Elle me frappe pas souvent, et elle me fait pas mal, dit-il comme chaque fois. Maman est malade, c'est pas sa faute.

De belles affirmations, auxquelles il n'adhérait pas une seconde.

Donald détestait sa mère comme jamais il n'avait détesté quelqu'un. S'il n'y avait eu l'amour de son père, depuis longtemps déjà il aurait quitté le giron familial. Du moins, c'est ce qu'il croyait.

Car, d'un autre côté, l'idée de devenir un clochard obligé de mendier dans les rues lui faisait peur. Il se savait trop jeune pour prendre la route et redoutait les brimades quand on le retrouverait après la fugue.

De toute façon, tout ça s'arrêterait. Il suffisait d'attendre.

– Je sais, nous en avons déjà parlé. Ta mère souffre d'une dépendance à l'alcool. C'est une maladie très longue à guérir. Si elle peut te paraître parfois très sévère, sache qu'elle t'aime de tout son cœur.

Son père aimait toujours sa mère. Une folle dont la beauté n'avait pas été complètement ravagée par l'alcool. Il savait que, pour le bien de son fils, il aurait dû la quitter depuis longtemps, ou la faire interner pour une cure de sevrage. Mais, dans le même temps, il n'arrivait pas à s'imaginer sans elle. Les moments de passion insensée qu'elle lui faisait vivre lui manqueraient trop.

– Je sais, papa, je sais, fit Donald en baissant les yeux sur son banana split. J'ai pas envie de parler de ça.

La pression sur sa main s'accentua et Donald leva les yeux. Son père le scrutait d'un regard implacable. Le moment était important.

– Si ta mère porte encore une fois la main sur toi, tu n'hésites pas à lui foutre ton poing dans la gueule, fit-il d'un ton solennel. Tu as ma bénédiction, Donald.

Même si c'était une garce libidineuse qu'il avait dans la peau, elle méritait une leçon.

Désormais, Donald devait devenir un homme, un vrai, et ne plus craindre sa mère.

Il n'avait pas trop idée de ce qui résulterait de l'affrontement à venir, mais il savait que c'était la seule solution s'il ne voulait pas que son fils devienne une lavette. Il avait trop longtemps repoussé cette échéance. Donald ne devait plus subir ce martyre. Advienne que pourrait. Il soutint avec force le regard de son enfant.

– Je pourrai jamais, dit Donald piteusement.

Dieu sait qu'il s'était imaginé mille fois en train de la frapper, de lui rendre coup pour coup, pour tous les sévices qu'elle lui avait fait subir, mais, de là à transformer ses souhaits en réalité, il y avait un pas qu'il ne se sentait pas prêt à franchir.

– Tu le pourras. Si tu es mon fils, tu le pourras. Peut-être que ça pourrait guérir ta mère, va savoir ? fit son père.

Donald baissa à nouveau les yeux sur son dessert, et marmonna :

– J'essaierai, papa, j'essaierai.

Il y eut un long silence.

– Alors tu manges ou je vais devoir te la manger, fit son père d'une voix presque guillerette.

Donald redressa la tête et, comme si la précédente conversation n'avait jamais eu lieu, il répondit aussi légèrement :

– Tu peux rêver, c'est à moi.

Et il planta sa cuillère dans le banana split.

Jeudi 26 avril 2007

1

Logan frappa à la porte de la chambre de Hurley.

– Entre, répondit-elle d'une voix ensommeillée.

Logan ouvrit la porte. Hurley était encore dans le lit. Un rai de lumière passait entre les volets clos.

– Comment tu te sens ? lui demanda-t-il.

– J'ai des courbatures partout. Ça me tire dans tous les muscles. Mais, à part ça, tout va bien.

– Tu veux que je t'apporte un analgésique ?

– Oui, s'il te plaît.

Il la regarda longuement et ne put s'empêcher d'ajouter :

– Tu es sûre que tu ne veux pas retourner à l'hôpital ?

Hurley eut un petit geste rassurant.

– Je n'ai rien de cassé. Il n'y a plus qu'à attendre que mes ecchymoses s'estompent. Mais je te remercie de te faire du souci pour moi.

Logan sortit de la chambre et alla dans la salle de bains, où se trouvait l'armoire à pharmacie. Hurley était vraiment une sacrée bonne femme. Elle avait frôlé la mort et elle parlait comme si de rien n'était. Un banal accident !

Il remplit un verre d'eau et y jeta un comprimé effervescent. Il n'était pas certain que cet antidouleur serait très efficace, mais c'était tout ce qu'il avait.

Il retourna dans la chambre et s'assit sur le bord du lit. Hurley prit le verre et le but d'un trait. Elle avait une mine cadavérique. Logan lui passa la main sur le front ; elle n'avait pas de fièvre.

– Il est sept heures. Je ne vais pas tarder à y aller. Mais je veux que tu me promettes que tu ne sortiras pas de la journée, lui demanda-t-il. Tu dois à tout prix te reposer et reprendre des forces.

– Je te dis que ça va. Mais je te promets de faire attention. Si je me sens trop faible, je t'appelle et tu me ramènes à l'hôpital. Ça te va ?

Logan la regarda d'un air peu convaincu.

– Tu comptes aller chez Brooks ?

– J'aimerais beaucoup. Je n'arrête pas de penser à lui. J'ai besoin de comprendre.

Logan se frotta les joues.

– Ne te fais pas trop d'illusions, tu risques d'être déçue. Si Blake, Moore et Freeman n'ont rien trouvé, je ne vois pas ce que tu espères dénicher.

– Ils cherchaient avant tout des traces de sang. Ils n'avaient aucune raison de fouiller l'appartement de fond en comble. (D'un ton plein d'assurance elle ajouta :) Il a caché quelque chose chez lui et je le trouverai, Mike.

– Si tu le dis, fit-il sans trop y croire. Bon, essaye de te rendormir. Ne te fatigue pas trop.

Elle lui sourit et il quitta la chambre.

À son arrivée au commissariat, il y constata une certaine allégresse. Il s'enferma dans son bureau et commença à lire la presse que Blanchett avait collectée pour lui.

Les journaux du matin ne tarissaient pas d'éloges sur le travail de la police. Pour la première fois de sa vie, il trouva un certain plaisir à lire les commentaires.

Spike et Portnoy avaient droit à la une.

Logan n'était pas oublié. Il y avait un petit résumé de sa carrière qui saluait tous ses mérites passés, et surtout le professionnalisme et la rapidité avec lesquels il avait mis la main sur le tueur en série de River Falls.

Des interviews de citoyens venaient agrémenter les colonnes du journal, qui se félicitaient eux aussi de la mort de Larry Brooks.

Tout va pour le mieux dans le meilleur des mondes, se dit-il en reposant les journaux.

Il vit les deux rapports des agents Spike et Portnoy qui traînaient sur son bureau. Il les feuilleta rapidement et fut satisfait du compte rendu des événements de la veille. Il devait lui aussi faire le sien, mais cela pouvait attendre l'après-midi.

Il alluma son ordinateur et prit une demi-heure pour répondre à tous les mails en instance.

Il passa le reste de la matinée à répondre aux questions techniques de ses agents qui venaient le déranger sur des affaires en cours. La routine, quoi !

À treize heures, Blanchett vint frapper à sa porte.

– Shérif, pour le cambriolage de la maison des Heller. J'ai leur avocat qui demande à vous parler.

Logan leva la tête du dossier qu'il finissait de consulter.

– On verra plus tard, fit-il alors que son ventre gargouillait. Pour l'instant j'ai une faim de loup. Ça vous dit de manger au *Billy's Burger* ?

Blanchett faisait un régime depuis plusieurs jours. L'idée de manger des hamburgers débordant de gras et de sauce ne l'enchantait guère.

– Faites pas cette tête, il y a des salades diététiques. Franchement, si vous continuez comme ça, vous allez devenir complètement anorexique ! se moqua gentiment Logan.

Blanchett ne releva pas sa remarque.

– Je crois que j'ai encore de la marge, répondit-elle en tapotant son ventre légèrement rebondi.

Logan lui sourit et se leva.

– Mais non, moi je ne vois rien. (Il alla prendre son blouson qu'il enfila.) C'est tout de même pas un hamburger qui va vous tuer. De toute façon, je suis votre chef et vous exécutez mes ordres !

– Oui, shérif !

Logan la prit par le bras et ils remontèrent les couloirs du commissariat.

Ils en étaient au dessert quand le portable de Logan sonna.

– Vous permettez ?

Blanchett acquiesça machinalement tout en contemplant ses trois boules de glace à la vanille. C'était totalement déraisonnable. Mais le repas avait été si agréable qu'elle ne voulait rien gâcher de ce moment.

Elle avait un profond respect pour cet homme venu de Seattle qui avait tout de suite pris le pouls du commissariat et avait banni, en peu de temps, les façons de faire du précédent shérif. Plus de bal des faux-culs. Tous les agents étaient à la même enseigne et, s'il y avait eu quelques couacs, au début, avec les partisans de l'ancien shérif, très vite, hormis un ou deux aigris, tout le monde y avait trouvé son compte.

L'ambiance était mille fois meilleure depuis sa prise de fonction.

– Quoi ? Où ça ? répondit Logan au téléphone.

Le ton semblait inquiet. Blanchett n'aimait pas ça.

– Très bien, j'arrive, conclut-il en raccrochant.

Il posa ses deux mains sur la table et adressa un regard désolé à son lieutenant.

– Quelqu'un a appelé le commissariat. Un type tient son ex-femme et sa fille en otage et menace de les tuer si on ne lui rend pas ses droits de garde. Vous venez avec moi ?

Blanchett regarda son dessert et se mit presque à croire à la providence.

– Bien sûr, on y va !

Hurley s'était obligée à se lever à midi. Ensuite elle avait pris un bain de plus d'une demi-heure qui lui avait permis de retrouver un peu de ses forces.

Une fois de plus, le temps avait changé du tout au tout. Le ciel était d'un bleu intense, illuminé par un soleil brillant au zénith.

Elle se prépara un repas frugal tout en écoutant sur la chaîne stéréo « Le Printemps » des *Quatre Saisons* de Vivaldi.

Plus elle y pensait, plus les paroles de Logan lui semblaient pertinentes. Que pourrait-elle bien trouver chez Brooks ? Tous les éléments étaient contre lui. Pourquoi n'arrivait-elle pas à accepter la réalité ?

Elle resta un long moment allongée sur le canapé du salon. Elle envisagea mille fois le pour et le contre. Au bout du compte, elle dut s'avouer qu'elle était de moins en moins convaincue de l'innocence de Brooks.

Cependant, elle avait au moins une certitude, Brooks n'avait pas agi seul. Il avait dû se laisser entraîner dans une machination qui l'avait dépassé, son complice s'étant servi de lui pour finalement l'abandonner.

Elle prit son téléphone et contacta une compagnie de taxis. Moins d'un quart d'heure plus tard, on sonna à sa porte. Elle alla ouvrir. Un jeune Pakistanais se présenta, tout sourires.

Elle attrapa son manteau et suivit l'homme enturbanné jusqu'à son véhicule. Elle lui donna l'adresse de Brooks. Visiblement, l'homme ne fit pas le rapprochement avec le tueur du jour, même s'il ne cessait d'en parler.

– Dans mon pays, il n'y aurait même pas eu d'enquête. Les meurtres de deux femmes auraient sans doute indigné la population, mais auraient fait l'objet d'une mascarade d'enquête, remarqua-t-il en roulant prudemment.

Hurley ne doutait pas de la sincérité du chauffeur. Elle savait que c'était le luxe des grandes démocraties de mettre en action autant de moyens pour arrêter les criminels.

– Le Pakistan a bien d'autres chats à fouetter, n'est-ce pas ?

– Oui, pourtant ne pas respecter les femmes, c'est le début de l'intégrisme.

Hurley approuva et lui sourit dans le rétroviseur.

L'homme cherchait apparemment à lui être agréable. Elle savait que les musulmans étaient agressés, au moins verbalement, par de nombreux citoyens américains. Aussi, plus que les autres, les gens appartenant à cette communauté essayaient-ils de se conformer aux mœurs en vigueur dans leur pays d'adoption.

– Vous savez, il n'y a pas que dans votre pays que les droits des femmes sont bafoués. Nos si belles démocraties ferment totalement les yeux sur l'esclavage sexuel qui se pratique sur leur territoire. Vous n'imaginez pas le nombre de pauvres Mexicaines qui font le trottoir, sous la contrainte, dans l'indifférence générale.

Le chauffeur apprécia sa remarque et ils continuèrent à rouler, en abordant des sujets aussi graves que le terrorisme et les mouvements migratoires.

Ils arrivèrent enfin devant le 145 Hampton Street. Au moment de payer, Hurley laissa cinq dollars de pourboire.

Cette conversation lui avait fait un bien fou. Elle lui avait rappelé qu'il ne faut jamais avoir de préjugés. Elle entra dans l'immeuble et monta directement au deuxième étage.

Le serrurier n'étant toujours pas passé, la porte de Brooks n'était fermée que par des rubans adhésifs. Elle eut vite fait de les décoller et de passer sous les bandes *Do not cross* pour entrer dans l'appartement.

Un sentiment de gâchis l'envahit. Si elle trouvait une preuve qui le disculpât, elle savait que cela ne lui servirait plus à rien.

Peut-être pourrait-elle au moins trouver le vrai coupable.

Elle referma la porte derrière elle et recommença l'inspection minutieuse si dramatiquement interrompue la veille.

Durant près de deux heures, tandis que dehors un soleil radieux appelait la joie de vivre, elle vida les armoires, les tiroirs, les boîtes qui traînaient.

Elle fouilla dans les poches des vêtements, sur les tables encombrées d'un tas d'objets hétéroclites, sous le lit, sous le matelas. Elle ouvrit chaque livre.

Elle cherchait, tout en ne sachant même pas ce qu'elle cherchait. Puis elle entreprit de taper contre les cloisons dans l'espoir d'entendre un son creux, différent des autres.

À peine avait-elle commencé que quelqu'un frappa à la porte. Elle s'arrêta et alla dans l'entrée.

Sans surprise elle découvrit le visage de Robert Quire, le voisin.

– J'ai entendu du bruit, je m'inquiétais, fit-il benoîtement en reconnaissant Hurley.

– Inspection réglementaire, vous n'avez pas à vous inquiéter.

L'homme lui fit un sourire contrit.

– En tout cas, je tenais à vous remercier, j'ai jamais vraiment cru à l'efficacité de la police de River Falls. Mais je crois que vous êtes de Seattle, n'est-ce pas ?

Hurley avait lu l'article à son sujet. Même la journaliste Callwin, qui vantait surtout les mérites de la police locale, avait dû mentionner le rôle actif de Hurley dans la traque contre Brooks. Étonnamment, le nom de Quire n'y figurait pas.

– C'est en partie grâce à vous, et à votre courage. Je vais voir ce que je peux faire pour que vous ayez droit à votre médaille.

Le rouge monta au visage de Quire. S'il était heureux de la mort de Brooks, il avait été déçu de constater que la journaliste qu'il avait croisée ne faisait pas mention de son nom.

Décidément, cette femme du FBI, en plus d'avoir un des plus beaux culs qu'il ait jamais vus, était vraiment une femme juste.

– Au fait, vous pouvez avertir vos voisins que je risque de faire un peu de bruit. Je n'aimerais pas être dérangée.

– Pas de problème, madame, je fais ça tout de suite.

Un vrai gamin, se dit Hurley, qui le trouva presque touchant. Un homme qui n'avait pas l'habitude d'être bien traité par les femmes, si tant était qu'il le méritât !

Elle referma la porte et se remit à frapper sur les cloisons avec le marteau qu'elle avait trouvé sous l'évier.

Elle commençait à désespérer. Elle décida de s'attaquer au carrelage du sol. Elle fit tout le salon, tapant méthodiquement sur chaque carreau. Puis elle déplaça le mobilier.

Elle était en sueur, quand elle décida de faire une pause. Elle alla dans la cuisine et prit dans le frigo une bière d'un pack déjà entamé. Elle eut un rictus. Le frigo était rempli de boissons.

Elle dévissa la capsule et but à même le goulot. Le filet léger et glacé qui coula dans sa gorge la rafraîchit instantanément.

Hurley s'essuya le front et alla s'asseoir sur une chaise près de la fenêtre du salon.

Logan avait raison. Il n'y avait rien à trouver dans cet appartement. Des toilettes à la chambre, des paquets de nourriture de la cuisine aux boîtes à chaussures du placard, elle n'avait rien trouvé de suspect, si ce n'est un petit sachet d'herbe.

Elle finit tranquillement sa bière et regarda la vie qui avait repris son cours dans la rue.

Les gens passaient en promenant leur enfant ou leur chien. Les caprices du printemps venaient de leur ramener le soleil. Ils en profitaient.

Je ferais mieux de rentrer, se dit-elle alors que la douleur due à son accident se faisait plus intense.

Cependant, toujours extrêmement consciencieuse, elle décida d'en finir d'abord avec le parquet de la chambre.

Elle recommença à frapper le sol, puis elle déplaça le lit et, au troisième carreau vérifié, elle entendit le son mat qu'elle n'attendait plus.

Elle posa le marteau et alla dans la cuisine prendre un couteau pour faire levier.

Ne t'emballe pas, ne t'emballe pas ! se disait-elle en sentant malgré tout l'excitation la gagner.

Elle revint dans la chambre.

À quatre pattes, elle passa le couteau dans le faible interstice du joint et lentement souleva le carreau. Elle vit alors un objet reconnaissable entre tous.

Elle ferma les yeux et se prit à croire que l'enquête ne faisait que commencer.

À l'autre bout de la ville, Logan se tenait près de la porte de l'appartement de l'ex-Mme Hamilton. Le forcené refusait toujours de se rendre. Il réclamait maintenant une voiture blindée et un million de dollars !

Abruti, se disait Logan, sachant que ce genre de cinglé était capable de tout.

Outre le forcené, son ex-femme et leur petite fille, il y avait un petit dernier que son ex avait eu avec son nouveau compagnon. Ce dernier se tenait en retrait dans le couloir, surveillé de près par Blanchett et Wolf.

Dans un tel imbroglio familial, il fallait être prêt à tout.

– Garth, nous ne pouvons pas réunir une telle somme en si peu de temps. Relâchez au moins un des enfants en signe de bonne volonté, fit Logan à travers la porte.

– Allez vous faire foutre, j'ai plus rien à perdre. Si je ne peux plus voir ma fille, je préfère crever ici même !

La voix puait la peur et folie. Logan n'aimait pas ça du tout. Il devait à tout prix le calmer.

Si seulement Hurley était là. Elle avait le don de se rendre sympathique auprès de n'importe quel taré !

– Espèce d'enculé, tu vas me rendre mon fils ! intervint alors le nouveau mari, qui fut aussitôt maîtrisé par Wolf et Blanchett.

Logan se retourna et s'approcha de lui.

– Maintenant, vous dégagez. Ça fait deux fois que je vous dis de la fermer. Si vous voulez revoir votre femme et votre fils, l'objectif est de ne surtout pas l'énerver ! À croire que vous avez passé une assurance-vie sur leur tête ! fit-il, à bout de nerfs.

Il détestait ce genre de crétin. Quatre vies étaient en jeu dans cet appartement, sans compter celles des policiers au moment de l'assaut.

Il n'avait pas besoin d'une grande gueule qui risquait de déclencher une véritable tuerie.

– C'est mon fils qui est à l'intérieur, vous n'avez pas le droit…

– Allez, allez, venez avec moi, le coupa Wolf d'un ton autoritaire en le poussant vers l'escalier.

À cause de sa stature, l'homme ne chercha pas à résister, mais continua à hurler des insanités autant à l'adresse du forcené qu'à celle de la police.

Logan se repositionna près de la porte.

– Garth, soyez raisonnable. Au point où nous en sommes, vous n'avez encore rien commis d'irréparable. Il est encore temps de faire machine arrière. Le jury comprendra votre situation et vous ne retournerez pas en prison.

– Allez vous faire foutre ! Je n'ai aucune confiance en vous. Si j'ouvre la porte vous allez me descendre comme l'autre connard de tueur en série ! (Un silence, puis il reprit :) Je vous laisse encore une demi-heure pour m'apporter un véhicule blindé et le pognon. Sinon je vous jure que je fais un carnage.

Logan fit une grimace. Il imaginait la terreur que ces paroles devaient provoquer sur de jeunes enfants. Quoi qu'il arrive par la suite, ils seraient traumatisés à jamais.

Il fallait impérativement éviter que cette situation ne s'éternise.

Il recula et demanda à Blanchett et à Wolf de prendre la relève.

– Vous continuez à lui parler calmement et vous lui assurez que la voiture est en route.

– Qu'est-ce que vous comptez faire ? demanda Blanchett.

– Je vais essayer d'arriver jusqu'au balcon. Dès que j'y serai, vous faites rouler une voiture, avec le bruit du moteur. J'espère qu'il pointera son nez sur le balcon.

– C'est de la folie ! Il vaut mieux attendre. Il va bien finir par s'épuiser. Sa volonté va fléchir et nous l'aurons à ce moment-là.

Blanchett avait raison. C'était l'attitude la plus sûre en de pareilles circonstances. Sauf si le type était suicidaire. Et Hamilton avait déjà tenté par deux fois de mettre fin à ses jours dans un des hôpitaux psychiatriques de Portland.

– Dès que vous entendez un tir, vous défoncez la porte et vous protégez la femme et les enfants. N'hésitez pas à faire feu sur Hamilton. Je vous couvre.

Trois autres agents se tenaient en retrait, derrière des boucliers qui protégeraient le haut de leur corps dans l'hypothèse d'une entrée en force. Une parodie des unités SWAT, pensa Logan en devinant l'indécision dans leurs yeux.

Alors que Blanchett avait entrepris de raisonner à nouveau Hamilton, le portable de Logan sonna.

– Putain, souffla-t-il entre ses dents.

Heureusement, il était encore dans le couloir !

Il décrocha. C'était Hurley.

– Mike, il faut que tu viennes !

– Écoute, c'est pas le moment. Je suis en pleine intervention. À plus, la coupa-t-il.

Elle avait l'air surexcité, mais il n'avait pas le temps de discuter. Pour le moment, il avait plus urgent à faire.

Il éteignit son portable et pénétra dans l'appartement voisin. Le locataire avait été entraîné dehors comme les autres occupants.

Il alla à la porte-fenêtre la plus proche de l'appartement de l'ex-Mme Hamilton et, attentif à ne pas faire de bruit, il l'ouvrit et se retrouva sur le balcon.

Il y avait une corniche de deux mètres de long, sur à peine vingt centimètres de large. Il se pencha par-dessus la rambarde. Sa décision lui sembla tout à coup extrêmement déraisonnable.

Quatre étages le séparaient du sol. La foule des badauds avait été évacuée de la rue et retenue en amont et en aval.

Dans l'immeuble d'en face, Morris et Bentley prenaient pour cible les deux grands volets, totalement fermés, de la chambre et du salon.

Logan retint son souffle et passa par-dessus la rambarde. Heureusement, la pluie et le vent de la veille avaient disparu. Malgré tout, il sentit son estomac se nouer tandis qu'il remontait le petit parapet qui séparait les deux appartements.

Avec la trouille au ventre, il progressa lentement, mais sans faiblir, sur sa droite. Nul doute que si l'un de ses hommes avait tenté pareille manœuvre, il l'aurait pris à part et lui aurait passé un sacré savon !

Il était à mi-parcours, et déjà il commençait à trembler.

Surtout tu ne regardes pas le sol. Le ventre collé au mur, les bras en croix, centimètre par centimètre, ses pieds gagnaient du terrain sur la droite.

Enfin sa main put attraper la gouttière.

Il prit le temps de faire une pause.

Le problème à présent était qu'il n'y avait plus aucun bruit dans l'appartement. S'il tentait de passer pardessus le balcon, il risquait de se faire entendre.

Il tourna lentement la tête vers l'immeuble en face et articula sans émettre un son : « Faites du bruit. »

Morris, qui avait Logan dans la lunette de son fusil, n'était pas un as pour lire sur les lèvres, mais il comprit ce que le shérif attendait d'eux.

Il appela Wolf sur son portable et lui donna l'ordre de provoquer de l'agitation.

Logan entendit qu'on frappait à la porte de l'appartement, puis la voix de Blanchett qui sommait Hamilton, gentiment mais fermement, de se rendre. Il souffla un peu et passa par-dessus la rambarde du balcon.

Il se tint contre les volets clos et entendit Hamilton hurler :

– Vous ne me prenez pas au sérieux, c'est ça ?

Le ton était vraiment paniqué.

Le con, il va péter un plomb ! pensa Logan. Mais, à cet instant, la rue fut rouverte et une Mercedes déboula en faisant hurler son moteur. L'oreille toujours collée aux volets, Logan entendit Blanchett.

– Votre voiture est arrivée. L'argent se trouve à l'intérieur.

Logan était sur le qui-vive. Arme au poing, il recula un peu.

Comme dans un ralenti de cinéma, il vit les volets trembler et s'entrouvrir très légèrement. Il ne lui en fallait pas plus.

Il passa son revolver dans le faible espace et tira deux balles, avant de libérer avec sa main gauche le loquet qui fermait les volets.

Il se propulsa dans la chambre et atterrit sur Hamilton qui se tenait le ventre couvert de sang.

Dans le même intervalle, Logan entendit la serrure de la porte voler en éclats. Tous ses agents pénétrèrent dans l'appartement, protégeant aussitôt de leurs boucliers la femme et les deux enfants qui s'étaient réfugiés dans un coin du salon.

L'ambulance qui attendait plus haut dans la rue fut autorisée à passer. En moins de deux minutes, un urgentiste et deux infirmières donnaient les premiers soins à Hamilton.

– Je veux crever, laissez-moi crever, geignait-il alors que le chirurgien le suppliait d'arrêter de remuer.

Logan sortit de l'appartement.

– Félicitations, mais vous avez pris des risques inconsidérés, fit Blanchett d'un ton plein de reproches. Vous auriez pu vous faire tuer.

– Ce sont les risques du métier ! Le principal étant que tout le monde s'en sorte sain et sauf.

Blanchett regarda par la porte. Hamilton continuait de gémir, allongé sur le sol du salon.

– Espérons-le.

Logan comprit l'allusion. Mais il ne croyait pas au risque zéro. Hamilton était connu pour ses tendances suicidaires.

Si quelqu'un devait mourir dans cette tragédie, au moins que ce soit celui qui le souhaitait, se dit-il en sachant qu'il ne convaincrait jamais Blanchett.

Il repensa alors au coup de fil de Hurley.

Il s'éloigna du tumulte du couloir et ralluma son portable. Un message s'afficha quelques secondes plus tard. Tandis qu'il le déchiffrait, son visage se crispa.

Hurley lui expliquait qu'elle avait enfin trouvé un élément capital qui pouvait laisser présumer de l'innocence de Brooks.

Et merde ! se dit Logan, effaré, en comprenant toutes les implications de cette découverte.

2

La journée de cours venait de prendre fin. Sarah retourna dans sa chambre pour se changer. Elle avait rendez-vous avec toute la bande pour mettre au point leur programme du week-end. Elle se sentait euphorique. Brian avait promis de venir au rendez-vous et d'officialiser ainsi leur flirt.

Elle remontait le couloir de son dortoir quand elle distingua la silhouette de Jennifer qui l'attendait devant sa chambre. Toute trace de bonheur s'effaça d'un coup. Une grande colère l'envahit. Elle ne se laisserait pas surprendre deux fois.

Elle serra le poing, prête à le lui balancer en pleine figure à la moindre parole agressive.

Une certaine appréhension la saisit, mais pour autant elle ne ralentit pas.

Le visage de Jennifer était tout aussi fermé que le sien. Toujours maquillée de façon blafarde, les lèvres peintes en noir et son affreux piercing dans le nez.

– Qu'est-ce que tu me veux ? Va-t'en, fit Sarah d'une voix pleine d'assurance.

Jennifer la regarda droit dans les yeux.

– Je voudrais te parler, et tout d'abord m'excuser, dit-elle.

Le ton n'était pas sarcastique. La surprise fit place à la colère. À quoi jouait-elle ? Encore un de ses mauvais tours ?

– On peut discuter à l'abri des curieuses ? ajouta Jennifer.

Tout comme Sarah, d'autres filles rentraient dans leur chambre et leur jetaient des regards interrogatifs.

Sarah jaugea sa camarade un long moment avant d'ouvrir sa porte.

– Entre, mais t'as pas intérêt à déconner, Jennifer.

Celle-ci fit une tentative de sourire qui resta figée sur ses lèvres.

Les deux jeunes filles entrèrent dans la chambre. Sarah resta debout, les bras croisés devant son ennemie.

– Alors, qu'est-ce que tu as de si important à me dire ?

Sarah se doutait qu'elle allait lui parler de la convocation chez les policiers. Mais elle n'en éprouvait aucun remords. Elle l'avait bien cherché, cette garce !

– J'ai été lâche. Je n'aurais jamais dû m'en prendre à toi, commença Jennifer en se postant contre la fenêtre.

À l'extérieur, le parc se remplissait de jeunes étudiants venus profiter du soleil printanier de fin d'après-midi.

– Si au moins je savais ce que tu me reproches, fit Sarah.

– Tu sors avec Brian. Brian Hoggarth.

Sarah sentit son sang se glacer. Comment pouvait-elle le savoir ? Depuis combien de temps s'amusait-elle à l'espionner ?

– Eh bien, désolée de te décevoir, mais si tu es venue pour me faire chanter, c'est trop tard, ma vieille. Brian a officiellement rompu avec Elisabeth Parker.

Jennifer eut un petit rire méprisant. Sarah se retint de justesse de la gifler.

– Tu n'y es pas du tout ! répondit Jennifer. J'étais juste jalouse que cet enfoiré m'ait quittée pour toi.

Après une seconde de stupeur, Sarah éclata d'un rire nerveux qu'elle ne put contrôler. C'était tellement absurde ! Jennifer la mocheté gothique avec Brian ! Pauvre folle !

Au grand désarroi de Jennifer, Sarah ne parvenait pas à s'arrêter.

– Tu ne me crois pas ?

– Tu es complètement mytho ! Mais tu t'es vue ? ! se moqua Sarah, toujours hilare.

Jennifer n'avait pas prévu que ce serait aussi humiliant. Alors elle lui indiqua un détail anatomique bien particulier du corps de Brian.

Sarah cessa aussitôt de rire.

– Nous sommes sortis ensemble à un concert de Depeche Mode, l'été dernier. C'était juste après les examens de fin d'année. Je faisais du stop pour rejoindre Seattle. Il était seul dans sa voiture. Il allait voir son grand frère. Il a eu la gentillesse de me prendre avec lui. Nous avons discuté de choses et d'autres. Ma foi, il n'était pas aussi méprisant qu'il pouvait le paraître quand il était avec ses copains. Le mimétisme des foules, si tu vois ce que je veux dire.

Sarah ne voyait pas du tout, mais elle se souvenait qu'il lui avait parlé d'un concert de Depeche Mode.

– Bref, on a bien rigolé. Je lui ai allumé un joint, puis je lui ai parlé du concert que j'allais voir. Lui aussi aimait bien ce groupe. Il a décidé de m'accompagner, continua Jennifer.

Son regard alla se perdre dans le parc.

– Nous avons passé tout l'été ensemble. Je savais qu'il n'y avait aucun avenir entre nous. Il m'avait dit sortir avec une fille de grande famille et qu'il serait obligé de l'épouser. Moi, je ne suis pas vraiment fleur bleue, mais bon, je crois que je l'aimais quand même. On s'est séparés dès la rentrée. (Elle soupira.) J'ai vraiment mal quand je le vois, d'autant plus qu'il fait tout pour m'éviter. Alors, c'est vrai que parfois je le suivais et, quand je l'ai vu avec toi la semaine dernière, j'ai pété un plomb, alors que tu n'y es pour rien.

– Excuse-moi, Jennifer, mais j'ai vraiment du mal à te croire.

Sarah ne savait plus quoi penser. Elle avait l'air tellement sincère. En tout cas, elle était rassurée de connaître enfin le mobile de la haine de Jennifer à son encontre.

Un simple chagrin d'amour. Pas une folle tueuse comme Larry Brooks !

– Écoute, je suis contente que tu sois venue t'excuser, mais, tu sais, tu devrais faire des efforts. Regarde comment tu es habillée ! Et ton maquillage ! Je suis sûre que, si on te prenait en main, tu pourrais emballer pas mal de mecs, ici.

Jennifer rejeta cette dernière phrase d'un geste, même si elle trouvait l'attention touchante, malgré ses maladresses.

– Bref, à la fin de l'été, je me tire d'ici. Si je me suis jamais intégrée, je dois reconnaître que, d'un autre côté, personne ne m'a jamais causé de problème non plus. J'avais pas envie de partir avec ça dans le crâne.

Sarah la regarda longuement. Malgré le doute persistant que tout cela puisse n'être qu'une mascarade, elle avait presque de la peine pour elle.

C'est vrai que personne ne l'abordait. Elle était à part. Une bonne élève, renfermée dans son monde. C'était la première fois – si l'on excluait son agression – qu'elle lui parlait et, franchement, elle n'avait rien d'une folle vouée à un quelconque culte sataniste.

– C'est cool, Jennifer.

J'espère que je ne suis pas une bonne poire, se ditelle en décidant de lui faire confiance.

– Alors tu me sors un joint et on fume le calumet de la paix ?

Jennifer fit semblant d'être choquée, puis avec un sourire de connivence elle sortit de la poche intérieure de sa veste en cuir un joint finement roulé.

Elles l'allumèrent et parlèrent de tout et de rien. Même de Brian, pour se moquer de ses manies !

À la fin du deuxième joint, elles étaient mortes de rire sur le lit, et étaient parties pour en allumer un troisième quand le portable de Sarah bipa.

– OK, j'arrive. Je sors de la douche, je m'essuie et je m'habille. (Son interlocutrice l'interpella et Sarah ajouta :) Quoi, mais non, je rigole pas. À tout de suite, Shanice.

Sarah referma son portable. Elle regarda Jennifer dans le blanc des yeux. Les deux filles explosèrent de rire.

– J'y crois pas !

– La garce !

– Vous vous êtes bien foutus de notre gueule !

Lisa, Shanice et Courtney n'en revenaient pas. Ils étaient tous assis dans le fond du *Memories of Ireland*. Un pub tenu par un Irlandais pure souche.

– Ouais, mais surtout vous la fermez. Je ne l'ai pas encore dit à Elisabeth, fit Brian.

Une pinte à la main, il venait de leur avouer sa liaison avec Sarah.

– J'ai jamais pu la piffrer, cette conne. Une fille à papa. En plus, franchement, on peut pas dire qu'elle soit super jolie, fit Edward. Elle a un corps de petit garçon. Ça doit être ton côté tantouze !

– Ta gueule, Ed. Tu veux vraiment que je raconte à tout le monde la soirée chez Martin ? Tu te souviens, il y a deux ans, la belle brune au cul d'enfer, fit Brian.

Edward ne rigola plus du tout et commença à rougir malgré la lumière tamisée.

– Regarde-le, il a honte. Qu'est-ce qui s'était passé ? demanda Shanice en regardant son copain se faire tout petit.

– Il l'a draguée une bonne partie de la soirée, puis ils sont montés tous les deux à l'étage, si vous voyez ce que je veux dire. Mais c'était un mec ! Un putain de travelo ! se moqua Brian.

– J'ai pas couché avec lui. Je l'ai même pas embrassé ! se défendit Edward.

– À d'autres, fit Sam.

– Tu t'es rendu compte que c'était un mec quand il t'a mis son truc dans le cul ! fit Brian, mort de rire.

Les filles se regardèrent d'un air gêné.

– Pas la peine de faire un dessin, fit Lisa. De toute façon, depuis il a fait son choix. Il préfère les femmes. (Elle regarda Shanice, puis d'un air malicieux elle ajouta :) Quoique…

– Hey ! Ne me regarde pas comme ça !

Les rires fusèrent et la conversation repartit sur une base moins graveleuse.

La porte du pub s'ouvrit. Sarah fit son entrée, un large sourire aux lèvres.

– Je suppose que vous êtes au courant pour Brian et moi ? fit-elle en s'asseyant près de son homme.

– Ouais, t'as bien joué ton coup ! Trois mois que tu nous fais marcher. Bravo, vive la confiance ! fit Courtney. Et moi qui croyais être ton amie !

– Au fait, tu as rappelé Juan ?

Courtney leva les yeux au ciel. Elle avait rencontré ce jeune Hispanique la veille au soir.

– M'en parle pas. Un vrai nul. Tout un baratin à la con, pour finir quasiment en m'insultant parce que je ne voulais pas coucher avec lui le premier soir. Décidément, je tombe que sur des nuls !

– Ma pauvre chérie, compatit Shanice d'un ton ironique.

– Et si on parlait de notre week-end, intervint Edward. De mon côté, il n'y a pas de problème, mes parents sont toujours d'accord pour me filer les clés de la ferme familiale.

Tout le monde accueillit la proposition avec enthousiasme.

Même si les filles avaient tout un tas de questions à poser à Sarah sur sa relation avec Brian, elles préféraient les garder pour le moment où elles seraient seules, entre copines.

– Vu que j'ai une voiture, on n'a plus qu'à en louer une autre, poursuivit Edward. Je me charge de payer la caution, si vous voulez. Mais que les choses soient claires. On partage tout en sept. On ne va pas s'embêter à tenir les comptes de chacun.

– Hors de question ! fit Courtney d'un ton qui se voulait sérieux. Shanice est une goinfre, je ne partage pas la bouffe avec elle !

– Pauvre tache ! répondit cette dernière, tandis que ses amis éclatèrent de rire.

– Sans plaisanter, tout le monde est d'accord pour qu'on divise ? demanda Sam

Six « oui » lui répondirent.

Ensuite, Lisa leur fit part des prévisions météorologiques, et leur annonça qu'elle avait bien l'intention de faire des grillades.

Ils rayonnaient. Leur petite excursion se présentait sous les meilleurs auspices.

Sarah se sentait d'une sérénité à toute épreuve. Était-ce l'effet résiduel des joints ou seulement la chaleur amicale qui se dégageait de leur groupe ? Elle avait l'impression que tout le stress lié aux meurtres de Lucy et Amy appartenait à un passé bel et bien révolu.

Elle prit la pinte de Brian et en but une longue gorgée.

La vie était décidément belle à River Falls.

3

Assis sur la banquette juste derrière les étudiants, Donald jubilait intérieurement. Malgré la musique folk qui imprégnait le pub, il avait tout entendu de leur conversation. Il n'aurait pu rêver meilleure occasion.

Comme chaque soir depuis le début de la semaine, il s'était garé puis tapi derrière le volant de sa voiture, près de la sortie du campus universitaire. Il avait aperçu les amis de Sarah, dont son petit copain, monter dans un bus.

Il avait alors décidé de les suivre plutôt que d'attendre Sarah.

Quand ils étaient descendus en plein centre-ville, il avait trouvé facilement à se garer pour les suivre à distance, avant de pénétrer à son tour dans le pub, en évitant d'être vu du petit copain.

Mais celui-ci était tellement absorbé par les conversations puériles de ses camarades qu'il ne le remarqua pas quand il s'assit dans l'alvéole située juste derrière eux.

– Il ne me reste donc plus que deux soirées pour trouver un mec ! fit Courtney.

Dommage. S'il l'avait su plus tôt, il aurait tenté de la draguer. Avec un peu de chance, elle serait sortie avec lui et il se serait joint au groupe pour la petite randonnée en montagne. La partie serait plus difficile, mais pas moins intéressante.

Il profita de l'arrivée de quelques clients pour s'éclipser sans que personne ne prête attention à lui.

Il sortit du pub et d'un pas tranquille remonta la rue jusqu'à sa voiture.

Samedi marquerait la fin d'un acte de sa vie. Une apothéose grandiose et jubilatoire.

Si maman pouvait voir ce que je suis devenu ! pensa-t-il alors qu'un vieux souvenir remontait à sa mémoire.

– Allez, on va être tranquilles, fit Wendy.

Donald se sentait mal à l'aise. Il avait dix-sept ans et était encore puceau.

Il avait toujours eu du mal avec les filles. Non qu'il ne fût pas attiré par elles mais, quand il se retrouvait en face d'une fille qui lui plaisait, il perdait tous ses moyens.

Malgré sa carrure imposante, il était comme un petit garçon dès qu'il fallait franchir le pas. Il n'avait jamais réussi à conclure.

– Laisse-toi faire, mon grand garçon.

C'était l'été. Il travaillait depuis deux saisons comme jardinier dans les beaux pavillons de Silver Town pour se faire de l'argent de poche.

Le salaire était plutôt correct et lui permettait de développer sa collection d'armes à feu et de couteaux.

La chasse était devenue une véritable passion. Il ne comptait plus ses trophées. Il était la fierté de son père.

– Mais, dis donc, ce sont de vrais abdos, on dirait, dit Wendy, qui venait de lui retirer son tee-shirt.

Il sentit la peau douce de sa main lui caresser le ventre ; il adorait cette sensation.

Wendy Sullivan était l'épouse du plus gros exploitant agricole de la région. Une très belle femme malgré sa quarantaine passée.

– Tu ne parles pas beaucoup. Je te fais tant d'effet que ça ? dit-elle en le regardant droit dans les yeux.

La bonne avait été renvoyée juste après le repas de midi. Donald avait très vite compris ce qui allait se passer quand elle lui avait demandé de le suivre jusqu'au deuxième étage, dans une des chambres de la maison.

Donald était en sueur. Son cœur battait trop vite. Il allait enfin perdre sa virginité.

Il avança sa tête et Wendy rapprocha la sienne. Ils s'embrassèrent et s'enlacèrent. Ce n'était pas aussi bon qu'il l'aurait cru. Un sale goût de tabac lui agressa les papilles.

Il descendit sa main le long du dos de Wendy, jusqu'à ses fesses.

– Petit coquin, minauda Wendy en se détachant de ses lèvres.

Elle recula d'un pas et se mit à genoux. Elle posa ses mains sur sa ceinture et la lui dégrafa lentement en lui adressant de longs regards langoureux.

Donald transpirait de plus en plus. Il ne se sentait pas bien.

Wendy déboutonna lentement sa braguette et descendit son jean. Elle vit le caleçon et redressa la tête.

– Qu'est-ce qui se passe ? Ne me dis pas que tu es gay, pas un joli garçon comme toi.

Donald ne répondit pas. Les joues en feu, il avait envie de partir en courant, mais il savait qu'il ne supporterait plus sa propre image s'il fuyait tel un misérable.

Depuis qu'il avait mis une raclée à sa mère, peu après sa première partie de chasse, il avait retrouvé l'estime de lui-même.

Il avait adoré le sentiment de puissance qui l'avait envahi quand sa mère s'était effondrée sur le sol du salon et l'avait imploré d'arrêter de la frapper. Oui, cela avait été tellement bon.

Wendy prit son silence pour ce qu'il était : de la gêne. Elle mit sa main dans le caleçon et toucha son membre endormi.

– Maman Wendy va s'occuper de toi. Tu es si stressé, mais ne t'inquiète pas. Tout va bien se passer, dit-elle en lui baissant le caleçon.

Elle avança la bouche et prit son sexe entre les lèvres. Cependant, malgré tout le savoir-faire de Wendy, le membre de Donald resta totalement inerte. Elle allait abandonner la partie quand Donald parla enfin :

– Petite pute, lâcha-t-il, se sentant humilié par la situation.

Et le miracle se produisit. Il sentit une première contraction et son sexe commença à se gorger de sang.

– Espèce de petite pute, répéta-t-il.

Sans cesser de sucer le sexe de Donald, Wendy le regardait dans les yeux sans manifester aucune animosité. Il y avait presque un sourire au fond de ses pupilles alors que le sexe de son jeune initié durcissait.

Quand il sentit que son érection était parvenue à son maximum, Donald attrapa Wendy par les cheveux et l'obligea à se relever.

– Tu aimes ça, ma grosse cochonne ? fit-il.

Sa voix n'avait plus rien de celle d'un adolescent timide.

– Oui, parle-moi mal, fit Wendy.

Donald lui jeta un regard méprisant et commença à la dévêtir en lui arrachant presque ses vêtements.

Quand elle fut nue devant lui, il la poussa sur le lit et, sans autre préliminaire, il la pénétra.

– Tu aimes ça, sale pute, fit-il avant de lui donner une claque sur les fesses.

– Oui, vas-y, n'arrête pas.

Il continua à l'insulter et à la maltraiter. Ses gestes étaient brusques et virils. Il se sentait véritablement un homme. Cette femme qui l'avait pris pour un petit chérubin allait faire connaissance avec la puissance qui sommeillait en lui.

Il quitta sa chair la plus intime et, sans prévenir, la retourna sur le ventre et força le passage.

Wendy poussa un cri. Donald lui ordonna de se taire. Les putes fermaient leur gueule, lui dit-il.

Wendy commençait à ne plus s'amuser.

– Arrête, tu me fais mal.

– Ta gueule ! ordonna-t-il, et il lui flanqua une forte claque sur les fesses qui lui laissa une marque.

Quelques instants plus tard, il s'abandonnait entre ses fesses. Wendy se dégagea de lui. Elle quitta le lit en le regardant, partagée entre la colère et la peur.

– Qu'est-ce qui t'a pris ? Ça ne va pas dans ta tête ? Tu m'as fait vraiment mal.

Donald s'assit sur le lit et la détailla d'un air méprisant. Il avait retrouvé son mutisme mais, cette fois-ci, il se sentait le maître de la situation.

C'était comme ça qu'on devait traiter les femmes. C'était si bon de sentir leur peur et leur désir mêlés. Elles étaient vraiment toutes des garces libidineuses !

Wendy prit ses affaires et alla s'enfermer dans la salle de bains.

Donald se rhabilla tranquillement et sortit de la maison. Il comprenait qu'il venait de franchir une nouvelle étape de sa vie. Désormais, les femmes apprendraient à le respecter. Tout comme sa mère, qui avait cessé de le frapper après la raclée qu'elle avait reçue.

Elles devraient reconnaître la suprématie de l'homme sur la femme.

4

Logan arriva chez lui vers quinze heures. Hurley l'attendait dans le salon, son ordinateur portable posé sur la table.

– Je viens d'apprendre ton acte de bravoure aux informations. C'est du grand n'importe quoi, fit-elle en l'accueillant.

– J'ai essayé d'être aussi déraisonnable que toi, répondit-il en venant s'asseoir à côté d'elle, après s'être débarrassé de son blouson sur un fauteuil. Allez, montre-moi ça.

Hurley avait connecté à son portable la clé USB qu'elle avait retrouvée chez Brooks. Elle ouvrit les fichiers.

Un temps de chargement et la première photo apparut sur l'écran.

– C'est bien Augeri, fit Logan interloqué.

Le président de l'université de River Falls était totalement nu et léchait les seins de Lucy, qui portait encore sa petite culotte. Amy, elle aussi en culotte, était assise sur le lit, une coupe de champagne à la main.

– Le sale enfoiré, fit-il alors que Hurley passait à la deuxième photo.

Encore Augeri, allongé sur le lit, avec les deux étudiantes. Cette fois, totalement nues, elles s'activaient avec leur bouche à lui donner du plaisir.

Une troisième photo, et toujours les mêmes images pornographiques.

– Je comprends mieux pourquoi il a fouillé de fond en comble les chambres des deux filles, dit Logan, dont le regard était hypnotisé par les photos sur l'écran.

– En tout cas, la chambre ne ressemble pas à celles que Lucy et Amy avaient à l'université. Certainement un motel de la région, constata Hurley.

– Putain ! On a eu faux sur toute la ligne !

Logan était écœuré. Certes, il n'y avait rien de répréhensible dans le fait de coucher avec des filles majeures et de toute évidence consentantes, mais il y avait quelque chose d'obscène dans ces photos.

Cela n'avait rien à voir avec l'amour. Un obsédé en mal de chair fraîche et deux pauvres filles prêtes à tout pour se faire de l'argent.

– Brooks devait être caché dans un placard. Ensuite, je suppose qu'ils le faisaient chanter, dit Hurley, ayant pensé à la même chose.

– Ouais, fit Logan simplement alors qu'une deuxième série de photos apparaissait. Oh merde ! Ah l'ordure !

– J'espérais que tu le connaîtrais. C'est qui ?

– Je te le donne en mille. Le révérend Adams ! Un illuminé radical qui prêche à qui veut l'entendre les vertus de la chasteté avant le mariage, le créationnisme et autres conneries dans ce genre.

Hurley ne put refréner un sourire. Les filles étaient vraiment des malignes. Elles savaient choisir leurs proies. Des personnalités publiques qui ne pouvaient se permettre qu'une telle dérogation aux bonnes mœurs soit connue dans River Falls.

Contrairement à Augeri, Adams avait eu d'autres envies sexuelles. Vêtues de cuir, les filles avaient tout un attirail sado-maso et s'en servaient allégrement sur lui, qui avait l'air en extase.

– Et ça se permet de donner des leçons à tout le monde ! Bordel de merde ! jura-t-il alors qu'un gros plan abject lui tirait une grimace de dégoût.

Hurley passa rapidement cette deuxième série de photos et alla à la dernière.

– Le juge McArthur ! fit Logan en reconnaissant le visage du magistrat, âgé de près de cinquante ans.

– De mieux en mieux, dit Hurley.

Malgré la neutralité de sa voix, elle aussi était écœurée par ces hommes libidineux qui, oubliant tous leurs préceptes, s'étaient vautrés dans la luxure sans aucune retenue.

Hurley cessa de faire défiler les photos et éteignit son ordinateur.

Un silence pesant s'installa dans le salon. Logan n'arrêtait pas de se frotter le bas du visage. Il n'en revenait pas.

Hurley l'avait pourtant prévenu au téléphone de la présence d'Augeri et du caractère pornographique des photos. Mais c'était une chose de savoir et une autre de voir.

Il se leva du canapé et alla directement au bar leur servir deux verres de whisky.

– Augeri a un alibi, fit remarquer Logan en essayant de faire le tri dans ses pensées.

Hurley prit le verre qu'il lui tendait et en but une petite gorgée. Ses douleurs musculaires s'étaient calmées grâce aux analgésiques, sauf au bas du dos, où une douleur sourde continuait à la faire souffrir.

– Tu me l'as dit : sa femme. Je crois qu'elle mérite une convocation.

Logan but une longue gorgée et, le regard pensif, s'approcha de la fenêtre. Dehors, le soleil baignait la rue d'une douce lumière.

Le calme qui se dégageait des pavillons bien entretenus qui se succédaient avec régularité dans une harmonie artificielle était en totale opposition avec la tempête qui sévissait sous son crâne.

– J'ai une fâcheuse prémonition. Tu vas voir qu'Adams, comme McArthur, aura aussi un alibi, dit-il en se demandant comment agir pour le mieux.

– J'ai du mal à croire qu'il puisse s'agir de l'un d'eux, rétorqua Hurley. Je pense plutôt à un contrat. Un des trois a payé un malade prêt à tout pour un bon paquet de dollars.

Une idée germa dans l'esprit de Logan. Une idée qui, aussi terrible fût-elle, le rassurait cependant un peu.

– Peut-être était-ce vraiment Brooks ? Après tout, je suppose que Lucy et Amy devaient se garder la majeure partie du pactole tandis qu'il ne lui restait que les miettes. Il en a voulu plus. Il a dû faire savoir à une des trois victimes qu'il pouvait résoudre son problème moyennant finances.

Hurley n'avait pas pensé à cette hypothèse. Pourtant elle coulait de source. Brooks était effectivement le mieux placé pour les kidnapper et les tuer sauvagement.

À présent, Hurley avait enfin un mobile. Tout se tenait… si ce n'est qu'elle n'arrivait pas à imaginer ce gamin commettant de tels actes de barbarie.

– C'est probable mais, pardonne-moi, j'ai encore des doutes.

Plus il pensait à cette théorie, plus Logan la trouvait infaillible. C'était exactement comme ça que les choses avaient dû se dérouler.

– Non, Hurley. Tout se tient. Brooks en avait assez de ne pas avoir une part du gâteau plus importante. Sans compter ce qui devait se passer dans sa tête quand il voyait sa petite copine se faire prendre dans toutes les positions par trois gros porcs immondes. Il n'avait plus de respect pour elles. Même s'il participait à ce jeu machiavélique, Lucy et Amy le dégoûtaient autant que ces types.

Un point pour toi, se dit Hurley. Effectivement, cela collait.

Peut-être avait-il été réellement amoureux de Lucy et n'avait-il accepté qu'à contrecœur de participer à ce chantage sordide. À un moment, il n'avait plus supporté de faire l'amour avec une fille qui considérait son corps comme une simple source de revenus.

– Malgré tout, cela reste une hypothèse. Nous n'avons aucune preuve. Notre boulot, c'est de les trouver.

– Tu peux me faire confiance. Ces connards vont parler. D'une manière ou d'une autre, ils cracheront le morceau.

Hurley but une nouvelle lampée de son whisky et se leva avec difficulté.

– McArthur est juge. Il a certainement mis bon nombre de délinquants sexuels en prison. Il peut facilement connaître les adresses de ceux déjà remis en liberté. Dans le cas où ce ne serait pas Brooks, je place McArthur en pole position des suspects, dit-elle alors que son cerveau fonctionnait à plein régime.

– Pas bête, fit Logan en la regardant dans les yeux.

C'était bizarre. Il avait l'impression de revenir quelques années en arrière, quand ils passaient des heures à émettre des hypothèses sur les enquêtes auxquelles ils travaillaient.

Le bon vieux temps !

– Le révérend en deux et Augeri en trois. On a notre tiercé de tête ! fit Logan dans une tentative d'humour.

Hurley salua son effort pour alléger l'atmosphère, mais ne parvint pas à sourire.

– Si tu le dis.

Logan se dirigea vers le fauteuil et récupéra son blouson.

– Je retourne au commissariat. Je vais organiser leur arrestation.

Hurley le retint par le bras.

– Je peux te demander une faveur ?

– Bien sûr.

– Attends demain matin pour les arrêter. J'aimerais participer aux interrogatoires, et là, maintenant, je ne me sens pas vraiment d'attaque.

Logan plissa le front.

– Je les arrête et on les interrogera demain matin, si tu veux.

Hurley secoua la tête.

– Je te connais. Une fois que tu les auras mis en cellule, tu ne pourras pas attendre. De toute façon, ils ne vont pas s'enfuir dans la nature. S'ils craignaient qu'on découvre ces photos, ils auraient fui depuis longtemps.

– Mais c'est peut-être le cas.

– Non, Augeri était encore là mardi et nous a même aidés. Le révérend, lui, a célébré une messe exceptionnelle dans sa paroisse à la mémoire de Lucy, Amy et du fils Sheppard. Quant au juge, j'ai téléphoné au palais de justice en me faisant passer pour une avocate d'affaires, il était encore là cet après-midi.

Logan émit un bref soupir.

– En somme, tu as tout prévu. Il y a quelque chose d'autre que je devrais savoir ?

Hurley fit mine de réfléchir.

– Rien de spécial. Mais, demain, mets tes meilleurs hommes sur le coup : je serais très déçue qu'il y ait encore une bavure. Si Brooks était encore en vie, nous aurions eu un témoin capital dans cette affaire.

Logan lui posa une main affectueuse sur l'épaule et lui dit avec un sourire :

– Tu me prends pour un débutant ? Tu n'as pas à t'en faire. Je vais arranger ça dans la discrétion. Je veux seulement que tu me promettes une chose.

– Laquelle ?

– Que tu sois couchée quand je reviendrai. Tu as besoin de reprendre des forces. Si tu veux mon accord pour participer aux interrogatoires, j'ai besoin d'une Hurley en grande forme, OK ?

– Promis.

Elle lui envoya son plus beau sourire et Logan enfila son blouson avant de ressortir.

De retour au commissariat, Logan convoqua ses lieutenants dans la salle de réunion. Les autres agents ne s'en émurent pas. Personne ne posa de question.

Quand ils furent tous réunis, Logan prit la parole d'une voix grave.

– De nouveaux éléments viennent d'être découverts dans le meurtre de Lucy et Amy. Des éléments qui pourraient changer toute notre vision de l'affaire.

Un murmure parcourut le petit groupe.

– L'agent du FBI Jessica Hurley a pratiqué une nouvelle fouille chez Larry Brooks. Elle est tombée sur des photos particulièrement compromettantes.

Ils étaient tous dans l'expectative.

Logan avait évité d'apporter la clé USB. Il était certain que si ses lieutenants voyaient les photos, l'émotion serait bien trop forte. Il ne savait pas s'il aurait réussi à les convaincre d'attendre jusqu'au lendemain pour l'interpellation.

– On y voit clairement le président de notre université, Kenny Augeri, ainsi que le révérend Peter Adams et le juge Steven McArthur dans des positions scabreuses avec nos deux victimes.

Un brouhaha de stupéfaction emplit la salle.

Logan leur laissa le temps de bien assimiler l'information avant de reprendre :

– Il y a fort à parier que c'était Brooks qui prenait les photos en cachette, et qui faisait ensuite du chantage.

– On s'est plantés de type, laissa échapper Morris en poussant un soupir plus audible qu'il ne l'aurait voulu.

Logan s'adressa à lui.

– Possible mais pas certain. Il a peut-être joué double jeu, dit-il avant de leur expliquer sa théorie selon laquelle Brooks aurait vendu ses services à l'une des trois personnalités de la ville.

Chacun se prit à imaginer tous les tenants et les aboutissants de l'affaire. Ça n'allait pas être facile d'arrêter de telles personnalités. En particulier le révérend et le juge, que tout le monde savait être dans les petits papiers du maire.

– Vous êtes sûr que ce ne sont pas des photomontages ? demanda Blanchett.

– Non, définitivement non. Il y a des gros plans qui ne trompent pas. Aucun logiciel ne pourrait arriver à un tel réalisme.

– On peut voir ces photos ? demanda Ascott.

– Hurley est justement en train de les envoyer à Seattle pour vérifier leur authenticité, répliqua-t-il en se félicitant de son sens de l'improvisation. Nous aurons les résultats dans la soirée. C'est pour cela que, jusqu'à nouvel ordre, je ne veux aucune fuite sur ces nouveaux éléments. Augeri, Adams et McArthur sont des personnalités de notre ville. Je ne voudrais en aucun cas que leur nom soit sali si, malgré tout, il s'agissait de faux.

– Si nous lâchons leurs noms, quels que soient les résultats de l'enquête, qu'ils soient coupables ou non des meurtres, la population ne leur pardonnera pas leurs écarts de conduite, affirma Blanchett, très consciente du puritanisme qui régnait sur River Falls.

Logan la remercia du regard pour cette intervention. Les autres lieutenants approuvèrent.

– Au fait, comment va l'agent Hurley ? Elle n'est plus à l'hôpital ? demanda Heldfield.

Mauvaise question ! se dit Logan.

– Elle a eu beaucoup de chance, elle a pu sortir hier soir. Elle sera parmi nous demain, pour mener les interrogatoires avec moi.

– S'il s'agit bien d'eux, évidemment, corrigea Ascott.

– Évidemment, mais ne vous faites pas trop d'illusions quand même. Il n'en tiendrait qu'à moi, nous serions déjà chez ces types pour leur faire cracher le morceau. (Il ajouta d'un ton moins agressif) : Mais nous attendrons les résultats du labo.

Maintenant qu'il avait utilisé cette excuse, il nota en rouge, dans un coin de sa mémoire, de faire parvenir un message à Hurley pour effectivement transmettre ces photos à Blake et à son équipe.

– Moi qui croyais que tout allait enfin redevenir normal ! soupira Heldfield.

– Si les photos ne sont pas truquées, cette histoire va faire un foin de tous les diables, ajouta Morris.

– Vous pensez vraiment que l'un d'entre eux peut avoir commis de tels crimes ? Je veux bien qu'il en ait eu assez d'être sous le joug d'un maître chanteur, mais de là à payer quelqu'un pour leur faire subir de telles atrocités…, s'interrogea Blanchett, dubitative.

– Les tréfonds de l'âme humaine sont insondables, répondit Logan, sentencieux.

– Oui, mais ces hommes sont trop intelligents pour ne pas savoir qu'une telle démarche était éminemment risquée. Pourquoi auraient-ils fait confiance à Brooks, précisément le type qui avait pris les photos ? J'ai du mal à croire que l'un d'entre eux ait pu le payer pour tuer les filles.

Pas bête, se dit Logan.

Alors soit ils l'avaient fait eux-mêmes, mais il n'y croyait guère, soit ils avaient fait appel à une tierce personne et dans ce cas Hurley avait raison. Le juge McArthur était le mieux placé pour embaucher un tel malade.

– Je n'ai pas dit que Brooks travaillait pour l'un d'eux, mais seulement que c'était une possibilité. De toute manière, nous serons plus avancés demain.

– Si les photos sont authentiques, corrigea Ascott une nouvelle fois.

– Si elles sont authentiques, se reprit Logan en souriant.

Mais il n'en doutait pas un seul instant. Il revoyait le visage extasié de chacun des trois hommes. Non, aucun logiciel ne pouvait retranscrire une telle émotion sur un visage à partir d'une photo.

– Bon, je vous veux tous sur le pont à sept heures et demie. Nous les interpellerons à huit heures. (Se tournant vers Ascott, il ajouta :) Si les photos sont authentiques.

Tout le monde sourit, y compris Ascott.

– Et pourquoi pas plus tôt ? demanda Blanchett.

– Je souhaite rester le plus discret possible, même si ce sont bien eux sur les photos. Coucher avec deux filles majeures n'est pas un crime dans notre pays…

– Pour l'instant ! fit Heldfield, un démocrate convaincu.

– Leur entourage ne comprendrait pas qu'on vienne chercher le chef de famille de si bonne heure. Et vous comprendrez que si nous les interpellons à leur travail, fini toute discrétion. Même avec un motif aussi léger qu'une enquête de routine.

Les lieutenants furent d'accord pour valider ce plan d'action.

– Allez, retournez à vos affaires et surtout pas un mot à qui que ce soit, fit Logan.

L'oreille collée à la porte de la salle de réunion, Spike se réjouissait intérieurement. Cet enfoiré de shérif n'allait pas être déçu.

Il ne l'avait jamais porté dans son cœur et la façon dont il lui avait posé des questions sur sa « bavure » lui restait en travers de la gorge.

Il était le héros de la ville et ce connard ne l'avait même pas félicité !

Il s'éclipsa juste avant que les lieutenants ne sortent. De façon naturelle, sans se faire remarquer, il emprunta les deux couloirs qui le séparaient de la sortie et franchit les portes du commissariat.

Une fois dehors, il se mit à l'abri des regards indiscrets, prit son téléphone portable et appela Callwin.

– Allô ? fit la journaliste.

– Ma chère Leslie, j'ai passé une nuit merveilleuse.

– Oui, je te devais bien ça, répondit Callwin.

C'était leur accord, des informations contre une partie de jambes en l'air !

– Écoute, je tiens le scoop du siècle. Ça t'intéresse ?

Un silence.

– Brooks n'était pas le tueur ? fit-elle enfin.

Spike s'étonna de la perspicacité de la journaliste. Décidément, elle était aussi douée au boulot que dans un lit !

– En tout cas, pas le commanditaire.

Un nouveau silence.

– Explique-toi, je n'ai pas que ça à faire.

Le ton était froid. Pourquoi ne peut-elle pas montrer un peu de tendresse, bon sang ? ! se dit-il en la détestant soudain.

– Le shérif est tombé sur des photos compromettantes de trois personnalités de la ville. De gros cochons qu'on voit en train de baiser Lucy et Amy. Tu piges ?

Évidemment qu'elle pigeait ! Callwin n'en revenait pas. C'était trop beau. Pour un scoop, c'était un sacré scoop !

– Donne-moi les noms.

Toujours ce même ton autoritaire.

– Bien sûr, mais avant il faut que tu me promettes une petite faveur.

– Mon corps ne te suffit plus ? Pourtant je t'ai trouvé plutôt satisfait hier soir.

Et l'amour dans tout ça ! Spike détestait quand elle parlait de cette façon de leur relation.

Il était beau gosse et portait un uniforme. Elle pourrait le respecter un peu plus, nom de Dieu !

– C'était parfait, mais je veux que la prochaine fois tu acceptes la seule chose que tu refuses de faire.

Un long silence, et enfin une réponse.

– OK, mais t'as intérêt à ce que ton scoop soit pas un coup foireux.

– T'inquiète pas, ma belle, c'est du lourd. J'ai vu les photos, mentit-il avant de lui lâcher les noms.

5

– L’amour prend des chemins tortueux parfois, philosopha Sarah.

– Pourquoi tu dis ça ? demanda Brian.

Ils étaient assis à l’une des meilleures tables de la ville. Le lieu de rendez-vous de tous les fortunés du coin.

Sarah avait eu un mal fou à trouver une tenue suffisamment chic pour ne pas passer pour une souillon.

– Il y a deux jours, tu me frappais et me menaçais de je ne sais quelles représailles, et maintenant tu me demandes en mariage ! C’est pour le moins surprenant, non ?

La nuit était descendue sur la ville.

La douce lumière des petites lampes posées sur chaque table créait une ambiance intime dans la salle du grand restaurant.

Personne ne prêtait attention à eux, isolés dans un angle. Les gens parlaient à voix basse. En léger fond sonore, du Chopin.

Brian lui sourit. Il prit dans sa main celle de Sarah posée sur la table.

– Tu n'as toujours pas répondu à ma question. Mais bon, je peux comprendre que tu veuilles prendre ton temps.

Sarah le buvait du regard. Elle ne l'avait jamais vu aussi bien habillé. Un vrai gentleman. Et sa façon de la regarder. Ce n'était plus du désir sexuel, mais bien autre chose.

Le véritable amour peut-être ?

– On sort ensemble depuis à peine trois mois et, encore, en toute discrétion. Qui sait si nous nous supporterons au quotidien ?

– Moi je le sais, affirma Brian.

Depuis qu'il avait pris la décision de révéler au grand jour sa liaison avec Sarah, et par conséquent de mettre véritablement un terme à sa pseudo-histoire avec Elisabeth Parker, il se sentait soulagé d'un énorme poids. Il voyait les choses bien plus clairement qu'auparavant.

Ce mariage quasi arrangé entre lui-même, le fils de l'architecte Hoggarth, et la fille du directeur du plus prestigieux hôtel de la ville, n'était qu'une simple mascarade.

Il n'avait jamais aimé Elisabeth. Elle n'était pas laide, mais faire l'amour avec elle était d'un ennui mortel et leurs conversations étaient complètement insipides.

Sarah avait tout ce qu'il désirait. Un corps de rêve, un foutu caractère et une véritable passion pour le football.

– Et tes parents, qu'est-ce qu'ils vont dire ? Une petite provinciale de Silver Town venue mettre le grappin sur un des plus beaux partis de la ville.

– Personne ne met le grappin sur moi. Tu as l'air d'oublier que c'est moi qui t'ai draguée, et pas l'inverse.

Non, Sarah n'avait pas oublié.

Elle avait toujours été fascinée par les joueurs de football. Elle était sortie avec deux d'entre eux, mais elle n'aurait jamais été jusqu'à draguer le quarterback vedette de l'équipe universitaire de River Falls. D'autant plus qu'il était déjà fiancé.

Même si elle aimait asticoter les mecs, elle n'était pas comme Lucy et Amy. Jamais elle n'avait couché avec un type juste pour le plaisir. Elle n'était pas comme elles !

– Ça ne va pas ? s'inquiéta Brian en voyant le visage de sa douce s'assombrir.

– Hein ! quoi ? ! fit-elle en redressant la tête. Rien de spécial, je pensais à l'époque où j'étais à Silver Town.

– Lucy et Amy ?

– Oui, répondit-elle dans un souffle.

Brian recula dans son siège et la regarda d'un air attendri. Il ne savait rien de son passé, mais avait vite compris qu'elle n'aimait pas en parler.

– Vous étiez vraiment de grandes amies ? Je n'arrive pas à t'imaginer avec elles. Sans vouloir leur manquer de respect, elles étaient…

Il laissa sa phrase en suspens.

– Des garces, tu peux le dire. Mais si tu les avais connues enfants… On a fait les quatre cents coups ensemble. On s'est même retrouvées deux ou trois fois au poste de police pour des broutilles.

– Du genre ?

– Je me rappelle un jour où Lucy s'était mis en tête de voler des bonbons à l'épicerie du vieux Gillis. Amy et moi devions faire semblant d'avoir une crise de larmes au fond du magasin pour y attirer Gillis, pendant que mademoiselle se remplirait abondamment les poches de toutes les friandises exposées sur le comptoir. Le vieux en avait vu d'autres. Il nous a attrapées, avec Amy, tandis que Lucy s'enfuyait en rigolant. Mon père m'a foutu une sacrée trempe ce soir-là. Mais, au fond de moi, j'étais contente, j'étais devenue une rebelle !

Brian essayait de l'imaginer plus jeune. Une petite peste qui traînait avec de mauvais garçons !

– Tu sais, même si je me suis détachée d'elles en arrivant à l'université, je ne regrette aucun des moments que nous avons passés ensemble durant notre adolescence. Nous étions insouciantes et prêtes à tout pour connaître des sensations fortes. Je n'ai jamais autant ri qu'avec Lucy et Amy. Tout nous semblait possible. Nous détestions Silver Town et n'avions qu'une envie : quitter cette ville et rejoindre la côte. Amy voulait devenir une star de la chanson, et Lucy et moi rêvions d'être les nouvelles Marylin. (Sarah soupira.) Mais la réalité nous a rattrapées avec les années. Nous n'étions vraiment pas habitées par la fibre artistique. À un moment donné, nous avons fait le choix de nous rabattre sur les études. Amy et Lucy ont continué à entretenir leur allure un peu extravagante en arrivant ici, mais leurs résultats aux examens montraient qu'elles tenaient malgré tout à s'en sortir.

– Oui, je sais, et je n'arrive toujours pas à comprendre pourquoi vous vous êtes perdues de vue.

– Je te l'ai déjà dit. Mes parents se sont saignés aux quatre veines pour me payer l'entrée à l'université. Je ne pouvais plus suivre le rythme de Lucy et d'Amy. Elles n'arrêtaient pas de sortir et ne révisaient jamais. Si elles n'avaient aucune aptitude à devenir des stars, elles avaient au moins la chance d'être plutôt douées pour les études. On avait tous l'impression qu'elles n'en foutaient pas une. Mais, regarde, elles ont eu leurs deux premières années sans problème, alors que moi, tu n'imagines même pas les heures que j'ai passées à la bibliothèque pour essayer de comprendre et d'assimiler tous nos cours. Si j'avais suivi Lucy et Amy, il y a bien longtemps qu'on m'aurait mise dehors.

Brian pensait qu'elle ne lui disait pas tout, mais elle avait l'air tellement sincère.

– Ouais, fit-il d'un ton peu convaincu. En tout cas, je suis heureux que tu les aies quittées. Tu réalises, si tu les avais encore fréquentées… Et cette lettre qu'elles t'ont fait passer samedi soir. Si tu étais allée à leur rendez-vous…

– On peut parler d'autre chose ? le coupa abruptement Sarah.

Elle ne voulait pas penser à ça. Toute cette histoire était derrière elle. Il fallait aller de l'avant.

– Pardon, je suis désolé, s'excusa Brian. Alors, la réponse à ma question ?

Sarah lui sourit. Elle ne se sentait absolument pas prête pour le mariage.

– Je vais y réfléchir, mais je ne te dis pas non. J'ai juste besoin de te connaître un peu mieux.

Brian prit un air surpris alors qu'un serveur leur apportait les entrées.

– Qu'est-ce que tu veux savoir sur moi ? Je n'ai rien à cacher.

– Parle-moi de Jennifer Shawn.

Brian, cette fois, ne fit pas semblant d'être surpris. Il l'était véritablement.

– Tu es au courant ? dit-il, sur la défensive.

– Hé oui ! Mais tu n'as rien à cacher, n'est-ce pas ? répliqua-t-elle avec un sourire plein de malice.

Brian baissa son regard sur son assiette, avant de redresser la tête.

– Ben oui, je suis sorti avec elle cet été. Et, si tu veux tout savoir, elle est loin d'être aussi *space* qu'on pourrait le croire. Bien au contraire, elle est plutôt sympa. Je n'ai aucune honte d'être sorti avec elle.

– Ne prends pas cet air, je ne t'accuse de rien. C'est vrai qu'elle est plutôt cool.

– C'est elle qui t'a vendu la mèche ?

– Oui, mais ne t'en fais pas. Elle n'est pas jalouse. Du moins, elle n'est plus jalouse. Elle t'en veut seulement de l'avoir quittée.

Brian était vraiment gêné. Il n'aurait jamais imaginé devoir parler de ça avec Sarah.

– Ne crois pas que de retour à l'université j'aie eu honte d'être avec elle. Ce n'est pas ça. Elle a beaucoup de qualités, mais ce n'était pas la femme de ma vie. Elle a une vision trop sombre des choses et en plus c'est une démocrate.

– Moi aussi je suis démocrate.

Brian rejeta sa réponse d'un geste de la main.

– Mais toi, ce n'est pas pareil. Tu n'es pas figée dans tes convictions. En plus, tu m'as dit toi-même que tu étais pour la peine de mort. De toute façon, on s'en fout. J'ai passé de très bons moments avec Jennifer, mais je n'étais pas amoureux d'elle. Un point c'est tout.

Sarah s'estima satisfaite de sa réponse. Elle était contente qu'il n'ait pas dit du mal de Jennifer. Elle détestait les types qui se moquaient de leurs anciennes copines.

– OK, ça me suffit, dit-elle.

Brian s'avança sur son siège et reprit un air plus décontracté.

– Tu sais que tu es la plus belle femme du monde ?

Le compliment, pourtant éculé, lui fit très plaisir.

– Je t'aime, Brian.

6

Donald était en transe. Jamais il n'était allé aussi loin. Il sentait chacun de ses muscles, chaque goutte de son sang qui circulait dans ses veines. Il se sentait tel un dieu.

Les yeux de la fille lui renvoyaient l'image de la terreur ultime. Jamais il n'avait approché un tel sentiment de puissance.

Des larmes coulaient sur les joues de la jeune suppliciée. L'envie de les lui lécher fut si forte qu'il s'approcha de son visage et goûta à ce nectar divin.

Il poussa un râle de plaisir proche de l'orgasme. Il se redressa et remit ses mains autour du cou de la prostituée.

Cela faisait près d'une heure qu'il l'avait ligotée et bâillonnée sur le lit. Autant de temps à la rouer de coups et à la violer.

Ce n'était pas la première fois qu'il maltraitait de telles jeunes femmes, mais cette fois-ci il se sentait mûr pour aller au bout de ses pulsions.

Il resserra un peu plus fort la pression sur sa gorge et sentit les pulsations effrénées sous ses doigts.

La bouche bourrée de tissu et muselée par un puissant adhésif, la jeune fille savait qu'elle allait mourir.

Donald pouvait le lire dans ses yeux. C'était fascinant. Comme il était beau de voir le visage de la mort. Il n'aurait jamais cru que les yeux pouvaient exprimer autant d'émotion.

Il serra encore un peu plus fort, et lentement la fille cessa de remuer. Son regard devint en l'espace de quelques secondes totalement vitreux. Sa vie venait de s'échapper.

À califourchon sur sa victime, Donald respirait à grandes bouffées. Le corps en sueur, l'esprit totalement imprégné de son acte, il resta de longues secondes à contempler son œuvre, sans desserrer ses doigts.

Lentement, les palpitations de son cœur retrouvèrent un rythme normal. Tout aussi lentement, Donald reprit pied dans la réalité.

Il quitta sa victime et s'allongea sur le dos à côté d'elle. Un rire presque enfantin s'échappa de ses lèvres. Il n'en revenait pas. Une telle émotion. Il n'aurait jamais cru prendre autant de plaisir. Son sexe était encore dur de désir.

Au bout d'une dizaine de minutes, il se leva pour prendre une douche. Le jet glacé finit de lui rendre pleinement sa raison.

Il revint dans la chambre de l'hôtel, et fut déçu du spectacle. Un tas de chair morte, sans âme. La magie du moment s'était évanouie. Le froid de la mort avait balayé toutes les émotions qui l'avaient pénétré durant son rituel mortel.

Il remit ses vêtements.

Il allait falloir la jouer plus finaude que d'habitude. Même si ce n'était qu'une prostituée, les flics ne pourraient s'empêcher de mener une enquête. Mais il avait tout prévu.

L'hôtel était situé dans les bas-fonds de Los Angeles. Il avait garé sa voiture dans un parking à plus de vingt miles de là, et avait fait le reste du chemin en bus.

Il remit sa perruque sur son crâne rasé, et frotta sa barbe qu'il avait laissé pousser uniquement dans l'attente de ce moment. Dès qu'il serait de retour à Seattle, il la raserait et jetterait la perruque à la poubelle.

Les flics pourraient toujours enquêter. Rien ne le reliait à sa victime. Au pire, la description sommaire d'un voyeur posté à sa fenêtre qui matait les putes sur le trottoir : un homme blanc, barbu, aux cheveux longs.

Il n'avait jamais fait l'objet d'aucune arrestation. Son ADN ne figurait dans aucun fichier du pays. Aucune crainte qu'ils remontent jusqu'à lui par son sperme.

Il ressortit de l'hôtel, attentif à passer inaperçu. Mais l'employé de l'accueil ne le vit même pas sortir, tant il était absorbé par une sitcom qui passait à la télévision.

Donald retrouva l'air chaud et sec de Los Angeles.

Cela lui rappela des vacances passées avec son père. S'il avait su que c'était dans cette même ville qu'il connaîtrait l'extase la plus totale !

À cette heure de la nuit, il n'y avait plus de bus. Aussi, après avoir remonté plusieurs rues et être parvenu sur un grand boulevard, il héla un taxi et lui demanda de le déposer dans le centre.

Il avait tout juste vingt ans.

Depuis sa première relation sexuelle avec Wendy, même si elle n'avait pas porté plainte contre lui, il avait compris qu'il ne pourrait renouveler l'aventure en toute impunité. Il savait qu'il devait aller plus loin dans ses fantasmes et qu'aucune fille normale n'accepterait de l'y accompagner.

Les prostituées lui avaient paru être la solution parfaite. Pas la peine de les draguer. Elles ne connaissaient pas son identité.

Lorsqu'elles iraient porter plainte pour coups et blessures, il savait que les flics classeraient l'affaire sans chercher à la résoudre. De plus, pour plus de sécurité, il avait toujours pris soin d'espacer ses actions d'au moins un mois, en changeant de ville à chaque fois.

Donald ne voyait vraiment pas comment on pourrait un jour l'arrêter.

Il arriva au parking. Il monta dans sa voiture et ferma les yeux. Le visage terrifié de la jeune fille lui apparut aussi clairement que s'il y était encore.

Un sourire de jouissance s'épanouit sur ses lèvres.

Vendredi 27 avril 2007

1

Encore en pyjama, Hurley frappa à la porte de la chambre de Logan et entra sans attendre de réponse. Il dormait. Elle s'approcha de lui et l'observa à la lumière qui filtrait entre les volets clos.

Il avait l'air serein. Son torse s'élevait et s'abaissait à un rythme régulier.

Elle s'assit sur le lit et le secoua doucement. Logan ronchonna et ouvrit les yeux.

– Quelle heure est-il ?

– Six heures et quart.

Logan tendit le bras vers sa lampe de chevet et l'alluma.

– On n'avait pas dit six heures et demie ? fit-il en regardant son réveil.

Hurley prit une petite mine désolée.

– Je me suis réveillée vers cinq heures et je n'arrive pas à retrouver le sommeil.

Logan s'assit dans son lit. Il voyait bien que quelque chose chagrinait Hurley.

– Qu'est-ce qui se passe ? Tu n'as pas l'air dans ton assiette, s'inquiéta-t-il. Tu veux que je te ramène à l'hôpital ?

Hurley secoua la tête.

– Non, de ce côté tout va bien, mais…

Elle laissa sa phrase en suspens. Elle se sentait idiote. Elle avait passé une partie de la nuit à réfléchir à la façon d'aborder le sujet sans qu'il se fâche, mais, alors qu'elle avait préparé des phrases bien tournées, elle était incapable de les formuler.

– Mais quoi ? Tu as une nouvelle théorie sur l'affaire ?

Hurley prit son courage à deux mains, et tant pis pour ce qu'il en résulterait. Elle s'allongea près de lui et lui déposa un baiser sur la bouche.

Logan resta insensible.

Hurley recula. Logan la dévisageait avec une surprise incrédule.

– Excuse-moi, c'était idiot. Je m'en vais, fit-elle en sentant ses joues s'empourprer.

Idiote ! se maudit-elle pour ce comportement d'adolescente attardée. Qu'est-ce qui lui avait pris ! Il l'avait pourtant prévenue que tout était définitivement terminé entre eux.

Une poigne ferme lui attrapa le bras.

– Ne t'excuse pas.

Et il l'attira vers lui.

Ils firent l'amour avec une intensité animale. Chacun connaissait par cœur le corps de l'autre. Leur extase n'avait d'égal que leur désir. Caresses, baisers, mots doux, petits cris, râles. Ils se retrouvaient comme si leur longue séparation n'avait jamais existé.

À bout de souffle, imprégnés d'un amour fusionnel, ils atteignirent un orgasme qui les renvoya aux plus belles heures de leur vie.

Logan ferma les yeux et se détacha du corps de Hurley pour s'allonger à côté d'elle.

Il savait qu'il venait de commettre une grosse erreur, mais il n'arrivait pas à le regretter. C'était si bon.

Il avait oublié combien faire l'amour avec elle était un délice. Quoi qu'il ait pu s'évertuer à penser durant ces années, il l'aimait toujours autant.

Il se leva et sans un mot quitta la chambre pour la salle de bains. Hurley alla le rejoindre sous le jet de la douche.

Logan était dans la cuisine et avait préparé deux cafés. Il avait déjà enfilé son blouson et n'attendait plus que Hurley.

Il entendit le bruit de ses pas dans l'escalier. Quelques secondes plus tard, elle le rejoignait dans la cuisine.

– Je t'ai préparé un café, on est super à la bourre.

Hurley regarda l'horloge murale. Sept heures dix.

– Merci.

Elle prit sa tasse.

Ils burent chacun son café en se regardant dans les yeux. Aucun des deux n'osait prononcer un mot. Il y eut un silence gêné.

– Allez, mets ton manteau, je t'attends dans la voiture.

Hurley acquiesça et le regarda sortir.

Elle avait compris ce qu'il comptait faire, mais il était hors de question qu'il se défile aussi facilement.

Elle prit son manteau et son sac, ferma la porte à clé et retrouva Logan qui l'attendait dans sa Cherokee, une cigarette aux lèvres.

– Je vais quitter Max, dit-elle après s'être installée à côté de lui.

Logan démarra. Le regard fixé sur la route, il enclencha la première.

– Écoute, je ne crois pas que ce soit une bonne idée.

Il n'avait pas envie de parler de ça. Ils avaient tous les deux déconné. Elle devait oublier ce qui venait de se passer.

– Je ne te demandais pas ton avis. Tu crois que tu as le choix ? !

Logan serra plus fort le volant.

Quel connard ! s'injuria-t-il. Pourquoi avait-il cédé après toutes ces années ? Mais, en même temps, il savait que tout ceci était inéluctable. Sa copine occasionnelle était certainement un bon coup, mais leur relation n'était qu'une très pâle copie de ce qu'il avait pu vivre avec Hurley.

– Jessica, on ne va pas discuter de ça maintenant. Mais je te promets que ce soir je répondrai à toutes tes questions. D'accord ?

Hurley le regarda avec intensité. Elle allait enfin comprendre.

– Si tu me mens ne serait-ce qu'une fois, je te promets que je te tue.

– Ça sera peut-être mieux ainsi, fit-il en essayant de sourire.

Ils arrivèrent au commissariat à sept heures trente-deux. Dès qu'ils virent la tête que faisaient les premiers agents qu'ils croisèrent, ils comprirent que quelque chose ne tournait pas rond.

Blanchett arriva droit sur Logan et lui tendit le *Daily River*. Il le saisit.

Une bouffée de pure colère l'envahit lorsqu'il lut la une. Les photos des trois suspects accompagnaient le texte de Leslie Callwin.

Tous ses lieutenants étaient autour de lui. Il les jaugea l'un après l'autre. Une immense gêne les habitait tous.

– Dans mon bureau, tout de suite ! tonna-t-il.

Ils le suivirent dans le long couloir. Hurley entra la dernière dans le bureau.

– Qui a parlé ? fit-il en sortant son paquet de cigarettes de sa poche.

Morris, Blanchett, Ascott et Heldfield gardèrent le silence.

– Je ne bougerai pas d'ici tant que le coupable ne se sera pas dénoncé, assura-t-il en allumant une cigarette.

– Ce n'est pas moi, se défendit alors Ascott.

– Ni moi non plus, fit Blanchett.

– Je n'ai rien à voir là-dedans, enchaîna Heldfield.

– Pourquoi aurions-nous fait ça ? ! ironisa Morris. Qu'avons-nous à y gagner ?

C'était bien là le problème. Logan avait du mal à croire que ça pouvait être l'un d'eux. Il les connaissait par cœur. Il ne pouvait imaginer une telle trahison de la part d'aucun d'entre eux.

– Je ne vous accuse pas de l'avoir fait volontairement, mais l'un de vous en a parlé à quelqu'un. Et je veux savoir à qui !

Le silence se réinstalla. Les quatre lieutenants s'entre-regardèrent mais aucun ne manifesta le moindre signe de remords.

– Pourquoi vous nous regardez comme ça ? se plaignit Heldfield. Ça pourrait très bien être elle, ajouta-t-il en désignant Hurley de la tête.

Logan tourna son regard vers elle.

– L'agent Hurley a elle-même découvert les photos. Si elle avait tenu à nous mettre des bâtons dans les roues, elle ne me les aurait pas montrées et les aurait envoyées directement à cette salope de journaliste.

De nouveau le silence.

Logan cherchait un signe dans leur attitude. Heldfield était celui qui avait l'air le plus embarrassé, mais il était aussi le plus timide des quatre. Cela ne prouvait rien.

– Je vous préviens que, si aucun de vous ne se dénonce, je vais devoir diligenter une enquête sur chacun. On va fouiller dans votre passé à la recherche d'éléments suspects. Est-ce vraiment ce dont vous avez envie ?

– Ce n'est pas juste, s'insurgea Ascott. Vous n'avez rien à nous reprocher. Si l'un de nous est coupable, vous ne devez pas faire retomber la faute sur tous les autres.

Logan le regarda droit dans les yeux. Ascott n'avait pas tort, mais que pouvait-il faire ? Il y avait une petite ordure au sein de son équipe, et il ne voyait vraiment pas comment s'en débarrasser sans utiliser les grands moyens.

– Laissez-nous le temps de gérer ça entre nous, intervint Blanchett. Si l'un de nous est coupable, je vous promets qu'il se dénoncera. Vous nous connaissez tous et n'avez jamais rien eu à nous reprocher. Faites-nous confiance. Laissez-nous la journée pour mener notre enquête. J'ai bien envie d'aller voir cette Callwin. Peut-être pourra-t-on la faire parler ?

Logan émit un petit rire sarcastique.

– La liberté de la presse, Blanchett ! Vous n'en tirerez rien.

– Laissez-nous essayer.

Logan écrasa sa cigarette à moitié consumée dans le cendrier.

– OK, je vous donne jusqu'à demain matin pour me trouver le coupable. Pour l'heure, je vous laisse le bénéfice du doute. Morris et Blanchett, vous foncez chez Augeri et vous me le ramenez. Ascott et Hurley, vous allez me trouver le révérend Adams, et toi, Heldfield, tu viens avec moi chez le juge.

Il n'avait aucun doute sur la fiabilité de Hurley et de Blanchett. Au moins, chacun aurait son suspect sous les yeux.

– Je vous jure que je n'y suis pour rien, affirma Heldfield d'un ton ferme alors qu'il venait de monter dans la Cherokee.

– Je ne t'accuse pas. Mais il n'y avait que vous qui étiez au courant. Personne d'autre. Que penserais-tu, à ma place ?

Heldfield soupira et répondit :

– Exactement la même chose que vous, même si cela me paraît aberrant. Je connais Tania, Jeff et Stan depuis des années. Je pourrais mettre ma main au feu qu'il ne s'agit d'aucun d'eux.

Logan tourna la tête vers Heldfield tout en gardant un œil sur la route.

– Tu as une confession à me faire ?

– Si vous voulez vraiment un bouc émissaire, je préfère que vous me choisissiez. Je suis le seul célibataire et n'ai pas d'enfant. Ne salissez pas la réputation de tous en menant des enquêtes sur eux.

– Mais tu es coupable, oui ou non ?

– Bien sûr que non, mais je ne vous laisserai pas salir tout le monde sur de simples suppositions.

Logan avait cru un instant que Heldfield allait parler, mais à l'évidence ce n'était pas lui. Il avait l'air réellement sincère, et c'était vrai qu'il n'avait jamais rien eu à lui reprocher. Bien au contraire.

– Je n'arrive pas à comprendre. Peut-être que Blanchett a raison. J'irai moi-même voir cette Callwin. Va savoir ce qu'elle dira quand elle aura le canon d'un pistolet sur la tempe, fit-il sans aucune trace d'humour.

Heldfield fronça les sourcils et le regarda d'un air inquiet.

– Je plaisantais, même si j'en rêve !

Heldfield garda le silence. Il n'avait pas trouvé ça drôle du tout.

Ils arrivèrent devant la villa du juge McArthur. Une magnifique bâtisse de trois étages dans le style colonial de La Nouvelle-Orléans. Une anomalie architecturale en plein État de Washington.

Le soleil venait juste de passer au-dessus des habitations alentour, mais déjà une meute de journalistes était massée devant le portail de la villa.

Logan se retint de les invectiver à haute voix. Il ne voulait pas donner l'impression à Heldfield qu'il le tenait pour responsable.

Il utilisa sa sirène pour se faire un passage et arrêta sa voiture devant l'entrée de la villa.

Quatre journalistes dépêchés de toute urgence se ruèrent vers eux. À peine avait-il ouvert sa portière qu'il fut assailli de questions.

– Avez-vous des preuves formelles ?

– Pensez-vous qu'il les ait tuées ?

– McArthur, Adams et Augeri ont-ils pu se concerter pour se venger ?

Logan fendit la foule des badauds qui s'étaient massés près de l'enceinte de la villa. De charmants voisins bien heureux de s'horrifier de la perversité de leur juge bien-aimé !

– Je ne répondrai à aucune question. Poussez-vous ! tonna Logan en s'approchant du portail.

Il appuya sur l'interphone. La voix tremblante d'une femme leur répondit.

– C'est vous, shérif ?

Logan se dit que la femme avait dû entendre sa sirène.

– Oui, il faut que je parle au juge, dit-il alors que les journalistes et les voisins continuaient à l'interpeller.

Pas de réponse, mais un déclic. Le portail s'ouvrit.

Logan remonta dans sa voiture où Heldfield l'attendait. Ils franchirent le portail, qui se referma derrière eux.

Ils s'engagèrent dans une allée qui traversait un somptueux jardin, particulièrement fleuri en ce début de saison.

Logan gara sa voiture devant l'escalier de la porte d'entrée. Une femme en larmes les attendait.

– Madame McArthur, la salua le shérif en arrivant sur le perron.

– Mon mari s'est enfermé dans son bureau. Il refuse de m'ouvrir. Je vous en prie, shérif, ne le tuez pas. Mon mari est innocent.

Logan prit un air compréhensif.

– Votre mari n'est qu'un témoin privilégié dans la mort de Lucy et Amy. Il n'est en rien suspecté de quoi que ce soit.

– Mais dans le journal ils ont dit que vous comptiez l'arrêter.

– Des foutaises pour vendre du papier. Je veux juste éclaircir certains points avec lui.

La femme sembla légèrement rassurée et les laissa pénétrer dans sa maison. Une petite fille de huit ans se tenait dans le vestibule.

– Ma chérie, retourne dans ta chambre.

– J'ai peur, maman ! dit-elle en courant vers sa mère.

Heldfield s'écarta pour laisser la fillette rejoindre sa mère. Il regarda par la porte-fenêtre. Une impressionnante collection de tableaux tapissait les murs du salon.

Certaines fonctions publiques sont bien mieux payées que d'autres, se surprit-il à penser.

– Où se trouve son bureau ? demanda Logan.

– Au deuxième étage, c'est la porte au fond du couloir.

– Madame McArthur, restez en bas avec votre fille. Nous allons aller lui parler. Tout va bien se passer. Tout va bien se passer, répéta-t-il en regardant la petite fille qui lui lançait un regard éploré.

Logan et Heldfield montèrent en silence un grand escalier. Quand ils atteignirent le deuxième étage, leurs pieds foulèrent une épaisse moquette qui étouffait leurs pas.

– Sors ton arme et couvre-moi, souffla Logan à l'oreille de Heldfield.

Lentement, Logan alla jusqu'au bout du couloir. Les battements de son cœur s'accélérèrent.

Il frappa à la porte.

– Monsieur McArthur, c'est le shérif Logan. Laissez-moi entrer.

Logan colla son oreille à la porte et il lui sembla entendre un bruit de chaise que l'on repousse, puis des pas qui se rapprochaient.

Il recula et d'un geste fit comprendre à Heldfield de baisser son arme.

Un cliquetis dans la serrure, mais la porte ne s'ouvrit pas.

– Vous pouvez entrer. Seul ! intima une voix à travers la porte.

– D'accord, répondit Logan.

– Je viens avec vous, souffla Heldfield en se postant en avant.

– Je vais laisser la porte légèrement entrouverte. Au moindre signe suspect tu entres et tu lui tires dans l'épaule, chuchota Logan.

Heldfield était un bon tireur, mais mieux valait espérer ne pas avoir à en arriver là, pensa Logan qui appuya sur la poignée.

La porte s'ouvrit. Il entra dans le bureau et repoussa lentement la porte derrière lui sans la refermer.

McArthur était retourné à son bureau et pointait sur Logan un calibre 38.

– Mettez-vous contre le mur et que je voie bien vos mains, ordonna-t-il.

L'homme paraissait bien plus âgé que ses cinquante ans. Son visage suintait la transpiration. Son regard était comme possédé.

– Posez cette arme. Je vous en prie. Je n'ai rien à vous reprocher pour l'instant. Ne commettez pas un acte que vous pourriez regretter, fit Logan en écartant ses mains de ses hanches.

Un rire sardonique fusa. Logan resta tranquille et attendit que le juge se calme.

– Je n'aurais jamais cru ça de vous. J'ai toujours pensé que vous étiez un homme intègre. Pourquoi avoir parlé à la presse ?

Logan serra les lèvres. Il n'aimait pas servir de cible. McArthur dirigeait toujours son arme vers lui.

– Je n'en avais pas l'intention. Un de mes agents a vendu la mèche. Je peux vous assurer que, lorsque je saurai de qui il s'agit, il comparaîtra devant les tribunaux pour divulgation d'informations confidentielles.

Le juge émit un nouveau rire.

– Je veux bien vous croire, mais il est trop tard pour moi. Ma carrière est désormais brisée. Qui élira un juge ayant forniqué avec deux gamines ?

De sa main droite, le juge tapait sur le clavier de son ordinateur, tandis que de la gauche il continuait à viser Logan.

S'il était droitier, et compte tenu des tremblements qu'il observait, Logan avait une chance de lui sauter dessus sans se faire toucher. Quatre mètres le séparaient du bureau. C'était jouable.

Risqué mais jouable, se dit-il. Deux forcenés en deux jours. Pourvu que ça ne devienne pas une habitude !

– Êtes-vous lié d'une manière ou d'une autre aux meurtres de Lucy et d'Amy ? demanda Logan.

Le juge finit de taper quelques phrases et reporta son regard sur le shérif.

– Évidemment, j'ai baisé avec ces deux garces. Et, quel que soit le résultat de votre enquête, des soupçons pèseront toujours sur ma personne. River Falls n'est pas Seattle. Les gens ont la mémoire longue.

– Si vous n'y êtes pour rien, baissez votre arme. Je me charge de prouver votre innocence. Aucune photo ne sortira dans la presse. Je peux vous le promettre.

– Je suis innocent, shérif. Mais, pour la population, je suis déjà condamné. Je suis coupable d'atteinte aux bonnes mœurs.

– Baissez votre arme, je vous en prie, réitéra Logan.

Les paumes en avant, il commença à faire deux pas et gagna un mètre.

– Arrêtez-vous, ou je vous jure que je vais tirer !

Le ton était sans appel. Logan se figea sur place. La folie brillait dans les yeux du juge. Il devait calmer le jeu.

– J'ai encore quelques écritures à faire, et je suis à vous, fit McArthur.

– Qu'est-ce que vous faites ? demanda Logan.

– J'organise ma succession. Ma femme est une vraie salope et n'allez pas croire que ses larmes soient sincères. Si vous pensez que mes mœurs sont bizarres, je vous conseille d'enquêter sur celles de ma femme et vous comprendrez vraiment le sens du mot perversion !

Logan n'avait aucun avis là-dessus et il s'en moquait. Chacun faisait ce qu'il voulait avec ses fesses. Tant qu'il y avait consentement mutuel et pas d'enfant dans la partie, ça ne le regardait pas.

– Pourquoi préparer votre succession ? Vous n'allez pas faire ça, fit Logan.

Depuis qu'il était entré dans la pièce, il se doutait que les balles ne lui étaient pas destinées. Il en avait désormais la certitude.

– Oh, que si ! Je ne vivrai pas la honte de ma déchéance. Je suis fini, shérif. Vous et moi le savons bien. Quand la machine judiciaire se met à vos trousses, même blanchi vous n'en ressortez pas indemne. Vous allez peut-être me trouver grotesque, mais cette fonction de juge est tout ce qui me passionne. Sans cela, je ne suis rien.

Le ton était désespéré.

Putain ! se dit Logan. Il devait à tout prix gagner du temps.

– Et votre fille ? Elle ne compte pas à vos yeux ?

Le juge eut un rire désabusé tandis qu'il cliquait sur sa souris.

– Je ne suis même pas sûr qu'elle soit de moi. Néanmoins je l'adore. C'est bien pour ça que vous me trouvez encore en vie, shérif. J'ai l'intention de tout lui léguer et, par un astucieux montage financier, ma femme ne pourra pas y toucher !

Logan était à trois mètres du bureau. Encore trop loin pour lui sauter dessus. Si le juge se tuait, il ne se le pardonnerait jamais.

Si seulement je n'avais pas écouté Hurley ! se maudit-il en repensant à sa décision de retarder l'interrogatoire.

– Vous êtes un homme courageux et respecté, monsieur le juge. Je vous en prie, ne faites pas ça. En vous suicidant, vous allez laisser le soupçon peser sur vous. Alors que si vous vous battez pour prouver votre innocence, vous avez une chance de rétablir votre honneur.

– Cessez donc ces fariboles, fit le juge, dont le regard passait du shérif à l'écran de l'ordinateur. Je vous suis très reconnaissant d'essayer de m'aider, mais ma décision est prise. La vérité, c'est que je savais qu'un jour ou l'autre cette histoire éclaterait au grand jour.

Et, sans prévenir, le juge mit le canon de son arme dans sa bouche.

– Non ! hurla Logan de toutes ses forces.

Mais l'index gauche du juge ne trembla pas et appuya sur la détente. Heldfield pénétra d'un bond dans la pièce, arme braquée vers le juge.

La tête de McArthur partit en arrière et une gerbe de sang se répandit sur le mur derrière lui.

– Putain ! jura Logan en serrant les poings.

– Oh, merde ! fit Heldfield.

Ils entendirent des bruits de pas précipités dans l'escalier. Logan sortit du bureau.

Arrivée en haut de l'escalier, la fille de McArthur courait dans le corridor, sa mère derrière elle.

Logan bloqua l'enfant devant la porte que Heldfield avait refermée derrière lui.

– Il faut redescendre. Tu ne peux pas rester là, lui dit-il.

– Qu'est-ce qu'il s'est passé ? Dites-moi ce qu'il s'est passé ! fit Mme McArthur, l'air réellement affolé.

Logan releva la tête.

– Il faut redescendre. C'est fini.

– Papa, papa ! hurla la fillette.

Heldfield sortit du bureau en ouvrant la porte au minimum.

– Occupe-toi d'elle, fit Logan en indiquant Mme McArthur.

Elle s'était effondrée. Elle hoquetait, le visage entre les mains.

Logan prit la petite fille dans ses bras et réussit à la maîtriser tandis qu'elle se débattait. Il l'emmena dans l'escalier.

– Je veux voir mon papa !

Logan était dans un état second. Il revoyait la scène au ralenti. L'arrière du crâne du juge exploser sur le mur.

Face au chagrin sincère de la veuve, que Heldfield tentait de calmer avec des gestes et des mots compatissants, il réalisait combien cette femme avait aimé son mari ; McArthur n'avait été qu'un foutu imbécile !

Il descendit les deux étages. Arrivé en bas, il assit la fillette à côté de lui sur un canapé.

Il sortit son portable et appela l'hôpital, puis le commissariat. Là, il demanda à trois agents de venir sur les lieux s'occuper de l'épouse du juge et de sa fille.

Leur calvaire n'était pas terminé. On allait devoir les interroger. La mort du juge ne prouvait pas son innocence dans les meurtres de Lucy et Amy.

La fillette avait cessé de gigoter. Logan la serrait fort contre lui. Elle avait compris que son père n'était plus.

Quel pouvait être l'enfer qui se déchaînait dans sa petite tête ?

Il attendit que Mme McArthur redescende, soutenue par Heldfield.

– Tom, je dois retourner au commissariat. Tu restes avec elles le temps que les renforts arrivent.

Il confia la petite fille à sa mère, qui se lova contre elle. Mère et fille prostrées dans la douleur.

Logan sortit sans un regard en arrière.

Il reprit sa voiture, descendit l'allée et ouvrit le portail. Les journalistes y étaient agglutinés comme des mendiants demandant l'aumône.

Il leur jeta un regard méprisant, mais sortit de sa voiture, prêt à affronter la meute.

Un tumulte de questions l'accueillit.

– Que s'est-il passé ? Nous avons entendu une détonation.

– Avez-vous tué le juge McArthur ?

Logan prit une pose sévère. Enfin le silence s'imposa.

– Le juge McArthur a mis fin à ses jours. Je vous prie de dégager la place, une ambulance va arriver.

Les questions se déchaînèrent de plus belle.

Logan s'efforça de garder son calme. Des caméras le filmaient sous tous les angles. Il devait rester impassible, même si l'envie d'en attraper un et de lui péter le nez le démangeait fortement.

Il réintégra son véhicule, mit le contact et démarra.

Il se mit aussitôt en liaison avec le commissariat.

– Ici Logan. Est-ce qu'Augeri et Adams ont pu être arrêtés ? demanda-t-il.

– Affirmatif, shérif, fit la voix féminine de Plant.

– J'arrive d'ici un quart d'heure, dit-il en raccrochant.

Il quitta les beaux quartiers de River Falls et redescendit vers le centre.

Pourquoi a-t-il fallu que ça tombe sur moi ? ! se demandit-il, dégoûté.

Assis sur le bord du lit dans la chambre de son hôtel, Donald regardait la télévision.

Ces cons de flics ont enfin mis la main sur les photos ! se dit-il, étonné du temps qu'il leur avait fallu.

Il s'était fait un café et le buvait tranquillement en regardant en direct une journaliste postée devant le commissariat de River Falls.

Un tel rebondissement était pain bénit pour cette profession, mais aussi pour lui. Il allait être tranquille pendant tout le week-end.

Le temps qu'ils éclaircissent les témoignages des deux suspects, il aurait terminé sa mission et quitté les États-Unis d'Amérique pour le Mexique. Une destination bien plus propice au genre de forfaits qu'il avait bien l'intention de continuer à commettre.

La journaliste émettait plusieurs hypothèses, et se demandait si le juge McArthur s'était vraiment suicidé.

Donald ne put s'empêcher de sourire. Moins il y a d'informations, plus les fantasmes des journalistes prospèrent.

Tant mieux, régalez-vous. Vous n'êtes pas à la fin de vos surprises, se dit-il en imaginant déjà la une des journaux de la semaine suivante.

De retour au commissariat, Logan franchit le large couloir et fonça directement vers les cellules.

– Je suis désolé pour ce qui est arrivé, dit Hurley en le rejoignant.

– Ce sont les risques du métier, fit-il d'un ton qui se voulait détaché.

Mais Hurley n'était pas dupe. Elle savait que personne ne peut rester insensible à une tête qui explose devant soi !

– Je ne suis pas certaine que ce soit une bonne idée que tu participes aux interrogatoires, reprit-elle.

Logan s'arrêta et vit Blanchett, Ascott et Morris qui le regardaient du bout du couloir.

– Je suis la loi dans cette putain de ville, et tu n'as pas à me dire ce que je dois faire. Tu es ici parce que je le veux bien. Cette affaire ne concerne aucunement le FBI, alors ne m'explique pas mon boulot, s'il te plaît ! fit-il en la menaçant du doigt.

Hurley n'insista pas, mais elle savait qu'il faisait une erreur.

Le peu de temps qu'elle avait eu pour parler avec le révérend Adams, durant le trajet qui les avait menés de sa paroisse au commissariat, lui avait suffi pour comprendre que l'homme était particulièrement intelligent.

Il faudrait user de toutes les astuces du métier pour réussir à le faire parler, sinon ils risquaient très vite de tourner en rond.

Logan arriva devant ses trois lieutenants.

– Ils ne vous ont pas posé de problème ? demanda-t-il d'une voix agressive.

– Non, Augeri est complètement abattu, et Adams est d'un calme déroutant, fit Morris.

– Mmm, marmonna Logan.

Il ouvrit la porte donnant sur les cellules.

Les deux hommes étaient assis chacun à une extrémité d'une cellule mal éclairée. Leurs postures étaient diamétralement opposées.

Augeri se tenait courbé vers l'avant, les avant-bras sur les cuisses, mains croisées, la tête penchée vers le sol.

Adams, lui, était bien droit, une jambe repliée sur l'autre. Il leur jeta un sourire narquois.

L'envie de lui effacer ce sourire saisit aussitôt Logan.

– Augeri, levez-vous, dit Hurley d'un ton péremptoire.

Logan se retourna et lui jeta un regard glacial.

Hurley ne baissa pas les yeux et l'affronta jusqu'à ce qu'il cède.

– OK, tu as raison, je me calme, souffla-t-il enfin.

Augeri se leva maladroitement. Il tremblait. Il était pathétique. Hurley avait sincèrement de la peine pour lui. Elle n'arrivait pas à voir en lui un tueur sanguinaire.

Blanchett s'approcha et lui ouvrit la porte de la cellule, sous le regard toujours amusé du révérend.

Hurley le prit par le bras et, encadrés par les lieutenants, ils quittèrent les lieux pour la salle d'interrogatoire.

Augeri remercia Hurley pour son aide et s'assit d'un côté de la table, tandis que la profileuse s'asseyait de l'autre.

Ascott entra à son tour, et se posta en silence dans un coin.

De l'autre côté de la vitre sans tain, il y avait Logan en compagnie de Morris et de Blanchett.

– Je suis désolé, vous avez fait du bon boulot, fit Logan en s'allumant une cigarette.

– Aucun de nous n'aurait aimé être à votre place. Comment va Heldfield ? demanda Blanchett.

C'est ce qu'elle aimait chez le shérif. Même quand il était en pétard, il savait très vite retrouver un certain calme et il s'excusait toujours de son comportement. Une qualité rare chez les hommes de pouvoir.

– Ça devrait aller. Il n'y est pour rien. Ce n'est pas lui qui n'a pas réussi à maîtriser le juge, fit-il en repensant à la scène.

Si seulement il avait su trouver les bons mots, si seulement il avait tenté quelque chose…

Mais non, il n'avait pu qu'assister, spectateur malgré lui, à la mort du juge McArthur.

– Vous avez risqué votre peau. Il pouvait vous abattre à tout moment. Vous n'avez rien à vous reprocher. Vous avez fait ce qu'il y avait à faire.

Autant elle lui en voulait toujours un peu pour son intervention de la veille, autant elle devait avouer qu'il n'aurait pu faire mieux en ce qui concernait le juge. Un homme qui veut vraiment se donner la mort réussit toujours son coup.

– Au fait, Hamilton a survécu aux deux balles qu'il a reçues dans le ventre, ajouta-t-elle.

Un instant, Logan ne vit pas du tout de qui elle voulait parler, puis le visage de Hamilton lui revint en mémoire. Enfin une bonne nouvelle !

– Shérif, si je peux me permettre. Je pense que le juge n'était pas coupable. S'il avait été le commanditaire des meurtres, je crois qu'il n'aurait pas hésité à vous éliminer.

Logan s'était fait la même réflexion en revenant de chez le juge. Pas vraiment vérifiable, mais cela laissait plus de chances pour que le coupable soit l'un de leurs deux autres pensionnaires.

– Monsieur Augeri, vous voulez un verre d'eau ? proposa Hurley d'une voix douce.

Le président de l'université la regarda d'un air absent. Hurley se demanda s'il avait entendu sa question.

– Oui, s'il vous plaît, répondit-il finalement au bout de quelques secondes.

Hurley se tourna vers Ascott qui fit un signe de tête et sortit de la pièce.

– Cela faisait-il longtemps qu'elles vous faisaient chanter ? commença Hurley d'une voix toujours aussi douce.

Augeri émit un long soupir.

– Dès qu'elles ont mis les pieds dans cette université, elles m'ont pris pour cible, fit-il en baissant le regard.

– Votre relation avec votre épouse n'était peut-être pas au beau fixe. Elles en ont profité, insinua Hurley.

Augeri secoua négativement la tête.

– Vous n'y êtes pas du tout. J'aime ma femme et je ne l'avais jamais trompée en quinze ans de mariage, mais…

Il prit un air perdu.

– Quand deux jeunes filles aussi belles qu'Amy et Lucy vous accostent régulièrement et vous font comprendre que vous leur plaisez, je ne connais aucun homme de mon âge qui saurait résister.

Hurley lui accorda un regard compréhensif. Sauf qu'elle n'était pas du tout d'accord avec lui.

Augeri essayait seulement de se déculpabiliser en arguant de la fatalité masculine !

En tout cas, il était prêt à parler et n'avait toujours pas demandé à voir son avocat.

Ne le brusquons pas, se dit-elle, sachant qu'elle marchait sur un fil.

– Vous doutiez-vous qu'elles vous demanderaient de l'argent en échange de leurs faveurs ?

– Non, bien sûr que non. Je me suis toujours trouvé bel homme, et je suis quelqu'un d'important. J'ai eu l'outrecuidance de croire que c'était seulement l'effet de mon charme naturel !

Il émit un petit rire dérisoire alors qu'Ascott revenait dans la pièce avec une carafe d'eau et un verre. Le lieutenant les déposa sur la table, et retourna dans le coin de la pièce.

– Il est obligé de rester là ? Je ne vais pas vous sauter dessus, agent Hurley, fit Augeri.

Hurley le toisa un long moment. Elle était satisfaite que l'homme reprenne le dessus. Mais la règle implicite de tout interrogatoire était de ne jamais laisser un suspect seul avec son examinateur.

– Je vous fais confiance, monsieur Augeri. (Et, se tournant vers le lieutenant :) Vous pouvez nous laisser.

Ascott hésita mais devant le regard inflexible de Hurley il se résigna à quitter la salle.

De l'autre côté de la vitre sans tain, Logan jura doucement, et ordonna à Ascott de se tenir derrière la porte, prêt à intervenir au moindre signe de sa part.

– Vous pensez que c'est moi qui les ai tuées ? demanda Augeri.

– Tout être humain peut sombrer dans la folie sous le coup de la passion.

Augeri se servit un verre d'eau et le but avec avidité.

– Je n'ai pas tué ces jeunes filles. Ma femme peut témoigner de ma présence à notre domicile tout le week-end, ainsi que mes voisins.

– Nous savons déjà cela, fit Hurley, qui ne voulait pas brusquer les choses.

Elle devait tâter le terrain, étudier le comportement de son suspect. S'ils parlaient trop du présent, il allait tenir un langage étudié et cacherait ses vraies émotions.

– Vous avez couché plusieurs fois avec elles ou bien une seule fois ?

– Qu'est-ce que cela change ?

Hurley garda le silence, affichant toujours une attitude avenante.

– Une fois ! Dire que je n'ai couché qu'une seule et unique fois avec elles !

Il se plongea dans le passé, puis ajouta :

– Si j'avais voulu les tuer, j'aurais agi dès le début. À la longue, vous n'allez certainement pas me croire, mais on s'habitue à vivre avec ça.

Au contraire, Hurley en était persuadée. Les pulsions violentes surviennent souvent en réaction à un événement marquant.

Plus le chantage perdure et – s'il n'est pas trop contraignant pour la victime – plus celle-ci préfère continuer à payer plutôt que de voir son secret dévoilé au grand jour.

C'est ainsi que la mafia tient la plupart des villes du sud de l'Italie, se souvint Hurley.

– Combien vous ont-elles demandé ?

– Dix mille dollars la première année, et la même somme les deux suivantes. Je devais aussi m'arranger pour leur donner à l'avance les questions des examens.

L'homme avait vraiment l'air prêt à jouer le jeu. Elle ne sentait aucun piège. Mais peut-être était-il seulement sous le choc de son arrestation.

Elle tapa du pied sans faire de bruit et prit une décision qui, elle le savait, allait faire hurler Logan.

– Pourquoi n'avez-vous toujours pas demandé à voir votre avocat ?

Effectivement, derrière la vitre, Logan bouillait de plus belle et serait entré dans la pièce si Blanchett ne s'était obstinée à lui barrer le passage.

– Elle sait ce qu'elle fait. Faites-lui confiance, lui répéta-t-elle jusqu'à ce qu'il se calme.

– Parce que je suis innocent. Vous pouvez fouiller mon passé, mes comptes en banque. Il n'y a eu aucun prélèvement douteux pour le compte d'un tueur à gages, si c'est ce à quoi vous pensez.

Bien vu, monsieur le président, pensa Hurley sans laisser transparaître aucun sentiment.

– Ces jeunes filles ont su flatter un ego en mal de reconnaissance, mais je me suis piégé tout seul. Encore une fois, vous n'allez sans doute pas me croire, mais je suis sincèrement désolé qu'elles soient mortes. Je crois en la justice, agent Hurley. Si je n'étais pas heureux de mon sort, je n'avais qu'à porter plainte. J'ai préféré me punir en cédant à leur chantage. Ce qu'elles ont obtenu de moi, elles ne l'ont eu que parce que je l'ai bien voulu.

– Êtes-vous pour la peine de mort, monsieur Augeri ?

– Vous vous doutez de ma réponse.

Hurley commençait réellement à l'apprécier. Il n'était pas président d'université pour rien. Il reprenait vite son self-control. C'était le moment de se faire une intime conviction.

– Je veux vous l'entendre dire.

Augeri répondit, comme une évidence :

– Je suis contre. Tout comme je suis contre le port d'arme et pour le droit des femmes de choisir la maternité. Mais cela ne me disculpe aucunement, n'est-ce pas ?

– Non, mais, quand j'aurai prouvé que vous êtes le commanditaire des meurtres, je serai prête à témoigner pour une folie passagère.

L'attaque atteignit parfaitement son but. Le visage d'Augeri se décomposa. Il n'y avait aucune trace de colère ou de haine, mais seulement une incompréhension totale.

Soit il pouvait postuler pour l'oscar du meilleur rôle dramatique, soit il était vraiment innocent.

Hurley fut soulagée.

Même si lors de leur première rencontre il lui était apparu comme un personnage qui n'aimait pas qu'on vienne marcher sur ses plates-bandes, il était loin d'être un mauvais bougre.

Un détail qu'il avait eu la délicatesse de taire l'avait aussi alertée : cette université comptait le pourcentage le plus élevé de Noirs et d'Hispaniques de toute la région.

– Vous ne pouvez pas faire ça ! Je vous en supplie, vous devez me croire ! Jamais je n'aurais organisé une telle horreur, et pensez aux deux enfants Sheppard ! Vous croyez que j'aurais pu les tuer eux aussi ?

Il paniquait vraiment.

La porte s'ouvrit. Ascott s'imposa dans la pièce.

– Tout va bien ? demanda-t-il en se rapprochant.

Hurley se détourna vers la vitre sans tain et articula silencieusement : « Idiot. »

Logan déchiffra le message et sourit.

Puis il entendit quelqu'un venir derrière lui. Il se retourna vivement. Son sourire s'effaça. C'était le maire, Clive Nolden.

– Je veux vous voir tout de suite, dit-il d'un ton péremptoire. Seul à seul !

Logan se racla la gorge.

– Tout de suite, monsieur le maire. Si vous voulez bien me suivre, dit-il en se dirigeant vers son bureau.

Après avoir invité le maire à s'asseoir, Logan referma la porte de son bureau et prit place à son tour.

– Dites-moi tout ce que vous savez. J'espère que vous saurez me convaincre. Sinon, vous n'imaginez même pas ce que je peux vous faire, si tout ceci se révèle être une mascarade.

– Je comprends, monsieur le maire, dit Logan d'un ton humble.

Il sortit la clé USB de sa poche et l'inséra dans son ordinateur.

Nolden le regarda procéder en silence. Quand il découvrit les premières photos, son visage marqua une stupéfaction totale.

– Je n'arrive pas à le croire, fit-il alors que Logan continuait à faire défiler les clichés. Vous êtes certain de leur authenticité ?

Logan n'avait pas eu le temps de lire ses mails en provenance de Seattle, mais le suicide du juge et la confession d'Augeri suffisaient largement à prouver leur véracité.

– Il n'y a pas de doute possible, affirma Logan, sûr de lui.

Il aimait bien ses petits effets. Il buvait du petit-lait, tandis que Nolden avait perdu toute trace d'animosité.

– Je n'arrive pas à le croire. Je connaissais très bien le juge McArthur. Un homme dévoué et droit ! reprit Nolden en se frottant le bas du visage.

Logan lui adressa un regard compatissant.

– Mike, entre vous et moi : il s'est vraiment suicidé ou vous lui avez tiré une balle dans la tête ?

– Une expertise aura lieu de toute façon. Elle prouvera que la balle qui a perforé son crâne provient bien de son pistolet.

– Mmm, marmonna Nolden. Vous pensez qu'il aurait pu être le tueur ?

Logan s'adossa confortablement dans son fauteuil et lui fit part de sa théorie. À savoir que Brooks avait changé de bord et s'était allié à l'une de ses victimes pour exécuter les deux étudiantes.

– Qu'a dit Augeri ? fit Nolden en retrouvant son calme.

– Il ne nie évidemment pas le fait d'avoir couché avec Lucy et Amy. Il a avoué avoir subi un chantage, mais jure ses grands dieux qu'il est innocent.

– Et vous le croyez ?

Logan inspira un grand coup, les lèvres serrées.

– Je n'en sais rien. Il est trop tôt pour le dire. Il a l'air vraiment abattu. Il n'est pas impossible qu'il ait payé Brooks uniquement pour faire peur aux filles, et que par la suite les événements lui aient complètement échappé.

Chacun des deux hommes s'enfonça dans ses réflexions. Il y eut un grand silence. Nolden le rompit.

– Je veux que toute la lumière soit faite sur ces événements. Ne laissez rien au hasard, mettez tous les moyens qu'il vous faudra pour trouver lequel de ces trois suspects est le commanditaire. Même si le juge est mort, je veux savoir si c'était lui le coupable.

– Vous pouvez compter sur moi.

– Je n'en doute pas, Mike. Vous faites du bon boulot. Si vous voulez être réélu, nous ne pouvons pas laisser supposer que nous allons enterrer l'affaire sous prétexte qu'il s'agit de personnalités, dit-il d'un ton vindicatif. Je me fous de la respectabilité de ces types. Vous allez me trouver lequel des trois est l'ordure qui a payé pour les meurtres des filles.

C'était amusant. Nolden s'inquiétait pour lui.

Il craint plutôt pour sa place de maire ! ironisa Logan en lui-même, tout en conservant une mine impassible.

– Cela risque de prendre un certain temps. Nous allons devoir fouiller leurs maisons de fond en comble, étudier leurs comptes bancaires, interroger toutes leurs connaissances, et faire des appels à témoin. Vous voyez le topo.

Nolden approuva.

– Vous avez mon total soutien. Si vous avez besoin de crédits supplémentaires, vous savez où me joindre.

– J'y penserai, répondit Logan, quand son portable se mit à sonner. Excusez-moi.

Le nom de Blake apparut sur l'écran du téléphone. Il prit la communication.

– Salut, Nathan, je ne peux pas te parler pour l'instant.

Mais Blake l'interrompit et lui fit part d'une information qu'il venait juste de recevoir. Logan ne put retenir un juron.

Il raccrocha, et regarda Nolden droit dans les yeux.

– Nous tenons peut-être notre homme.

Le maire aurait bien aimé rester pour l'interrogatoire du révérend, mais son emploi du temps était surchargé. Il quitta Logan en lui demandant de le tenir au courant de l'avancée de l'enquête.

Logan le raccompagna jusqu'à la porte, d'où il put constater qu'une multitude de journalistes trépignait à l'extérieur.

Nolden s'arrêta sur le perron, et d'un geste apaisant demanda le silence avant de se lancer dans une déclaration.

Logan fit une moue perplexe et repartit vers la salle d'interrogatoire.

– Shérif, il faut que je vous parle, fit le sergent Martinez d'une voix mal assurée.

– Ça ne peut pas attendre ? répondit-il en contenant assez mal son impatience.

Martinez était fragilisée depuis qu'elle avait vu les corps près du lac.

– Si, bien sûr, dit-elle en jetant des coups d'œil inquiets en direction de ses collègues qui la regardaient.

– Je vous verrai plus tard, dit Logan en lui posant une main chaleureuse sur l'épaule.

Il partit dans les couloirs et rejoignit Hurley qui raccompagnait Augeri dans la cellule.

Il attendit qu'elle l'ait enfermé pour s'entretenir avec elle à l'abri des oreilles des deux suspects.

– Il a avoué ? demanda-t-il.

– Non, mais je suis convaincue qu'il n'est pas coupable.

Logan approuva.

– Eh bien, pour une fois, je crois que je suis d'accord avec toi. Je viens d'avoir Blake au téléphone. Tu n'imagines pas ce qu'il vient de m'appendre.

– Vas-y, je t'écoute.

– Notre bon révérend Adams a déjà été inquiété par la justice pour attouchements sur mineur, il y a près de dix ans, dans l'État du Montana.

Hurley n'en revenait pas. Pour une nouvelle, c'était une nouvelle !

– Il a été condamné à combien d'années de prison ? demanda-t-elle, étonnée qu'il ait pu si vite réintégrer l'Église.

Logan poussa un gros soupir.

– Les parents de la victime ont eu vite fait de retirer leur plainte quand un arrangement financier a été trouvé avec les autorités religieuses du Montana. L'affaire a été classée. Le révérend envoyé sous d'autres cieux. Et voilà !

Hurley pensa à la jeune victime. Jamais elle ne pourrait faire le deuil de sa souffrance. La justice avait été bafouée à coups de dollars. Tout le monde était satisfait, sauf la victime.

– Parfois, j'ai honte d'être américaine ! fit Hurley.

Logan aimait son air vengeur. Ils allaient se régaler à asticoter le révérend.

– On va le chercher ?

– Oui, dit-elle avec une étrange lueur dans le regard.

Le révérend s'assit en face de Logan, tandis que Hurley restait dans le coin de la pièce. Blanchett, Morris et Ascott surveillaient la scène de l'autre côté du miroir sans tain.

– Est-ce que je peux enfin savoir ce qu'on me reproche ? s'indigna Adams en le toisant.

– Nous avons tout lieu de penser que vous êtes mêlé de près ou de loin aux meurtres de Lucy Barton et d'Amy Paich.

Le révérend ne manifesta aucune réaction. Toujours un sourire suffisant au coin des lèvres.

– Tiens donc, j'avais cru comprendre que vous aviez assassiné le coupable, répliqua Adams.

Logan le détesta encore davantage.

– Brooks n'a pas agi seul. Ses relevés de compte montrent qu'il a déposé une forte somme d'argent en début de semaine dernière. En d'autres termes, on l'a payé pour les exécuter, mentit-il avec assurance.

– Combien ? demanda le révérend.

Logan se retint de jurer. Même si ce révérend était innocent de ces crimes, une chose était certaine, c'était un véritable fils de pute.

– À combien estimez-vous la vie d'une personne, monsieur Adams ? répondit Logan.

– Je n'en ai aucune idée et c'est pour cela que je suis fortement intéressé par le montant de la somme.

Logan ébaucha un sourire forcé. Il devait à tout prix garder son calme.

– Je pense que vous devez déjà en avoir une idée. N'avez-vous pas payé la famille Trudell pour avoir touché leur petite fille de vos sales pattes ?

Le sourire du révérend s'envola et fut remplacé par une mine bien plus sévère.

– L'Église nous apprend à pardonner. Ces faits remontent à bien des années, mais il est vrai que je ne vous vois pas souvent à la paroisse.

Pas souvent ! C'était un euphémisme. Logan n'avait jamais mis les pieds dans un lieu de culte, si ce n'est pour les enterrements !

– Pas si loin que cela, monsieur Adams. Vous oubliez que vous avez réitéré avec Lucy Barton et Amy Paich.

Adams tourna la tête et jeta un long regard vers la vitre sans tain. Logan se demanda ce qu'il espérait y voir.

– Ces jeunes suppôts de Satan étaient toutes les deux majeures et, si vous voulez mon avis, le Seigneur a répondu à mes prières.

Logan sentit la colère remonter de ses tripes vers son cerveau.

– Que cherchez-vous à insinuer ?

Le révérend retrouva son sourire.

– Ne vous faites pas plus idiot que vous ne l'êtes, shérif ! Le visage du Diable a de multiples facettes. Il est prêt à tout pour salir la réputation des serviteurs de Dieu.

– Elles ont mérité leur sort. C'est bien ça que vous voulez dire, n'est-ce pas ?

– Ça ne fait aucun doute. Elles étaient possédées par le Mal et le vice. J'ai vraiment cru pouvoir les aider au début de notre rencontre, mais très vite ces perfides démones ont embrumé mon esprit. Tout comme ce fut le cas avec la jeune Trudell, Amy et Lucy étaient le Mal incarné. Comment voulez-vous qu'un simple mortel puisse résister aux tentations du Mal incarné ?

– Votre foi aurait dû vous protéger, fit Logan, stupéfait que le révérend se confesse aussi vite.

Il garda néanmoins le contrôle de lui-même. S'il avait avoué la moitié de son crime, il restait encore le plus important : qu'il avoue avoir payé pour les meurtres.

– Tout comme n'importe quel homme, j'ai succombé à un moment de faiblesse. Mais cela a suffi à Lucifer pour me saisir à ce moment-là. Sachez que je n'ai flanché qu'une seule nuit.

– Vous avez dû beaucoup souffrir de cette rechute, n'est-ce pas ? demanda Logan d'un ton presque amical.

Il n'en revenait toujours pas de la facilité avec laquelle le révérend se livrait. Du coup, sa colère avait complètement disparu, remplacée par une sensation presque euphorique.

– Croyez bien que j'ai longuement prié. Des jours et des nuits en demandant pardon au Seigneur. Vous ne pouvez pas imaginer la douleur que ce fut pour moi. Je croyais en avoir fini avec les démons du passé. J'étais redevenu le plus fidèle serviteur de Dieu. Mon arrivée à River Falls fut une véritable résurrection pour moi. Les gens de cette ville sont de vrais pénitents. Il règne dans leur âme tant de bonté que je croyais moi aussi être à l'abri du démon.

Il soupira en secouant la tête.

– Comme je me trompais ! Le Malin ne supporte pas qu'on lui résiste. Il m'avait corrompu une fois. Je m'étais relevé. C'est pourquoi il a utilisé plus de vigueur pour me faire chuter encore plus bas.

– Vous avez dû les détester de vous avoir fait subir cela, révérend, fit Logan en utilisant délibérément le titre de l'homme d'Église.

Hurley toussota dans son dos, mais Logan ne se retourna pas. C'était une question de seconde avant qu'Adams ne passe à table.

– Je ne suis pas un homme empli de haine, shérif, bien au contraire. J'ai prié pour que le Seigneur lave leur esprit possédé par le démon.

– Malheureusement, elles n'ont cessé de vous faire chanter, continua Logan sur le même ton compréhensif.

Le révérend hocha lentement de la tête.

– Oui, leurs esprits étaient si gangrenés par le Mal que même des nuits et des nuits de prières ne purent rien pour les ramener à la raison.

– Alors, qu'avez-vous finalement fait ? demanda Logan en gardant difficilement le contrôle de sa voix.

– J'ai quitté River Falls samedi soir et suis allé à Seattle, commença-t-il lentement sur un ton solennel. Je suis allé à la rencontre de la seule personne qui pouvait m'aider.

Continue, continue, l'incita mentalement Logan qui comprenait qu'il arrivait au bout du cauchemar qui bouleversait River Falls depuis le début de la semaine.

Mais le révérend n'en dit pas plus. Logan compta les secondes, et se dit qu'il était en train de le perdre. Alors, tant pis, il se jeta à l'eau.

– Larry Brooks, fit-il d'un ton doucereux.

Le révérend changea subitement d'attitude et recula sur sa chaise.

– N'avez-vous rien compris ? ! Qui mieux que moi avait le pouvoir de s'adresser au Seigneur afin qu'Il réponde à ses attentes ?

– Je ne sais pas, reconnut Logan, sur la défensive.

Merde, pas maintenant. On y est presque. Il faut rester calme.

– L'archevêque Wester, évidemment. Nous avons passé la nuit à prier tous les deux pour sauver leurs âmes et, en ce lundi matin, nous avons compris que le Seigneur nous avait entendus. Il avait répondu à nos prières en libérant leur âme de leur chair souillée par le démon.

Alors la colère remonta comme un coup de tonnerre.

– Qu'est-ce que vous me chantez là ? ! Vous vous foutez vraiment de ma gueule ? ! s'emporta Logan en se levant d'un bond.

Sa chaise partit en arrière et se renversa sur le sol.

Hurley se posta en avant et attrapa fermement Logan par le bras. Elle aussi était en colère. Mais pas contre le révérend.

– Laisse-moi avec lui, dit-elle d'un ton qui ne présageait rien de bon.

Logan lui lança un regard venimeux, puis très vite il baissa les yeux. Il avait reconnu ce regard. Hurley était véritablement hors d'elle, et il savait très bien pourquoi.

J'ai merdé, putain, j'ai tout merdé ! se dit-il en ressortant piteusement de la pièce.

– Au revoir, shérif. À bientôt, et au plaisir de vous voir dans ma paroisse, le nargua le révérend.

La porte claqua en se refermant derrière Logan.

Hurley ramassa la chaise renversée, la replaça devant la table et s'assit.

Elle avait suivi, totalement impuissante, le déroulement de l'interrogatoire. Elle avait très vite compris que l'homme menait Logan en bateau. Aveuglé par son espoir de coincer le révérend, il n'y avait vu que du feu. Même au tout dernier moment, il y croyait encore.

– Vous vous êtes bien amusé, monsieur Adams ?

– Je ne vois pas de quoi vous parlez, mademoiselle.

Hurley vit immédiatement que l'homme était bien moins à l'aise devant une femme que face à un homme.

– Vous êtes quelqu'un de très intelligent. Vos études le prouvent et votre facilité à manipuler les esprits le démontre.

– Faites attention à ce que vous dites, mademoiselle. Je pourrais vous poursuivre pour calomnie, la prévint-il.

– Je l'espère bien, monsieur Adams. Je serais ravie de vous revoir devant une cour de justice, dit-elle d'un ton sadique.

Le révérend ne souriait plus du tout.

– Je veux voir mon avocat, dit-il enfin.

Voilà qu'il montrait son premier signe de faiblesse ! se désola Logan de l'autre côté de la vitre sans tain. Il n'aurait jamais dû mener l'interrogatoire. Hurley était bien plus douée que lui.

– Pauvre con ! s'injuria-t-il en secouant la tête.

– Un vrai connard, renchérit à ses côtés Morris, qui avait cru qu'il parlait du révérend.

Dans la salle, la tension monta encore d'un cran.

– Vous croyez que votre thèse suffira à vous faire pardonner vos crimes ? Vous croyez que le lobby chrétien de River Falls sera plus fort que la justice ? Que le pardon vous sera accordé grâce à votre confession pathétique ? Que vos ouailles croiront que le Seigneur a pu commander à un être humain de tuer ces pauvres filles ?

– Je veux voir mon avocat. Je n'ai plus rien à vous dire, fit le révérend d'une voix bien moins affirmée.

Hurley s'avança sur sa chaise et plongea un regard cruel dans celui, fuyant, du révérend.

– Je connais très bien l'archevêque de Seattle. Tout comme vous, je sais qu'il trempe dans des affaires louches. Vous pensez qu'il va vous couvrir ? Mais croyez bien qu'il n'en fera rien quand il verra le FBI lui mettre un peu plus la pression.

– Vous n'avez rien contre lui ! affirma le révérend, mais le doute l'habitait.

– Oui, pour l'instant, monsieur Adams. Pour l'instant, répondit Hurley d'une voix tellement sereine qu'elle donna un frisson d'angoisse au révérend. Vous savez ce que je pense ? Je pense que vous ne vous êtes pas contenté de la jeune Trudell et des deux étudiantes. Comprenez bien que tous nos services vont publier votre photo aux quatre coins des États de Washington et du Montana. Je ne doute pas une seule seconde que nous dénicherons d'autres petites Trudell qui trouveront enfin le courage et la force de venir témoigner contre vous, monsieur Adams.

– Taisez-vous, vous n'avez pas le droit !

– Vous allez être jugé pour vos crimes, répliqua-t-elle encore plus sévèrement. Durant le temps de votre procès, je ferai en sorte qu'aucune demande de caution ne vous soit accordée. Vous croupirez en prison. Vous pouvez me croire. En prison, les pédophiles ont très souvent des accidents fâcheux, si l'on n'y prend pas garde. Sachez que je ferai tout pour vous éviter l'isolement !

La sueur coulait sur le front du révérend. Il avait vraiment peur. Il y avait bien d'autres petites Trudell, se dit Logan, en admiration devant Hurley.

– Que vous ayez payé Brooks pour la mort de ces pauvres étudiantes m'importe peu. Vous êtes un homme fini, monsieur Adams, dit-elle en se levant de sa chaise.

– Espèce de petite salope ! Vous me le paierez ! Je vous jure que vous me le paierez ! fit le révérend qui crachait enfin sa haine des femmes.

– Au plaisir, mon révérend, répondit Hurley sans perdre son contrôle.

Elle quitta la pièce et laissa Adams seul avec ses démons.

– Vous avez été parfaite, la félicita Blanchett.

– Je t'adore, dit Logan.

– J'ai besoin de m'asseoir, je suis épuisée, dit Hurley.

Son visage était encore rouge de sa diatribe vengeresse.

Logan la prit par le bras et la conduisit en silence jusqu'à son bureau.

Elle s'assit machinalement et accepta volontiers la petite bouteille d'eau que lui tendait Logan. Elle la but d'un trait et ferma les yeux.

Elle devait retrouver son calme.

Cela faisait longtemps qu'elle n'avait ressenti une telle colère envers quelqu'un. Adams représentait tout ce qu'elle détestait dans l'être humain. La perversion, le sadisme et la folie !

– Rentre à la maison. Tu as fait du bon boulot, fit Logan en restant debout à ses côtés.

– Oui, dit-elle.

Elle ressentait dans tous ses muscles les séquelles de son accident.

Elle était épuisée mais satisfaite.

– Ce coup-ci, je crois vraiment qu'on tient le fin mot de l'histoire, fit Logan en sortant de son bureau.

– Je l'espère, en tout cas une chose est certaine : si Adams n'est pas le commanditaire, il en a le profil parfait.

– C'est lui ! affirma Logan. Qui veux-tu que ce soit d'autre ? !

Hurley n'avait rien à répondre. Elle pensait de même. Son seul doute portait sur l'implication de Brooks dans les meurtres des jeunes filles. Lui n'avait pas le profil.

Adams avait très bien pu embaucher un tueur à gages extérieur. Mais l'enquête sur le révérend ne faisait que démarrer. Avec le FBI derrière elle, Jessica ne tarderait pas à connaître chaque instant de la vie de cet homme.

Logan interpella Portnoy et lui demanda de la raccompagner chez lui. Même s'il n'en avait rien dit, le bruit s'était vite répandu qu'il l'hébergeait à son propre domicile. À quoi bon le nier ?

– Shérif ?

Logan se retourna et vit le sergent Martinez.

– Oui, je suis à vous. Venez dans mon bureau, fit-il en se souvenant qu'elle voulait lui parler.

Quand ils furent tous deux assis, Logan, d'un geste, l'invita à parler. Martinez évitait de le regarder dans les yeux.

– Excusez-moi de vous importuner, mais il faut que je vous dise quelque chose.

Elle était vraiment mal à l'aise. Logan s'avança sur son fauteuil et posa ses bras sur le bureau.

– Vous pouvez tout me dire.

Martinez redressa la tête.

– On est tous au courant pour l'inspection que vous allez mener sur les lieutenants.

Logan se doutait bien que ces derniers n'avaient pas gardé ça pour eux.

– Oui, je ne peux pas supporter l'idée qu'il y a une taupe dans nos services.

– Vous avez raison, mais je ne crois pas qu'il s'agisse de l'un d'eux.

Logan retrouva toute son attention.

– Je vous écoute.

– Eh bien, hier, avant la fin de votre réunion avec eux, j'ai vu Spike sortir du couloir qui mène à la salle de réunion. Il avait un sourire satisfait sur les lèvres. Sur le moment, je me suis demandé s'il n'avait pas participé à la réunion, puis je suis passée à autre chose. Mais ce matin, quand j'ai appris que vous aviez révélé aux lieutenants les soupçons pesant sur les trois personnalités, j'ai tout de suite fait le rapprochement, dit-elle avant d'ajouter : Maintenant, je ne suis plus sûre de rien, et surtout n'allez pas lui dire que c'est moi qui vous ai dit ça.

Logan la gratifia d'un sourire réconfortant. Martinez n'était certes pas son meilleur agent, mais elle était consciencieuse et veillait toujours à faire pour le mieux.

– Je suis content que vous soyez venue m'en parler. Je vous promets que notre entretien restera entre vous et moi.

– Merci. Je vous fais confiance. Sûr, vous ne direz rien ?

– Promis. Allez, retournez à votre poste. Les autres risquent de se poser des questions.

Elle se leva et quitta rapidement le bureau.

Logan comprenait qu'elle avait peur de Spike. C'était une grande gueule, et il jouait souvent les gros bras.

Il est temps de le remettre définitivement en place, se dit-il, soulagé qu'aucun de ses lieutenants ne soit en cause.

– J'aurais pu tout imaginer, mais pas un truc pareil ! s'étonna Shanice.

C'était la fin de la journée de cours. Ils s'étaient tous réunis dans un bar pour mettre la dernière touche à leur expédition du lendemain. Seulement, voilà. Un seul sujet les excitait : les dernières révélations sur les meurtres de Lucy et d'Amy.

– Pour le coup, elles ont bluffé tout le monde. Je n'aurais jamais soupçonné qu'elles aient assez de culot pour faire chanter trois des plus hautes personnalités de la ville ! enchaîna Lisa.

– Tu imagines ce pauvre Augeri ! Même s'il est innocent, il n'est pas près de remettre un pied à l'université ! fit Sam.

– Alors là, rien à foutre. C'est un con, ce type ! intervint Edward en passant son bras autour des épaules de Shanice.

– Tu es dur ! Ce n'est pas vraiment un mauvais bougre, le défendit Brian.

– C'est un connard de démocrate ! répliqua Edward. Et un putain de pervers, ouais !

– Excuse-moi, mais, si j'en crois mes sources, tu n'aurais pas déjà couché avec deux filles, toi ? fit Courtney.

Non qu'elle appréciât Augeri, mais elle n'aimait pas les faux-culs. Les mecs étaient tous pareils !

– Tu as fait ça ? s'étonna Shanice.

Edward fusilla Courtney du regard.

– J'étais bourré. C'était un soir après un match qu'on venait de gagner. Ce sont elles qui sont entrées dans mon lit. J'allais quand même pas les foutre dehors !

– Alors ne reproche pas à Augeri d'être un pervers ! conclut Courtney, heureuse de le remettre à sa place.

– Mais elles avaient mon âge, et je ne les ai pas tuées, moi ! contra-t-il avec véhémence.

Sentant la situation dégénérer, Lisa intervint :

– Hé, on se calme ! On est là pour préparer notre week-end, pas pour s'entre-tuer !

Edward marmonna un assentiment et Brian prit la parole.

– Je suis certain que c'est Adams. Je suis profondément croyant, mais je n'ai jamais pu piffrer les révérends. Tous des pédophiles.

Lisa leva les yeux au ciel.

– Arrête le cliché, on ne juge pas toute une corporation sur quelques cas de déviance, aussi terribles soient-ils.

– M'en fous, je ne les aime pas ! Qu'est-ce que tu en penses, Sarah ?

Elle n'avait toujours pas pris part à la conversation. Même si son visage montrait son intérêt, elle avait gardé le silence.

– J'espère que celui des trois qui a tué Lucy et Amy va griller sur une chaise ! fit-elle avec une colère non feinte.

Cela calma tout le monde.

– Tu les connaissais bien, à l'époque. Tu crois qu'elles faisaient déjà ça quand vous étiez à Silver Town ? demanda Shanice d'une voix douce.

– Jamais elles n'auraient fait ça ! s'insurgea-t-elle. Même maintenant je ne crois toujours pas à ce que j'ai pu entendre !

– Qu'est-ce que tu veux dire ? demanda Brian, étonné par sa véhémence.

Sarah prit le temps d'une profonde inspiration avant de répondre.

– Je suis certaine qu'elles ne l'ont pas fait de leur propre chef. Ce Larry Brooks les y a sûrement obligées. C'étaient peut-être des petites pestes, pour vous, mais moi je sais qu'elles ne se seraient jamais abaissées à vendre leur corps pour faire chanter des connards dans leur genre !

Il y avait tant d'émotion dans la voix de Sarah que plus personne n'osa reprendre la parole.

– Le principal est que les flics arrivent à les faire parler. Pour l'instant il reste deux suspects, dit finalement Sam.

– En tout cas, si c'était le juge, je suis content qu'il se soit fait exploser le caisson, ajouta Edward.

Lisa préféra ne rien dire plutôt que de s'emporter une nouvelle fois contre sa bêtise.

– Augeri n'aurait pas eu les couilles. C'est clair, c'est le révérend, fit Brian en revenant à la charge.

– Écoutez, on arrête d'en parler ou je me barre, fit Lisa.

Elle voyait bien que Sarah vivait très mal ce moment. Elles avaient été amies, cela devait être terrible pour elle d'apprendre jusqu'où Amy et Lucy avaient pu aller.

– OK, tu as raison. On en reparlera demain. On aura tout le temps pour ça ! fit Edward en la narguant d'un sourire.

– Je me demande ce que tu fous avec un taré pareil, soupira Lisa en regardant Shanice.

Mais le ton n'était pas méchant.

– J'aime les détraqués ! répliqua-t-elle avec humour.

Et, au grand soulagement de Sarah, la conversation revint lentement sur le sujet du jour. Leur week-end en forêt.

2

– À demain, shérif ! dirent une bonne partie des effectifs en passant devant Logan.

C'était la fin de la journée ; appuyé au comptoir de l'entrée, Logan venait de passer les dix dernières minutes à discuter avec l'agent préposé à l'accueil. Il attendait le moment opportun pour intervenir.

– À demain, leur répondit-il avec un sourire accompagné d'un signe de la main.

Puis, voyant passer la carrure fuyante de son homme, il l'interpella.

– Clark, je peux te parler une seconde ?

Spike s'arrêta et prit un air interrogatif.

– J'ai fait mes heures, shérif, fit-il dans une tentative d'humour.

Logan lui décocha un sourire.

– Allez, viens, il faut que je te parle, dit-il d'un ton agréable.

Spike regarda sa montre.

– OK, mais pas trop longtemps. Je dois aller au cinéma ce soir.

– Ne t'en fais pas, j'aurai vite terminé.

Ils retournèrent jusqu'à son bureau ; Logan ferma la porte derrière lui.

– Assieds-toi, je t'en prie.

Spike fit une grimace de contrariété, mais s'assit. Il ne comprenait vraiment pas ce que le shérif lui voulait.

– C'est un si bon coup que ça ? attaqua Logan en s'asseyant sur le coin de son bureau.

– De quoi vous parlez ? s'étonna Spike.

– J'imagine qu'elle doit te faire des trucs terribles. À moins que ce ne soit une question de fric ?

– Écoutez, shérif, ça suffit, où voulez-vous en venir ? demanda Spike en tentant de se lever.

Mais Logan le fit se rasseoir d'une poussée sur les épaules.

– Ne bouge pas, petit enfoiré, fit-il d'un ton qui n'avait plus rien d'amical. Alors comme ça on estime qu'on n'est pas assez bien payé ? On veut la jouer finaude en essayant de me baiser ? Tu croyais vraiment t'en sortir ?

– Si vous alliez droit au but, shérif ? J'ai un cinéma qui m'attend.

D'un mouvement vif, Logan attrapa Spike par le col de son blouson et le souleva de sa chaise.

– Combien elle t'a payé pour que tu lui files ces informations ? Combien ? (Puis, après un court silence :) J'espère que tu la baises, au moins !

Spike ne dévia pas le regard.

– Je ne vous suis toujours pas, mais je vous préviens que, si vous me touchez, je porterai plainte contre…

Il n'eut pas le temps de terminer sa phrase que Logan le relâchait et lui envoyait son poing en pleine figure.

Spike partit en arrière. Une gerbe de sang jaillit de son nez brisé.

– Tu veux porter plainte contre moi ? Répète un peu ça ! Vas-y, répète !

Spike se redressa, un peu groggy, vit le sang qui coulait sur le sol et instinctivement porta la main à son nez.

– Vous êtes complètement cinglé ? !

– Écoute-moi bien, petit connard. Tu vas me faire une lettre de démission que tu m'apporteras lundi matin. Sinon je t'inculpe pour divulgation d'informations confidentielles ayant entraîné la mort du juge McArthur. De plus, je ferai mener une enquête sur les circonstances réelles de la mort de Larry Brooks. Portnoy a juré que tout s'était passé comme tu l'as dit, mentit-il pour couvrir le sergent. Mais peut-être que devant une cour il dira la vérité, car je suis certain que tu l'as abattu comme un chien.

– Aucun jury populaire ne m'enverra en prison pour ça ! se défendit Spike, secoué par la violence du shérif.

Logan se retint de le renvoyer au tapis.

– À cause de toi, un juge innocent est mort. Tu peux faire confiance à l'esprit de corps des magistrats. Le procureur saura trouver les mots pour te faire condamner à une très lourde peine.

Pressant son nez avec un mouchoir en papier trouvé dans sa poche, Spike n'en revenait pas du retournement de situation. Il était le héros de la ville et voilà qu'on le menaçait de le mettre en prison.

– Vous êtes un bel enculé !

– Redis-moi ça pour voir ! le menaça Logan en se rapprochant dangereusement.

Spike baissa le regard.

– Vous aurez ma lettre, répondit-il cette fois avant de sortir du bureau.

Quand il fut parvenu à la moitié du couloir, il se retourna et regarda le shérif droit dans les yeux.

– Sale fils de pute ! jura-t-il alors que les derniers policiers encore présents le regardaient sans comprendre.

Logan serra les poings. Il se vit courir dans le couloir, le rattraper et lui envoyer un crochet en pleine mâchoire.

Mais il ne bougea pas, s'alluma une cigarette et attendit de recouvrer son calme.

Une odeur délicieuse lui titilla les narines. Logan referma la porte derrière lui et se dirigea dans la cuisine.

– Il faut que tu arrêtes ou je vais finir par devenir obèse ! dit-il en s'approchant de Hurley.

Elle posa la grande cuillère en bois qu'elle tenait à la main et vint déposer un baiser caressant sur les lèvres de Logan.

– Il faut qu'on parle de ça, dit-il après s'être laissé faire.

Si la frénésie de la journée lui avait permis d'éviter le sujet, il savait qu'il ne pouvait plus trouver de parade.

– J'y compte bien, Mike. Mais n'oublie pas que c'est toi qui m'as prise dans tes bras ce matin.

Non, il ne l'avait pas oublié. Il ne savait vraiment plus quoi penser.

– Comment s'est passé le reste de la journée ? demanda-t-elle en retournant à ses fourneaux.

Logan se débarrassa de son blouson et le posa sur une chaise.

– Augeri et Adams sont toujours en garde à vue. On a commencé à auditionner leurs proches. Tout porte à croire qu'ils n'ont pas pu commettre le crime eux-mêmes.

Hurley finit de remuer sa préparation et baissa l'intensité des plaques à induction.

– Ce n'est pas vraiment une surprise, fit-elle en appuyant le creux de ses reins contre le rebord de l'évier.

– Ouais. Les premières perquisitions pratiquées chez eux n'ont rien donné pour l'instant. Blake et son équipe seront là demain matin pour prêter main-forte, mais je ne me fais guère d'illusions sur ce qu'ils pourront trouver.

Hurley acquiesça.

– Augeri est innocent, je n'ai aucun doute là-dessus, dit-elle. Par contre, Adams ne craquera pas. Quels que soient nos efforts.

Logan ouvrit le frigo et en sortit deux bières. Il en tendit une à Hurley et alla s'asseoir à la table de la cuisine.

– J'ai vraiment été nul. Je te remercie de m'avoir sauvé la mise.

Hurley éteignit le feu, versa tout le contenu de la poêle dans un grand récipient, puis elle prit le saladier déjà préparé et le déposa sur la table avant de s'asseoir en face de son amant.

– Tu es trop impulsif, Mike, fit-elle en versant la bière dans son verre.

– Si tu n'avais pas été là, je serais dans une sacrée merde, admit-il.

Ce n'était pas un compliment, juste l'analyse d'une réalité. Il avait été à deux doigts de tout faire foirer.

Merci, Hurley, pensa-t-il en la regardant boire.

– Ne dis pas de bêtises, on n'est pas plus avancés. On a juste la certitude que ni le juge ni Augeri ne sont coupables, mais, pour autant, nous n'avons toujours rien contre Adams.

– Oh que si ! J'ai vu sa tête quand tu lui as parlé d'autres petites Trudell. Il est fait comme un rat.

Hurley détourna le regard. Elle était toujours gênée de recevoir des compliments.

– C'est vrai, mais je dois t'avouer que je n'en menais pas large. Mais bon, tout a parfaitement fonctionné.

Logan commença à leur servir l'entrée.

– Tu as appelé le Bureau ?

– Ouais, dès demain ils vont faire circuler sa photo dans tous les médias. Il y aura même une prime à la clé pour celui qui pourra nous donner des informations sur son passé.

Logan se laissa aller à sourire. Comme l'avait dit Hurley durant l'interrogatoire, même s'ils n'arrivaient jamais à prouver sa participation aux meurtres de Lucy et d'Amy, ils feraient tomber Adams pour pédophilie, et avec un bon procureur il se pourrait qu'il passe tout le reste de sa vie en prison !

– Au fait, je sais qui est notre taupe. Tu ne devineras jamais.

– C'est qui ?

– Clark Spike ! Tu sais, le flic qui a abattu Brooks.

Hurley voyait très bien de qui il s'agissait.

– Si je te dis que je ne suis qu'à moitié étonnée...

– En tout cas, il n'est pas près de recommencer. Je l'ai sommé de me donner sa lettre de démission, en menaçant de le poursuivre en justice.

– Il a réagi comment ?

– Ça va. Il a fait profil bas, mentit-il.

Hurley lui jeta un regard soupçonneux mais ne creusa pas plus loin.

– Au fait, je vais devoir ressortir tout à l'heure, reprit Logan, espérant ainsi repousser le moment de vérité. Je vais appeler le *Daily River*, et tâcher de voir cette Callwin après le repas. J'ai deux mots à lui dire.

Hurley soupira en le regardant droit dans les yeux.

– Tu ne vas pas te débiner et manquer à ta parole. Tu vas enfin m'expliquer la raison de notre séparation et de ton départ pour River Falls.

Logan s'était juré de ne jamais en parler. Cela faisait des mois qu'il avait enfoui son secret au plus profond de lui-même. Pourquoi tout remettre en cause aujourd'hui ?

Parce que tu as couché avec elle ce matin, espèce de crétin ! se répondit-il en supportant le regard accusateur de Hurley.

– D'accord, mais après être passé chez Callwin.

– Non, fit Hurley d'un ton péremptoire, pas toi.

Logan fronça les sourcils et posa sa fourchette.

– C'est moi qui vais aller la voir. On va avoir besoin de la presse dans les jours à venir. Je ne veux pas que tu fasses d'esclandre. Tu sais comment sont les journalistes. Menace-la et toute la corporation sera contre toi et nous mettra des bâtons dans les roues. Je vais aller lui parler.

Logan n'avait rien à opposer. Une fois de plus, elle avait parfaitement raison.

– Tu comptes faire un rapport sur mon incompétence ou tu as l'intention de me faire chanter ? plaisanta-t-il.

Hurley lui sourit.

– Ce n'est pas tous les jours qu'on voit un homme se tirer une balle dans la tête.

Même quand il avait tout faux, elle lui trouvait une excuse, et là elle n'avait pas vraiment tort.

Aussi, ce fut plus fort que lui. Il se leva et alla l'embrasser.

3

Callwin arriva en avance à son rendez-vous au *Uncle Tom*, un bar situé en plein centre de River Falls. Elle s'assit à une table du fond et commanda une bière.

Un quatuor composé d'un pianiste, un contrebassiste, un saxophoniste et un batteur jouait des standards de jazz dans une atmosphère intimiste.

En fin de soirée, Callwin avait reçu un appel de Spike qui lui avait raconté son altercation avec le shérif. Il voulait qu'elle fasse un papier à la une pour dénoncer les violences de Logan. Mais elle lui avait vite fait comprendre qu'étant donné leurs rapports étroits, tout cela risquait de se retourner contre eux.

Elle lui avait alors promis de le voir pendant le week-end et de réfléchir ensemble à la position à adopter.

Elle venait juste de terminer son repas quand elle avait reçu un autre coup de téléphone sur son portable.

Numéro masqué.

Elle avait pris la communication et, à sa surprise, la profileuse de Seattle lui avait proposé de la rencontrer le soir même. Elle s'était demandé si cela avait un rapport avec Spike.

Elle avait hésité un instant. Cependant la curiosité l'avait emporté et elle avait accepté.

À présent, assise en fond de salle, elle n'était plus aussi sûre d'elle. Mais, avant qu'elle ait finalement décidé de repartir, Hurley entra dans le bar. Leurs regards se croisèrent. Hurley s'approcha de sa table.

– Jessica Hurley, du FBI, se présenta-t-elle. Vous êtes bien Leslie Callwin ?

Elle n'avait vu son visage que sur une photo sur internet. Elle est bien plus jolie en vrai, se dit-elle.

– Oui, répondit-elle en lui tendant la main.

Hurley la lui serra et s'assit en face d'elle.

– C'est très chaleureux comme endroit. Vous venez souvent ? demanda Hurley tandis qu'un serveur s'approchait.

– Assez, répondit simplement Callwin.

Hurley lui sourit puis commanda une bière.

– Vous vous demandez certainement pourquoi j'ai tenu à vous voir ? enchaîna-t-elle.

Callwin confirma.

– Votre article de ce matin nous a fait beaucoup de tort. J'espère que vous en avez conscience.

– Je n'ai fait que mon travail. Nos concitoyens ont le droit d'être informés. La liberté d'expression, vous connaissez ?

– Si votre article n'avait pas paru, le juge McArthur serait encore en vie.

Callwin regretta de s'être déplacée pour s'entendre dire ça.

Elle n'avait pas besoin qu'on lui fasse la morale. Elle avait été fortement secouée par le suicide du juge. Si elle savait qu'elle pouvait se retrancher derrière son droit à informer, une partie d'elle-même se posait des questions.

– C'est vous qui le dites. Je ne suis pas dans la tête du juge. Allez savoir les vraies raisons de son suicide, répliqua-t-elle.

– Exact, il n'y a aucune certitude. Mais j'ai tout de même la prétention de croire que, si nous l'avions arrêté avant la parution de l'article, nous ne l'aurions pas laissé se suicider. Il a agi sous l'emprise de la panique, reprit Hurley. Vous savez qu'il est plus que probable qu'il ait été innocent.

– Qu'est-ce que vous en savez ? Il y a une chance sur trois.

Le serveur revint déposer une bière devant Hurley. Elle s'en saisit et en but une gorgée.

– Plus maintenant, répondit-elle. Tout porte à croire qu'il s'agit du révérend.

Callwin ouvrit de grands yeux. Elle n'aurait jamais pensé que cette femme lui ferait une telle révélation.

– Comment ça ? demanda-t-elle, ne croyant pas en sa chance.

Hurley décida de lui raconter le déroulement des deux interrogatoires. Callwin écouta d'une oreille particulièrement attentive. L'exposé fini, elle posa ses deux coudes sur la table et avança son visage vers Hurley.

– Je ne vous comprends pas, dit-elle. Pourquoi me dire tout cela ?

Callwin avait bien pensé à un piège, mais elle avait enregistré toute l'intervention sur son dictaphone posé sur la table. Hurley n'avait pu le manquer.

– Parce que je n'arrive pas à croire que vous êtes aussi corrompue et abjecte que le pense le shérif Logan.

Callwin se renfonça sur la banquette. Elle ne savait pas trop comment prendre cette dernière phrase.

– Expliquez-vous ?

Hurley, d'une main distraite, rassembla sa chevelure sur le côté. Elle prit un air affirmé.

– Je suis profileuse et, sans vouloir me vanter, je suis plutôt compétente en ce domaine. (Elle ajouta, d'un ton plus bienveillant :) Je ne pense pas que vous soyez un être froid et sans pitié. J'ai tendance à croire que vous êtes une cynique. Vous avez une vision détestable de l'humanité et encore plus des hommes. Vous ne vous faites aucune illusion sur le destin funeste du monde, et vous avez pris le parti de faire votre trou en vous servant des bassesses humaines.

Elle s'interrompit le temps d'avaler une nouvelle gorgée de bière. Callwin la regardait d'un œil narquois, mais ses paroles la touchaient. C'était peu ou prou ce qu'elle pensait.

– Et après ? dit-elle, dédaigneuse.

– Arrêtez-moi si je me trompe, mais la jeune fille que vous étiez a dû rêver du métier de journaliste. Partir à la recherche de la vérité, parcourir le monde sur des terrains hostiles, dénicher le mensonge chez nos hommes politiques, ou peut-être rejoindre un grand magazine de mode et aller de capitale en capitale interviewer les plus grands couturiers de la planète.

– C'est le lot de tous les adolescents, non ? Y a-t-il un seul Américain qui n'ait eu des rêves de grandeur ? demanda Callwin, qui se sentait de plus en plus mal à l'aise.

Pourtant elle resta assise. Elle avait besoin de savoir où cette conversation allait la mener.

– Vous avez raison. Mais le retour à la réalité est plus ou moins difficile selon les gens. Pour vous il a dû être particulièrement terrible.

Callwin soupira en la regardant méchamment.

– Qu'est-ce que vous en savez ? ! dit-elle avec mépris.

– Leslie, vous pouvez mentir à beaucoup de monde, mais pas à moi. Je suis certaine que votre outil privilégié pour obtenir vos informations se trouve entre vos jambes, et n'allez pas me faire croire que coucher avec de sales types faisait partie de votre idéal journalistique.

Dans un réflexe, Callwin jeta le reste de sa bière au visage de Hurley.

– Pauvre conne ! fit-elle en se levant de table.

– Vous avez peur de moi ? dit Hurley avec un calme absolu alors que les regards se tournaient vers elles.

– Non, mais vous me dégoûtez !

Callwin prit son sac.

– Leslie, avant de partir, répondez seulement à cette question.

Callwin resta debout près de Hurley et hésita à lui cracher à la figure.

– Vous estimez que je vous ai agressée, alors que j'essaye seulement de vous aider. Regardez-moi droit dans les yeux et dites-moi que vous aimez l'agent Clark Spike.

Bien sûr que non, elle ne l'aimait pas. Oui, elle lui vendait sa chatte et désormais son cul pour des informations. Non, elle n'en était pas fière et se détestait pour cela. Mais quel autre choix lui avait-on laissé ?

– Vous ne pouvez pas comprendre ! dit-elle alors que son subit accès de colère s'évanouissait face à la piètre image d'elle-même que venait de lui renvoyer Hurley.

– Rasseyez-vous, nous n'avons pas fini de parler.

Callwin hésitait entre lui envoyer son poing en pleine face et éclater en sanglots dans ses bras.

Elle finit par éclater de rire en voyant le décalage qu'offrait Hurley, toujours aussi calme alors que son visage, ses cheveux et même ses vêtements dégoulinaient de bière.

– Allons dans les toilettes, vous faites vraiment peine à voir, fit-elle.

Hurley était soulagée. Elle savait que les gens détestent par-dessus tout être mis face à eux-mêmes.

La plupart en veulent à la personne qui leur a tendu le miroir, le brisent et fuyent. D'autres, très rares, acceptent cette terrible image d'eux-mêmes et essaient d'en parler.

Callwin posa la main sur le pull trempé de Hurley.

– On n'a qu'à passer chez moi. Je vous prêterai un pull propre. Vous me le rendrez plus tard.

– C'est gentil. Une douche à la bière, ce n'est pas très agréable ! convint Hurley.

Callwin sourit et elles quittèrent le bar.

– Comment êtes-vous venue ?

– En taxi, répondit Hurley.

– Très bien, dans ce cas venez avec moi.

– Vous savez, je ne vous juge pas, Leslie. Je ne vais pas vous raconter ma vie, mais tout n'a pas toujours été facile pour moi non plus. Le truc, c'est qu'un jour il faut que ça s'arrête.

Callwin ne se reconnaissait pas. En temps normal, elle serait partie en l'envoyant sur les roses. Mais Hurley était différente. Il n'y avait aucune malice ni dans ses paroles ni dans son attitude.

Au contraire de ses informateurs et de son propre patron, qui ne voyaient en elle qu'un objet sexuel, Hurley lui parlait comme à une amie. Une notion qu'elle ne connaissait plus depuis le lycée !

– C'est votre boulot, d'être sympa avec les psychopathes comme moi ? ironisa-t-elle.

– Non, mais je suis de la vieille école. Je crois encore en la cause féministe. Unies, nous serons plus fortes.

– Ne me dites pas que vous êtes lesbienne, avança prudemment Callwin.

Hurley se mit à rire.

– Oubliez ça. Essayez de penser, pour une fois, qu'on peut s'intéresser à vous plutôt qu'à votre minou.

Minou ! Comme ce mot détonnait comparé à ceux qu'employaient Spike et les autres !

– Pardon, mais, même si j'ai une piètre opinion des hommes, je suis une pure hétéro.

– Moi aussi, conclut Hurley.

Elles arrivèrent devant sa voiture. Callwin ouvrit la portière.

– Vous savez, vous n'êtes pas obligée de venir chez moi. J'ai compris la leçon. Dès demain, je ne ferai mention que de ce que vous m'aurez autorisée à révéler. Vous pouvez me faire confiance.

En disant cela, Callwin s'étonna elle-même, car pour la première fois de sa vie de journaliste elle savait qu'elle ne mentait pas.

Hurley avait vraiment envie de rentrer. Elle se sentait fatiguée et surtout elle voulait retrouver Logan et connaître enfin la vérité sur leur séparation.

– Vous voulez que je vous appelle un taxi ? proposa Callwin.

Le ton de sa voix n'était pas très assuré. Elle avait vraiment envie de parler. Hurley la regarda et n'osa pas la décevoir. Cette femme avait besoin d'aide. Logan attendrait.

– Non, je viens avec vous.

Un large sourire s'épanouit sur le visage de Callwin.

Il était près de deux heures du matin quand Hurley quitta l'appartement de Callwin. Cette dernière avait les yeux rouges et brûlants d'avoir tant pleuré. Cette Hurley était décidément une sacrée fortiche. Elle avait réussi à lui faire avouer toutes ses humiliations.

La fourberie des hommes et leurs mensonges. Les petites compromissions avec ses idéaux qui s'étaient aggravées avec le temps jusqu'à faire d'elle une cynique désabusée en quête d'une réussite professionnelle qui tardait à venir…

Elle secoua la tête et alla prendre une douche.

En revenant dans le salon, elle aperçut le clignotement rouge de son répondeur. Un message en attente.

Elle enclencha l'appareil.

Une voix masculine résonna dans l'appartement.

– Bonsoir, madame Callwin, je suis Ronnie Williams, le beau-père de Lucy. J'ai vu aux informations que les flics ont découvert des photos compromettantes de Lucy et de sa copine. (Une pause, puis il reprit :) Vous m'aviez dit de vous appeler si j'avais des choses à vous dire, alors j'ai pensé à vous. En fouillant dans ses affaires j'ai trouvé des clichés. Je suis prêt à vous les vendre pour vingt mille dollars, j'attends votre appel. Au revoir.

Callwin resta bouche bée devant la fenêtre du salon. Les rues étaient désertes. Tout le monde dormait.

Elle n'en revenait pas. Ce type était une véritable crapule ! Pourtant, il lui offrait l'occasion d'augmenter encore son aura auprès de son patron.

Elle repensa à ses discussions avec l'agent du FBI.

Hurley avait essayé de lui prouver qu'elle pouvait agir autrement. Qu'elle était encore jeune et avait tout le temps pour se refaire une conduite et se raccrocher à ses idéaux de jeunesse.

Mais y avait-il un espoir quand un père était prêt à souiller la mémoire de sa fille contre un paquet de dollars ? !

Emmitouflée dans son peignoir, Callwin resta un long moment devant la fenêtre, les larmes aux yeux, dégoûtée par ce monde.

Samedi 28 avril 2007

1

Le soleil commençait à poindre à l'horizon quand tous les étudiants se retrouvèrent devant le domicile des parents d'Edward.

– Je monte derrière, déclara Courtney.

Ils avaient tout juste fini de charger leurs affaires dans les voitures. Ils étaient prêts à partir.

– En tout cas, on a vraiment du bol. Tu as vu ce temps ? Pas un nuage ! s'enthousiasma Shanice.

– On ne pouvait rêver mieux, ajouta Lisa.

– Pourvu que ça dure, fit Sam tandis qu'il s'emparait des clés de la voiture de location.

– Ne nous porte pas la poisse ! intervint Edward. S'il se met à pleuvoir, je te jure que je te le ferai payer !

– Il faudra d'abord que tu me passes sur le corps ! s'interposa Lisa.

Les sourires fleurirent sur les visages. L'atmosphère était détendue. L'idée de se retrouver d'ici quelques heures au grand air de la montagne suffisait à leur bonheur.

– Fais attention à ce que tu dis, je pourrais te prendre au mot, répondit Edward en se rapprochant de Lisa avec un air de *latin lover*.

– Hey, tu reviens ici tout de suite ! fit Shanice en interpellant son homme.

– Comme ils sont cons ! fit Brian qui tenait Sarah par la main.

Il était lui aussi très serein. Il n'avait plus à se cacher et ne doutait pas qu'ils allaient passer un week-end inoubliable.

– Ed, tu es sûr que tu as les clés de la baraque ? demanda Sam alors qu'il s'apprêtait à pénétrer dans le véhicule de location.

Edward mit la main à sa poche et fit semblant de chercher, puis il prit une mine déconfite, avant de sortir le trousseau de clés et de le brandir fièrement.

– Imbécile ! souffla Sam en secouant la tête.

– Allez, on est partis. On te suit, Edward, et surtout ne roule pas trop vite, recommanda Lisa.

– T'inquiète. Je ne vais pas vous semer, je m'ennuierais si je ne pouvais pas vous embêter ! fit-il.

– Arrête, ce n'est pas drôle, dit Shanice en le tirant par le bras.

Sam ouvrit la portière et se mit à la place du conducteur. Lisa alla s'asseoir de l'autre côté tandis que Sarah et Brian s'installaient à l'arrière.

Dans l'autre voiture, Edward se mit au volant, Shanice à ses côtés, Courtney bénéficiant de la banquette arrière pour elle seule.

Edward mit le contact et démarra.

– Ça va vraiment nous faire du bien. On va pouvoir décompresser un peu, fit Sam en commençant à le suivre.

– Ouais, faut oublier River Falls. Et surtout on ne parle plus des meurtres. On est partis pour se détendre. Franchement, ce serait dommage de gâcher un temps pareil, approuva Brian.

Collée contre lui, Sarah le remercia d'un sourire. Elle n'avait presque pas fermé l'œil de la nuit, et sentait la fatigue la submerger.

– Ça ne vous embête pas si j'essaye de dormir un peu ? demanda-t-elle.

– Non, vas-y. Je vais faire la conversation à ton mec, après tout on ne se connaît pas beaucoup, avec Brian, fit Lisa en tournant la tête vers l'arrière.

– Pas de problème, mais tu réponds aussi à mes questions, répondit Brian.

– Si je vous embête, je peux sortir, fit Sam d'un ton faussement outragé.

– Mon pauvre petit chou, tu te sens oublié, comme c'est mignon ! fit Lisa qui vint lui déposer un baiser sur la joue.

Brian s'avança sur son siège pour lui ébouriffer les cheveux par-derrière.

– Arrête, j'ai mis une heure à me coiffer, se plaignit Sam qui avait toujours sa fameuse coupe en pétard.

Sarah sourit et s'allongea en posant sa tête sur les genoux de Brian. Elle ferma les yeux et, en un rien de temps, elle trouva le sommeil.

– Réveille-toi, Sarah ! fit Brian en lui caressant le visage.

Sarah ouvrit les yeux et se redressa.

– On est arrivés ?

– Non, répondit Sam d'un ton rieur. On s'arrête pour une pause pipi.

Ils roulaient depuis plus de deux heures et avaient quitté depuis bien longtemps toute trace de civilisation.

Seuls quelques hameaux isolés leur rappelaient, de temps en temps, l'existence d'êtres humains dans la région. Les immenses forêts qui séparent l'État de Washington de celui de la Colombie-Britannique, au Canada, sont l'un des espaces les plus sauvages du continent nord-américain.

Ils sortirent des voitures et savourèrent le spectacle.

Où que leur regard portât, la montagne et sa forêt impénétrable les surplombaient de toute part. Le ciel était d'un bleu limpide et le soleil haut dans le ciel.

– C'est magnifique, fit Shanice.

– L'air est si pur, fit Lisa.

– Et pas de bruit. C'est cool, ajouta Edward.

Brian et Sam avaient déjà quitté la route pour se soulager, Courtney était partie à l'opposé.

– On est encore loin ? demanda Sarah, bien contente d'avoir mis son pull.

Même si le soleil brillait, l'air matinal était encore frais.

– On ne va pas tarder à arriver à un embranchement, puis ce sera une vingtaine de miles sur des chemins de terre, répondit Edward qui avait sorti une carte de la région.

Ils auraient pu trouver plus proche, mais les parents d'Edward possédaient depuis des générations une ancienne ferme qu'ils avaient réaménagée avec tout le confort possible et qu'ils louaient à l'occasion.

L'endroit idéal pour des étudiants.

– Tu es sûr que tu sais où c'est ? le taquina Lisa.

– Ouais, fit Edward, les yeux rivés sur la carte. C'est vrai que je n'y vais pas souvent, mais ce n'est vraiment pas compliqué, il n'y a qu'à suivre le plan.

Brian et Sam revinrent.

Lisa s'éclipsa avec Shanice.

– J'ai l'impression d'être dans *Shining*, dit Courtney.

– Le film n'a pas été tourné bien loin. On est en plein dans le coin, confirma Edward.

– Espérons qu'il n'y a pas un malade avec une hache ! plaisanta Brian.

– Moi, je m'en fous, je cours vite, par contre, les filles, comptez pas sur moi pour vous sauver en cas de malheur, fit Edward.

Sarah et Courtney lui adressèrent une grimace méprisante. Sam lâcha un sourire.

– Tu ne me laisserais pas tomber, toi ? minauda Sarah en prenant le bras de Brian.

– Je ne suis pas un pleutre comme Ed, fit-il en bombant le torse. Jamais je ne te laisserais aux mains des sauvages qui hantent la région !

– Et moi, qui va me sauver ? se plaignit Courtney en mettant les mains sur les hanches.

– Personne ! répondirent Sam et Edward, synchrones.

Tout le monde s'esclaffa. Courtney prit un air faussement fâché.

Lisa et Shanice les rejoignirent.

– Bon, prochain arrêt, la ferme des Spatling ! tonna Edward.

– Je te plains, ma pauvre Shanice. J'espère que tu ne te marieras jamais avec lui. Shanice Spatling, ça la fout vraiment mal ! se moqua Courtney.

Les rires reprirent. Edward replia la carte en faisant la sourde oreille.

Le cœur léger, tout le monde retourna dans les véhicules, sans remarquer qu'une voiture arrêtée deux cents mètres en aval reprenait elle aussi la route.

2

– Je n'en reviens pas de vous avoir appelée ! fit Callwin.

– Un reste de conscience, répondit Hurley avec un sourire.

Son portable l'avait réveillée aux aurores. Elle aussi avait été étonnée quand elle avait entendu la voix de Callwin lui faire part du message du beau-père de Lucy.

Aussi pourri qu'un fruit puisse paraître, il en reste toujours une partie comestible, lui avait enseigné un de ses professeurs à l'école de police.

Le seul problème, c'est qu'elle n'avait pu s'expliquer avec Logan sur leur devenir personnel.

Quand elle avait appelé un taxi pour rejoindre Callwin, Logan venait tout juste de se réveiller. Pas le temps pour un affrontement.

Elle avait retrouvé la journaliste en centre-ville et était montée dans sa voiture.

– J'espère que je ne vais pas le regretter ce soir ! fit Callwin.

– En doutez-vous vraiment ?

Les mains fermement serrées sur le volant, Callwin roulait en direction de Silver Town à la limite de la vitesse autorisée. Elle savait qu'elle avait pris la bonne décision. Elle devait reprendre sa vie en main et fuir cette ville dès que toute cette histoire serait terminée.

– Non.

Le ton était ferme et définitif.

Elles arrivèrent en vue de Silver Town vers dix heures. Williams avait donné rendez-vous à Callwin au *Wild Bunch*, un bar situé en face de la mairie.

Callwin suivit les panneaux indicatifs et, cinq minutes plus tard, elle se garait sur la place centrale.

En ce samedi matin, la ville semblait comme morte. Malgré le beau temps, les habitants étaient encore chez eux ou déjà partis en balade.

– Ça doit être là ! indiqua Callwin en découvrant le seul bar de la place.

Elles pénétrèrent dans le *Wild Bunch*.

Callwin repéra aussitôt Williams assis près d'une fenêtre. Dès qu'il les vit, son regard se fit soupçonneux.

– Bonjour, monsieur Williams, je vous présente l'agent Jessica Hurley du FBI, dit Callwin avec un grand sourire.

Le visage de Williams vira au blanc en un clin d'œil. Les deux femmes s'assirent sans lui demander son avis.

– Ainsi, vous avez des informations à nous donner ? attaqua Hurley en le regardant droit dans les yeux.

– Euh, je ne sais pas, vous êtes vraiment du FBI ? bredouilla Williams.

Il s'attendait à tout sauf à une telle traîtrise. Il avait passé la nuit à rêver de ce qu'il ferait des vingt mille dollars. Une nouvelle voiture, un grand voyage, et autres petits plaisirs.

Hurley sortit sa plaque et la lui colla devant les yeux.

– Vous avez de la chance que je sois de bonne humeur. Je pourrais vous arrêter pour dissimulation de preuves et je ne vous parle pas de la réputation que j'aurais pu vous faire.

– Je ne comprends pas, dit Williams, mais tout indiquait le contraire.

– Ne vous faites pas plus idiot que vous ne l'êtes, renchérit Callwin. Quel genre d'homme êtes-vous ? Vous étiez prêt à souiller la mémoire de votre enfant juste pour de l'argent !

Williams jetait des regards à droite et à gauche ; dans son malheur, il fut heureux de constater que le bar était presque vide.

– Ce n'était pas ma fille, mais celle de ma femme, et qu'est-ce que j'y peux si c'était une salope ?

Pas la moindre compassion.

Hurley aurait bien aimé que Callwin lui jette une bière à la figure !

Le serveur s'approcha. Elles commandèrent deux cafés.

– Vous êtes un type ignoble, dit Hurley qui en avait assez entendu. Donnez-nous les photos, et je vous préviens que si, par malheur, j'en découvre dans la presse, je reviendrai vous voir et vous finirez vos jours en prison.

Ce n'était que du bluff, mais l'homme n'en savait rien. Il ignorait totalement ses droits, et la peur suintait de ses pores avec comme une sale odeur de moisi.

Williams prit la grande enveloppe posée à côté de lui et la tendit à Hurley.

– Je vous jure que ce sont les seules que j'ai.

– Comment les avez-vous trouvées ? intervint Callwin, qui se méfiait de ce ton si misérable.

– Ma femme ne veut plus rentrer dans la chambre de Lucy, alors c'est moi qui me suis chargé de la ranger. J'ai trouvé ça dans un tiroir.

Faux ! se dit Hurley.

– Ne commencez pas à mentir ! fit Callwin, sur la même longueur d'ondes.

Williams suait de plus en plus.

– Vous voulez vraiment finir en prison ? le menaça Hurley, histoire de l'achever.

– Elle avait un petit coffre où elle rangeait ses secrets. Je n'avais pas la clé, mais je l'ai forcé en me disant qu'il y aurait peut-être des indices qui pourraient aider la police. Je vous jure que c'est vrai, se défendit-il.

Certainement, si ce n'est que, lorsqu'il avait réalisé qu'il pourrait les vendre, tout s'était chamboulé dans sa tête, se dit Hurley.

Elle aurait bien aimé savoir comment cet homme avait élevé la petite Lucy. Qui savait ce qu'il lui avait fait subir ?

Désormais il était trop tard. Lucy était morte, et personne ne répondrait à cette question.

– Retournez chez vous. Et que je n'entende plus jamais parler de vous, lui ordonna Hurley.

Williams se leva, lui jeta un regard hésitant, entre peur et haine. Puis il prit sa veste et sortit du bar.

– Quelle merde, ce type ! fit Callwin.

– Ouais, un bel exemple de psychopathe qui ne se connaît pas ! fit Hurley.

Elle avait l'enveloppe dans la main, et redoutait la vision des images.

Elle n'avait jamais eu de goût pour le voyeurisme, mais elle ne pouvait fuir cette obligation.

Elle la décacheta et sortit la première photo. Callwin s'était collée à elle.

Dès qu'elle vit le visage des deux jeunes filles, elle eut un cri muet.

– Le gros salaud ! s'exclama Callwin en voyant un homme dans la quarantaine, entièrement nu, avec deux jeunes filles tout aussi dévêtues à ses côtés.

Elle jeta un regard vers Hurley et vit sa mine décomposée.

– Qu'est-ce qui se passe ? demanda-t-elle, inquiète.

– Les deux filles ne sont pas Lucy et Amy.

Callwin scruta la photo.

– Mais si, c'est bien Lucy, je vous jure.

Hurley détourna le regard et répondit :

– Je voulais juste dire que l'autre fille n'est pas Amy Paich, déclara Hurley en comprenant nombre de choses.

Logan venait de ressortir de la cellule où était emprisonné le révérend quand son portable sonna.

– Salut, Jessica, ton petit voyage avec l'ennemie valait le coup ? demanda-t-il.

Hurley lui fit part de sa découverte.

Logan serra le poing de frustration.

Sarah Kent ! Ce n'est pas possible ! se dit-il, abattu. Cette histoire n'en finirait jamais !

Il repensa à cette jeune étudiante et à son insistance à lui parler, ce lundi. Il n'avait pas pris cela au sérieux et lui avait envoyé Hurley.

J'ai foiré l'occasion d'entendre ses confidences ! se dit-il soudain.

Quand il s'était entretenu avec elle à l'université, elle avait dû prendre peur. Elle avait dès lors esquivé en narrant sa querelle avec Jennifer Shawn.

Il n'avait rien vu venir !

Ce qui était sûr, c'est que ça changeait sa vision des faits.

Un tas de nouvelles questions se bousculèrent dans sa tête.

Si Sarah faisait partie du trio, quel était le rôle joué par Larry Brooks ? Se pouvait-il qu'il ait récupéré les photos des trois jeunes filles sans leur consentement ? Avait-il essayé de les faire chanter ? Pourquoi n'y avait-il aucune photo de Sarah sur la clé USB de Brooks ? Et, dernière question et non des moindres, Sarah avait-elle tué ses deux amies, avec ou sans l'aide d'un complice ?

– Il y a un problème, shérif ? fit Blanchett devant la mine de son patron.

– Oui, répondit-il laconiquement.

D'un pas résolu, il quitta le commissariat en sachant qu'il n'y avait qu'une façon d'avoir des réponses : aller interroger Sarah.

Néanmoins, il ne tenait pas à commettre la même erreur qu'avec le juge. Personne ne devait être au courant tant qu'il n'était pas certain de l'implication de Sarah dans les meurtres de Lucy et Amy.

Il monta dans sa Cherokee et prit aussitôt la direction de l'université.

Hurley n'avait pas vraiment envie de montrer les photos mais, si elle voulait connaître le nom de l'homme allongé près de Sarah et Lucy, elle n'avait pas le choix.

– Vous m'attendez. Je n'en ai pas pour longtemps, fit Hurley.

Callwin qui venait de garer sa voiture devant le commissariat n'insista pas. Hurley lui avait promis de lui donner le nom de l'homme dès qu'elle l'aurait.

La profileuse pénétra dans le commissariat et s'approcha directement du comptoir. Un agent l'accueillit.

– Je voudrais parler au shérif, dit-elle en sortant son insigne du FBI.

L'agent prit un air concentré et lui demanda d'attendre.

Une minute plus tard, un homme plus près des soixante que des cinquante ans se présenta :

– Bonjour, je suis le shérif Peart, fit-il en lui serrant la main.

– Jessica Hurley, du FBI. Est-ce que je pourrais vous parler seul à seul ?

Peart opina du chef.

– Vous venez pour l'histoire des deux gamines, n'est-ce pas ?

– Oui.

– Suivez-moi.

Ils remontèrent un couloir et s'enfermèrent dans le bureau du shérif. Il invita Hurley à s'asseoir en face de lui et posa ses deux coudes sur son bureau.

– Une sale histoire comme on aimerait ne jamais en avoir, fit-il. Vous pensez que vous tenez le coupable ?

– Possible. Le révérend Adams a le profil idéal, mais nous n'avons pour l'instant aucune preuve. Seulement des présomptions.

Peart fronça les sourcils.

– Ce n'est pas une mince accusation. Je sais bien qu'à Seattle la religion vous paraît un concept ringard, mais vous n'avez pas l'impression d'aller un peu trop vite en besogne ?

– Si vous le désirez, je vous enverrai les photos sur lesquelles on le voit se faire fouetter par Lucy et Amy. L'habit ne fait pas le moine, shérif.

Peart fit une moue, puis ébaucha un sourire.

– Je vous crois sur parole. Alors, que me vaut l'honneur de votre visite ?

Hurley prit la grande enveloppe et sortit les clichés avant de les tendre à Peart.

– Merde alors, c'est la petite Kent ! s'étonna-t-il en la reconnaissant. Qu'est-ce que ça veut dire ? Vous avez trouvé d'autres photos depuis hier ?

– Oui, je vous expliquerai comment. Mais, tout d'abord, pouvez-vous mettre un nom sur l'homme ?

Sur la première photo on le voyait de trois quarts, de ce fait on ne distinguait pas clairement son visage ; mais quand Peart découvrit la seconde, il ne put réprimer une exclamation de surprise.

– C'est Paul Ringfield ! Ah, ça alors ! Je n'aurais jamais imaginé ça de lui !

Hurley sentit un profond soulagement. Elle avait craint qu'il ne le reconnaisse pas.

– Vous le connaissez ?

– Pour sûr, un brave gars !

Il n'en dit pas plus, tant il était fasciné par la vision de son concitoyen aux prises avec les deux jeunes filles nues.

Hurley n'aimait pas la façon dont il regardait les clichés.

– Nous allons devoir l'arrêter pour un interrogatoire. Il faudrait que vous m'accompagniez avec deux de vos hommes.

Peart reposa les photos à plat sur son bureau et en détacha enfin le regard.

– Je peux vous accompagner tout seul. Je ne crois pas qu'il opposera beaucoup de résistance.

– On n'est jamais trop prudent.

Peart émit un petit rire malvenu.

– Vous avez déjà vu des morts sortir de leur tombeau ? ironisa-t-il.

Hurley ne cacha pas sa surprise.

– Je voudrais quand même inspecter sa chambre, fit Logan à miss Dickinson.

– Bien sûr, shérif. Je vous accompagne.

Logan venait d'arriver à l'université ; miss Dickinson avait passé quelques coups de fil, et des étudiants leur avaient appris que Sarah était partie en week-end avec des amis.

Un joueur de l'équipe de football leur affirma même qu'ils étaient allés dans une vieille ferme appartenant aux parents d'Edward Spatling.

– Vous pensez qu'elle a participé à ces séances de photos scabreuses ? demanda miss Dickinson alors qu'ils quittaient les locaux administratifs.

– Non, mais c'est une amie de Lucy et d'Amy. Je souhaiterais l'interroger pour qu'elle me parle d'elles, mentit-il tandis qu'ils marchaient sur la pelouse menant au dortoir des filles.

– Et Augeri, vous pensez vraiment qu'il a pu les tuer ? ajouta-t-elle.

Logan s'était demandé quand quelqu'un oserait poser la sacro-sainte question.

Il s'arrêta et regarda miss Dickinson droit dans les yeux.

– Au point où en est l'enquête, nous n'avons aucune charge contre lui. Et, si vous voulez mon avis personnel, il n'a rien d'un assassin.

Il savait que cela ne ferait pas taire les rumeurs, mais au moins aurait-il essayé.

– C'est celle-là, dit miss Dickinson quand ils arrivèrent devant la chambre de Sarah.

– Très bien, donnez-moi le passe. Je vous le rapporte dès que j'ai terminé.

Des étudiantes lui jetèrent des regards intrigués, mais n'osèrent pas l'approcher.

Toutes ces jeunes filles ont des secrets à cacher, pensa Logan en ouvrant la porte.

La chambre était bien rangée. Rien ne traînait.

Il referma la porte derrière lui, mit ses gants en latex et commença sa fouille.

Il commença par le tiroir de la table. Il fut aussitôt attiré par une enveloppe au nom de Sarah. Il la prit et en sortit une lettre.

Si ce n'est pas de la chance ! se dit-il après l'avoir lue.

C'était une invitation de Lucy et Amy à les rejoindre au *Kingdom's Tavern* le dimanche suivant leur disparition.

Il n'arrivait pas à croire que Sarah puisse être réellement impliquée dans la mort de ses anciennes amies. Elle n'aurait pas laissé cette lettre en évidence. Mais il n'y avait plus de doute possible, elle savait des choses, et elle aurait intérêt à parler.

Espérant que sa chance ne le quitte pas, il continua l'inspection mais ne trouva rien d'autre.

Il savait qu'il aurait dû appeler les experts du FBI, mais il préférait attendre d'avoir eu une conversation avec Sarah pour lancer toute la machine.

Il existait une petite probabilité pour qu'elle ne soit en rien mêlée aux meurtres. Ce n'était pas la peine de focaliser l'attention sur elle.

Du moins pour l'instant, se dit-il en ressortant de la chambre.

– Comment est-il mort ? Il n'était pas si âgé ? demanda Hurley en reposant les yeux sur les photos.

– Vous voulez un café ? répondit Peart.

Hurley comprit que le shérif avait des choses à lui dire. Il préparait son effet.

– Volontiers, répondit Hurley en cachant sa frustration.

Le shérif se leva et se dirigea vers la machine à café.

– Vous savez, c'était vraiment un bon gars. Jusqu'à sa mort, il est resté avec sa femme. Une alcoolique notoire. Je ne sais pas comment il a fait pour la supporter si longtemps.

Lorsque le café fut prêt, il lui en tendit une tasse, avant de s'en verser une autre pour lui-même.

– Il devait beaucoup l'aimer.

Peart planta ostensiblement son regard sur les clichés.

– Si vous le dites.

Hurley se garda de tout commentaire. Elle n'aimait pas ses airs hautains et condescendants. Le vieux réflexe de la supériorité de la ruralité sur les gens de la ville !

– Un soir, nous avons reçu un coup de téléphone. Cette vieille garce l'a tout simplement dézingué à son retour du travail, énonça-t-il. Et ce n'est pas tout.

Il s'arrêta et porta sa tasse à ses lèvres.

– Il est bon, n'est-ce pas ? demanda-t-il en savourant le café.

– Oui, fit-elle en s'obligeant à sourire.

Mais la colère bouillait dans ses veines. Tu vas me lâcher le morceau, oui ou non ?

Peart se rassit et lui raconta enfin la suite du drame…

3

Donald avait fini sa journée de travail depuis deux heures quand il rentra dans la maison familiale.

Il travaillait dans l'aciérie, au nord de la ville. Une des dernières de la région. Comme chaque soir il était allé boire un verre dans un bar où, de façon discrète, il se plaisait à regarder les femmes qu'il n'oserait jamais aborder.

Il gara sa voiture près de la camionnette de son père, puis sortit son arme de la boîte à gants. Il ne s'en séparait que pour travailler. Il aimait l'avoir toujours sur lui. Sans elle, il se sentait moins qu'un homme.

Il sortit de la voiture et mit son pistolet dans son ceinturon, caché sous sa longue chemise.

En cette fin de mois d'août, l'air était encore brûlant, bien que le soleil soit presque à l'horizon.

Donald marchait sur le chemin pavé qui menait à la porte d'entrée. Il savait qu'il ne tarderait pas à partir un de ces jours. Mais il craignait de perdre toute mesure s'il était totalement livré à lui-même.

Le meurtre de la prostituée remontait à près de deux mois. Il se faisait violence pour ne pas recommencer aussitôt.

L'affaire avait fait la une d'un quotidien à scandale de Seattle. Le journaliste s'était amusé à faire le rapprochement avec le meurtre d'une autre prostituée commis un mois plus tôt.

Donald n'était en rien responsable, mais le journaliste ne s'était pas embarrassé d'une enquête. Il avait lié les deux meurtres pour essayer de créer une psychose chez ces filles.

Il était sur le perron quand son sixième sens le mit en alerte. Il posa la main sur la poignée de la porte et comprit ce qui le gênait. Il n'y avait aucun bruit.

À cette heure, son père aurait dû être devant la télévision à regarder une série quelconque.

Sans s'en rendre compte il porta la main à son ceinturon, défit la lanière, prit son pistolet et enleva la sécurité avant de le remettre en place.

Il ouvrit la porte. Toujours aucun bruit.

Il longea le couloir et passa la tête dans le salon. Personne.

Donald n'aimait pas ça. La voiture de son père était bien garée sur le parking devant la maison. Il devait être là.

Peut-être était-il encore en train de s'ébattre avec sa garce de mère ?

Il avait passé son enfance à entendre les gémissements orgasmiques et théâtraux de cette folle. Jamais elle ne lui avait épargné les moindres sons et paroles intimes.

– Donald ?

C'était la voix de sa mère. Elle provenait de la cuisine. Le ton était bizarre.

Donald ne répondit pas et s'avança vers la cuisine. Ce qu'il vit le figea sur place.

Son père était affalé sur la table, une immense mare de sang s'agglutinant sous sa chaise. Il tourna la tête et vit sa mère, assise en face de lui, qui le braquait d'un fusil de chasse.

– Il n'a eu que ce qu'il méritait. Ton père m'a trahie, et maintenant...

Donald avait immédiatement compris ce qu'elle allait faire. Il regarda d'un air surpris vers la fenêtre. Aussi puérile soit-elle, sa ruse fonctionna.

Sa mère détourna le regard un instant pour savoir ce qu'il avait aperçu.

Un instant qui suffit à Donald pour dégainer son arme et lui flanquer une balle en pleine tête.

– Espèce de salope ! jura-t-il en s'approchant lentement.

Sa mère était tombée de sa chaise. Une flaque de sang s'élargissait au niveau de sa tempe.

Donald lui donna un léger coup de pied, juste pour le plaisir de voir sa carcasse morte sans réaction.

Il reporta son regard vers son père et remarqua une photo posée sur la table. Il la prit et comprit ce qu'il venait de se passer.

On voyait clairement deux filles déshabillées, dont le visage avait été découpé au cutter, et son père tout aussi nu.

Il n'aurait jamais pensé qu'il puisse aller voir des putes. Nous sommes pareils ! se dit-il sans un sourire.

– Ces petites garces te l'ont fait payer, dit-il en supposant un chantage.

Son père n'ayant pas voulu ou pu payer, la photo avait dû être envoyée en représailles.

Donald ne ressentait aucune douleur face à ses deux parents gisant dans leur sang. Seulement de la haine et de la colère.

La seule personne pour qui il avait de l'estime était morte. Le seul être qui l'ait jamais aimé.

Il reprit la photo, l'étudia un moment et découvrit dans un coin un tee-shirt posé sur une chaise. SEX PISTOLS *était écrit en grosses lettres.*

Un flash s'alluma dans sa tête. Il avait déjà vu ce tee-shirt sur une des trois petites allumeuses qui passaient leur temps au All Night Long, *un bar fréquenté en majorité par des jeunes branchés.*

Plus personne ne porte de tee-shirt d'un groupe aussi ringard ! se dit-il, sûr de sa découverte.

Il regarda les corps sans tête sur la photo. Ça pouvait tout à fait correspondre à leur gabarit. Il supposa dès lors que celle qui avait pris la photo était la troisième fille du trio.

La colère bouillait sous son crâne. Une envie pressante de décharger sa haine sur n'importe quelle fille le tétanisa sur place.

Il resta un moment à juguler ses émotions, avant de monter à l'étage cacher la photo dans un endroit où personne n'irait la chercher.

Puis il redescendit, se rendit dans le salon et prit le téléphone.

Un moment, il avait pensé repartir de chez lui. Mais cela aurait pu paraître suspect. Non, il allait appeler les flics.

Pour le meurtre de sa mère, il plaiderait la légitime défense. Aucun doute, il s'en sortirait avec du sursis. Les analyses prouveraient que son père avait bien été tué par l'arme de sa mère et que cette dernière était morte après lui. Une chose était certaine, il ne parlerait pas de la photo, il ne salirait pas la mémoire de son père.

Il composa le numéro de la police et commença à imaginer ce qu'il ferait subir à ces trois garces une fois son procès terminé.

4

– Le pauvre garçon. Il n'a vraiment pas eu de bol, dit Peart. Même si le légiste a clairement démontré que son père avait été tué avant sa mère, le procureur ne lui a pas fait de cadeau. Sans aucune preuve, il a rejeté la légitime défense. Il a fait tout un discours sur la vengeance et ses effets pervers sur la société. Le jury a bu ses paroles et l'a condamné à cinq ans de prison.

– Peut-être était-il vraiment coupable, avança Hurley.

– Non. J'étais au procès. Vous auriez vu sa tête quand il a compris qu'on l'accusait de meurtre au premier degré. Il a hurlé son innocence. Il a expliqué devant un jury intransigeant comment elle l'avait battu durant des années. Mais cela n'a fait que l'enfoncer un peu plus.

Hurley voyait très bien la scène. Il n'y avait rien de plus difficile que de juger de la légitime défense. Surtout quand les deux parties se vouaient une haine tenace depuis des années.

– Et son avocat ?

– Un commis d'office, répondit Peart. Un incompétent de première. Vous savez, Donald est un bon garçon, timide, renfermé sur lui-même, mais un chasseur hors pair. C'est une honte, ce qu'il lui est arrivé.

Hurley compatissait. Perdre son père, sa mère et se retrouver en prison alors qu'il ne défendait que sa peau… Encore un jeune garçon que la justice venait de broyer.

– Bien, je ne vais pas vous déranger plus longtemps. Je vous remercie pour vos informations, fit Hurley en se levant.

– Tout le plaisir était pour moi, répondit le shérif.

Hurley remit sa veste puis, accompagnée de Peart, elle sortit du commissariat.

Callwin était appuyée contre sa voiture et profitait des rayons du soleil qui baignaient la place.

– Alors, vous avez un nom ?

– Paul Ringfield. Sa femme l'a tué il y a un peu plus de trois ans. Cela nous fait un suspect en moins.

Tout à coup, une idée lui traversa l'esprit. C'était une idée incongrue, mais elle avait l'habitude de se fier à son instinct.

– Vous en faites une tête, il y a un truc que vous avez oublié ? fit Callwin.

– Ringfield avait un fils. Un chasseur émérite. Il a été emprisonné pour le meurtre de sa mère. Je me demandais seulement s'il ne connaissait pas Lucy, Amy et Sarah. Après tout, Silver Town n'est qu'une petite bourgade.

– Il a tué sa mère ? Expliquez-moi, fit Callwin, dans l'incompréhension la plus totale.

Hurley lui fit un résumé du récit de Peart.

Elle n'arrivait pas à s'ôter de la tête cette idée saugrenue.

– La peine de Donald Ringfield court jusqu'en 2009. Encore deux années entre quatre murs, à moins que…

– Franchement, je crois que vous vous faites des idées, dit Callwin qui avait compris où elle voulait en venir.

Hurley appela le Bureau à Seattle. Dix minutes plus tard, son portable sonna.

– Dis-moi ?

L'agent au bout du fil lui donna la réponse. Elle le remercia et raccrocha.

– Donald Ringfield a été libéré pour bonne conduite il y a tout juste un mois.

– Et alors ? fit Callwin. Ça ne prouve rien. Ce pauvre gamin n'avait aucune raison de s'en prendre à ces filles. Comment aurait-il pu savoir qu'elles avaient fait chanter son père ? Et est-ce une raison suffisante pour qu'un gamin sans histoires devienne soudain un sadique pervers ?

Callwin avait entièrement raison. Rien ne liait Donald aux filles. Pourtant, c'était une drôle de coïncidence que les meurtres aient eu lieu juste après sa libération.

– Je sais. Mais supposons que ce soit lui. Cela implique que notre tueur est en liberté, et que Sarah Kent est la prochaine sur sa liste.

Callwin secoua la tête.

– Je vous aime bien, et ne veux pas mettre en doute votre perspicacité de profileuse, mais c'est vraiment tiré par les cheveux, votre histoire. Vous n'avez rien contre lui, si ce n'est des suppositions. En tout cas, ne comptez pas sur moi pour faire un papier là-dessus.

Hurley sourit et ouvrit la portière.

– Je vais quand même appeler Logan. Si j'arrive à trouver un lien entre le révérend Adams et ce Donald Ringfield, alors là il n'y aura plus de doute.

– Vous êtes sûre qu'Adams est lié au meurtre ?

– Je suis certaine que Larry Brooks était innocent et que, si Adams est bien le commanditaire, il a eu recours à un tueur à gages extérieur. Peut-être qu'Adams a été aumônier dans la prison de Ringfield et l'a rencontré à ce moment-là ? fit Hurley en élaborant une nouvelle hypothèse.

Elle nota dans un coin de sa tête qu'il fallait qu'elle le vérifie, puis elle sortit son portable et appela Logan.

– Jessica, tu as le nom du type sur les photos ? demanda aussitôt Logan.

Il venait de sortir de la maison des parents d'Edward.

Hurley lui relata son entretien avec le shérif Peart et lui dit au passage tout le mal qu'elle en pensait, puis elle lui exposa ses nouvelles théories.

– Je t'arrête tout de suite, l'interrompit Logan en se dirigeant vers sa Cherokee. Ce gars vient tout juste de sortir de prison. De plus, d'après ce que tu en sais, il a fait toutes ces années à tort, de la légitime défense. Excuse-moi de te ramener à la réalité, mais les gens normaux ont autre chose à faire que torturer et tuer de pauvres gamines. Ce type doit certainement profiter de sa liberté et n'a certainement aucune envie de retourner en prison. Jusqu'à preuve du contraire, Donald Ringfield n'est en rien mêlé à cette affaire et n'a surtout aucune raison de vouloir les tuer.

– Sauf s'il a eu connaissance des photos, s'entêta Hurley.

– Absolument rien ne le prouve, rétorqua Logan tandis qu'il s'installait à bord de son véhicule et, préférant revenir à des choses plus concrètes, il ajouta : Tu ne me demandes pas si j'ai trouvé Sarah ?

– Si, évidemment ! répondit Hurley, qui était plus qu'impatiente de lui parler.

Sarah était la seule qui pouvait leur apporter de nouveaux éléments.

– Elle est partie en randonnée pour le week-end avec des amis. Je sors à l'instant de chez les parents de l'un des garçons. Ils leur ont prêté une ancienne ferme rénovée. Le problème est qu'elle se trouve à trois heures de route, au fin fond des Rocheuses ! Ils m'ont filé une carte. Même si je ne me paume pas, je ne serai pas de retour avant le début de soirée, au mieux.

– Qu'est-ce que tu leur as dit ?

– Seulement qu'il fallait que je m'entretienne avec Sarah pour qu'elle me parle de Lucy et d'Amy. Ne t'inquiète pas, je n'ai pas éveillé leurs soupçons. Je ne vais pas salir cette fille, si c'est ça qui t'inquiète.

– Je préfère qu'on reste discrets tant qu'on n'en sait pas plus.

Logan alluma le moteur de son véhicule.

– Ah oui, j'oubliais de te dire, j'ai trouvé une lettre dans la chambre de Sarah. Elle avait rendez-vous avec Lucy et Amy le lendemain de leur disparition. Sarah a beaucoup de choses à nous dire.

Hurley approuva.

– Bon, je te quitte. Au fait, je ne pourrai pas t'appeler de là-bas, continua Logan. Il paraît que les portables ne passent pas. Et la ferme n'a ni électricité ni téléphone. Alors ne t'inquiète pas si tu n'as pas de nouvelles.

Tout en l'écoutant, Hurley réfléchissait à toute allure. Une nouvelle idée surgit. Une des plus terrifiantes !

– Si Donald Ringfield est le coupable, tu ne crois pas que cette randonnée loin de tout est le cadre idéal pour commettre sa vengeance ?

Logan démarra et se mit en route. Il explosa d'un rire puissant.

– Tu devrais arrêter de regarder de mauvais films d'horreur ! se moqua-t-il. Je te le redis une nouvelle fois : on est dans la réalité, Jessica. Même si ce Donald est le tueur, et Dieu sait que je n'y crois pas, il n'irait pas tuer Sarah sous les yeux de six autres personnes ! Calme-toi et va te reposer.

– Ouais, je suppose que tu as raison.

– J'ai raison. Allez, je t'embrasse. Je t'appelle dès que je suis de retour avec Sarah.

Elle lui envoya un baiser et raccrocha.

Logan s'amusait encore de l'inquiétude de Hurley. Que n'allait-elle pas inventer !

Après des années à mener des enquêtes, Logan savait pertinemment que la réalité est bien moins complexe que les romans policiers ne le suggèrent.

Il n'y avait pas des centaines de tueurs en série qui sévissaient aux quatre coins des États-Unis. Des hordes de violeurs et de pédophiles planqués à chaque coin de rue. Ou encore des milliers de tueurs en col blanc qui tuaient leurs associés pour un peu d'argent !

Sans cesser de sourire, Logan se brancha sur une radio musicale, imaginant Hurley terrifiée à l'idée qu'il croise Jack Nicholson sur sa route !

5

Les deux voitures se garèrent juste devant la ferme. Ils sortirent tous précipitamment pour se dégourdir les jambes. Le chemin qui les avait menés jusque-là était extrêmement cahoteux. Ils avaient dû rouler à une allure de tortue pour ne pas endommager les amortisseurs.

– C'est vachement cool ! fit Courtney en découvrant leur lieu de villégiature.

La ferme avait conservé son aspect rustique, mais avait été récemment rénovée. Ils allaient passer un week-end mémorable, se dit-elle en s'étirant.

– On est vraiment seuls au monde. C'est génial, fit Lisa, dont le regard se perdait sur la forêt qui les entourait.

Elle adorait la nature et regrettait de ne pas pouvoir en profiter plus souvent.

– Ed, il faudra quc tu discs à tes parents de refaire le chemin, c'est un casse-cul horrible ! fit Brian.

Dix miles d'une route à peu près convenable, où ils avaient aperçu de temps à autre de vieilles bâtisses isolées, puis ils avaient emprunté un petit chemin tout cabossé pour arriver enfin ici.

– C'est ça qui fait son charme. Il faut souffrir pour atteindre le paradis ! répliqua Edward, fier comme un coq.

– C'est dingue. Qu'est-ce qui a pris à des familles de venir s'établir si loin de tout ? s'étonna Shanice.

– Au XIXe siècle, il y avait un vrai village en amont. Il n'en reste plus rien. Les habitants ont migré vers les grandes villes. Seuls quelques réfractaires au rêve urbain sont restés dans le coin, à vivre de leur culture et de leur bétail, répondit Edward.

– Du bétail par ici ? s'étonna Sam.

– De petits troupeaux, si tu préfères. Mais c'était il y a près de cent ans.

Sam essaya de s'imprégner de cette notion du temps. Il y avait des gens qui avaient vécu ici bien avant l'invention de l'électricité. Il avait comme l'impression de faire un bond dans le passé. Une émotion particulière le saisit.

– Bon, c'est bien beau tout ça, mais je crève de faim, moi, lança plus prosaïquement Courtney.

Il était près de midi, l'heure idéale pour un petit repas.

– Tu as raison, à la bouffe ! fit Edward.

Ils ouvrirent les coffres des voitures qu'ils déchargèrent de toutes leurs affaires, ainsi que des glacières, avant de s'élancer d'un pas conquérant vers la maison.

Edward sortit son trousseau de clés et inséra la plus grosse dans le pêne de la serrure. Après deux tours de clé, il ouvrit la porte.

– Tada ! fit-il en invitant ses amis à passer.

Une obscurité totale régnait. Brian et Sarah s'avancèrent les premiers. Une odeur de renfermé plutôt agréable leur titilla les narines. Ils allèrent ouvrir les fenêtres en grand.

Un flot de lumière révéla un intérieur plutôt moderne. Les propriétaires avaient su restaurer avec bonheur le parquet, les boiseries, les poutres, tout en les associant à un mobilier de belle facture.

Lisa et Sam montèrent à l'étage. Trois chambres plutôt spacieuses les attendaient. Ils ouvrirent tous les volets, puis retournèrent dans la première.

– On prend celle-ci ! décida Sam en désignant les Rocheuses que l'on apercevait par la fenêtre grande ouverte.

Lisa posa son sac à dos et testa la robustesse du matelas.

– Ouais, je sens qu'on va être bien ! fit-elle avec un sourire coquin.

Ils entendirent qu'on montait dans l'escalier.

Shanice et Edward firent leur apparition.

– Ouah ! C'est vraiment trop cool ! s'exclama Shanice.

– Ben dis donc ! Tu t'es pas moqué de nous. Moi qui croyais que c'était une bicoque délabrée ! fit Brian qui arrivait derrière eux.

Il installa ses affaires dans la deuxième chambre, tandis que Shanice et Edward prenaient la troisième.

Courtney arriva la dernière et prit un air boudeur.

– Et moi, je dors où ? se plaignit-elle en posant les mains sur les hanches.

– Avec nous, évidemment, fit Edward avec un regard lubrique.

Shanice lui donna un coup dans les côtes.

– C'est bon, j'ai compris, je vais dormir en bas toute seule. Sympa ! fit Courtney en redescendant avec son sac à dos.

– Personne ne t'a interdit de te trouver un mec ! répliqua Edward.

– Cherche pas d'excuse, je te déteste, fit-elle sans se retourner.

Mais le ton était agréable. Tout le monde sourit.

Après avoir rangé leurs affaires, ils s'installèrent dans une vaste cuisine qui faisait suite au salon et posèrent leurs sandwiches sur une grande table pour déjeuner.

– On ne pourrait pas manger dehors ? Il fait un soleil magnifique. On ne va pas rester enfermés, non ? proposa Lisa.

– Très bonne idée, fit Brian.

Ils sortirent des chaises et une table qu'ils installèrent à proximité de grands sapins, et profitèrent de la beauté du spectacle environnant.

– Qu'est-ce que ça fait du bien ! fit Edward, la bouche pleine.

Sarah attrapa une bouteille d'eau et s'en versa un verre.

– On court après la modernité, mais parfois je me demande si la vraie vie n'est pas celle-ci. Être au contact de la nature, fit Lisa.

– Ouais, et ce connard de Bush qui veut même pas signer le protocole de Kyoto ! ajouta Sam.

– Hé ! On avait dit pas de politique, intervint Brian. On ne va pas commencer à s'engueuler, alors qu'au fond on s'en fout.

Lisa et Sam ne s'en moquaient pas du tout, mais décidèrent qu'il était préférable de faire profil bas. Ils étaient là avant tout pour se reposer, pas pour partir dans de grands débats sur le destin de la planète.

– Et le premier qui parle de sexe, je l'étripe, fit Courtney en détournant la conversation.

Les rires explosèrent et Sarah dut cracher l'eau qu'elle était en train de boire pour ne pas s'étouffer.

– Ma pauvre fille, va falloir qu'on s'occupe de toi, fit Edward. Tu es vraiment une jolie fille, je n'arrive pas à comprendre pourquoi tu es toujours seule !

– Les mecs sont tous des cons, qu'est-ce que tu veux que je te dise ! répliqua-t-elle.

Les garçons la chambrèrent, et les filles l'applaudirent.

– À part notre cul, qu'est-ce qui vous intéresse ? continua-elle.

– Vos seins ! répliqua Edward du tac au tac.

Les rôles s'inversèrent. Les filles huèrent ce propos misogyne applaudi par les garçons.

L'après-midi démarrait sous les meilleurs auspices.

Sarah retrouva lentement le sourire et parvint presque à oublier le choc des révélations de la presse.

Elle avait tout fait pour ne plus jamais entendre parler des photos et, au pire moment, voilà que ce souvenir lui était revenu en pleine figure.

– On est vraiment bien ici, s'extasia Edward en se vautrant dans sa chaise, une fois le calme revenu.

Caché dans les fourrés, Donald regardait la scène à l'aide de ses jumelles. Sept proies.

C'était du gros gibier, mais il avait l'avantage de la surprise.

Et surtout des armes, se dit-il en en sortant un long couteau de son étui.

– Tu aurais pu m'en parler plus tôt ! fit Edward.

– Tu n'aurais pas pu t'empêcher de le répéter à tout le monde ! répliqua Brian.

Oubliant les conseils élémentaires de digestion, ils s'étaient décidés pour un petit footing dans la forêt, dès leur déjeuner absorbé.

– En tout cas, tu n'as pas choisi la plus moche. Sarah est vraiment une belle nana.

Suivant un sentier naturel, ils remontaient le dos d'une colline sous le couvert des sapins. Quelques trouées dans la voûte des arbres leur laissaient apercevoir un soleil éclatant.

– Et je te jure qu'elle n'a pas que ça. Je vais te paraître con, mais je crois que je l'aime.

Sans cesser de fouler le sol rocailleux, Edward émit un rire désolé.

– Arrête ton char. On est encore trop jeunes pour ça. Ne me dis pas que tu comptes rester avec elle ? se moqua-t-il.

Brian aimait bien Edward, mais quelquefois il lui arrivait d'avoir envie de l'étrangler.

– Et toi, ça fait plus d'un an que tu es avec Shanice. Tu dois bien avoir quelque sentiment pour elle ? dit-il.

– Elle me fait marrer, et en plus c'est un super coup au pieu. Mais, garde ça pour toi, tu ne crois tout de même pas que je suis resté fidèle ? !

Brian s'en était toujours douté, mais il s'étonna qu'Edward s'en vante avec autant de désinvolture.

– Tu es incroyable. Tu n'as pas envie de fonder une famille, d'avoir des enfants ?

– Arrête, on dirait mon père ! ironisa Edward.

Ils sautèrent par-dessus un tronc d'arbre et reprirent leur course.

– Écoute, chacun son truc. Sarah a toutes les qualités que je cherche chez une fille. Je crois que je suis tombé sur le bon numéro.

– En tout cas, je ne sais pas ce qu'elle a, mais on dirait qu'elle tire la gueule.

Brian aussi avait remarqué sa réserve.

Il se l'expliquait par le contrecoup de sa demande en mariage. Cela prouvait qu'elle l'avait prise au sérieux, et qu'elle voulait prendre son temps avant de s'engager pour la vie.

Ce n'était pas une midinette, et il l'aimait aussi pour ça.

– Je crois que c'est la mort de ses anciennes copines qui la tarabuste, éluda-t-il.

– Je ne vois pas pourquoi ! Si je te retrouvais mort, je te jure que je ferais la fête sur ton cercueil ! plaisanta Edward avant de partir d'un grand éclat de rire.

– Pauvre con ! fit Brian qui faillit trébucher sur une racine apparente.

Durant cet instant il quitta Edward du coin de l'œil. En reprenant son équilibre, il entendit un cri.

Edward venait de s'effondrer sur le sol.

Brian explosa de rire et donna un coup de pied à son ami à terre. C'est alors qu'il vit la flèche qui lui transperçait le torse, et le sang qui coulait.

Il tourna instinctivement la tête vers la forêt mais, avant qu'il ait pu comprendre ce qui venait de se passer, une flèche pénétra dans son œil gauche et s'enfonça dans son cerveau.

– *Two points !* fit Donald en abaissant son arc.

Il le remit en bandoulière, reprit sa sacoche et d'un pas lent et assuré marcha vers ses deux victimes.

Il n'éprouvait aucune fierté particulière, si ce n'est celle du travail bien fait.

Malgré ses trois années passées derrière les barreaux, il n'avait rien perdu de son talent de chasseur. Une flèche pour chacun avait suffi. Les humains étaient bien moins résistants que les animaux.

Il se posta au-dessus des deux corps.

Le sang s'écoulait de l'orbite crevée de Brian. Un coup magnifique.

Il regarda sa deuxième victime, et fit une moue de contrariété. Edward n'était pas encore mort. Son torse se soulevait et s'abaissait de façon grotesque.

– Pourquoi ? gémit-il, le regard voilé.

Donald resta au-dessus de lui sans répondre. Il regarda la vie s'éteindre dans ses yeux, mais n'y trouva guère de plaisir.

Cela avait été bien différent avec la prostituée. Il avait pu lire une véritable terreur dans ses yeux. Un moment qu'il n'oublierait jamais.

Edward cessa de respirer et Donald retira l'une après l'autre ses flèches, qu'il essuya sur les vêtements des jeunes étudiants avant de les ranger dans son carquois.

Les choses allaient devenir un peu plus intéressantes. Il avait vu l'une des filles s'éclipser en direction du petit ruisseau à moins de cent mètres de la ferme.

Courtney s'était allongée près du ruisseau et profitait du soleil. Elle se sentait mélancolique.

L'endroit était féerique. Elle était avec ses meilleurs amis et la nature environnante était d'un calme communicatif. Pourtant, elle n'était pas heureuse.

Jamais elle ne s'était sentie aussi seule.

Toutes les filles de son âge avaient des petits copains. Même des filles bien plus moches qu'elle !

Pourquoi n'arrivait-elle pas à trouver un mec qu'elle puisse aimer ?

Les types qu'elle rencontrait ne pensaient qu'à ses fesses.

Elle savait qu'elle n'avait qu'à changer de type d'hommes et se concentrer sur un intello dans le genre de Sam. Mais bon, il n'était vraiment pas très beau. Il n'y avait que Lisa pour se sortir un mec pareil, aussi sympa soit-il !

Elle repensa à son dernier petit copain. Un étudiant argentin qui lui avait fait la totale.

Elle avait réellement cru qu'il était amoureux d'elle et se voyait déjà partir pour Buenos Aires durant ses vacances. Mais ce connard l'avait larguée une semaine après leur première nuit d'amour !

Courtney sentit son cœur palpiter d'émotion au souvenir de cette trahison. Pourquoi les hommes étaient-ils si insensibles ?

Une ombre passa au-dessus d'elle. Elle tourna la tête et vit la silhouette d'un chasseur. Elle ne l'avait pas entendu arriver.

Elle poussa un petit cri de surprise et se redressa d'un bond.

– Excusez-moi de vous avoir fait peur, ce n'était pas mon intention, dit Donald d'un ton amical.

– Non, ce n'est rien, mais j'étais tellement persuadée d'être seule !

Donald lui fit son plus beau sourire.

– C'est la saison de la chasse, vous devriez faire attention. Mais vous n'avez peut-être pas l'habitude de la forêt. Je me trompe ?

Son ton n'était pas méprisant, bien au contraire.

Courtney ne put manquer d'observer sa corpulence d'athlète et s'avoua que son visage était des plus avenants.

– Non, je suis étudiante. Avec des amis, nous allons passer tout le week-end dans la ferme un peu plus loin là-bas, fit-elle en désignant une direction. Enfin, ce n'est plus vraiment une ferme, mais ça l'a été à une époque.

Donald hocha la tête d'un air compréhensif.

– Je ne vais pas vous déranger plus longtemps. Faites attention à vous.

Merde, merde, merde ! Le laisse pas partir ! s'implora Courtney.

Elle avait pris cette apparition comme une divine surprise.

Il avait l'air gentil et n'avait eu à aucun moment ce regard lubrique qu'ont les garçons plus jeunes. Il avait l'air d'avoir vingt-cinq/vingt-six ans à tout casser. Ce n'était plus un adolescent.

– Peut-être à bientôt ? lâcha-t-elle d'une voix pâlotte.

Quelle idiote ! Dis-lui de rester, invite-le à la ferme ! se lamentait-elle intérieurement. Mais les mots ne sortaient pas.

Leurs regards se croisèrent. Il se rapprocha.

– Je peux vous demander un service ? fit-il.

– Oui, bien sûr, répondit-elle sans trop savoir à quoi s'attendre.

Et, sans qu'elle ait eu le temps de voir venir le coup, il se rua sur elle et l'attrapa à la gorge.

Il la fit tomber à terre et se posta sur elle sans relâcher la pression.

– Tu vas fermer ta gueule !

Il reconnaissait ce regard. C'était exactement le même que celui dont l'avait gratifié la prostituée. Une terreur absolue et sans fond.

Courtney essaya de se débattre. Une panique hystérique l'avait saisie. Elle se démenait en tous sens, mais l'homme était bien plus fort qu'elle. Elle n'arrivait plus à respirer.

Ce n'est pas possible, je ne veux pas mourir ! pensa-t-elle, terrorisée.

Donald sentit son excitation monter à son paroxysme. C'était du gâchis d'en finir aussi vite.

Pourtant il ne devait pas perdre de temps. Ceux qui restaient dans la ferme allaient se rendre compte que quelque chose clochait. Le temps jouait contre lui.

Le regard de la fille devenait vitreux.

Donald oublia sa règle de conduite. Il enleva une main de la gorge de la fille, avant de serrer son poing et de l'en frapper violemment à la tempe.

Courtney perdit connaissance.

Donald la pinça très fort au bras, mais Courtney ne réagit pas, elle ne simulait pas. Satisfait, il se dégagea et sortit de sa besace une bobine de fil de fer.

Il menotta Courtney dans le dos, puis lui colla un puissant adhésif sur la bouche. Enfin il sortit son couteau et lui coupa le tendon d'Achille gauche.

Dans un puissant élancement de douleur, Courtney reprit connaissance, mais Donald parvint à la maîtriser avant de lui sectionner l'autre tendon.

– Ne bouge surtout pas, je vais revenir, fit-il.

Incapable de se mouvoir et de hurler, Courtney était au bord de la folie. Une peur irrépressible la tétanisait.

Il va me tuer, il va me tuer ! se disait-elle en boucle.

Donald la trouva trop proche du ruisseau.

Pour éviter qu'elle ne roule jusqu'à l'eau et ne tente de se noyer, il la tira vers un arbre. Il ressortit sa bobine de fil de fer, et l'y attacha.

– À bientôt, fit-il en salivant d'avance à l'idée de ce qu'il allait lui faire.

Courtney ferma les yeux et laissa couler des milliers de larmes.

Logan s'arrêta sur le bord de la route, sortit de la voiture et déplia la carte.

Il se rappela les panneaux qu'il venait de dépasser et son doute se mua en certitude. Il avait raté un embranchement.

– Quel con ! fit-il en repliant la carte.

Il devait revenir sur plus de vingt miles avant de retrouver le chemin qui menait vers la ferme.

Il téléphona à Hurley et fut heureux de constater que le réseau passait encore.

– Salut, Jessica, écoute, je ne sais vraiment pas à quelle heure je vais revenir. C'est la deuxième fois que je me paume ! fit-il.

– Le sens de l'orientation n'a jamais été ton fort ! se moqua-t-elle.

Logan sortit une cigarette et l'alluma.

– En tout cas, le spectacle vaut le détour. Je suis sur le bord de la route et j'ai les Rocheuses rien que pour moi. Faudra vraiment qu'un jour tu voies ça de près.

Assise sur le siège du passager au côté de Callwin, Hurley était heureuse de l'intonation de sa voix. Rien n'était perdu entre eux.

– J'espère bien, répondit-elle. Écoute, on est presque de retour à River Falls, je t'appelle dès que j'arrive.

Logan tira sur sa cigarette. Il avait eu envie d'entendre sa voix. Il savait qu'il ne pouvait plus se mentir.

– À ce soir, Jessica, et passe le bonjour à miss Callwin, fit-il sur un ton ironique.

– Je n'y manquerai pas. Je t'embrasse.

Il referma son portable et, après avoir jeté un dernier regard panoramique sur l'horizon, il remonta dans sa Cherokee et entreprit de faire un demi-tour périlleux sur cette route montagneuse.

– N'arrête pas, laisse finir ce morceau, fit Shanice.

Lisa s'apprêtait à éteindre la radio et à rejoindre Courtney qui bronzait au soleil.

Elles avaient terminé les divers rangements. Les vacances pouvaient commencer !

– Ce n'est pas le meilleur titre de l'album, répondit Lisa qui laissa néanmoins le morceau.

– En tout cas, c'est le meilleur album des Doors ! répondit Shanice en se levant.

Elles venaient de s'accorder quelques petites minutes de repos dans les confortables fauteuils du salon.

Sarah se leva et prit la pochette du CD.

On frappa à la porte.

– Qui va ouvrir ? C'est Brian et Edward, à tous les coups, fit Lisa.

– Mais personne n'a fermé la porte à clé ! intervint Sarah.

– Ces garçons ont décidément de belles manières, apprécia Shanice en souriant.

Elle sortit du salon et longea l'étroit corridor qui menait à la porte. Elle l'ouvrit et à sa surprise elle découvrit un inconnu.

Une détonation retentit.

Avant d'avoir pu dire un mot, Shanice s'écroula sur le sol. Une balle en plein cœur.

Donald bondit en avant et entra dans le salon. Il aperçut Sarah, mais se focalisa sur l'autre jeune fille. Il ébaucha un sourire dément et tira sur Lisa.

Sam avait descendu l'escalier dès qu'il avait entendu la première détonation. Il arriva dans le salon juste pour voir Lisa s'écrouler sur le sol.

Sans chercher à comprendre, il se jeta sur Donald.

Les deux hommes tombèrent au sol.

La colère vivifiait chacun des muscles de Sam. Cet enfoiré avait tiré sur Lisa ! Avec ses poings, il se mit à frapper le chasseur, mais très vite ce dernier prit le dessus.

Horrifiée et déboussolée, Sarah sortit de la ferme en courant.

Ce n'est pas possible ! C'est un cauchemar ! se dit-elle, le souffle court.

Arrivée devant les voitures elle constata que les pneus étaient crevés.

– Oh, non ! s'écria-t-elle, le visage inondé de larmes, complètement affolée.

À l'intérieur de la maison, Donald avait maîtrisé Sam. Avec une rage féroce, il lui tapa le crâne contre le sol jusqu'à ce que le sang coule sur le parquet. Aussitôt après, il se releva et ressortit de la ferme.

Dehors, il vit Sarah qui essayait de s'enfuir dans la forêt. Son visage se figea dans une expression sadique.

Il se lança à ses trousses.

Moins de trente secondes plus tard, il était sur elle et la plaquait au sol.

– Ce n'est pas bien de vouloir échapper à son destin, dit-il d'une voix cruelle. Écoute-moi bien, petite garce, tu vas être très sage à partir de maintenant.

Sarah était hébétée. Elle avait reconnu le jeune homme.

– Vous êtes le photographe de Seattle. Pourquoi vous me faites ça ? Je vous en supplie, lâchez-moi. Je ne veux pas mourir, je ne dirai rien, bredouilla-t-elle.

C'était pathétique. Donald lui envoya une gifle et la força à le suivre.

– Je ne vais pas te tuer. Sauf si tu ne m'obéis pas.

Sarah ne le crut pas un seul instant.

La seule raison qui l'empêchait de sombrer dans la folie était l'unique espoir que Brian et Edward ne tarderaient pas à revenir.

– Nous avons beaucoup à discuter, toi et moi.

Sarah savait qu'elle devait retrouver son calme. Si elle perdait son sang-froid, il la tuerait. Elle devait essayer de l'amadouer. C'était comme ça que les femmes s'en sortaient dans les films. Sauf que ce n'était pas un film !

La panique envahit à nouveau son cerveau terrifié.

– Calme-toi, tout va bien se passer ! tenta de la rassurer Donald.

Il la prit par le bras et lui posa le bout de son pistolet entre les omoplates.

– On va gentiment rentrer à la maison et parler, ajouta-t-il.

Sarah se laissa conduire dans la ferme et eut un haut-le-cœur quand elle vit les corps de ses camarades gisant sur le sol.

Donald la conduisit à l'étage.

Sans opposer de résistance, Sarah se laissa menotter aux barreaux du lit.

Il va me violer ! pensa-t-elle, terrifiée.

Elle aurait dû réagir, quitte à mourir dans l'instant.

Mais elle en était incapable, tétanisée par l'horreur de la situation.

Elle n'était pas si forte qu'elle l'avait cru jusqu'à présent.

Brian, reviens, je t'en supplie ! pria-t-elle en se remettant à pleurer.

– Tu te souviens de Paul Ringfield ?

Elle eut comme un flash.

Elle sut enfin pourquoi ce visage ne lui avait pas paru inconnu. Toute la lumière se fit dans les ténèbres de sa mémoire.

– Non, c'est dégueulasse, on l'a assez humilié, ce pauvre type, fit Sarah.

Elles venaient d'entrer en première année à River Falls. Lucy, Amy et Sarah, les trois amies inséparables.

– Rien à foutre, il nous prend pour quoi ? ! Si on cède, on n'est pas crédibles ! On va lui montrer qui est le plus fort ! s'imposa Amy.

Sarah n'était pas du tout d'accord. Elle ne pouvait oublier ce moment d'égarement où elle avait suivi ses deux amies dans cette opération machiavélique contre Paul Ringfield.

Mais, l'alcool aidant, elle s'était laissé tenter et avait joué le jeu.

Comme elle le regrettait à présent !

Non pas d'avoir couché avec un vieux. Elle avait déjà fait l'amour avec pas mal de types plus âgés qu'elle, mais celui-là n'était qu'un pauvre bougre.

Elle n'oublierait jamais sa tête quand, le lendemain de leur petite affaire, elle l'avait retrouvé dans un bar et lui avait expliqué le chantage. L'homme avait été complètement défait.

Pas de violence ni de colère, seulement un abattement total.

Il avait eu beau expliquer qu'il n'avait pas l'argent, Amy et Lucy avaient été intraitables. Il devait payer !

Trois semaines plus tard, Amy se préparait à envoyer une photo de leurs ébats à sa femme. Évidemment, elle avait pris soin de découper leurs propres visages.

Sarah tenta de les en dissuader. Elle détestait l'idée d'enfoncer encore un peu plus cet homme.

– Je ne suis pas d'accord, affirma-t-elle une nouvelle fois.

Sarah céda finalement, une fois de plus.

À partir de ce jour, leurs rapports se firent plus distants.

Amy et Lucy n'arrêtaient pas de la provoquer au sujet de son sentimentalisme ringard.

Mais, trois jours plus tard, quand elle apprit le meurtre de Paul Ringfield par sa femme, elle sentit un profond sentiment de culpabilité lui vriller les entrailles.

D'autant plus qu'elle avait été horrifiée d'apprendre que son fils se trouvait sur les lieux. Un jeune homme qui avait tué sa mère pour venger son père. Elle ne se le pardonnerait jamais.

La seule bonne nouvelle était qu'apparemment les flics n'avaient pas trouvé la photo.

Sarah s'était dès lors définitivement libérée de l'emprise d'Amy et Lucy et avait évité toute occasion de rencontre.

– Je suis désolée, je ne voulais pas, je vous le jure ! pleura Sarah.

Les larmes étaient bien réelles. Tout comme celles d'Amy et de Lucy. Donald avait tant attendu ce moment, durant les neuf cents jours enfermé entre quatre murs. Il prenait son pied…

À sa sortie de prison, cela n'avait pas été difficile de retrouver leur trace, et encore moins d'appâter le mec de Lucy avec un achat de dope. Il l'avait obligé à téléphoner à Lucy et à Amy pour un rendez-vous important.

Les filles n'avaient pas posé de questions. Elles étaient venues au rendez-vous dans une maison qu'il avait louée.

Il avait séquestré Brooks dans une des chambres.

Quand les filles avaient sonné à la porte, il les avait accueillies avec un sourire et leur avait dit que Brooks les attendait dans le salon. Elles n'avaient pas paru étonnées et l'avaient suivi après qu'il avait refermé la porte derrière lui.

Il les avait assommées, puis les avait descendues à la cave et enchaînées à un mur.

Il avait passé des heures à les torturer.

Au début, elles avaient essayé de lui mentir, mais elles avaient vite compris que la seule façon d'éviter le pire était de dire la vérité. Il apprit ainsi qu'elles avaient remis ça avec Brooks. Mais aussi que Sarah s'était éloignée d'elles.

Il avait obligé Lucy à écrire une lettre à Sarah, lui demandant de les rejoindre dimanche soir au *Kingdom's Tavern*. Puis il avait repris ses séances de tortures.

Lucy et Amy étaient mortes quelques minutes plus tard.

En fin d'après-midi, il avait remis la lettre à une des femmes de ménage de l'université en se faisant passer pour un amoureux timide.

La femme avait été touchée et amusée. Elle lui avait promis qu'elle glisserait la lettre sous la porte de la jeune fille.

Le lendemain, il avait attendu de longues heures au *Kingdom's Tavern.* Mais Sarah n'était pas venue. Il avait dû modifier tout son plan.

Il savait que la disparition des filles inquiéterait la police.

Il passa des heures à ruminer sur la façon de détourner les recherches de leur passé de sales garces.

Les filles lui avaient juré que Brooks ne connaissait pas le passé de Sarah. Il eut l'idée d'en faire le coupable idéal. Il le libérerait. Tant qu'il serait en fuite, les recherches se focaliseraient sur lui. Si la police le retrouvait, il parlerait du juge, du révérend et du président Augeri. Rien ne le reliait à lui et à Sarah.

… la musique des Doors continuait à se déverser dans le salon.

Donald se délectait de la terreur qu'il lisait dans les yeux de Sarah. Son seul regret était d'avoir dû la bâillonner. Même s'il savait qu'ils étaient loin de tout, des hurlements risquaient d'être entendus par des randonneurs, même à des dizaines de mètres à la ronde.

Il s'approcha de Sarah et commença à lacérer ses vêtements avec son couteau.

Lentement, avec des gestes précis, il allait prendre son temps pour la faire souffrir.

Logan maudissait le chemin cahoteux sur lequel il roulait.

Il se traînait comme une tortue avec sa Cherokee. La vitre ouverte, il sifflotait en essayant de calmer ses nerfs.

Il était sur le point de s'allumer une autre cigarette quand il vit au loin l'arrière d'une voiture garée au milieu du chemin.

La satisfaction détendit ses traits crispés. Il était enfin arrivé. Du moins, s'il était sur le bon chemin. Mais il ne voulait même pas imaginer avoir pu se tromper.

Il arriva derrière le véhicule.

Vu l'étroitesse du passage, il réalisa qu'il ne pouvait pas le doubler. Cependant il ne voyait toujours pas la ferme. Il se souvint alors que les étudiants étaient partis avec deux voitures.

Il arrêta le moteur de sa Cherokee, descendit, et se retrouva dans le silence bruissant de la nature.

Il inspecta la voiture, essaya d'ouvrir la portière, mais elle était verrouillée.

Il se frotta le menton, dépassa le véhicule et fit quelques pas. Il lui sembla percevoir comme de la musique. Un son très léger, mais qui détonnait avec ceux, paisibles, des alentours.

C'étaient bien des jeunes. Où qu'ils aillent, il fallait qu'ils fassent du bruit !

Il revint vers sa Cherokee, la ferma à clé et n'eut d'autre choix que de finir le chemin à pied. La ferme ne devait pas être loin.

Il n'avait pas fait quinze mètres quand son regard accrocha quelque chose sur la route. On aurait dit un… corps ?

Logan sentit les pulsations de son cœur s'accélérer. Il mit la main à son pistolet et enleva la sécurité.

Oublie les idioties de Jessica ! se dit-il en imaginant le pire.

Cette imbécile lui avait mis de sales idées en tête. Ce n'était pas un corps, voulut-il se convaincre, accélérant le pas malgré lui.

Dix mètres plus loin, son cœur bondit dans sa poitrine quand le doute se fit certitude. Le corps d'une jeune fille gisait devant lui. Hurley avait raison.

Donald Ringfield devait être le tueur et allait conclure sa vengeance ! comprit Logan, sous le choc.

Il se figea, immédiatement aux aguets.

Il jeta un regard circulaire sur la forêt environnante. Le paysage était d'une sérénité indifférente. Pas un bruit, si ce n'était cette musique qu'il percevait au loin.

Tous les sens en alerte, il reprit sa marche, son pistolet bien en main, prêt à tirer.

Il arriva au-dessus du corps de Lisa. Elle était allongée sur le ventre. Une longue traînée de sang lui indiquait le chemin.

Il se baissa sans faire de bruit et posa sa main sur la gorge de la jeune fille. Il ne sentit aucune pulsation.

Logan serra les dents. Elle avait dû se traîner jusqu'à ce que ses jambes ne l'aient plus soutenue.

Il ferma les yeux, s'interdit de hurler sa rage et reprit le contrôle de ses émotions.

Il devait à tout prix appeler du renfort.

Il sortit son portable et dut convenir que les parents Spatling avaient raison. Rien ne passait !

Un choix s'imposa à lui. Retourner à son véhicule et repartir jusqu'à ce qu'il capte le réseau ou tenter de sauver tout seul ceux qu'il restait à sauver.

Il n'hésita pas une seconde.

Il se dirigea vers la forêt, puis continua sur un chemin parallèle à la route.

Il vit enfin la ferme et reconnut la musique. *The End.* Un standard des Doors.

Il se maudit de n'être pas arrivé plus tôt !

Il n'avait aucune idée de ce qu'il allait trouver à l'intérieur de la bâtisse, mais, après le corps sans vie de la jeune fille, il redoutait le pire. Il y avait sept étudiants, et il n'entendait pas un son de voix.

Combien étaient déjà morts ? Deux, quatre, six… tous ?

Il s'obligea à rejeter ces pensées morbides. Une chose était certaine. La présence de la voiture prouvait que le tueur était encore dans le coin. Dans la ferme ?

Il arriva près des voitures des étudiants. Les pneus avaient été crevés. Toujours avec d'extrêmes précautions, il continua son avancée vers la maison et tomba en arrêt sur un autre corps étendu dans l'entrée.

Il serra instinctivement son pistolet et avança en jetant de rapides coups d'œil de tous côtés.

Il reprit le contrôle de son souffle et monta les deux marches du perron. Le bois craqua sous ses pas.

Il s'arrêta, à l'écoute du moindre frémissement suspect.

Malgré la musique, il perçut alors le son d'une voix provenant de l'étage.

Un timbre masculin.

La musique l'empêchait de comprendre ce que disait Ringfield mais cela lui donna espoir qu'il restait un survivant. À moins que, dans sa folie, il ne parle tout seul ?

Logan s'avança silencieusement dans le corridor qui lui faisait face.

Grâce au Ciel, le parquet n'émit aucun bruit.

L'escalier se trouvait droit devant lui. Il mourait d'envie de monter les marches quatre à quatre et d'abattre Ringfield.

Quoi que puisse en penser Hurley, il ne lui ferait pas l'honneur de l'arrêter.

Il avait laissé la vie sauve à Snider, il n'épargnerait plus jamais un autre *serial killer*.

Néanmoins, il devait garder son sang-froid.

Il continua à progresser lentement. L'effet de surprise était son seul atout.

Sur sa droite se trouvait un grand salon.

Deux autres corps sans vie gisaient sur le sol. Une nouvelle vague de haine jaillit en lui. Ses phalanges blanchirent sur son arme tant il la serrait avec force.

Il se rapprochait inéluctablement de l'escalier.

Il posa délicatement la pointe de sa chaussure sur la première marche. Il y eut un léger craquement.

Et merde ! jura Logan en lui-même.

Il s'arrêta, prêt à faire feu, mais Ringfield continuait son long monologue.

– … comme c'est mignon. Un string rose. Tu as beaucoup de goût, Sarah.

Logan sentit son estomac se tordre. Certes, Sarah était encore en vie, mais Ringfield était en train de la torturer !

Logan souffrait mille morts. Il mourait d'envie de grimper l'escalier en courant. Mais Ringfield risquait de paniquer et d'achever Sarah.

Logan oublia cette option et posa le pied sur la troisième marche. Il se détendit légèrement quand le bois ne craqua pas.

Les trois minutes qui suivirent furent parmi les plus longues et les plus terribles de sa vie.

Il imaginait Ringfield reproduisant sur Sarah les horreurs qu'il avait pratiquées sur Lucy et Amy. Les mêmes entailles, les mêmes sévices sur ce jeune corps.

Logan se rendit compte que Ringfield s'était tu. Un très mauvais signe.

Il arriva enfin sur la dernière marche. La sueur coulait le long de son corps. Ses yeux le brûlaient, son front dégoulinait de sueur, son cœur battait à tout rompre.

Logan était en transe.

Il entendit du bruit sur sa gauche.

Il ferma les yeux, fit une prière à un dieu auquel il ne croyait pas, puis s'engagea lentement sur le palier qui s'étirait en un long couloir.

Il vit les deux chambres de gauche. Les portes étaient ouvertes.

Dans l'une, il distingua l'extrémité d'un lit. Deux jambes y étaient solidement attachées et se débattaient inutilement.

Logan continua doucement dans le corridor.

Plus il avançait, meilleure était sa vision de l'intérieur de la chambre. Le corps de Sarah se révéla lentement à lui. Elle était entièrement nue, attachée, bâillonnée, mais, autant qu'il pût en juger, ne semblait porter aucune trace de sévices.

Ringfield devait se trouver de l'autre côté du lit, près de la cloison.

La musique s'arrêta sur les dernières notes du morceau.

Logan se figea sur place. Il avait l'impression que les battements de son cœur résonnaient aussi fort que des tambours dans la nuit.

Il cligna des yeux. Le temps sembla ralentir.

D'abord une ombre, puis une silhouette qui apparut dans l'encadrement de la porte. Un visage démoniaque.

Ringfield se rua sur lui. Logan tira deux fois à l'aveuglette. Ringfield le percuta et s'effondra à ses côtés.

Au même instant, une douleur terrible vrilla le ventre de Logan.

Allongé sur le dos, Logan tourna la tête. Le visage sans vie de Ringfield le regardait de ses yeux morts.

Ainsi doivent finir les crapules ! se dit-il.

Il prit alors conscience de sa blessure. Un couteau était planté dans son abdomen.

Il entendait toujours les gémissements de Sarah, et le bruit qu'elle faisait en s'agitant désespérément sur le lit.

Logan savait qu'un homme blessé ne doit pas bouger, et encore moins ôter l'arme qui lui transperce les tripes. Mais il n'avait pas le choix.

S'il ne se relevait pas, le temps que Hurley comprenne qu'il y avait un problème, il serait trop tard. Il se serait déjà vidé de tout son sang.

Aussi, malgré la douleur lancinante, dans un effort de survie il réussit à se mettre sur le côté.

Il reprenait son souffle quand il entendit des pas précipités monter l'escalier.

Logan se maudit de sa stupidité. Il y avait deux tueurs ! Deux tueurs !

Son pistolet était à un mètre de lui. Il n'aurait pas le temps de l'atteindre.

Le second tueur se pencha au-dessus de lui. Il avait tout merdé !

– Shérif ? fit Sam.

Logan éclata d'un rire nerveux quand il comprit sa méprise.

Sam le regarda puis vit le pistolet qui était sur le sol. Il l'attrapa et, sous le regard impuissant de Logan, il braqua Ringfield.

Cette crapule avait tué Lisa et emmené son corps il ne savait où.

Les larmes jaillirent, puis il laissa éclater sa haine.

– Espèce de crevure, je vais te tuer ! explosa Sam en vidant le reste du chargeur sur la dépouille du tueur.

– Calme-toi, fit Logan resté au sol.

Mais Sam continuait à braquer Ringfield.

– Approche-toi, petit, et écoute-moi ! continua Logan bien que la douleur lui tenaillât le ventre. Sarah est dans cette chambre. Délivre-la. Il n'y a pas de temps à perdre.

Sam le regarda de ses grands yeux perdus et, sans un mot, d'une démarche mécanique, il pénétra dans la chambre.

Logan reposa la tête sur le sol. Il entendit le bruit d'un adhésif qu'on retire, puis les pleurs de Sarah.

– Détache-moi, Sam, je t'en supplie, fit-elle.

Logan sentit son cœur se serrer, et crut qu'il allait se mettre à pleurer lui aussi.

Puis Sam revint vers lui. Il semblait toujours dans un état second.

Logan parvint à sortir de ses poches les clés de sa voiture et son portable.

– Vous allez prendre ma Cherokee. Elle est garée plus loin sur le chemin. Dès que vous aurez du réseau, il faut que vous appeliez Jessica Hurley.

– D'accord, fit Sam d'une voix atone.

– Il faut que tu sois fort, mon garçon. Il y aura un temps pour pleurer, mais vous devez à tout prix rester lucides. Tu m'entends ?

Sam hocha la tête.

À ce moment, Sarah sortit de la chambre. Elle avait enfilé des vêtements à la va-vite.

Dès qu'elle découvrit le corps de Ringfield allongé sur le ventre, elle alla lui donner un violent coup de pied dans les côtes avant de lui cracher dessus. Puis elle se tourna vers Logan.

– On va vous aider, shérif, fit-elle en se penchant vers lui pour le relever.

Sam allait faire de même.

– Non, si je bouge, je vais me vider de mon sang encore plus vite. Allez-vous-en et appelez du secours. Ne restez pas ici.

Il n'était pas impossible, après tout, qu'il y ait bien un autre tueur. On n'était plus à un rebondissement près.

Dans toute cette horreur, il était soulagé de constater un certain sang-froid chez ces gamins. Il referma les yeux.

– On va faire vite, je vous le promets, fit Sarah qui se mit à pleurer.

Sam lui passa un bras autour des épaules et ils se relevèrent.

– Sarah ? fit Logan.

– Oui ?

– Dites à l'agent Hurley que je l'aime, que je l'ai toujours aimée.

Les larmes coulèrent de plus belle sur le visage de Sarah.

– Vous n'allez pas mourir, shérif, tenez bon. Je vous en supplie, tenez bon.

Sam la tira par le bras. C'était dur de laisser le shérif dans cet état, mais c'était la seule solution. Il ne fallait plus perdre de temps.

Ils dévalèrent l'escalier, puis ils durent prendre sur eux pour passer sans s'arrêter près du corps de Shanice.

Dehors, rien n'avait changé. Le soleil était toujours aussi radieux au-dessus de la cime des arbres.

Ils remontèrent le chemin qu'ils avaient emprunté quelques heures auparavant.

Sam ne put retenir ses larmes quand il comprit où menait le long sillage sanglant qu'ils suivaient.

Il se mit à courir et s'accroupit devant le corps de Lisa.

Il crut devenir fou. Il hurla sa rage et sa douleur à un dieu sourd et impassible.

La main de Sarah se posa sur son épaule.

– Sam, il faut sauver le shérif. Ne me laisse pas toute seule.

Il lui renvoya un regard d'enfant perdu.

– Viens avec moi. J'ai besoin de toi, ajouta Sarah.

Sam se détacha du corps et se redressa. Les yeux rougis, il tendit à Sarah les clés de la Cherokee.

Ils s'installèrent rapidement à l'intérieur du véhicule.

Dès qu'elle eut tourné la clé, le moteur démarra sans problème. Elle fit demi-tour puis, sans se soucier des trous et des bosses, elle dévala le chemin.

– Sam, tu m'entends ?

Il était assis à ses côtés. Totalement prostré.

Ringfield n'avait fait que l'assommer. Tout le sang dont il était couvert provenait d'une large entaille dans le cuir chevelu. Il avait eu beaucoup de chance.

– Oui, répondit-il d'un ton froid, impersonnel.

Puis il sortit le portable de sa poche, attendant qu'il y ait du réseau.

Sarah se concentrait sur sa conduite. Elle ne devait penser qu'à la route et surtout pas à Brian. Nul doute qu'il était mort. Elle devait être forte.

Le shérif était en train de mourir. Elle seule pouvait le sauver. Elle ne devait pas paniquer.

Sarah savait qu'elle aurait toute la vie devant elle pour hurler son chagrin.

Hurley était en compagnie de Callwin quand son portable sonna.

Après leur retour de Silver Town, elles avaient décidé de s'arrêter dans un bar de la ville pour continuer leur discussion.

Callwin ne ressemblait pas du tout à l'image caricaturale qu'elle pouvait donner d'elle-même. Hurley espérait vraiment qu'elle tiendrait bon, tout en sachant que ce ne serait pas facile pour elle à Seattle. Mais elle pourrait l'aider, à l'occasion.

– C'est Logan, fit Hurley en voyant le nom s'afficher sur l'écran.

Callwin sourit et but une gorgée de bière. À sa stupeur, le visage de Hurley perdit toutes ses couleurs.

– Il a dit qu'il vous aime, qu'il vous a toujours aimée, ajoutait Sam à l'autre bout du téléphone.

Hurley s'effondra en pleurs.

Callwin fut d'une efficacité redoutable. Le temps que Hurley reprenne le dessus, elle avait appelé les services de police et l'hôpital, puis avait pris contact avec les Spatling pour qu'ils lui donnent l'adresse exacte de leur ferme.

– Merci, fit Hurley quand Callwin eut terminé d'écrire l'adresse sur un bout de papier.

– C'est normal, entre femmes il faut s'aider, non ?

Hurley réussit à esquisser un sourire.

– Votre mec, je suis sûr que c'est un coriace, il va s'en tirer. Faites-lui confiance ! fit Callwin en se levant de table.

Elle se rapprocha de Hurley, ignorant les regards interrogateurs des autres clients.

– Allez, vous ne devez pas flancher. Il faut y aller, vous avez du boulot.

Le ton était tranquille, alors qu'elle parlait d'inspecter les lieux où plusieurs étudiants venaient d'être assassinés. Mais elle avait raison, elle devait mettre de côté ses émotions, sinon elle risquait de devenir folle.

– Ça vous dit d'être ma copilote ?

Callwin espérait qu'elle le lui proposerait, mais elle n'aurait jamais eu l'audace de s'imposer. La nouvelle Leslie n'était plus prête à tout pour un bon papier.

Les deux femmes sortirent du bar et montèrent dans la voiture.

Un quart d'heure plus tard, elles quittaient River Falls, direction les Rocheuses.

L'hélicoptère parvint à se poser près du ruisseau. Blanchett jaillit de l'habitacle et fonça vers la ferme au loin, une infirmière et un chirurgien courant à sa suite. Du fait de la taille réduite de l'engin, ils n'avaient pu monter plus nombreux à bord.

Le soleil commençait sa lente descente. Sous le couvert des arbres, l'obscurité envahissait l'espace.

Aucune lumière ne provenait de la ferme. Blanchett savait qu'il n'y avait pas l'électricité, mais cela ne présageait rien de bon.

Elle parvint près de la porte et découvrit aussitôt le corps sans vie de Shanice qui bloquait l'entrée.

Essoufflé, le chirurgien arriva à son tour, se baissa et lui prit le pouls. Mais, par expérience, il savait déjà qu'elle était morte.

Blanchett ne l'avait pas attendu et, se souvenant des indications de la jeune Sarah, elle grimpa à l'étage et découvrit deux corps inanimés.

Elle se rua auprès de Logan et posa ses doigts sur sa gorge.

Son pouls était très faible. Il était inconscient.

– Docteur, dépêchez-vous ! hurla-t-elle.

Le chirurgien et l'infirmière arrivèrent et posèrent tout leur attirail.

L'infirmière commença à découper la chemise maculée de sang, tandis que le chirurgien préparait une perfusion.

Blanchett était fébrile. Elle serra les poings et trouva la force de ne pas défaillir.

– Il nous faut plus de lumière, ordonna le chirurgien.

Sarah avait dit par téléphone qu'ils avaient emporté des lampes à pétrole qu'ils avaient disposées dans les chambres. Blanchett alla les récupérer et en plaça deux près de Logan.

Puis, ayant compris que sa présence ne pouvait que ralentir le chirurgien, elle décida d'aller à la recherche des trois étudiants dont ni Sarah ni Sam ne connaissaient le sort.

Prenant une direction au hasard, elle se mit en route pour retrouver les traces de Brian, Edward et Courtney.

Durant plus d'un quart d'heure, elle cria leur nom dans l'espoir d'une réponse. Mais rien. Abattue, elle comprit que les chances de les retrouver vivants étaient nulles.

Elle revenait près de la ferme quand elle entendit un cri.

Elle se mit à courir et reconnut alors la voix du pilote de l'hélicoptère qui continuait de hurler à tue-tête. Blanchett allongea ses foulées. Que se passait-il ?

Dans l'obscurité naissante, elle distingua d'abord une étrange silhouette, avant de comprendre qu'il s'agissait du pilote tenant Courtney dans ses bras.

– Il faut rappeler le docteur ! lui cria l'homme.

Courtney était en vie et sanglotait nerveusement. Du sang s'était coagulé au niveau de ses tendons d'Achille.

– Je l'ai trouvée attachée à un arbre, expliqua le pilote.

La gorge serrée, Blanchett le remercia d'un mouvement de la tête.

Pauvre gamine ! se dit-elle en maudissant la carcasse de Ringfield.

Quelques minutes plus tard, l'hélicoptère s'élevait dans le ciel, Logan à son bord. Le chirurgien avait réussi à stopper l'hémorragie mais n'était sûr de rien. Le temps jouait contre eux.

Devant le refus quasi hystérique de Courtney de monter à bord, Blanchett avait décidé de rester sur les lieux avec elle. Personne n'avait insisté, chaque seconde comptait.

Le soleil avait disparu derrière les montagnes quand la colonne de voitures de police et d'ambulances rejoignit enfin Blanchett.

Sans perdre de temps, une battue fut organisée pour retrouver Brian et Edward avant que la nuit soit totale.

Les deux maîtres-chiens partirent les premiers.

Hurley sortit de la voiture de Callwin et entra directement dans la ferme.

Quand elle découvrit le corps sans vie de Ringfield, elle n'éprouva pas la moindre compassion.

– On va l'emporter, fit un des ambulanciers en arrivant derrière elle.

Hurley s'écarta. Elle avait pour règle de ne jamais diaboliser les tueurs. Mais dans cette affaire c'était différent. Contre tous ses principes, elle n'arrivait pas à regretter sa mort.

Elle redescendit ; une mauvaise nouvelle l'attendait quand elle ressortit à l'air libre.

– On a retrouvé les corps de Brian et d'Edward, fit Blanchett d'un ton désolé.

Hurley hocha lentement la tête.

À ce moment, allongée sur une civière, Courtney fut transportée dans une des ambulances afin d'y recevoir de nouveaux soins.

Bien qu'elle se tînt à distance, Hurley put observer de nombreuses traces de violence.

Hématomes importants sur la gorge et à la tempe. Plaies ouvertes au niveau des poignets et des chevilles. Les deux tendons d'Achille sectionnés.

Un médecin avait injecté un puissant sédatif à Courtney, qui paraissait hébétée. Un regard terrible que Hurley ne put soutenir.

Elle savait combien dans les années à venir il serait difficile pour cette pauvre enfant de se reconstruire.

– Je ne comprendrai jamais comment on peut prendre plaisir à faire souffrir les gens comme ça ! s'exclama Callwin.

Phrase stupide s'il en était, mais qui était sortie toute seule.

– Les tueurs en série sont autant victimes que bourreaux. Graves traumatismes psychologiques subis dès la prime enfance, auxquels personne n'a pris garde. Déviance congénitale ou maltraitance impliquant des dérèglements comportementaux, etc., etc., fit Hurley en récitant ses classiques d'un ton désinvolte.

Elle n'avait pas envie de comprendre ce Ringfield. Elle avait besoin de le détester. Elle avait besoin de cette montée de haine pour tenir à distance sa douleur.

Logan était entre la vie et la mort, et cet homme en était le responsable.

Hurley essaya de ne plus y penser, et retourna auprès des autres policiers mener les premières investigations.

Dimanche 29 avril 2007

Hurley se réveilla. Un instant déroutée, elle retrouva ses esprits. Elle se sentait presque sereine. C'était l'effet des médicaments, mais elle ne regrettait pas qu'on l'ait obligée à les prendre.

Elle se souvint d'avoir passé une bonne partie de la nuit à tenir la main de Logan avant que la fatigue ne la rattrape et qu'elle aille dormir dans une des chambres de l'hôpital.

Elle s'habilla, se regarda dans un miroir et prit peur. Elle avait un teint cadavérique. Elle haussa les épaules et quitta sa chambre.

Une certaine effervescence agitait les couloirs.

Hurley imaginait la foule des journalistes qui devaient se presser aux portes de l'hôpital. ABC, NBC, CBS, FOX, CNN, autant de médias qui allaient faire leurs choux gras de ce drame.

Contrairement à Logan, elle ne blâmait pas uniquement les médias, mais aussi les millions de téléspectateurs qui allaient passer le week-end devant leur poste de télévision afin d'apercevoir l'une des victimes ou encore le visage traumatisé des survivants.

La fascination de la souffrance. Le voyeurisme banalisé.

Hurley n'avait aucune illusion sur la part d'ombre qui sommeille en chaque être humain. Ringfield n'était pas un monstre. Seulement un humain ordinaire qui avait mal tourné.

Il suffit de peu pour que l'homme relâche la bride de la bête qui est en lui, se dit-elle en se remémorant comment des gens bien sous tous rapports étaient devenus les pires criminels, durant les guerres du XXe siècle en particulier et toutes les autres en général.

Elle longea un couloir. Peter Nunn, un médecin, la reconnut et la prit par le bras.

– Il a de bonnes chances de s'en tirer. Il a perdu beaucoup de sang, mais c'est un battant. Nous avons tous prié pour lui, la rassura-t-il tandis qu'il la menait vers l'ascenseur pour rejoindre une petite unité de soins où se trouvaient isolées toutes les victimes de Ringfield.

Ils s'arrêtèrent devant une porte vitrée. Derrière, Sam, Sarah et Courtney étaient en train de parler.

– Ils ont demandé expressément à se retrouver seuls. Ils ont eu beaucoup de courage. Ils vont avoir besoin de bien plus d'aide qu'ils ne peuvent l'imaginer, dit Nunn en mettant les mains dans les poches de sa blouse.

Hurley en convint.

– Je voudrais parler à Sarah, fit-elle.

– Seulement si elle est d'accord, autorisa Nunn.

Il entra dans la chambre et la conversation cessa immédiatement.

Debout derrière la porte vitrée, Hurley le vit parler à Sarah qui, paraissant accepter sa proposition, sortit de la chambre en compagnie du médecin.

– Venez par là, vous serez tranquilles, fit Nunn.

Il leur ouvrit la porte d'une autre chambre.

– Je retourne auprès de Courtney et Sam, ajouta-t-il en s'éclipsant.

Hurley le remercia et invita Sarah à s'asseoir sur le lit.

– Comment tu te sens ?

Sarah tenta de sourire, mais seule une grimace déforma ses traits.

– Mes amis sont morts, l'homme que j'aimais aussi, qu'est-ce que j'ai à attendre de la vie ?

Hurley aurait aimé trouver les mots qui la guériraient, mais elle n'en connaissait aucun. Seul le temps pouvait panser ce genre de blessure, et encore…

– Tu ne dois pas te laisser abattre : aussi forte soit ta douleur, elle passera un jour et, tu verras, tu retrouveras le goût de vivre, et…

– Arrêtez avec votre psychologie à deux balles ! C'est pour me dire des conneries pareilles que vous vouliez me parler ? ! s'emporta Sarah en se levant d'un bond.

Hurley recula d'un pas. Elle ne s'attendait pas à une telle réaction. Sarah avait tant de colère en elle.

– Excuse-moi, mais il faut que je te parle d'une chose. Même si le moment est très mal choisi, cela ne peut pas attendre.

Sarah réussit à se maîtriser, et fit face à Hurley.

– C'est quoi, votre truc, vous allez m'accuser d'être complice, c'est ça ?

Hurley remua négativement la tête.

– J'ai vu les photos où tu es avec Paul Ringfield et Lucy.

Sarah resta un instant interdite, puis soupira et alla se rasseoir sur le lit.

Elle avait cru qu'avec la mort de Donald son secret serait enterré à jamais aux côtés de Lucy et Amy. Fallait croire qu'elle était vraiment née sous une mauvaise étoile.

– S'il n'y avait que moi à le savoir, je te promets que je n'en aurais jamais parlé. Mais le shérif de Silver Town est déjà au courant, et le FBI va devoir enquêter pour savoir ce qui a poussé Donald Ringfield à s'en prendre à vous. Votre calvaire va faire la une des médias. Le FBI se doit d'éclaircir tous les points. Tu comprends ?

Sarah prit l'oreiller et le cala dans son dos avant de s'allonger entièrement sur le lit.

– Jamais on me foutra la paix ! soupira-t-elle en détournant le regard.

Dehors, le ciel était d'un bleu d'azur.

– Qu'est-ce que j'ai fait pour mériter tout ça ?

Hurley garda pour elle les phrases toutes faites que la police préconise en de telles circonstances.

Elle se rapprocha de Sarah et lui posa une main sur l'épaule.

– Tu dois comprendre qu'il va te falloir quitter la ville. Tout le monde va te tenir pour responsable de la mort de tes camarades. Et, tu me croiras ou non, mais je ne te laisserai pas devenir leur bouc émissaire.

Sarah comprenait tout à fait ce qu'elle voulait dire. Des fils et des filles de bonne famille venaient de mourir. Qui d'autre qu'une ancienne dévergondée pour porter le chapeau ? Sa vie serait un enfer si elle restait là.

– Qu'est-ce que je vais devenir ?

Jamais elle ne s'était sentie aussi désemparée. Elle n'avait plus d'espoir.

Pourtant, Dieu sait qu'elle aimait la vie !

– Je vais m'occuper de toi, Sarah. Fais-moi confiance.

Sarah tourna vers elle un petit visage défait, et Hurley dut se mordre les lèvres pour ne pas fondre en larmes.

– Vous me laisserez pas tomber, promis ?

– Promis, répondit Hurley, la voix vibrante d'émotion.

Elles sortirent toutes les deux de la chambre, et Jessica lui assura qu'elle repasserait dans la journée.

Tandis que Sarah retournait vers ses camarades, Nunn se rapprocha de Hurley.

– Je vais vous accompagner jusqu'au shérif, fit le médecin.

Ils marchèrent le long du couloir et arrivèrent enfin devant la chambre de Logan.

– Allez-y. Je vous attends ici, lui dit-il.

S'il y avait eu encore quelques personnes pour ignorer sa relation avec le shérif, depuis la veille toute la ville était au courant.

Elle entra doucement. Son cœur se serra quand elle vit le tube toujours en place dans la bouche du blessé.

Ce n'était rien. Il ne fallait pas s'arrêter aux apparences.

Logan était toujours inconscient.

Elle s'approcha de lui. Un puissant élan d'affection la saisit.

Il était magnifique, même ainsi, allongé et immobile, il émanait de son corps une force paisible, une assurance qu'elle n'avait jamais eue.

Si Logan a un défaut, c'est qu'il ne doute jamais. S'il a une qualité, c'est qu'il ne doute jamais ! se dit-elle en lui caressant le bout des doigts.

– Mike, tu vas t'en sortir. Je t'aime, dit-elle d'une voix fragile.

Un sourire se dessina sur le visage de Logan.

Il ouvrit les yeux.

Du même auteur
chez Calmann-Lévy :

UN AUTOMNE À RIVER FALLS, 2009
UN NOËL À RIVER FALLS, 2010
CHARITÉ BIEN ORDONNÉE, 2011
POUR LE BIEN DES ENFANTS, 2013
NÉ POUR ÊTRE SAUVAGE, 2014

PAPIER À BASE DE FIBRES CERTIFIÉES

Le Livre de Poche s'engage pour l'environnement en réduisant l'empreinte carbone de ses livres. Celle de cet exemplaire est de :
550 g éq. CO_2
Rendez-vous sur
www.livredepoche-durable.fr

Composition réalisée par FACOMPO (Lisieux)

Achevé d'imprimer en novembre 2014, en France sur Presse Offset par
Maury Imprimeur - 45330 Malesherbes
N° d'imprimeur : 193461
Dépôt légal 1re publication : juin 2009
Édition 06 - novembre 2014
LIBRAIRIE GÉNÉRALE FRANÇAISE - 31, rue de Fleurus - 75278 Paris Cedex 06

31/2719/8